Society prepares the crime;
The criminal commits it.
> Henry Thomas Buckle
> (1821–1862)

FRÜHJAHR 2022

Boris lehnte still an der samtweichen Wand, er war ganz schwarz gekleidet, neben seinem Hocker stand ein schimmernder Metalleimer. Manchmal passierte es, dass die Besucher sich übergeben mussten.

Heute Abend war der kleine Salon voll besetzt, acht Personen aus unterschiedlichen Teilen der Welt. Sämtlich Männer, tief eingesunken in rote Plüschsessel. Alle hatten sie ein Vermögen dafür bezahlt, hier sitzen zu dürfen.

Bevor sie den Raum betraten, hatte er die Beleuchtung an den Fußleisten heruntergedimmt, sodass der Raum fast im Dunkeln lag. Nur von dem Aquarium ein paar Meter vor ihnen fiel ein blauer Schein auf die Gesichter der Männer. Handykameras waren nicht erlaubt. Die geheime Dokumentation erfolgte indes durch ein winziges Loch im Feuermelder oben an der Lüftungsklappe.

Der Mann, der ganz außen saß, trug eine traditionelle Kufiya und eine rechteckige Brille. Der Mann daneben im hellblauen Seidenanzug, den er sich vermutlich auf der Savile Row hatte schneidern lassen, war Engländer.

Wie gewöhnlich war es fast ganz still, das Wasser dämpfte alle Geräusche dessen, was sich hinter der Glaswand abspielte. Boris beobachtete die Gesichter der Männer während des intensiven Aktes, ihre Augen und Münder, die Zungen, die hinein- und wieder herausglitten, um die Lippen zu befeuchten, während der ein oder andere Schweißtropfen die Nasenwurzel hinunterlief. Ihre perverse Erregung war leicht abzulesen.

Als die Reflexe des blauen Scheins in der Brille des Arabers allmählich in Rot übergingen, würde es nicht mehr lange dauern. Als er den Kopf neigte, war es vorbei.

Das Ende zog sich selten lang hin.

Die Gäste erhoben sich und verließen den Salon, keiner von ihnen sagte ein Wort. Boris drehte die Beleuchtung der Lampen im Boden hoch und vermied es, sich umzusehen.

Diesmal war der Eimer nicht nötig gewesen.

Er hieß Oleksij und hielt ein totes Katzenjunges auf dem Schoß, das vor einer Weile erfroren war. Seine Mutter ließ ihn das Tier bis auf Weiteres halten. Sie kauerten unter einer nassen Decke, verborgen auf der Ladefläche eines Lastwagens, und waren auf der Flucht aus Butscha. Ihr Ziel war die polnische Grenze.

Eine lange und gefährliche Reise. Nach einer Weile blieb der Fahrer stehen und bot ihnen an, drinnen in der Wärme des Führerhauses zu sitzen. Bedingung war allerdings, dass sie das tote Katzenjunge zurückließen.

»Das will ich hier drinnen nicht haben.«

Alina brachte ihren Sohn dazu, die tote Katze am Straßengraben abzulegen. Sie riss ein paar Grassoden aus und bedeckte das kleine Tier. Oleksij schaute mit leerem Blick zu. Er hatte in den letzten vierundzwanzig Stunden schon schlimmere Sachen gesehen, so schlimm, dass er nicht mehr schlafen konnte.

»Los, springt rein.«

Der Fahrer winkte, und Alina hob Oleksij in die Fahrerkabine. Er war sieben Jahre alt und hatte an seiner Schulbank gesessen, als eine russische Bombe das Gebäude traf, und jetzt fror er und schob die Hände unter den Pullover. Alina nahm ihn auf die Bank, setzte sich selbst daneben und zog die Tür zu. Die Wärme schloss sich um ihre Körper.

»Glaubst du, wir kommen bis zur Grenze durch?«, fragte Alina.

»Nein. Als ich am Mittwoch hier vorbeigefahren bin, lagen sie da und haben Lwiw beschossen. Wir können versuchen, weiter nach Norden zu fahren, aber sicher ist es dort auch nicht. Wenn ich umkehren muss, lasse ich euch raus, dann müsst ihr zu Fuß weitergehen.«

Alina betrachtete den grobschlächtigen Mann am Steuer, ein unbekannter Landsmann, der sie an einer zerschossenen Bushaltestelle mit den Worten »Versteckt euch auf der Ladefläche« aufgesammelt hatte.

Und jetzt hatte er vor, sie so weit zu fahren, wie er konnte. Um ihretwillen. Sie nahm an, dass er dann wieder nach Butscha zurückkehren und weiteren Flüchtlingen helfen würde.

»Danke, dass du uns fährst«, sagte sie.

Auf dem Weg begegneten ihnen nicht viele Fahrzeuge, denn der Mann wählte kleinere Straßen, um nicht entdeckt zu werden. Mehrere Tage schon hatten russische Panzer auf Lastwagen geschossen. Es herrschte Krieg, und sie waren von einer Großmacht überfallen worden.

Alina nahm ihren Sohn in den Arm. Sie spürte, wie der dünne Körper zitterte, und hoffte, dass es nur die Kälte wäre, die noch in ihm steckte. Doch im Grunde wusste sie, dass es wahrscheinlich andere, quälendere Gründe gab.

Wenn wir es über die Grenze schaffen, dann muss ich ihn dazu bringen zu reden, ehe er alles in sich einschließt, dachte sie und spürte den Druck auf ihrer Brust. Sie durfte nicht anfangen zu weinen. Nicht jetzt, nicht hier, nicht, wenn er wach war. Unter der Decke auf der Ladefläche war er für ein paar kurze Momente auf ihrem Schoß eingedöst, und da hatte sie es laufen lassen. Still, mit geschlossenem Mund, und vorsichtig, damit keine Tränen auf sein Gesicht fielen.

Das Trio im Führerhäuschen saß still, als das Auto aufs Land hinauskam. Die Felder um sie herum lagen öde, in den Dörfern sahen sie nur alte Leute und Kinder. Keine erwachsenen Männer, die waren im Krieg. Alina versuchte zu verstehen, worum es hier überhaupt ging. Warum hat man uns angegriffen und beschossen? Sie war in Butscha, ein Stück vor Kiew, aufgewachsen und arbeitete dort als Telefonistin. Sie hatte noch nie irgendwelche Nazis getroffen, von denen die Russen behaupteten, es gäbe sie überall. Lügen die einfach nur, um uns vernichten zu können? Sie kapierte es nicht, ebenso wenig wie ihre Freunde. Sie war 31 Jahre alt, doch in der letzten Zeit war ihr Gesicht gealtert. Die vielen durchwachten Nächte hatten Falten in ihre Haut gezogen, und die ständige Sorge um Bohdan, ihren Mann, hatte noch den Rest dazugetan. Er war bei der Armee und schon seit Kriegsbeginn weg. Ein paarmal hatte sie kurz Kontakt zu ihm gehabt, jedes Mal hatten sie gemeinsam ins Telefon geweint. Jetzt wusste sie nicht, wo er sich befand und ob er überhaupt noch lebte. In der ersten Zeit hatte Oleksij noch nach seinem Papa gefragt, dann hatte er damit aufgehört. Alle seine Freunde hatten Väter, die an der Front waren. Die von zu Hause weg waren und vielleicht niemals zurückkommen würden. Da tat es am wenigsten weh, wenn man nicht darüber redete.

Der Lastwagen fuhr langsamer, und Alina wurde aus ihren Gedanken gerissen. Schon hier? Würde er hier umkehren?

»Wohin willst du?«

Der Fahrer hatte die Scheibe heruntergedreht und sprach jetzt mit einem blonden jungen Mädchen in einem ausgeblichenen Pullover, das auf der anderen Straßenseite in ihrer Richtung lief. Sie hatte eine graue Bandage um den Arm.

»Zur Grenze«, antwortete sie.

»Möchtest du ein Stück mitfahren?«

Das Mädchen nickte und kam zu ihnen herüber. Alina öffnete die Tür für sie und drückte Oleksij näher an sich. Es wurde eng.

»Ich heiße Alina, das hier ist Oleksij.«

»Ivanna«, sagte das Mädchen.

»Woher kommst du?«

»Kiew.«

»Was hast du mit dem Arm gemacht?«, fragte Oleksij und zeigte auf Ivannas Bandage. Sie antwortete nicht.

»Du musst es nicht erzählen«, sagte Alina.

»Unser Haus ...«, begann Ivanna und wandte das Gesicht ab. »Es ist von einer Granate getroffen worden und eingestürzt ... ein großer rauchender Steinhaufen ... meine Familie ist darunter begraben ...«

Sie verstummte.

»Hast du dich da verletzt?«, fragte Oleksij.

Ivanna fuhr mit den Fingern über die Bandage auf dem Unterarm und ließ den Blick aus dem Seitenfenster wandern, ehe sie antwortete.

»Nein.«

Alina zog Oleksij an sich, sie wollte nicht, dass er Ivanna weiter ausfragte. Der Fahrer sah zu ihnen und deutete aufs Handschuhfach.

»Mach mal die Klappe auf«, sagte er. »Da sind Kekse und Wasser drin.«

Ivanna holte ein Päckchen Kekse heraus und gab Alina und Oleksij davon. Der Fahrer griff nach einer Plastikflasche mit Wasser.

»Meine kleine Katze ist gestorben«, sagte Oleksij und aß ein Stück Keks. »Jetzt liegt sie in einem Straßengraben.«

»Wie hieß sie denn?«, fragte Ivanna.

»Yasia. Ich habe sie unter einem brennenden Auto gefunden. Hast du ein Haustier?«

»Nein.«

Ivanna schaute schnell wieder aus dem Fenster, und Alina spürte, dass Oleksijs Frage an etwas gerührt hatte, worüber das Mädchen nicht sprechen wollte.

Das monotone Brummen des Lastwagens wirkte einschläfernd. Oleksij drückte seinen Kopf unter Alinas Arm und dämmerte weg, während die anderen schweigend dasaßen. Es gab nichts zu sagen. Alle waren sie Opfer derselben Tragödie und auf der Flucht vor einer schonungslosen Vernichtung.

»Mama! Was war das?«

Oleksij fuhr plötzlich hoch und zeigte mit dem Finger nach draußen.

Ein lautes Dröhnen war in das Führerhaus gedrungen, und in einiger Entfernung war eine hohe Feuersäule zu erkennen. Alina drückte den Sohn noch fester an sich. Er wusste, dass dies weder Donner noch Blitz gewesen war. Er hatte bereits gelernt, die zerstörerischen Kräfte der Natur von denen des Menschen zu unterscheiden.

»Jetzt muss ich umdrehen«, sagte der Fahrer, »sonst wird es zu gefährlich.«

Er hielt am Rand eines weitläufigen Ackers.

»Wie weit ist es zur Grenze?«, fragte Alina.

»Ein paar Kilometer. Am sichersten ist es, wenn ihr durch den großen Wald jenseits von Tjervonohrad geht, da drinnen seid ihr geschützt. Aber geht möglichst bei Tageslicht.«

»Warum?«

Der Fahrer antwortete nicht. Er wies nur auf die Tür bei

Ivanna. Sie öffnete sie, und alle drei stiegen aus dem Führerhäuschen. Dann sahen sie den Lastwagen auf der Straße wenden und zurück Richtung Kiew fahren.

In Rauch und Schwefelgeruch gehüllt gingen sie über das Feld auf den Wald zu.

*

»Wie lange hast du die Uniform denn nicht mehr angehabt?«, fragte Lisa Hedqvist.

Sie und Olivia Rönning zogen sich gerade in der Polizeizentrale um.

»Bestimmt hundert Jahre«, antwortete Olivia.

Das war leicht übertrieben, aber sie hatte tatsächlich nur sehr kurze Zeit in Uniform verbracht, eigentlich nur das Jahr, nachdem sie die Polizeihochschule verlassen hatte. Dann hatte Kommissarin Mette Olsäter sie in die Kriminalpolizei geholt.

Ihre Uniform hatte sie also schon lange nicht mehr getragen.

Doch jetzt war das Pflicht für alle, die, wie auch Olivia und Lisa, nach Nynäshamn fahren würden.

Die Stockholmer Polizei hatte unter dem Namen *Accepto* einen Spezialeinsatz geplant. Ziel war es, Menschenhandel und Prostitution zu unterbinden, die es im Zusammenhang mit der Aufnahme geflüchteter ukrainischer Frauen gab. Da die Stockholmer Kollegen mit ihren Kräften bereits am Anschlag waren, hatten sie bei der Nationalen Operativen Abteilung NOA um Verstärkung gebeten. Olivia und Lisa gehörten zu denen, die sich bereit erklärt hatten.

Bei ihrem Einsatz sollten sie vor Ort dafür sorgen, dass Flüchtlinge nicht mit den falschen Personen in Kontakt kamen und in die Hände von Menschenhändlern gerieten, von denen sie dann zur Prostitution gezwungen würden. Es gab Hinweise, dass genau dies geschah, dass es Menschen gab, die den Frauen alles von der Fahrt zu einem Übernachtungsort bis hin zu einer vorübergehenden Wohnung anboten, was im schlimmsten Fall mit Freiheitsberaubung und Prostitution endete.

Im Moment war der Einsatz auf Nynäshamn konzentriert, den Hafen südlich von Stockholm, über den die meisten der vielen Geflüchteten nach Schweden kamen. Hier legten täglich Fähren aus Gdańsk in Polen an, mit manchmal bis zu 700 Flüchtlingen an Bord.

Also waren Olivia und Lisa auf dem Weg nach Nynäshamn.

Eigentlich gehörte dies nicht zum Spezialgebiet der beiden, normalerweise waren sie mit Mordermittlungen befasst, doch hier wurde die Verletzlichkeit von Frauen auf der Flucht ausgenutzt, und Sexhandel war etwas, das beide zutiefst hassten. Lisa hatte zudem persönliche Erfahrungen mit sexuellen Übergriffen, die Demütigung würde ihren Körper nie wieder verlassen. Also hatte sie keinerlei Problem, sich für diesen Einsatz zu motivieren.

Ehe sie sich in die Arbeit stürzten, hatten sie ein paar Stunden damit verbracht, Berichte über verschiedene Polizeieinsätze gegen Trafficking durchzugehen, und dabei schreckliche Geschichten gelesen: von ausländischen Frauen, die monatelang gefangen gehalten und im Grunde rund um die Uhr gezwungen wurden, ihren Körper zu verkaufen. Die von Männern, denen alles außer Geld völlig egal war, zu Sexsklavinnen gemacht wurden.

»Wie sieht das aus?«, fragte Olivia und knöpfte die Jacke zu.
»Eng.«
»Eng?«

»Das war ein Witz. Nehmen wir unser Auto?«, fragte Lisa.

»Nein, wir fahren mit Lasse und Göran.«

Lasse Tingvall und Göran Borg waren ebenfalls Ermittler der NOA und schon seit einigen Jahren ihre Kollegen.

»Na denn«, sagte Lisa.

Olivia und sie verließen den Raum. Jetzt war es an der Zeit für eine Begegnung mit dem Flüchtlingsstrom.

*

Eine Reihe von Autos stand in einem Halbkreis, an den Seiten brannten kleine Feuer, die Funken sprühten in die Luft und verschwanden in der Dunkelheit. Eine hoch aufgehängte Baulampe verbreitete ein kaltes Licht über den Platz. Einige Männer und Frauen in Zivil trugen mehrere große weiße Plastikkisten mit dem Logo des Roten Kreuzes zu einem gerodeten Sandplatz und stapelten sie dort aufeinander.

»Sieh mal!« Eine grauhaarige Frau nickte zum Waldrand hin.

Zwischen den Bäumen taumelten langsam drei Gestalten heraus, dann warteten sie. Die Frau ging ihnen entgegen, legte die Hände vor der Brust über Kreuz und nickte ihnen zu.

»Willkommen! Jetzt seid ihr in Polen!«

Sie sagte das auf Ukrainisch, und das erschöpfte Trio begriff, dass es die Grenze passiert hatte. Alina sank an eines der Feuer, um sich zu wärmen. Oleksij hockte sich hin und strich ihr mit beiden Händen übers Haar.

»Bist du müde, Mama?«

»Ja.«

Fast einen Tag lang waren sie durch Schlamm und Stille gelaufen. Alina konnte die letzten Worte des Lastwagenfahrers nicht vergessen: »Aber geht möglichst bei Tageslicht.« Diese Warnung hatte sie auf ihrer Wanderung die ganze Zeit über in Anspannung gehalten, ihr ganzer Körper war völlig erschöpft.

»Ihr müsst ja fast erfroren sein«, sagte die Frau.

»Ja«, erwiderte Ivanna. »Und wir haben Hunger.«

»Wir können etwas Essen besorgen, aber ihr könnt leider nicht hierbleiben. Wir haben keine Übernachtungszelte.«

»Wohin sollen wir denn dann gehen?«, fragte Alina.

»Es gibt einen Transporter, der gleich nach Schweden zurückfahren wird, um dort noch mehr Sachspenden zu holen. Vielleicht könnt ihr mit dem fahren.«

Alina sah Ivanna an.

»Ich habe eine Cousine in Schweden, in Borås«, sagte Ivanna. »Da würde ich gerne hin.«

Alina hatte überhaupt keinen Plan gehabt, wie es weitergehen sollte, nachdem sie die Grenze passiert hatten. Sie hatte keine Verwandten außerhalb der Ukraine, hatte aber gehört, dass ukrainische Flüchtlinge in Schweden gut aufgenommen würden. Das Land hat dieselben Farben in seiner Flagge wie die Ukraine, dachte sie und musste über sich selbst den Kopf schütteln in Anbetracht dieses vollkommen irrelevanten Arguments.

»Dann fahren wir gern mit, wenn wir dürfen«, erwiderte sie.

»Gut.«

Die Frau drehte sich um und winkte einen Mann herbei, der vor einem modernen grauen Campingbus mit polnischem Kennzeichen stand. Der Mann rückte seine braune Kappe zurecht und kam zu der Gruppe.

»Ja?«, fragte er.

»Können diese drei vielleicht mit euch nach Schweden fahren?«, fragte die Frau. »Sie sind gerade über die Grenze gekommen.«

»Natürlich können sie mitfahren.«

Der Mann lächelte und wandte sich an Alina.

»Sprecht ihr Englisch?«

»Ja, ein wenig.«

»Wir werden nach Gdańsk fahren und die Fähre rüber nach Nynäshamn nehmen. Die Schweden dort werden sich um euch kümmern. Woher kommt ihr?«

»Aus Butscha und Kiew«, antwortete Alina.

»Verstehe. Wir werden euch helfen. Kommt.«

»Danke«, sagte die grauhaarige Frau.

Der Mann ging vor ihnen zum Campingbus und hielt die Tür auf. Das Trio stieg ein, und der Mann folgte.

»So sieht es hier aus«, erklärte er. »Einfach, aber funktional. Oben gibt es zwei weitere Betten, ihr könnt euch aussuchen, wo ihr schlafen wollt. Jacek und ich können uns nach euch richten.«

Er machte eine Handbewegung zu einem Mann mittleren Alters mit gut gepflegtem, schwarzem Bart, der auf dem Fahrersitz saß. Alina und Ivanna sahen sich um. Der Wagen hatte einen engen Küchenbereich, eine Küchenzeile mit Tisch und zwei Bänken an den Seiten, die zu Betten umgebaut werden konnten. Eine schmale Leiter führte hinauf zu den anderen Schlafplätzen.

»Ich nehme mal an, ihr seid ziemlich fertig, oder?«, fragte der Mann.

»Müde und hungrig«, erwiderte Ivanna.

»Und durchgefroren«, fügte Alina hinzu.

Der Mann zog die Tür hinter ihr zu und schob seine Kappe in die Stirn.

»Wir haben heiße Getränke. Tee, Kaffee, Kakao. Und Essen. Jacek! Kannst du ein bisschen was aufdecken?«

Jacek erhob sich vom Fahrersitz und ging in die Küchenecke. Rasch zauberte er Butter, Brot, diverse Aufstriche und ein paar fette polnische Würste hervor. Er schnitt die Würste in Scheiben und legte sie auf ein Brett, das er Ivanna hinhielt.

»Deftig, aber gut.«

Ivanna lächelte verhalten und nahm sich eine Scheibe. Wenn es nach ihrem knurrenden Magen gegangen wäre, hätte sie fünf nehmen können, doch sie hielt sich zurück. Der andere Mann kochte Wasser, schüttete es in ein Glas und rührte ein paar Löffel Kakaopulver hinein.

»Hier«, sagte er und streckte Oleksij das Glas hin. »Puste aber noch ein bisschen, das Wasser ist heiß.«

Alina übersetzte für Oleksij. Vorsichtig ließ sie sich auf einer der Bänke nieder, zog die Beine unter sich und wartete, bis sie eine Tasse Kaffee bekam. Sie war nur noch ein Wrack, versuchte aber, sich zusammenzureißen. Es war ihnen gelungen, vor dem Krieg zu fliehen und außer Landes zu kommen. Sie waren gerettet. Oleksij war in Sicherheit. Bestimmt gab es überall auf der Welt gute Menschen.

Ivanna schlief schon bald bei der leisen Musik des Autoradios auf der Bank gegenüber von Alina ein. Oleksij versuchte, die Augen offen zu halten, denn er fand es spannend, mit einem Wohnmobil zu fahren. Alina betrachtete ihren dunkelgelockten Sohn, der die Lippen zusammenpresste, um sich zu konzentrieren. Jacek hatte einen weißen Block und ein paar Buntstifte rausgeholt, und Oleksij hatte ein kleines Kätzchen gemalt und YASIA in eine Ecke geschrieben. Jetzt versuchte er, das Schulhaus zu malen. Das war schwer.

Wenn wir nach Schweden kommen, kriegt er den größten Zeichenblock der Welt, dachte Alina und merkte gar nicht, wie das Auto von der größeren Straße auf einen schmalen Waldweg abbog.

Dann hielten sie an.

Der Mann mit der braunen Kappe kam vom Fahrersitz nach hinten und zog Ivanna ein wenig am Bein. Sie schlug sofort die Augen auf.

»Geh du mal ein Weilchen mit dem Jungen raus«, befahl er.

»Warum das denn?«

»Wir müssen mit seiner Mutter reden.«

Alina setzte sich kerzengerade auf. Die Stimme des Mannes war verändert, der sanfte Ton war verschwunden.

»Worüber müssen wir reden?«, fragte sie.

»Wir müssen dir ein paar Sachen erklären.«

Der Mann öffnete die Tür und bedeutete Ivanna auszusteigen. Sie blickte Alina an. Der Mann trat einen Schritt auf sie zu.

»Jetzt mach mal kein Theater, nimm den Jungen und geh raus.«

Da sie nicht wusste, was passieren würde, wenn sie sich weigerte, nahm Ivanna den Kleinen an der Hand und stieg das kleine Treppchen vor der Tür herunter. Der Mann zog die Tür hinter ihr zu und schloss ab.

Alina sah es.

Ihr Magen zog sich zusammen, als ihr klar wurde, dass sie jetzt in einem Wald irgendwo in Polen zwei fremden Männern gänzlich ausgeliefert waren. Was wollten die?

»Ich nehme an, du hast einen Pass bei dir«, sagte der Mann.

»Ja.«

»Hol den mal raus.«

»Warum?«

»Wenn wir nach Schweden kommen, wirst du ihn nicht brauchen. Wir haben alle nötigen Papiere.«

»Was wollt ihr mit dem Pass?«

Sie konnte die Hand gar nicht so schnell wahrnehmen, da schlug sie ihr schon ins Gesicht. Alina wurde zurückgeschleudert, und das Kinn knallte ihr auf die Brust.

»Aber hier ist er ja … Alina? So heißt du doch, oder?«

Alina nickte schwach.

»Wir werden euch nach Schweden fahren wie versprochen, aber wir verlangen eine gewisse Entschädigung dafür.«

»Ich habe kein Geld, ich …«

»Du hast einen Körper.«

Alina hob den Kopf, ihr standen Tränen in den Augen, die Lippen wurden zu einem Strich. Sie begriff. Sie wusste.

»Und wenn ich mich weigere?«, fragte sie und zog den Kopf ein.

Der Mann beugte sich nach unten.

»Dann lassen wir deinen Sohn hier im Wald und fahren dich zurück zur Grenze. Wie alt ist er? Sechs Jahre? Sieben? Wie lange wird er wohl alleine in der Wildnis klarkommen? Du wirst dich nicht weigern. Zieh dich aus.«

Alina hielt die Hände fest geballt zwischen den Beinen, der Brustkorb war angespannt. Der Mann richtete sich auf und schaute zum Fahrersitz.

»Jacek, kannst du sie mal Probe reiten?«

Jacek begann seine Hose herunterzuziehen.

Ivanna hatte schon Geschichten von unfassbaren Übergriffen gehört, von russischen Soldaten, die Frauen auf Straßen, in Treppenhäusern, auf Höfen vergewaltigt hatten – eine

Zeit lang war das überall passiert. Sie selbst war unbeschadet davongekommen, doch die Bilder hatten sich ihr eingebrannt und wallten jetzt in der Nacht im Mondschein vor dem Wohnmobil wieder auf.

Sie wusste, was da drinnen gerade passierte, und konnte doch nicht eingreifen. Wahrscheinlich hatten die Männer Waffen und würden sich auch nicht scheuen, sie zu benutzen, und sie alle drei womöglich erschossen hier zurücklassen.

Also konzentrierte sie sich auf Oleksij und versuchte, ihre zitternden Hände zu verbergen.

»Reden die lange?«, fragte der Junge.

»Nee, nicht so lange, glaube ich«, sagte Ivanna und zog ihn ein Stück mit sich. In diesem Moment hörten sie einen dumpfen, gequälten Laut aus dem Wohnmobil.

»Was war das?«, fragte Oleksij. »War das Mama?«

Er riss seine Hand los und lief zum Wagen.

»Mama!«

Kurz darauf drang Alinas Stimme zu ihm heraus: »Mama ist hier, Oleksij! Alles ist gut, ich …«

Die Stimme verstummte abrupt.

Ivanna zog Oleksij an sich und hielt die Arme über seine Ohren. Sie weinte hemmungslos und wusste nicht, was sie tun sollte. Da sah sie plötzlich Scheinwerfer im Wald. Erst wischten die Lichter nur zwischen den Bäumen hin und her, dann kamen sie direkt auf sie zu. Sie kniff die Augen zusammen und versuchte zu erkennen, was sich da näherte. Ein großer schwarzer Mercedes, auf dessen glänzendem Lack das Mondlicht reflektierte, fuhr die Straße entlang.

Ivanna ließ Oleksij los und fing an, verzweifelt mit den Armen zu winken, sie wollte das Auto um jeden Preis anhalten, und tatsächlich: Der Wagen bremste ein Stück vor ihr. Noch ehe sie hingelaufen war, ging die Tür auf, und eine schmale Frau mit schwarzem, von grauen Strähnen durchzogenem Haar stieg aus. Sie trug ein elegantes hellgraues Kleid und warf eine Zigarette auf die Erde, die sie mit einem Lederstiefel austrat. Ihre ganze Erscheinung verschlug Ivanna die Sprache, das hatte sie nicht erwartet.

»Hallo, ich heiße Sasja. Wie heißt du?«, sagte die Frau.

»Ivanna. Sie müssen uns helfen! Die da drinnen sind mit seiner Mutter im Auto und ...« Ivanna wusste nicht recht, was sie sagen sollte, da Oleksij ja neben ihr stand, also rief sie noch einmal: »Sie müssen uns helfen!«

Tränen liefen ihr über die Wangen und den Mund. Sasja machte eine Handbewegung, also wollte sie ihr das Gesicht abwischen, besann sich dann aber und schaute zum Wohnmobil. Die Scheiben waren von innen beschlagen.

»Ich kann dir helfen«, sagte sie. »Du kannst mit mir fahren.«

»Aber wohin denn?«

»Weg von hier. Oder willst du es auch so haben?« Sasja nickte zum Wohnmobil, aus dem weiterhin erstickte Laute drangen. »Bestimmt bist du gleich danach an der Reihe«, fuhr sie fort.

Ivanna schaute verwirrt zu Oleksij.

»Aber ich kann ihn doch nicht alleinlassen!«

»Er hat seine Mutter da drinnen. Du bist allein. Willst du mitkommen?«

Ivanna zögerte. Oleksij klammerte sich an ihr Bein. Sasja beugte sich hinab und machte den Jungen los, führte ihn zum Wohnmobil und klopfte an die Tür. Der Mann mit der Kappe öffnete. Sasja hob Oleksij hoch, und der Mann zog ihn hinein. Ivanna kapierte nicht, was hier passierte. Sie biss sich auf die

Hand. Sasja ging zu ihrem Mercedes, öffnete die Beifahrertür und wandte sich zu ihr.

»Steig ins Auto, Ivanna, dann wirst du nicht vergewaltigt oder noch schlimmer. Das da drin sind brutale Männer.«

Ivanna strich sich mit der Hand über die Wange, ratlos, verloren und voller Angst. Sie machte ein paar zögerliche Schritte auf Sasja zu, wandte sich zum Wohnmobil, erhob dann die Hand zu einem zaghaften Winken und stieg in das schwarze Fahrzeug. Sasja ging einmal ums Auto und setzte sich hinters Steuer. Mit etwas Mühe gelang es ihr, den Wagen auf der schmalen Straße zu wenden, und sie fuhren in die Richtung, aus der sie gekommen war.

Hinter ihnen wurde Oleksij wieder auf die Treppe geschoben und die Tür geschlossen. Er sank zu Boden und sah erst den Scheinwerfern nach, die im Wald verschwanden. Dann presste er die Hände auf die Ohren.

Wenn man als Tourist in der Dämmerung am Kai von Port Vauban stand, dann konnte man das, was da draußen auf der Reede lag, für ein gruseliges Raumschiff halten: glänzend schwarz, mehrere Stockwerke hoch, und mit Hunderten von kleinen runden Lämpchen, die ihr Licht übers Wasser warfen.

War man ortsansässig, dann wusste man, was dort lag. Eine enorme Luxusjacht, die vor mehreren Monaten in Antibes angelegt hatte. Ihr Name war *Night Eye* – 156 Meter lang, mit 36 Kajüten und 87 Mann Besatzung, wenn sie in Betrieb war. Außerdem vier Pools und zwei Helikopterlandeplätze.

Und wenn man das als Tourist dann erklärt bekommen hatte, folgte immer ganz selbstverständlich die Frage: »Und wem gehört die Jacht?« Als Anwohner blieb man die Antwort in der Regel schuldig: »Irgendeinem Oligarchen wahrscheinlich, nicht ganz klar, wem.«

In Wirklichkeit gehörte das Schiff einem internationalen Konglomerat, und zwar zu dem einen Zweck, seinen wirklichen Besitzer vor einer möglichen Beschlagnahme zu schützen.

Der wirkliche Besitzer hieß Grigorij Wladowskij, geboren im Kalten Krieg in Leningrad und zu Zeiten des Zusammenbruchs der Sowjetunion sehr aktiv. Ein Mann mit einem ereignisreichen Leben. Eine Weile hatte er sich mit gut trainiertem Körper, sehr maskulinem Aussehen, unwiderstehlichem Blick und kräftigem, dunklem Bart als Model verdingt. Im

Laufe der Jahre wurde ein eloquenter und beliebter Vertreter einer starken patriotischen Agenda in öffentlichen Diskussionen aus ihm.

Das öffnete ihm eine Reihe von Türen in der Politik bis in die engsten Kreise der Duma – Kontakte, die er gut pflegte, als der Streit um die natürlichen Rohstoffvorkommen im kaputt gewirtschafteten Sowjetreich begann. So legte er den Grundstein zu seinem sagenhaften Vermögen.

Inzwischen hielt er sich in gehörigem Abstand von Russland, denn er wusste, dass seine Position und sein Lebenswandel der Führungsschicht im Kreml ein Dorn im Auge waren. Er hatte einen großen Teil seiner Geschäfte abgewickelt und dafür gesorgt, dass sein Geld in lichtscheuen Steuerparadiesen gut verwaltet wurde. Das alles, um unter dem Radar zu bleiben.

Um sich selbst machte er sich keine großen Sorgen, denn er stand weder auf der einen noch der anderen Seite des Konflikts, der zwischen den Zirkeln um Putin und der im Ausland befindlichen wirtschaftlichen Elite entstand. Er hatte Kontakte in beide Lager, und zwar bis in hohe Kreise, von denen er wusste, dass sie gezwungen wären, ihm zu helfen, falls er jemals in eine prekäre Lage geriete. Doch war er stolzer Vater einer Tochter, Julie, und er wollte nicht, dass sie in irgendetwas hineingezogen würde. Sie besuchte im letzten Schuljahr ein exklusives Internat in Nizza und war sein Augenstern.

»Soll ich dir ein Geheimnis verraten, Julie?«

Grigorij legte den Arm um seine Tochter. Sie hatte schulfrei und wohnte derzeit auf Papas vielgeliebter Jacht. Sie war verwöhnt, das wusste sie selbst, aber so war es schon ihr ganzes Leben gewesen, und sie hatte keine Vergleichsmöglichkeiten.

Nun standen beide zusammen in einem kleineren Raum im Inneren des Schiffes. Es war ein sehr besonderer Raum, der nur für eine einzige Sache entworfen worden war. Die Wände waren dunkelgrün, in den Paneelen saßen kleine Spots, von der Decke hing eine zierliche Lichtleiste, und der Fußboden war mit rechteckigen Eichenfliesen bedeckt.

»Na klar«, antwortete Julie und lachte.

Grigorij holte eine kleine schwarze Dose heraus und richtete sie auf den Boden. Eine der Eichenplatten schob sich unter die benachbarte, und langsam fuhr ein weißes, knapp einen Meter hohes Podest heraus, auf dem ein Kubus aus schusssicherem Glas thronte. Darin lag ein glänzend schwarzes Ei aus Nero Marquina, dem spanischen Marmor mit weißen Kalziumadern. Es war groß wie ein Straußenei und ringsherum mit funkelnden Edelsteinen besetzt.

Julie schlug die Hände vor den Mund.

»Was ist das denn?«, brachte sie hervor.

»Das Auge der Nacht.«

Julie machte einen Schritt auf den Kubus zu und betrachtete das Ei.

»Das ist fantastisch!«, rief sie. »So schön!«

»Nicht wahr?«

»Sind das Diamanten?«

»Genau, und Saphire. Wenn man in der richtigen Reihenfolge auf die Steine drückt, dann öffnet sich das Ei«, erklärte Grigorij. »Die obere Hälfte wird dann von einem kleinen, erfindungsreichen Mechanismus aufgeklappt.«

»Ist was drin?«

»Ja.«

»Was denn?«, fragte Julie.

»Das wirst du sehen, wenn ich es öffne.«

»Kannst du das jetzt machen?«
»Nein.«
Julie hörte an der Stimme, dass dies ein Nein war, das auch nein bedeutete. Sie hakte ihren Vater unter und stellte sich dicht vor den Glaskubus.
»Warum hast du mir das noch nie gezeigt?«
»Weil das Ei eine sehr besondere Geschichte hat, und ich wollte, dass du reif genug bist, um sie zu verstehen.«
»Papa, ich bin neunzehn.«
Grigorij betrachtete das erwartungsvolle Gesicht seiner Tochter und erkannte, dass sie recht hatte. Sie war kein Kind mehr.

*

Die Strecke von Gdańsk nach Nynäshamn wurde von mehreren Reedereien bedient, eine davon Polferries. Im Moment war ihr Schiff, die *Cracovia*, nach einer rauen Überfahrt auf dem Weg in den schwedischen Hafen: Achtzehn Stunden mit zum Teil harten Winden und starkem Seegang auf der Höhe von Gotland hatten die Mägen vieler Passagiere von innen nach außen gekehrt.

Die große Mehrheit von ihnen waren ukrainische Flüchtlinge, diesmal ungefähr fünfhundert, fast ausschließlich Frauen und Kinder und einige ältere Männer. Die jüngeren waren zurückgeblieben, um ihr Land zu verteidigen. Die Kapazitäten der Fähre waren ausgereizt, viele saßen auf dem harten Boden, andere einander auf dem Schoß. Das Personal verteilte, so gut es ging, Wasser, vor allen Dingen an die Familien mit Kindern. Der Vorrat an Decken war, noch ehe sie Gdańsk verlassen hatten, aufgebraucht gewesen.

Auch das Fahrzeugdeck war vom Bug bis nach achtern mit einer Mischung aus Privatautos und Lastwagen voll besetzt. In der dritten Reihe fast ganz hinten stand ein polnisches Wohnmobil, ein grauer Van. Im Wagen befanden sich vier Personen. Sie hatten sich während der gesamten Überfahrt versteckt gehalten, denn eigentlich war es nicht erlaubt, im Auto zu bleiben.

Als die Fähre sich nun Nynäshamn näherte, stieg der Mann mit der Kappe mit einer Pistole in der Hand zum Schlafalkoven hinauf und machte eine Geste über den Mund. Kein Laut. Sie würden ungehindert nach Schweden gelangen. Alina hielt Oleksij eine Hand übers Gesicht. Der Mann kletterte wieder hinunter und nahm ein Gespräch auf seinem Handy an.

»Wir sind gleich in Nynäshamn«, sagte er leise. »Jacek kümmert sich um diese Sendung, ihr kriegt die nächste. Da oben quillt es nur so über die Grenzen. Stanislaw und Henryk übernehmen die Lieferungen, ich bleibe eine Weile in Schweden.«

In der abgenutzten Ankunftshalle wartete Personal von der Einwanderungsbehörde, dem Sozialdienst und der Kommune sowie eine große Anzahl Freiwilliger, die alles Mögliche von Essen und Hygieneartikeln bis hin zu Kuscheltieren bereithielten.

Auch uniformierte Polizisten waren da.

Zwei von ihnen waren Olivia und Lisa. Sie hatten den dritten Tag in Folge seit sieben Uhr morgens gearbeitet. Olivia hatte Kopfschmerzen, sie hatte zu wenig gegessen und getrunken, außerdem waren ihre Schuhe aus irgendeinem Grund zu eng. Sie war es auch nicht gewohnt, Uniform zu tragen, und fühlte sich daher insgesamt unwohl. Doch es gab Menschen, denen es viel schlechter ging – genauer gesagt: fünfhundert Flüchtlinge.

Das polnische Wohnmobil rollte von der Fähre und wurde von Lasse Tingvall auf eine Nebenspur geleitet. Olivia trat an das Führerhaus. Sie machte eine Geste zum Seitenfenster. Jacek ließ die Scheibe runterfahren und streckte ein paar Papiere heraus.

»Wir wollen nach Södertälje«, sagte er in gebrochenem Englisch. »Wir sollen einen Transport mit Hilfsgütern abholen, der runter nach Przemysl soll.«

»Wo liegt das?«

»An der ukrainischen Grenze.«

Olivia schaute die Papiere zweimal durch, alles sah korrekt aus. Sie reichte sie Jacek zurück, warf einen Blick ins Auto und winkte sie weiter. Jacek ließ den Motor an und fuhr von der Nebenspur. Olivia sah dem Auto nach, bis es, ohne noch einmal zu halten, das Hafengelände verlassen hatte. Dann ging sie zu Lasse zurück.

In dem kleinen Rückfenster im oberen Teil des Wohnmobils war das Gesicht eines Jungen zu sehen, er schaute der uniformierten Frau nach, die jetzt in der Ferne verschwand.

*

Vater und Tochter saßen dicht nebeneinander auf einem dunkelroten Ledersofa auf dem Achterdeck. Die Sonne glitt eben hinter den Horizont, der Himmel wurde von ihren letzten Strahlen rosa und orange gefärbt. Die Temperatur war angenehm lau, eine frische Brise vom Meer kühlte ihre Gesichter. Draußen in der Bucht jagten die Windsurfer mit mäßigem Erfolg hinter derselben Brise her. Bald würde es für sie an der Zeit sein, Richtung Pier zu paddeln.

»Möchtest du etwas trinken?«, fragte Grigorij und setzte –

nicht wegen des Lichts, sondern aus Eitelkeit – eine Sonnenbrille auf.

»Gerne.«

»Was denn?«

»Eistee, weißt du doch.«

Grigorij winkte dem Mann in Livree, der ein Stück entfernt stand, und leitete die Bestellung der Tochter weiter. Der Mann zog sich mit einer Verbeugung zurück. Grigorij lehnte sich zu Julie hinüber. Sie nahm seinen markanten Duft wahr, kein Rasierwasser, sondern etwas anderes. So hatte er schon immer gerochen, seit sie klein war, und der Duft verströmte Geborgenheit.

»Du, Papa.«

»Ja?«

»Letzte Woche haben ein paar Leute in der Schule angefangen, über die ganzen Todesfälle zu reden, all die reichen Russen, die im Ausland leben und jetzt auf seltsame Weise gestorben sind. Sie meinen, dass Putin dahintersteckt … Ich weiß nicht, ob ich das überhaupt hören sollte, aber ich musste echt viel drüber nachdenken. Das war nicht gerade angenehm.«

Grigorij war klar gewesen, dass die Frage früher oder später kommen musste. Auch wenn er es gerne wollte, so konnte er Julie doch nicht vor der Welt schützen.

»Das verstehe ich, aber es betrifft uns nicht.«

»Bist du mit Putin befreundet?«

»Früher war ich es einmal, jetzt aber nicht mehr. Seit dem Krieg in der Ukraine.«

»Du findest also auch, dass der schrecklich ist?«

»Ja. Und völlig unnötig. Dieser Krieg ist ein unbegreiflicher Fehler von Putin.«

Julie nahm den Eistee entgegen, der ihr gereicht wurde.

»Weiß er, dass du so denkst?«, fragte sie.
»Das nehme ich an.«
»Aber dann könnte er doch versuchen, auch dich zu töten?«
Grigorij sah seine Tochter an. Trotz der unerklärlichen Dinge, die mehreren seiner Freunde zugestoßen waren, war er überzeugt, selbst sicher zu sein, und das aus mehreren Gründen.
»Du musst dir keine Sorgen machen, es wird nichts passieren«, sagte er.
»Wie willst du das wissen?«
»Ich weiß es einfach.«
»Aber wie kannst du da so sicher sein? Hast du irgendjemanden in der Hand?«
Julie merkte sofort, dass sie mit dieser Frage eine Grenze überschritten hatte. Ihr Vater sprach niemals mit ihr über seine Unternehmungen. Sie wusste kaum, womit er sein Vermögen verdient hatte, das wurde nur »Geschäfte« genannt. Doch sie kannte sein hitziges Temperament und hatte im Laufe der Jahre schon genügend Gespräche mitgehört, um zu wissen, dass er recht hart sein konnte.

Als er nun ihre Frage ignorierte, mit den Fingern nach dem Mann in Livree schnippte und ihn um ein Glas eiskalten Chablis bat, wurde ihr klar, dass dies nicht der richtige Moment war, um hartnäckig zu sein. Vielleicht hatte sie gerade ins Schwarze getroffen, vielleicht aber auch nicht – das konnte sie nicht erkennen. Klar war jedenfalls, dass die Diskussion von seiner Seite beendet war, so gut kannte sie ihren Vater.

Jetzt würde er das Gesprächsthema wählen.

Julie nahm einen Schluck von ihrem Eistee, schob sich ein blaues Kissen in den Rücken, zog die Beine aufs Sofa und wartete. Sie beobachtete das Gesicht ihres Vaters, als er ein beschlagenes Glas entgegennahm, von seinem Wein trank und über den Horizont schaute. Er sah entspannt aus, und das ließ sie auch ruhig werden. Zumindest war er nicht böse. Nach einer Weile wandte er sich an sie.

»Weißt du etwas über Fabergé-Eier?«, fragte er.

Julie zuckte mit den Schultern.

»Nicht viel mehr, als dass sie unglaublich wertvoll sind. Und dass sie für die Zarenfamilie gemacht wurden«, antwortete sie, und mit einem Mal dämmerte es ihr. »Meine Güte, ist das Auge der Nacht etwa ein Fabergé-Ei?«

Grigorij lächelte und nickte seiner Tochter zufrieden zu. »Ja.«

»Ist das wirklich wahr?«

»Ja. Es ist seit vielen Generationen in unserer Familie.«

»Sind wir denn mit dem Zaren verwandt?«

»Nein«, lachte Grigorij, »aber du hast recht, anfangs wurden die Eier für die Zarenfamilie hergestellt, genauer gesagt war es Zar Alexander, der 1885 das erste Ei bestellte. Er suchte ein Ostergeschenk für seine Frau Maria Fjodorowna und wandte sich dazu an den Juwelier Peter Carl Fabergé, der ein Ei schuf, in dem sich ein goldener Dotter befand, darin wiederum ein vergoldetes Huhn und in dem Huhn eine kleine Krone mit drei angehängten Rubineiern.«

»Das ist ja krass!«

»Das fand Maria auch, und sie war so entzückt von dem Ei, dass Alexander ihr, bis er starb, zu jedem Osterfest ein Ei schenkte, und danach setzte ihr Sohn, Zar Nikolai, diese Tradition fort. Bis zur Revolution 1917 schenkte er sowohl seiner Mutter als auch seiner Frau jedes Jahr ein Ei. Insgesamt wurden für die Zarenfamilie 50 Eier hergestellt. Heute existieren noch 43 davon, wo die anderen sieben hin verschwunden sind, ist ein großes Rätsel.«

Grigorij nahm einen weiteren Schluck von seinem Wein, um die Worte bei Julie einsinken zu lassen.

Es dauerte eine Weile, dann sagte sie: »Willst du damit sagen, das Auge der Nacht ist eines von diesen sieben?«

»Ja.«

»Und niemand weiß, dass wir es besitzen?«

»Nein«, sagte Grigorij.

»Meine Güte, wie aufregend! Aber wie ist es denn bei uns gelandet?«

»Das ist eine lange Geschichte. Die Mutter meiner Großmutter mütterlicherseits, Alexandra Wasilewskaja, arbeitete am russischen Hof und stand der alten Zarin vor allem nach dem Tod des Zaren sehr nahe.«

»Als ihr Sohn Nikolai neuer Zar wurde?«

»Genau. Und als die Revolution ausbrach, lebte die alte Zarin in Kiew, sie hatte St. Petersburg verlassen, weil sie mit ihrem Sohn, vor allem aber mit ihrer Schwiegertochter, zunehmend uneins darüber war, wie das Land gelenkt werden sollte.«

»Und deine Urgroßmutter ist mit ihr gegangen?«

»Ja, sie gehörte zum Dienstpersonal.«

»Und was ist dann mit der Familie passiert?«

»Während der Revolution ist die alte Zarin von Kiew auf die Krim gebracht worden, wo sie unter dem Schutz der Weißen Armee stand.«

»Und das galt auch für Alexandras Familie?«

»Ja, aber dann eroberte die Rote Armee auch die Krim, und die alte Zarin wurde von ihren Vertrauten überredet zu fliehen, doch vorher gab sie Alexandra einen Auftrag.«

Grigorij griff wieder nach seinem Glas.

»Die alte Zarin weigerte sich nämlich zu glauben, dass ihr Sohn Nikolai ermordet worden sei«, fuhr er fort. »Deshalb gab sie Alexandra eines ihrer Fabergé-Eier mit dem Auftrag, damit für Nikolai und seine Familie die Flucht zu finanzieren. Während also die Kaiserinwitwe Maria Fjodorowna das Land mit zwei ihrer Töchter, ihrem Dienstpersonal und einer Reihe anderer zarentreuer Menschen verließ, wurde meine Urgroßmutter mit ihrer Familie nach St. Petersburg gebracht.«

»Aber der Zar, Nikolai, der war doch wirklich tot, oder?«

»Ja. Die ganze Familie war ermordet worden, seine Mutter wollte es nur nicht wahrhaben.«

»Das Ei blieb also in Alexandras Familie, und niemand wusste davon?«

»Niemand außer der Zarin selbst. Die gelangte schließlich in ihr ursprüngliches Heimatland Dänemark, und bei uns wurde das Ei ein gut gehütetes Familiengeheimnis. Niemand außerhalb der Verwandtschaft wusste davon, und so blieb es über Generationen.«

»Aber wie ist es denn Alexandra und ihrer Familie nach der Revolution ergangen? Sind sie in der Sowjetunion geblieben?«

»Ja, sie wurden niemals als Zarentreue entlarvt. Die Verwandtschaft hat es immer geschafft, sich in der Nähe des Machtzentrums aufzuhalten, und meine Großmutter war ebenso wie meine Mutter Alexandra davon überzeugt, dass das Ei die Familie beschützen würde. Das Auge der Nacht wurde zu einer heiligen Reliquie aus vergangener Zeit. Es heißt, das Auge könne alles durchschauen und seinem Besitzer helfen.«

»Stimmt das?«

»Ja.«

»Aber du glaubst ja wohl nicht daran, dass das Ei irgendeine mystische Kraft hat, oder?«

Grigorij warf seiner Tochter einen unergründlichen Blick zu und nahm einen Schluck aus dem Glas.

»Du glaubst das wirklich?«, hakte Julie ungläubig nach.

»Ich kann einfach nur feststellen, dass es unserer Familie weiterhin gut geht, nicht wahr?« Er machte eine vielsagende Geste über das lang gezogene Deck der Jacht.

Julie sah ihn erstaunt an, ihre Stimme verriet Skepsis. »Es ist ein Osterei, Papa. Ein kostbares Kunstwerk, aber ein Ei.« Sie konnte nicht umhin zu lachen, als sie das sagte. Für sie war der Gedanke lächerlich, und sie ging schlicht davon aus, dass ihr Vater derselben Ansicht sei. Alter Aberglaube schien ihr so gar nicht zu ihm zu passen, doch als sie seinem stahlblauen Blick begegnete, wurde ihr klar, dass er es zutiefst ernst meinte.

»Das ist schwer zu begreifen, das ist mir durchaus bewusst, Julie«, erwiderte Grigorij. »Aber eines Tages wirst du die Bedeutung dessen, was ich sage, verstehen, das weiß ich genau, denn du bist meine Tochter. Ich habe heute lieber nicht erzählt, wie es denjenigen in unserer Verwandtschaft ergangen ist, die das alles für Nonsens gehalten haben, aber sie wurden nicht alt, das kann ich dir versichern. Eines Tages wird das Auge der Nacht dir gehören, und ich möchte sicher sein können, dass du dann das Geheimnis bewahrst und die Geschichte unserer Familie weiterhin würdigst. Und sei es nur um deiner selbst willen. Du kannst dir nicht leisten, es darauf ankommen zu lassen. Sind wir uns da einig?«

Julie hatte schnell erkannt, dass es hier keine Widerrede mehr gab. Da sie wusste, dass Anpassungsfähigkeit belohnt wurde, antwortete sie: »Ja, Papa.«

»Gut.«

Grigorij nahm den letzten Schluck aus seinem Weinglas, schnippte mit den Fingern und machte deutlich, dass er nachgeschenkt haben wollte. Ein entferntes Geräusch ließ ihn zum Land schauen. Ein Helikopter war auf dem Weg von Cap d'Antibes zu seiner Jacht. Grigorij stand auf und zog eine goldfarbene Kreditkarte aus der Tasche.

»Jetzt geh du mal und mach dir einen netten Abend am Hafen. Du kannst mit dem Wasserscooter fahren, nimm den grünen.«

Julie stand vom Sofa auf und nahm die Karte entgegen.

»Danke.«

»Aber komm nicht so spät zurück ... und keine Dummheiten.«

»Was denn für Dummheiten?«

»Du weißt schon, was ich meine, schließlich bist du neunzehn.« Grigorij lächelte.

Julie umarmte ihn kurz und wandte sich dann um, während sie gleichzeitig die Karte in die Tasche ihrer engen dunkelblauen Jeans schob. Grigorij schob seine Sonnenbrille hoch und beobachtete ihre Bewegungen und ihren jungen schlanken Körper, als sie übers Deck schlenderte. So hat ihre Mutter früher auch einmal ausgesehen, dachte er und winkte einen schwarz gekleideten Mann zu sich.

»Behalt sie im Blick«, sagte er. »Diskret.«

Der schwarz Gekleidete ging, und Grigorij hob den Blick zum Helikopter. Der stand ein paar Augenblicke über dem Schiff, dann senkte er sich auf die Plattform am Heck.

»Hier! Nimm meine Hand!«

Sasja stand unterhalb der kreisenden Rotorblätter und streckte die Hand zu Ivanna aus. Vorsichtig half sie dem Mädchen herunter. Gemeinsam liefen sie geduckt vom Helikopter zu einer Leiter. Auf dem Weg dorthin mussten sie einen gläsernen Fußboden passieren, der einen großen Teil des Zwischendecks ausmachte. Ivanna fuhr zurück, sie wagte nicht auf das Glas zu treten.

»Findest du das unangenehm?«, fragte Sasja.

»Ja.«

»Das fand ich anfangs auch, aber es ist ungefährlich, das Glas ist stärker als Holz. Komm.«

Sasja überredete Ivanna, auf das Glas zu treten, erst ganz vorsichtig. Es fühlte sich an, als würde man auf dünnem Eis gehen, und nach ein paar Schritten blieb sie stehen und starrte nach unten: »Was ist das denn, da unten?«

»Ein Aquarium.«

Ivanna sah Schwärme von rotbraunen Fischen sich in der Tiefe bewegen.

»Und was für Fische sind das?«

»Piranhas.«

Sasja brachte Ivanna in einen protzigen Salon. Überall Teak mit dunklen Mahagoniintarsien und glänzenden Messingbeschlägen. Auf der einen Seite des Rumpfes war eine lange Reihe Bullaugen angebracht, auf der anderen Seite hingen gerahmte Ikonen mit kleinen Lämpchen an den Seiten.

»Da drin ist das Badezimmer«, sagte Sasja und deutete auf die Tür. »Aber lass uns erst ein bisschen reden. Setz dich.«

Ivanna ließ sich auf einer an der Wand befestigten Bank nieder, Sasja sank in einen weißen Ledersessel ihr gegenüber und faltete die Hände vor sich.

»Das hier ist eine Luxusjacht«, begann sie. »Eines der größten Privatschiffe der Welt. Da gibt es viel Arbeit, man braucht viel Personal. Wenn du willst, kannst du hier an Bord arbeiten.«

Ivanna schwieg. Nach den Ereignissen in Polen war sie immer noch aus dem Gleichgewicht. Sasja hatte ihr im Auto ein paar Tabletten gegeben, damit sie sich beruhigte, fast den ganzen Weg hierher hatte sie geschlafen, war immer wieder aufgewacht und weggedämmert. Sie schaute sich im Salon um. Ohne Sasja anzusehen, fragte sie leise: »Kannten Sie die Männer im Wohnmobil?«

Sasja zuckte ein wenig mit den Händen.

»Warum fragst du das?«

»Die haben gar nicht groß reagiert, als Sie geklopft und Oleksij dort gelassen haben.«

»War das der Junge?«

»Ja.«

»Nein, ich kannte die Leute nicht«, sagte Sasja. »Aber du hast mir nicht geantwortet.«

»Worauf?«

»Ob du an Bord arbeiten willst.«

»Ich weiß nichts über solche Boote.«

»Es ist kein Boot, sondern ein Schiff. Du wirst alles schnell lernen.«

Ivanna senkte den Kopf und nickte.

»Geh jetzt mal duschen«, fuhr Sasja fort, »nachher zeige ich dir alles.«

Ivanna stand auf und zog ihre Jacke aus. Sasja hielt ihr einen eleganten weißen Bademantel hin.

»Zieh den an, wenn du fertig bist, und warte hier.«

Ivanna nahm den Bademantel und ging zur Dusche. Sasja sah zu, wie sie im Badezimmer verschwand.

*

Direkt oberhalb des Hafens von Antibes saßen ein Mann und eine Frau mit gut gebügelten hellblauen Hemden in einem Mietwagen. Die Frau hatte ein sehr starkes Fernglas aufs Meer und einen grünen Wasserscooter gerichtet.

»Die Tochter ist auf dem Weg in den Hafen«, sagte sie.

»Allein?«

»Nein, weiter draußen kommt noch ein Scooter.«

»Er hat Angst um sie.«

*

Grigorij hatte sich einen braunen Strickpullover übergezogen und noch ein Glas Wein bekommen. Das Gespräch mit der Tochter, bei dem es um Putins Jagd auf missliebige Oligarchen ging, hatte ihn verärgert. Er betrachtete sich nicht als Oligarchen. Gewiss, er war reich, und Teile seines Reichtums hatte er auf eine Art und Weise verdient, die man gemeinhin mit Oligarchen verband. Zumindest sah das die Gesellschaft so. Und Putin. Das war ihm durchaus bewusst. Er selbst betrachtete sich jedoch als Geschäftsmann, als Investor, der mehr und mehr von seiner Tätigkeit ins Ausland verlagert hatte, weg von Russland. Wahrscheinlich störte das den Potentaten im Kreml. Aber wie weit würde er gehen?

Grigorij nahm einen Schluck Wein und erwog, in den beleuchteten, grün gefliesten Pool zu steigen. Doch da kam Sasja mit einer Zigarette in der Hand über das Glasdeck. Das blaue Licht des Aquariums spiegelte sich in ihrem Gesicht wider und ließ sie blass und ungesund aussehen. Sie hat keinen Stil mehr, dachte Grigorij.

»Hallo«, sagte er. »Wie ich gesehen habe, hat es geklappt.«

»Ja. Aber das hier war das letzte Mal.«

»Was meinst du damit?«

»Dass du dir deine Mädchen in Zukunft von anderen liefern lassen musst.«

»Warum das denn? Hast du ein Problem mit meinen ›Mädchen‹?«

»Überhaupt nicht, aber ich bin es leid, dich zu bedienen. Wie du weißt, habe ich Wichtigeres zu tun.«

Sasja sank auf einen Liegestuhl neben dem Sofa, setzte eine Sonnenbrille auf und legte ihre Beine auf einen Hocker.

»Kannst du einen Negroni bestellen?«, sagte sie. »Viel Eis.«

Grigorij betrachtete sie ein paar Momente.

»Glaubst du, ich bin dein Diener?«, fragte er beherrscht.

Sasja ignorierte den Kommentar und winkte einem Besatzungsmitglied ein Stück entfernt.

»Was ist mit der Letzten passiert, die ich geholt habe?«, fragte sie. »Warum konntest du dich nicht mit ihr zufriedengeben?«

»Sie ist in den Hafen gefahren, um einzukaufen, und nie wiedergekommen.«

»Warst du gemein zu ihr?«

»Ich bin nie gemein zu Frauen, das solltest du wissen.«

Sasja schob die Sonnenbrille mit dem Zeigefinger hoch und sah Grigorij an.

*

Oleksij saß auf dem Bett im oberen Teil des Wohnmobils und schaute aus dem Fenster. Es war dunkel und regnete in Strömen, die schnurgerade Autobahn glänzte schwarz. Seine Mutter lag neben ihm und strich ihm mit der Hand über den Rücken.

»Alles wird gut, Oles, wir sind in Schweden, hier sind sie nett zu den Menschen.«

Oleksij nickte und sah die Tränen nicht, die Alinas Wangen hinunterliefen. Sie wischte sie mit einem Deckenzipfel weg. Oleksij durfte nicht merken, wie verzweifelt sie war. Sie musste stark sein. Irgendwie würden sie aus diesem Auto herauskommen und Kontakt zu anderen Menschen aufnehmen können. Schweden. Sie musste einfach daran glauben. Dass alles gut werden würde. Dass sie nicht von einer Hölle in die andere geflohen waren.

Das durfte einfach nicht sein.

Sie war nicht religiös und glaubte an keinen Gott, das hatte sie nie gebraucht. Jetzt faltete sie die Hände unter der Decke und schloss die Augen. Und betete. Betete, dass es einen Gott geben möge, der ihren Sohn retten könnte. Der Finsternis in Licht verwandeln könnte. Wenn sie das hier überleben würden, so gelobte sie, würde sie in jeder Kirche, an der sie vorbeikam, eine Kerze anzünden.

Das Auto bremste und bog Richtung Fittja ab.

*

Sie ging mit ihrem Negroni in den kleinen Salon, um allein zu sein und nachdenken zu können. Das Verhältnis zu Grigorij war anstrengend und an der Grenze zu kaputt. Das spürten sie beide. Sollten sie getrennte Wege gehen? Sie trat an das Aquarium und betrachtete die Fische dort drinnen. Sie würde aus ihrer Beziehung nicht ohne Wohlstand herausgehen, das wusste sie. Er würde sie mit allem versorgen, was sie brauchte, nicht zuletzt wegen Julie. Doch es war ein großer Schritt, der schicksalhaft sein konnte, schließlich waren sie auf so vielen

Ebenen miteinander verflochten. Und dann war da noch ein winziges Detail: In ihrem Herzen war Grigorij immer noch der Mann ihres Lebens.

Sie betrachtete die Piranhas, die hinter dem Glas hin und her schwammen. Zeitweilig war er verrückt, dunkel und mystisch, sein barbarischer Hintergrund brach manchmal in wenig angenehmer Weise durch. Nicht gewalttätig – er hatte nie die Hand gegen sie erhoben –, aber in Form von Schweigen, Härte und einer Kälte, mit der sie nicht umgehen konnte und die sie zu einer Spielfigur auf seinem Brett reduzierte.

Eigentlich wusste sie sehr wenig über seinen Hintergrund. Was sie wusste, hatte er ihr selbst erzählt, und sie hatte keine Ahnung, ob es stimmte. Sicher war hingegen, dass er Julie über alles auf der Welt liebte.

Sie schaute wieder ins Aquarium, ihr Blick wanderte zum Grund und zu den Gegenständen, die da lagen.

An einem davon hing eine dünne Fußkette aus Silber.

Sie kannte diese Kette.

Wie war die denn da hingekommen?

Sie starrte auf die Kette, und ihr wurde übel. Das Glas zitterte in ihrer Hand. Sie wich ein paar Schritte zurück, setzte sich in einen der roten Sessel und holte ihr Handy raus. Ehe sie anrief, kontrollierte sie kurz, dass die Tür hinter ihr geschlossen war.

Das Gespräch war kurz. Der Mann, mit dem sie telefonierte, bestätigte, was sie nicht hören wollte, und sie musste würgen.

HERBST 2022

Von ferne schon hörte man Lachen und Geschrei. Wenn man näher kam, sah man die bunten Lämpchen, die in den Apfelbäumen über einem langen, überbordend gedeckten Tisch hingen. Um den Tisch saßen achtzehn Personen höchst unterschiedlichen Alters, die meisten mit lustigen Papierhüten auf den Köpfen, nur die Teenager, die sich absolut weigerten, peinlich auszusehen, saßen ohne da. Es war ein warmer Abend Ende August, und bei Familie Olsäter in Kummelnäs vor Stockholm war Krebsfest. Alle Kinder und Enkelkinder waren dabei, und außerdem noch Olivia Rönning und Abbas el Fassi. Olivia war in ein Gespräch mit dem ältesten Sohn Jimi vertieft, und Abbas saß auf der anderen Seite des Tisches neben Jolene, Mettes und Mårtens jüngster Tochter, die inzwischen auch schon 29 Jahre alt war. Jolene war mit Downsyndrom geboren und das Kind aus der großen Schar, das Abbas am nächsten stand.

»Nein, Juuuuuniii. Pfui Teufel!«

Eines der kleineren Enkelkinder hatte gerade seine heiße Wurst an den Mischlingshund verloren, der Tochter Janis und ihrer Familie gehörte. Juni wuselte schnell mit seiner Beute davon und hätte fast Mårten Olsäter ins Straucheln gebracht, der gerade zwei gigantische Schüsseln aus der Küche schleppte, gefolgt von seiner Frau Mette, die zwei weitere trug.

»Und hier kommen wir mit allen Leckereien«, posaunte er, ehe er die Schüsseln auf den Tisch stellte. Zum Auftakt hatte es bereits Västerbotten-Pie für die Älteren und Hotdogs für die Jüngeren gegeben, und jetzt war es also Zeit für den Höhepunkt des Abends: die Krebse. Es wurden schwedische Signalkrebse gereicht, für die Mårten am Tag zuvor einen neuen Sud gekocht hatte, weil er der Meinung war, gekaufte Krebse würden immer zu wenig nach Salz und Dill schmecken.

Mette ließ sich direkt neben Olivia auf ihrem Platz am einen Ende des Tisches nieder. Mårten stellte sich hinter seinen Stuhl am anderen Ende und erhob wieder die Stimme.

»Ich möchte nur gern ein paar Worte sagen, ehe wir loslegen«, verkündete er. »Ich möchte zum Ausdruck bringen, wie unglaublich glücklich ich bin, weil …«

»Opa.«

Der vierjährige Enkel unterbrach ihn.

»Ja, Elias?«

»Ich muss Kacka!«

Das erzeugte einige Heiterkeit, vor allen Dingen bei den Kindern am Tisch, die laut über ihren Cousin kicherten.

»Na ja, dann denke ich, du solltest es so machen wie die Bären im Wald«, sagte Mårten.

»Und was machen die?«

»Sie gehen auf die nächste Toilette.«

Mette stand auf.

»Komm, ich helfe dir«, sagte sie, nahm Elias an der Hand und ging mit ihm Richtung Haus.

»Du bist doch verrückt, Opa, es gibt gar keine Toiletten im Wald«, sagte ein kleines Mädchen mit dunklen Locken, Ketchup auf der Wange und dem Mund voller Wurst.

»Da hast du vollkommen recht, Stella, was für ein Glück, dass wir keine Bären sind. Stell dir nur vor, wie anstrengend das wäre, die ganze Zeit alles zurückhalten zu müssen.«

»Ja«, sagte Stella, »wir würden wie Ballons werden, die in die Luft steigen und dann zerplatzen, und ...«

»Jetzt lass den Opa mal fertig reden«, sagte Jimi und zog seine sechsjährige Tochter an sich.

»Nun, ich denke, wir sagen erst einmal Prost und warten auf Elias und Mette«, sagte Mårten und erhob sein Glas. Nun klirrten und klapperten Schnaps- und Saftgläser.

»Können wir nicht auch singen?«, meldete sich wieder Stella.

»Na ja, natürlich«, sagte Mårten. »Was willst du denn singen, Stella?«

»Das mit den Mücken und dem Schlucken.«

»Ausgezeichnete Wahl. Kurz und knapp.«

Mårten hob sein Schnapsglas und intonierte. Dann sangen sie: »Die Mücken, die jucken. Schlucken!« Nachdem sie geschluckt hatten, prosteten sie sich abschließend noch einmal mit ihren Gläsern zu, und in diesem unbeobachteten Moment gelang es dem Hund Juni, sich noch ein Wurststück zu schnappen, das auf dem leeren Platz von Elias lag.

»Der ist einfach unmöglich«, lachte Janis.

»Darf ich jetzt Seifenblasen machen?«, fragte Stella.

»Jetzt nicht, Liebling«, sagte Jimi. »Iss dein Essen auf, dann darfst du danach Seifenblasen machen.«

Stella verschränkte die Arme vor der Brust und starrte ihren Vater wütend an. Mårten wollte sich gerade wieder hinsetzen, blieb jedoch stehen, als er Mette und Elias aus dem Haus kommen sah.

»Schon fertig?«

»Ja, ich bin der Schnellste der Welt, schneller als alle Bären im ganzen Wald.«

Elias lief zu seiner Mutter, die ihn auf den Schoß nahm,

und Mette setzte sich wieder auf ihren Platz. Mårten räusperte sich, und am Tisch wurde »Psssst« gemacht, damit Stille einkehrte.

»Ich hatte vor, ein bisschen ernst und feierlich zu werden«, sagte er, »das ist eine Alterserscheinung.«

»Das war zu erwarten«, sagte Tochter Janis leise und lächelte ihren Vater an.

»Ich bin so glücklich darüber, dass ... Entschuldigung«, sagte Mårten und gestikulierte zu Mette. »*Wir* sind so glücklich darüber, dass wir unsere ganze Familie wieder hier versammelt haben können. Wir sind unendlich dankbar, weil wir alle einigermaßen gesund durch die schwere Zeit der Pandemie und Isolation gekommen sind. Aber wir leben immer noch in schweren Zeiten. In Europa herrscht Krieg. Die Demokratie wird in mehreren Teilen der Welt angegriffen. Es herrscht Inflation, Shrinkflation, Stromkrise, Klimakrise. Im Moment gibt es fast nichts ohne Krise. Da kann es sich manchmal so anfühlen, als würden wir hier die letzten Tage erleben.«

»Das ist ja wirklich erbaulich ... hast du nicht gesagt, du wärst glücklich?«, mischte sich der zweitälteste Sohn Mikael ein.

»Aber genau das bin ich ja, trotz allem. Weil *wir* keine Krise haben. Ich weiß, dass wir alle hier um den Tisch füreinander da sind, und darauf bin ich so unglaublich stolz. Und es ist wichtig, die Dinge in der kleinen Welt genießen zu können, wenn die in der großen gerade ein bisschen schwer zu verdauen sind. Man muss sein Bestes geben, oder – wie meine liebe Mutter Ellen immer zu sagen pflegte – aufrecht wie Stab und Stecken im Scheißhaufen stehen. Und ihr alle hier seid meine Lieblingsstäbchen auf der Welt, das sollt ihr wissen.«

»Ich bin kein Stab, ich bin ein Bär«, sagte Elias.

»Und ich bin eine Stabheuschrecke!«, rief Stella und blies ein paar Seifenblasen auf Mårten.

»Ja, das bist du wirklich«, sagte Mårten, »und eine Familie wie euch zu haben, aus Bären und Stabheuschrecken, das ist der größte Reichtum, den man besitzen kann.«

Jimi lehnte sich zu Olivia rüber und flüsterte: »Wenn der Teufel alt wird, will er Mönch werden.«

Olivia musste grinsen, denn sie wusste, was er meinte. Mårten mit seinem sozialen Pathos und seinem Ehrgeiz, die Welt zu verändern, hatte sich mit allem Recht des Alters von den höchsten Barrikaden zurückgezogen und bildlich und buchstäblich gesprochen angefangen, sein eigenes Gärtchen zu bestellen.

»Fängst du jetzt an zu weinen, Opa?«, fragte Stella, die gemerkt hatte, dass Mårtens Augen ein wenig feucht geworden waren.

»Ja, beinahe, mein Liebling, aber das ist, weil ich so froh bin, dass du hier bist. Ein Wohl auf uns alle, und möge unser fröhliches Lachen in die Nacht hinaus und bis zum Kreml klingen. Denn mit Lachen und Liebe kann man Böses vertreiben!«

Es klirrte und klapperte wieder.

»Und jetzt dürft ihr endlich über die Krebse herfallen, bitte schön!«

Mårten setzte sich und genoss das Gemurmel, das nach seiner Rede aufkam. Er befand sich auf seinem Lieblingsplatz in der Welt. In seinem schönen Garten mit seiner ganzen lärmenden Familie um sich herum.

Und mit seiner geliebten Mette.

Mårten sank nach hinten aufs Kopfkissen und zog die Decke über sich. Er hatte zu viel gegessen und zu viel getrunken und war außerordentlich zufrieden. Die Rolle als Patriarch der Familie sagte ihm sehr zu. Der Älteste, ein Nestor, von dem die Nachkommen auf seiner Beerdigung mit Würde sprechen würden. Er war neugierig, wie die Worte um den Sarg wohl ausfallen würden, oder besser noch auf der Nachfeier im Anschluss. Er hätte gerne den Spion beim Leichenschmaus spielen wollen, um zu hören, wie einer nach dem andern aufstand und mit mehr oder weniger erstickter Stimme auszudrücken versuchte, was er, der Ahnenvater, ihnen in ihrem Leben bedeutet hatte. Schöne, zärtliche Worte, die den Mann der Tat beschrieben, die würdevolle und großzügige zentrale Wärmequelle der Familie, der bis hin zum kleinsten Enkelkind Liebe verbreitet hatte.

Und dann Mette, seine geliebte Frau, würde sie auch etwas sagen? Da war er sich nicht so sicher. Sie war ja nicht so fürs wortreiche Ausschmücken, wahrscheinlich hätte sie das Gefühl, dass er, der Mann im Sarg, wusste, wie es in ihr aussah.

Und das tat er.

Er drehte sich zum Badezimmer und beobachtete seine Frau. Wie ruhig und entspannt sie neuerdings war, als hätte sie nun endgültig die harten, herzzerreißenden Jahre hinter sich gelassen. Nun genossen sie ihren wohlverdienten Ruhestand im Herbst des Lebens, und das machte ihn sehr glücklich.

Mette stand im Nachthemd am Waschbecken, putzte sich die Zähne und checkte gleichzeitig ihr Handy. Sie hatte ein paar SMS bekommen, um die sie sich am nächsten Tag kümmern wollte, alles Nebensächlichkeiten, aber dann war da noch eine Sprachnachricht auf der Mailbox. Jetzt anhören oder warten?, dachte sie und legte die elektrische Zahnbürste beiseite. Jetzt. Sie klickte die Nachricht an und lauschte, es war eine Männerstimme: *Hallo, Mette, hier ist noch mal Martin. Ich wollte nur hören, ob du dich entschieden hast. Willst du einspringen und helfen? Wir brauchen dich wirklich. Melde dich.*

Mette drückte die Nachricht weg und betrachtete ihr Gesicht im Spiegel: Der stahlharte Blick hatte einen diffusen Schleier über der Iris bekommen, die Falten waren von der Stirn bis runter zur Nasenwurzel gewandert, die Lippen waren schmal geworden … ein Gesicht, das früher einmal Potentaten zum Zittern gebracht hatte. Wohin bin ich verschwunden?, fragte sie sich.

»Liebling!«

Mårtens zufriedene Stimme erreichte das Badezimmer.

»Ja.«

»Was hältst du von einer Tour ins Schmetterlingshaus morgen?«

*

Grigorij spürte, wie das Handy in der Tasche lange vibrierte, dann wieder still wurde und noch einmal begann. Am Ende sammelte er sich, beruhigte seine Atmung, schluckte zweimal und wischte sich den Schweiß aus dem Gesicht. Trotzdem zitterte seine Hand, als er das Gespräch annahm. Es war Julie.

»Hallo, Papa!«

»Ist was passiert?«

»Nein, wieso?«

»Du rufst mitten in der Nacht an!«

»Oh, Entschuldigung, wir sind nach der Schule noch in die Stadt gegangen und haben ein bisschen Wein getrunken, und da war …«

»Was wolltest du?«, unterbrach Grigorij sie.

»Die andern haben wieder angefangen, mich nach all dem mit den Russen und so zu fragen, die gestorben sind, und ob wir Angst haben, ermordet zu werden, und ich musste jetzt einfach hören, ob bei dir alles gut ist. Ist alles gut bei dir?«

»Alles ist gut.«

»Wie lange bleibt Mama weg?«

»Noch eine Weile«, antwortete Grigorij. »Hat sie sich nicht gemeldet?«

»Doch, vor ein paar Tagen. Da war sie wieder in Polen. Was macht sie da eigentlich?«

»Sie hilft an der Grenze, kümmert sich um Flüchtlinge.«

Grigorij räusperte sich. Julie schwieg am anderen Ende der Leitung. Sie konnte seine schweren Atemzüge hören.

»Ist wirklich alles okay?«, fragte sie nach einem Moment.

»Ja. Geh jetzt ins Bett, es ist spät.«

»Du musst jetzt nicht so ärgerlich klingen. Ich mache mir doch nur Sorgen.«

»Ich bin nicht ärgerlich, nur müde.«

»Okay, aber versprich anzurufen, wenn irgendwas passiert!«

»Das verspreche ich. Gute Nacht!«

Grigorij ließ das Handy sinken. Wenn irgendwas passiert? Langsam drehte er sich zu der Säule um und schaute mit feuchten Augen durch den Glaskubus hindurch. Es war unfassbar: Er war leer. Das Auge der Nacht war verschwunden.

Die Sonne war noch nicht über den Horizont gekommen, das Licht war bleich und diesig, graue Nebelschwaden wischten übers Meer. Die Wasseroberfläche war immer noch ziemlich aufgewärmt, etwas tiefer hielt sich die Temperatur um vierzehn bis fünfzehn Grad. Perfekt für Tom Stilton. Sein Körper troff vor Schweiß, als er vom Steg glitt und sich auf den Meeresboden sinken ließ, bis ganz nach unten, um dann mit einem kräftigen Stoß wieder an die Oberfläche zu schießen. Er machte ein paar Schwimmzüge aufs Meer hinaus und genoss die Kraft in den Armen und die Beinbewegungen, die seinen Körper nach vorne schoben: Er war im Begriff, wieder der zu werden, der er gewesen war, bevor er dem Tod so nahe kam.

Als er vor einem knappen Jahr die Intensivstation verließ, nachdem er fast drei Wochen lang im Koma gelegen hatte, war er ein körperliches Wrack. Er schaffte es auf Lunas Kahn kaum von der Koje zur Toilette. Also entschloss er sich, hinaus auf die Insel zu ziehen, in das Haus auf Rödlöga, und sich wieder aufzubauen.

Von innen und außen.

Sowie die Kräfte zurückkehrten, fing er an, sich Stück für Stück um das kleine rote Haus zu kümmern. Das hatte eine ganze Weile leer gestanden und war von Mäusen, Spinnen und anderem Getier übernommen worden. Eine Woche brauchte er, um alles wieder zu reinigen, aufzuräumen, staubzusaugen, zu wischen und den Küchenfußboden zu scheuern. Er wollte nicht nur sauber machen, sondern auch erreichen, dass sich Luna, seine Lebenspartnerin, willkommen fühlte. Er wollte, dass sie immer, wenn ihr danach war, rauskam. Und vielleicht auch blieb. Nicht für immer, aber doch ausreichend lange, um ein Gefühl für das zu bekommen, was er spürte, nämlich dass dies hier ein besonderer Ort war, am äußersten Rand der Schärenlandschaft und unberührt von allen Entwicklungen der Zeit: Handynetz hatte man zum Beispiel nur an einer bestimmten Stelle ganz oben auf den Klippen der Insel.

Sein zweites Projekt war ein Outdoor-Fitnessstudio, hauptsächlich aus Baumstämmen in unterschiedlichen Formationen. Da konnte er sich alles wieder antrainieren, was er verloren hatte. Jeden Morgen vor Sonnenaufgang schuftete er ein paar Stunden mit den Baumstämmen, bis der Schweiß nur so rann und ihm die Zunge raushing. Danach sprang er ins Wasser.

»Du bist ja schon drin!«

Luna kam in hellgrüner Trainingskleidung von der Lichtung her angelaufen. Sie hatte ihre eigene Morgenroutine: drei Runden um die Insel und dann ins Wasser. Oft schwammen sie gleichzeitig, manchmal passte der Takt nicht. Heute waren sie fast zeitgleich da, Stilton war noch im Wasser, als Luna ihre Kleider auszog und hineinsprang.

Ein halbes Jahr lang war sie auf ihrem Kahn geblieben und hatte Tom Zeit gegeben, sich mental zu erholen. Sie wusste, dass er Raum brauchte. Als er sie schließlich aufrichtig bat, zu ihm herauszukommen, und hinzufügte, dass er sich nach ihr sehnte, da fuhr sie.

Jetzt schwammen sie mit ruhigen, gleichmäßigen Schwimmzügen nebeneinanderher und ließen die spritzige Kälte ihre Körper abkühlen. Luna legte ein paar Beinschläge drauf, war zuerst an der Leiter und kletterte langsam auf den Steg. Stilton lag noch im Wasser und betrachtete ihren schlanken nackten Körper, das lange blonde Haar, das schöne Schlangentattoo, das vom Hals über die Schulter verlief, ihre geschmeidigen Bewegungen. Er merkte, wie er einen Ständer kriegte, und stieg nach ihr aus dem Wasser. Luna drehte sich um, sah ihn an und streckte eine Hand aus. Vorsichtig umschloss sie sein Glied und hielt es still. Er beugte sich hinunter und fuhr mit der Zunge über das salzige Wasser auf ihrer linken Brust. Sie merkte, wie es in ihrer Hand hart wurde und kleine, heiße Blitze durch ihren Unterleib zuckten.

Sie schliefen auf dem Steg miteinander.

Allmählich bewegte sich die Sonne in der Ferne über den Rand, die Strahlen streckten sich länger und länger übers Meer und erreichten schließlich auch die Bucht und dann den Steg. Luna hatte eine Decke geholt und sich eingewickelt, Stilton saß neben ihr und legte einen Arm um sie. Es war nicht das erste Mal, dass sie dasaßen und den wunderbaren Sonnenaufgang betrachteten, aber es war genauso faszinierend wie immer. Luna lehnte sich an Stiltons Schulter, er streichelte ihre Wange.

»Können wir die Zeit nicht einfach anhalten, sie einfrieren?«, flüsterte er. »Uns nie wieder von hier wegbewegen ...«

»Wir müssen in die Stadt und nach dem Kahn schauen.«

Stilton nickte. Inzwischen wohnten sie schon mehrere Monate zusammen hier draußen, bedeutend länger, als er zu hoffen gewagt hatte. Und sie waren unendlich glücklich, von einem unsinnigen Krieg, politischen Streitigkeiten und sinnloser Gewalt abgeschnitten zu sein. Von einer Welt, nach der sich keiner von beiden wirklich zurücksehnte.

Einerseits.

Andererseits verspürte Stilton eine zunehmende Rastlosigkeit, das Bedürfnis, wieder teilzuhaben, etwas zu bewirken. Er wusste, was seine Freunde machten: Mette war gelangweilte Rentnerin, und Abbas war gerade aus Gambia von seiner Freundin Mariama zurückgekehrt. Die Einzige, die noch irgendetwas »bewirkte«, war Olivia, sie nahm an einem Polizeieinsatz gegen Trafficking teil. Das lockte ihn alles nicht, und so hatte er bisher sein Bedürfnis noch unterdrücken können.

»Aber dir gefällt es hier schon, oder?«, fragte er.

»Ja, absolut. Es ist ein Luxus, nach Rödlöga kommen zu können.«

Luna verstummte, und Stilton schaute aufs Meer hinaus. Kleine weiße Schaumkronen tanzten auf den Wellen, weit draußen glitt ein schwarzer Frachter vorbei, auf der anderen Seite der Bucht hüpfte ein Marder über die Felsen.

»Soweit ich weiß, habe ich keine Kinder ...« Stilton sagte das geradeheraus, als würde er mit sich selbst sprechen.

»Nein?«, fragte Luna.

»Also niemanden, der das hier erben kann. Na klar, wir wohnen vielleicht zusammen, aber du weißt ja, wie es diesem Schriftsteller, Stieg Larsson, ergangen ist. Seine Lebensgefährtin hat ja so gut wie nichts von seinem Vermögen bekommen.«

»Nun bist du ja aber nicht Stieg Larsson.«

»Nein, aber das hier ist schon einiges wert, das Haus, der Grund und Boden, die kleinen Inseln, die ich besitze. Vielleicht mehr, als du ahnst. Anfang des Jahres war ein IT-Freak hier, der Lillstången auf der Nordseite für sechs Millionen kaufen wollte.«

»Und du hast abgelehnt?«, fragte Luna.

»Seine Nase hat mir nicht gefallen. Ich meine, wenn ich eines Tages sterben werde, dann wird das hier vererbt. Und so wie es momentan aussieht, wird es wohl Aditi werden, oder? Sie ist schließlich meine Halbschwester.«

»Gönnst du ihr das nicht?«

»Sie wird niemals von Thailand wegziehen. Wenn sie das hier erbt, dann verkauft sie es sofort.«

»Und das willst du nicht?«

»Nein«, erwiderte Stilton.

»Also?«

»Na ja, so wie ich es sehe, gibt es nur zwei Möglichkeiten. Entweder schaffen wir uns ein Kind an, oder wir heiraten, und du erbst Rödlöga.«

Luna strich sich langsam mit einem Deckenzipfel über die fast trockenen Haare und wählte ihre Worte mit Bedacht: »Ist das hier deine sehr umständliche Art, mir einen Heiratsantrag zu machen?«

»Warum glaubst du das?«

»Weil Kinder schon seit einigen Jahren kein Thema mehr sind, und die Alternative war Heiraten.«

»Willst du das?«

»Heiraten?«

»Ja?«

Luna stand auf, wickelte die Decke neu um ihren nackten Körper und ging Richtung Haus. Ihr Füße pflügten durch das taufeuchte Gras, und es dauerte ein paar Minuten, bis er sie einholte.

Als er bei ihr war, lächelte sie und sagte: »»Na klar, wir wohnen vielleicht zusammen‹ … kannst du das etwas näher erläutern?«

Der große Bildschirm zeigte eine blonde, halb nackte Frau, die auf einem Bett drapiert war. Ein Angebot für sexuelle Dienste.

»So sehen diese Seiten für gewöhnlich aus. Man kann sich reinklicken und Details über die Frau erfahren, ihren Brustumfang, ob es Silikon ist oder natürlich, ob sie Tätowierungen hat und wo die sitzen und ob sie rasiert ist oder nicht. Natürlich kann man auch sehen, welche Bewertungen auf einer Skala von eins bis fünf sie von Männern bekommen hat, die sie benutzt haben.«

»Und wir wissen, dass auf dieser Seite ukrainische Frauen angeboten werden?«

»Ja, auf dieser hier, und davon gibt es natürlich noch jede Menge mehr im Netz. Die gab es im Grunde auch schon vor dem Krieg, wir haben hier schon lange ukrainische Prostitution, aber sie ist markant angestiegen.«

Der Bildschirm wurde ausgeschaltet.

»Wir haben also viel zu tun.«

Eine trockene Feststellung von einem abgeklärten Kriminalinspektor, Jens Borgmark. Er leitete die Arbeit der Gruppe, insgesamt waren sie neun Personen. Der Strom ukrainischer Flüchtlinge hatte seit dem Frühjahr abgenommen, und jetzt konzentrierte sich die Arbeit darauf, den akuten Sexhandel, bei dem zum Teil Frauen aus dem vom Krieg verwüsteten Land ausgenutzt wurden, zu lokalisieren.

Sie saßen im größten Besprechungsraum der Polizeizentrale, der gut ausgestattet war: Schreibtische, Stühle, Computer, Whiteboard – alles, was man brauchte, um eine effektive Ermittlung zu betreiben. Olivia und Lisa hatten dafür gesorgt, dass sie sich einen Schreibtisch teilten, und saßen nun einander gegenüber. Von den übrigen im Raum waren ihnen einige wohlbekannt – Lasse Tingvall und Göran Borg zum Beispiel –, andere Gesichter waren neu.

»Aktueller Stand ist, dass wir 49 Männer festgenommen haben, die sexuelle Dienste von ukrainischen Frauen gekauft haben«, fuhr Borgmark fort. »Sie bilden ein breites Spektrum ab, alles vom Arzt bis zum Bauarbeiter. Das Durchschnittsalter liegt um die 32 Jahre.«

Er setzte sich auf den Rand eines Schreibtisches und ließ den Blick über den Raum wandern.

»Deshalb werden wir in der nächsten Zeit unseren Fokus verschieben«, fuhr er fort, »und zwar von den Sexkäufern zu den Zuhältern. Europol hat uns gebeten, sie bei der Erfassung der Organisation zu unterstützen, die große Teile des internationalen Sexhandels und des Menschenschmuggels kontrolliert. Es versteht sich von selbst, dass sich das Netzwerk auch bis nach Schweden hinein erstreckt. Man hat immer noch nicht herausbekommen, wo die Drahtzieher sitzen, wahrscheinlich irgendwo im südlichen Zentraleuropa. Das gesamte Trafficking-Geschäft konzentriert sich derzeit auf die Flüchtlingsströme, die aus der Ukraine kommen und sich über den Kontinent ausbreiten. Unser Auftrag in der nächsten Zeit wird also zum einen sein, einzelne Kriminelle, die mit Frauen handeln, dingfest zu machen, und zum anderen zu versuchen, ihre Verbindung zu der internationalen Organisation zu verfolgen. Am Ende ist natürlich das Ziel, die Organisation zu zerschlagen.«

»Hat die Organisation einen Namen?«, fragte Lisa.
»Wie, Namen?«, fragte Borgmark.
»Ja zum Beispiel 'Ndrangheta oder Camorra oder so.«
»Nein, soweit ich weiß, nicht.«
Borgmark beendete die Zusammenfassung, und alle erhoben sich.
»Schaffen wir es heute Abend auf ein Bier?«, fragte Olivia.
»Lieber morgen, ich bin müde«, antwortete Lisa. »Außerdem wollte Oskar heute Abend anrufen.«
»Okay, sag ihm Grüße.«

*

Der Bürgersteig vor dem Restaurant Den Gröne Jägaren auf der Götgatan war voller lärmender, mehr oder weniger betrunkener Fußballfans. Hammarby hatte ein Heimspiel gewonnen, und die Stimmung war großartig. Die Kneipe hatte vor einer Viertelstunde geschlossen, doch niemand wollte nach Hause gehen. Die lautstarken Gesänge hallten zum Leidwesen der Anwohner zwischen den Hausfassaden wider. Doch es war, wie es war – ein freies Land, in dem alle sich äußern durften, auch in primitiveren Formen.

»Schaut mal! Was zum Teufel ist das?«

Ein junger Mann mit grün-weißem Schal wies mit einem leeren Bierkrug nach oben, und einige seiner Freunde folgten dem Glas mit ihren Blicken. Hoch droben auf einem der Häuser gegenüber war ganz nah am Rand des Daches eine dunkle Silhouette zu erkennen, die das Mondlicht mit einer leichten Gloriole versah.

»Was macht der, verdammt noch mal? Er steht ja genau an der Kante!«

Dass es ausgerechnet ein »Er« sein sollte, der dort stand, war von der Straße aus natürlich unmöglich zu erkennen, und es dauerte noch einige unangenehme Momente, bis es bestätigt wurde: genau die Anzahl an Sekunden nämlich, die der dunkle Körper brauchte, um lautlos von dem fünfstöckigen Haus direkt auf den Bürgersteig gegenüber der Kneipe zu fallen. Der Aufprall, als der Körper auf den Boden schlug, breitete sich unter den Fußsohlen der Fans aus und vermischte sich mit ihren entsetzten Schreien. Viele liefen in Panik davon, während andere ihre Handys rausholten und zu filmen anfingen. Erst aus sicherer Entfernung von der anderen Seite der Straße, dann etwas näher.

Und da erhielten sie die Bestätigung, dass es ein »Er« war. Ein sehr toter »Er«.

Mårten Olsäter hatte eine Zeichnung aus dem Netz ausgedruckt: »Hühnerstall selber bauen.« Mit der Zeichnung gingen eingehende Instruktionen und eine lange Liste mit allem benötigten Material einher, unter anderem Sperrholzplatten und Hühnerdraht. Er hatte das meiste schon gekauft, dazu auch einen blauen Arbeitsoverall in Größe XL, und alles zum Grundstück liefern lassen. Die Idee war, den Hühnerstall hinterm Apfelbaum direkt an der Hecke zu errichten.

Da das Material vor dem Tor abgeladen worden war, musste er es selbst an den vorgesehenen Platz verfrachten. Das waren einige Meter Weg, und eine Rolle Hühnerdraht wog durchaus ihre Kilo.

Doch das war nur ein gutes Training, dachte er bei sich. Er hatte in Fahrtrichtung etwas zugelegt und wollte gern abnehmen. Der Schweiß rann ihm übers Gesicht, als er die Rolle zur Hecke zerrte.

Mette stand mit einer Tasse Kaffee in der Hand am Küchenfenster und beobachtete Mårten. Ihr normalerweise eher phlegmatischer Ehemann war von einem durch Medikamentierung hervorgerufenen inneren Vulkanausbruch heimgesucht worden. Vor ein paar Monaten war ihm gegen einen beschwerlichen rheumatischen Schmerz in der Schulterpartie eine kräftige Dosis Kortison verschrieben worden, und das hatte ihn unglaublich aktiv gemacht. Er war vitaler denn je. Das war in vieler Hinsicht positiv, doch manchmal auch ungeheuer anstrengend. Vor allem am Morgen. Noch ehe sie aus dem Bett war, fing er bereits an, alle Projekte aufzuzählen, die er für den Tag geplant hatte, und auch, in welcher Reihenfolge sie durchgeführt werden sollten, sodass sie schon total erschöpft war, wenn sie sich am Frühstückstisch niederließ. Und an einem solchen Morgen war auch die Idee vom Hühnerstall explosionsartig aus ihm herausgebrochen. »Ja, natürlich! Wir werden Eier haben!«

»Eier?«

»Vom Hühnerstall bei der Hecke! Frische Eier jeden Morgen. Selbstversorgung!«

»Wir haben keinen Hühnerstall bei der Hecke«, versuchte Mette einzuwenden.

»Aber wir werden einen bauen!«

»Wir?«

»Ich!«

Und das machte er jetzt gerade.

Mette ging in den Garten hinaus und setzte sich auf eine Rolle Hühnerdraht. Nicht gerade bequem, aber doch in der Nähe ihres arbeitenden Mannes.

»Mårten.«

»Ja?«

»Komm mal her.«

Mette macht eine Geste, und Mårten kam. Er hatte aber nicht vor, sich auf die Drahtrolle zu setzen.

»Was gibt es?«

Mette streckte die Hände aus, und sie merkte, dass Mårten sie etwas zögerlich nahm. Ihr graute ein wenig vor dem hier, und sie wollte körperlichen Kontakt. Seine Hände waren warm.

»Es ist so, Mårten, ich bin von den Silberwölfen gefragt worden, ob ich ihnen auf Ermittlerseite helfen kann. Zurzeit lastet ein ziemlich heftiger Druck auf der Polizei, mit den Bandenkriegen und allem, was da gerade passiert.«

Mårten kannte die Silberwölfe, das war eine spezielle Ermittlungseinheit in der Stockholmer Polizei, bestehend aus älteren, pensionierten Kriminalern, die bei der laufenden Arbeit unterstützten. Er wusste schon, warum Mette angefragt worden war.

»Und du hast zugesagt?«

Natürlich war ihm klar, dass sie zugesagt hatte, das konnte er an ihrem Gesicht ablesen, und an ihrer Art, seine Hände zu halten. Immerhin waren sie seit Urzeiten verheiratet.

Mette nickte.

»Ohne mit mir Rücksprache zu nehmen?«, fragte Mårten.

»Ich nehme jetzt Rücksprache mit dir.«

Mårten zog seine Hände zurück. Er konnte nun den Beleidigten spielen, aber das würde sowieso nichts nützen. Also sagte er: »Und was bedeutet das?«

»Dass es vermutlich nicht so viele Besuche im Schmetterlingshaus geben wird.«

*

Das einzige Geräusch, das im Raum zu hören war, stammte von einem tropfenden Wasserhahn: Jede dritte Sekunde landete ein Tropfen in einem leeren Spülbecken und bewirkte ein leicht widerhallendes Platschen. Der schmächtige Mann im grünen Kittel hatte schon versucht, ihn ganz zuzudrehen, doch ohne Erfolg. Er fand es sehr irritierend.

»Stört dich das verdammte Tropfen nicht?«

»Nein.«

Die Antwort kam von einer Gerichtsmedizinerin, die ein Stück entfernt stand. Der Wasserhahn tropfte nun schon, seit sie hier arbeitete, also drei Jahre, und sie hörte es gar nicht mehr. Mit einer sanften Bewegung beugte sie sich über die Leiche, die auf der verchromten Pritsche lag, und ließ das Skalpell am Brustbein entlanggleiten.

»Mich würde das wahnsinnig machen«, sagte der Mann und schüttelte den Kopf.

Er war Kriminaltechniker und hatte die Aufgabe, zu dokumentieren und nicht über das Tropfen zu klagen, also riss er sich zusammen, ging ein wenig in die Hocke und richtete die Kamera auf das demolierte Kranium am Kopfende.

Das Opfer von der Götgatan war in die Gerichtsmedizin in Solna gebracht worden. Todesursache war ein Sturz aus dem fünften Stockwerk. Was den Fall verursacht hatte, war unbekannt, doch lag es nahe, von einem Selbstmord auszugehen.

Nun nahm man die übliche Obduktion vor.

Der Fotograf ging zu einem glänzenden Metalltresen, wo die wenigen Besitztümer des Opfers ausgebreitet waren: eine Taxiquittung, ein billiges Plastikfeuerzeug und eine kleine Trillerpfeife.

»Ist das so eine, mit der man nach Hunden pfeift?«

»Ich glaube ja«, antwortete die Gerichtsmedizinerin und zog ihre Gummihandschuhe aus.

»Wissen wir, wer er ist?«

»Nein, noch nicht.«

Die Ärztin hatte Fingerabdrücke und eine DNA-Probe genommen, möglicherweise würden sie also bald die Identität des Opfers kennen. Sie holte ein Protokollformular heraus und begann, die klinischen Standarddaten einzutragen. Zeitpunkt und Ort des Todes, Geschlecht, ungefähres Alter, körperlicher Status, alles, was man als verantwortlicher Arzt für einen Totenschein brauchte. Sie notierte auch, dass der Körper ein paar kleine Stichwunden aufwies, möglicherweise von einem Messer oder einem Werkzeug, vielleicht einem Schraubenzieher.

Die ganze Prozedur war von Routine bestimmt.

Ebenso wie das Tropfen.

*

Abbas el Fassi tippte den Code ein und schob die Eingangstür zu seinem Haus in der Dalagatan auf. Er hatte eben ein Gespräch mit seiner geliebten Mariama in Gambia beendet und war außerordentlich guter Laune. Drinnen hielt er bei den grauen Briefkästen an, die ordentlich an der Wand aufgereiht waren, und holte aus zweien von ihnen die Post. Das machte er schon eine ganze Weile so. Mit leichten, schnellen Schritten ging er in den ersten Stock hinauf, blieb an einer Tür stehen, an der Ekholm stand, und drückte auf die Klingel. Es dauerte eine Weile, bis er hörte, wie es drinnen in der Wohnung klapperte und sich eine sehr alte Frau mit einer silbergrauen, leicht schief sitzenden Perücke im Türspalt zeigte.

»Abbas!«

Auf dem Gesicht der Dame breitete sich ein Lächeln aus, während sie gleichzeitig mit zitternden Händen die Sicherheitskette von innen löste.

»Hallo, Agnes«, erwiderte Abbas. »Entschuldige, dass ich heute ein bisschen spät dran bin, aber ich habe nach der Arbeit noch eine Joggingrunde gedreht. Hier ist die Ernte von heute.«

Er streckte ihr einen Briefumschlag hin.

»Oh, mein Lieber«, erwiderte die Dame und stützte sich auf ihren Rollator. »Da freue ich mich aber. Was könnte das sein?« Mühsam holte Agnes ihre Brille aus einer Tasche der abgetragenen rosafarbenen Strickjacke, setzte sie auf die Nase und betrachtete den Umschlag.

»Die Postlotterie, ja vielen Dank. Spannend. Einen Moment, du kriegst ein bisschen Möhrenkuchen.«

»Ist nicht nötig«, versicherte Abbas, doch Agnes hatte den Rollator bereits gewendet und steuerte jetzt auf die Küche zu.

»Unsinn! Natürlich bekommst du deinen Kuchen. Das tu ich doch gerne, das weißt du doch.«

Abbas machte einen Schritt in die Diele. Dieses Ritual spielte sich ab, seit er ins Haus eingezogen war. Er half ihr mit der Post, und sie gab ihm ein Stück Kuchen, meist Möhrenkuchen, den sie selbst gebacken hatte und der häufig ein paar Tage zu viel auf dem Buckel hatte.

Agnes kam leise schlurfend mit dem üblichen Kuchen auf ihrem Rollator zurück. Abbas hörte, wie der alte Fahrstuhl unten im Erdgeschoss zuging und seinen hartnäckigen Kampf nach oben begann.

»Hier«, sagte Agnes und streckte ihm das Backwerk hin. Es war sorgfältig in eine Serviette eingeschlagen, die gierig die Glasur aufgesogen hatte.

»Danke«, sagte Abbas und nahm das kleine Paket vorsichtig entgegen. »Wie geht es dir? Bist du denn in letzter Zeit ein wenig rausgekommen?«

»Vorige Woche war der Pflegedienst da, und wir haben einen Spaziergang durchs Viertel gemacht, aber ich finde, es ist heutzutage überall so viel los. Diese Citybahn bringt so eine Menge Leute hierher. Und du weißt ja, von diesem

Corona bin ich ein wenig menschenscheu geworden. Man ist eben keine fünfundzwanzig mehr, auch wenn ich so aussehe.«

Agnes zwinkerte Abbas zu, der lächelte. »Vielleicht kann ich am Samstag ein bisschen mit dir rausgehen«, bot er an. »Wenn das Wetter schön ist, könnten wir doch runter in den Vasaparken gehen, was meinst du?«

»Gute Güte, das sind große Pläne! Der Vanadisplan reicht völlig für die alten Beine hier.«

»Dann eben Vanadisplan, wenn es nicht in Strömen regnet«, sagte Abbas. »Ich nehme eine Thermoskanne Kaffee mit und du einen Kuchen. Sollen wir sagen, um eins?«

»Ich werde sehen, ob ich das in meinen vollgepackten Terminkalender noch reinkriege. Kannst du mir dann, ehe wir rausgehen, vielleicht ein bisschen beim Kämmen helfen?«

Agnes zupfte ein wenig an der Perücke.

»Selbstverständlich.«

»Du bist ein Schatz, Abbas. Bis dann. Und ich hoffe, der Kuchen schmeckt.«

»Das tut er immer, das weißt du doch«, antwortete Abbas. Dann schloss er sorgsam die Tür hinter sich und stieg die letzten Treppen zu seiner eigenen Wohnung hoch.

Als er fast oben war, sah er auf und hielt erstaunt inne: Eine Frau um die sechzig in einer langen schwarzen Tunika und mit Kopftuch wartete vor seiner Tür. Neben ihr stand ein kleiner Rollkoffer. Leise wich er einen Schritt zurück. Die Frau klingelte beharrlich an seiner Tür. Er blickte über seine Schulter. Er erwartete keinen Besuch und hatte schlechte Erfahrungen mit solchen Überraschungen gemacht. Doch hinter ihm war niemand. Leise nahm er die letzten Stufen und schaute zur Treppe hinauf, um ganz sicher zu sein, dass nicht doch jemand auf ihn wartete. Da drehte sich die Frau um und sah ihn an.

»Abbas?«

Die Aussprache seines Namens verriet einen französischen Akzent, und so antwortete er automatisch in seiner Muttersprache.

»Wer fragt?«

»Drishti el Fassi.«

Abbas verzog keine Miene.

»Ich bin deine Mutter.«

Der Möhrenkuchen in Abbas' Hand rutschte aus der Serviette und landete mit der Glasur nach unten auf seinem Schuh.

*

Die Gardinen an den Fenstern des Wohnmobils waren zugezogen, ein schwaches Licht drang ein paar Meter in die abendliche Dunkelheit. Der Wagen war auf der Mitte eines asphaltierten Platzes geparkt, um den herum ein paar niedrige graue Häuser mit zerschlagenen Fensterscheiben standen. Ursprünglich war dies hier eine Plastikfabrik gewesen, doch die hatte dichtgemacht, und seit einigen Jahren war es hier völlig verlassen. Nicht einmal Wohnsitzlose verschlug es hierher, und wenn doch, dann blieben sie nicht lange. Es gab nichts als halb verrotteten Müll und ein paar ausgekühlte Räume ohne Beleuchtung. Und Ratten natürlich.

Der perfekte Ort für ein lichtscheues Unternehmen anderer Art.

Der schwarze Škoda kam von der Straße herauf und bog auf den Platz ein. Die Scheinwerfer gingen aus, als sie das Wohnmobil erreichten. Jacek stieg aus, stand ein paar Augenblicke still da und kratzte sich den dunklen Bart. Dieser Ort gefiel ihm nicht, aber er hatte ihn nicht ausgesucht, sondern tat nur, was ihm befohlen wurde. Er schob die Autotür mit dem Fuß zu und ging mit einer Tüte Lebensmittel in der Hand auf das Wohnmobil zu. Es dauerte eine Weile, bis er aufgeschlossen hatte, der Schlüssel wollte nicht ins Schloss rutschen. Als er endlich drinnen war, sperrte er sofort wieder hinter sich ab.

»Mach das Deckenlicht aus«, sagte er.

Diese Ermahnung war an die Frau gerichtet, die hinten im Wagen saß, Alina. Ein Schatten der Alina, die damals die Grenze nach Polen überschritten hatte. Sie saß in einem dünnen Pullover und schwarzen Unterhosen zusammengesunken auf einer Bank, hohläugig, die fettigen Haare hingen ihr verfilzt über die Schultern, die Hände lagen still auf den Oberschenkeln. Am Fenster hinten saß ihr Sohn und malte. Er sah nicht auf.

Alina stand auf und schaltete die Deckenlampe aus, sodass nur noch zwei kleine Wandlampen Licht gaben.

»Jetzt kann ich beim Malen nichts sehen«, sagte Oleksij.

»Du kannst das Licht wieder einschalten, wenn ich weg bin«, antwortete Jacek.

Er stellte die Lebensmitteltüte auf den Boden, zog eine Schublade heraus und nahm ein Bündel Geldscheine. Die waren schnell gezählt, dann schob er sie in seine Jackentasche. Er beugte sich zu der Tüte und holte ein paar Konservendosen heraus.

»Ravioli.«

Die Dosen landeten auf der laminierten Arbeitsfläche an

der Wand. Er beugte sich wieder hinunter und fischte eine rote Schachtel heraus.

»Hier.« Jacek warf Alina die Schachtel zu. »Neue Kondome.«

Alina fing die Schachtel auf, ohne hochzusehen. Jacek nahm einen größeren Karton aus der Tüte.

»Das hier ist für dich.«

Er streckte Oleksij den Karton hin.

»Was ist das?«, fragte der Junge.

»Lego. Damit kannst du da oben lustige Sachen bauen, wenn Mama arbeitet.«

Oleksij nahm ihn entgegen und begann ihn zu öffnen. Jacek holte eine kleine Dose aus der Jackentasche und hielt sie Alina hin.

»Gib das dem Jungen, wenn er ins Bett geht.«

»Was ist das?«

»Was, wovon er schläft.«

Alina griff nach der Dose. In derselben Bewegung zog Jacek sie von der Bank und führte sie zum Fahrersitz. Sie leistete keinen Widerstand. Er lehnte sich zu ihr und flüsterte: »Du könntest dich verdammt noch mal ein bisschen hübscher machen. Dieses Wochenende wird es massenhaft Kunden geben, zwei ganze Tage lang. Wasch dir wenigstens die Haare!«

»Und wo?«

»Im Eimer vielleicht? Glaubst du, das hier ist ein verdammtes Hotel?«

Jacek schüttelte den Kopf, schloss die Tür auf und verschwand nach draußen. Als er die Tür wieder absperren wollte, hatte er ungefähr dasselbe Problem wie vorhin beim Öffnen. Es dauerte ein paar Sekunden. Während er zurück zum Škoda ging, warf er rasche Blicke in alle Richtungen. Dieser Ort behagte ihm wirklich nicht, schnell stieg er ins Auto. Die Scheinwerfer wischten einmal über den Platz und dann zur Straße hin.

Hinter den Gardinen des Wohnmobils ging die Deckenleuchte wieder an.

*

Abbas hatte die Frau, die behauptete, seine Mutter zu sein, etwas widerwillig in die Wohnung gelassen. Sie hatte ihm eine zerknitterte Fotografie von sich selbst und Abbas als Sechsjährigem gezeigt und sich ein paar Tränen aus den Augenwinkeln gewischt. Er war immer noch unsicher, ob es eine gute Idee gewesen war, sie reinkommen zu lassen. Nicht, weil er daran zweifelte, dass sie seine Mutter war. Aber was wollte sie denn jetzt von ihm? Fünfunddreißig Jahre zu spät?

Ohne ein Wort hatte sie ihn mit einem Vater alleingelassen, der dafür gesorgt hatte, dass ihr gemeinsamer Sohn für ihren Betrug büßen musste. Seitdem hatte er nichts von ihr gehört. Nicht einmal eine Karte zu einem seiner Geburtstage. Unzählige Nächte hat er sich in den Schlaf geweint und um seine verschwundene Mutter getrauert, bis er irgendwann damit aufgehört und stattdessen angefangen hatte, es an anderen auszuagieren. Sein Herz war versteinert.

Und jetzt war sie hier, Drishti el Fassi, auf dem weißen Ledersofa in seinem Wohnzimmer, ungeschminkt und mit geradem Rücken. Er hatte sich zusammengerissen und einen Pfefferminztee für sie gekocht. Warum eigentlich? Er stellte die beiden eleganten marokkanischen Tassen auf ein Tablett und ging ins Wohnzimmer.

»Eine schöne Wohnung hast du«, sagte Drishti und machte eine Bewegung in den Raum hinein.

»Danke.«

»Wie ich sehe, ist es dir gut ergangen, das freut mich sehr.« Abbas stellte eines der Gläser vor sie hin.

»Ja, so ist es wohl. Trotz allem. Und was exakt wollen Sie jetzt von mir, Madame?«

»Was ich will? Ich bin deine Mutter.«

Abbas ließ ein trockenes, verbittertes Lachen hören.

Drishti sah ihn traurig an. »Wenn du nur wüsstest.« Sie verstummte, streckte die Hand aus und berührte leicht das Glas vor sich.

»Ich hatte keine Wahl, Abbas«, sagte sie dann.

»Man hat immer eine Wahl. Und Sie haben sich gegen mich entschieden und die Familie verlassen.«

»Wenn ich das nicht getan hätte, dann wäre ich schon lange tot.«

Drishti rang die Hände. Abbas beobachtete ihre Bewegungen. Die Nägel waren gepflegt, der Blick dem seinen auffallend ähnlich, und dann auch noch das kleine Muttermal unter dem linken Auge, ein dunkler Halbmond. Das kannte er sehr gut, weshalb er nicht an ihrer Identität zweifelte.

»Dein Vater hätte mich getötet«, fuhr sie fort. »Oder jemand aus seiner Familie. Ich hatte mich in einen anderen Mann verliebt, und dann gab es kein Zurück. Schließlich hatte ich die Ehre der Familie beschmutzt.«

»Du hättest mich mitnehmen können.«

Sofort bereute Abbas seine Worte. Da hatte das Kind gesprochen, das bedürftige Kind, das sie jetzt geduzt und alle Distanz, die er so gern aufrechterhalten wollte, unmöglich gemacht hatte.

»Du musst mir glauben, wenn ich sage, dass ich das wirklich wollte«, erwiderte Drishti und senkte den Blick. »Aber es ging nicht.«

Abbas nahm einen Schluck vom Tee, er fühlte sich unwohl und wollte diesen Besuch beenden.

»Wir werden hier nicht wirklich weiterkommen«, sagte er. »Wie Sie vielleicht verstehen können, habe ich jetzt kein Bedürfnis mehr nach einer Mutter. Ich hoffe, der Tee hat geschmeckt. Soll ich Ihnen ein Taxi rufen?«

Da hob Drishti die Hände, zog langsam ihren Hijab ab und entblößte einen kahlen Kopf. Fast unmerklich fuhr Abbas zusammen.

»Ich habe Krebs, Abbas, und ich werde bald sterben, aber ich wollte vorher noch ein letztes Mal meinen einzigen Sohn sehen. Ich weiß, dass es nicht geht, aber glaube mir, ich würde das meiste in meinem Leben gerne ungeschehen machen.«

Abbas wusste nicht, was er dazu sagen sollte. Er wollte ihren kahlen Kopf nicht sehen, wollte ihrem Blick nicht begegnen, und tat es trotzdem. Gerade war er noch so glücklich darüber gewesen, Mariamas Stimme zu hören und seinen üblichen Kuchen bei Agnes zu bekommen. Da wollte er bleiben. In seinem alltäglichen Geschehen. Das hier verlangte ihm zu viel ab. Er wusste nicht, wie er damit umgehen sollte.

Drishti streckte ihre Hände aus und nahm seine. Er zuckte bei der Berührung zusammen, ließ jedoch seine Hände in ihren. Verwundert starrte er darauf, als würden seine Hände ein Eigenleben führen.

»Lass mich dich einfach nur ein wenig kennenlernen, das ist alles, was ich begehre«, fuhr Drishti bedächtig fort. »Ich muss es dir erklären, um mich mit mir selbst und hoffentlich auch mit dir versöhnen zu können.«

Wieder suchte sie seinen Blick, und er erwiderte ihn. Der Blick, die Hände. Er war verwirrt. Warum quillt die Sehnsucht des Kindes wieder hervor, sowie sich ein kleiner Spalt öffnet?, dachte er. Warum war das Bedürfnis nach Bestätigung so stark? Er konnte es nicht begreifen.

*

Das schöne sanfte Abendlicht überspülte die azurblaue Wasseroberfläche der Riviera. Ein weißes Segelboot war unter vollen Segeln auf dem Weg Richtung Hafen. Neben der schwarzen Luxusjacht wirkte es wie ein kleiner Optimist. Ein Mitglied der Besatzung stand auf dem oberen Deck der *Night Eye* und beobachtete das Boot, als ein schwarz gekleideter Mann auf ihn zukam. Er nahm sofort Haltung an – die Männer in Schwarz waren für die Sicherheit an Bord verantwortlich und hatten einen höheren Rang.

»Hast du Wladowskij gesehen?«, fragte der Mann.

»Er ist dort unten, will nicht gestört werden.«

»Wir hatten heute früh einen Vorfall, über den ich ihn informieren muss.«

»Was ist passiert?«

»Wir haben in achtern auf der Backbordseite zwei Seile entdeckt.«

»Hat jemand versucht, an Bord zu kommen?«

»Ja, aber wahrscheinlich ist er dabei von der Nachtwache gestört worden.«

»Und die hat nichts gesehen?«

»Nein.«

Der schwarz Gekleidete warf dem Besatzungsmitglied einen ernsten Blick zu.

»Sag allen, dass sie die Augen und Ohren offen halten sollen«, sagte er. »Möglicherweise haben wir einen Eindringling an Bord.«

Grigorij Wladowskij hatte in den letzten Nächten schlecht geschlafen und war übler Laune. Ein erster Versuch, das Ei mithilfe seiner Kontakte an seinen rechtmäßigen Platz im Glaskubus zurückzubringen, war gescheitert, was ihn wütend gemacht und seinen Nachtschlaf völlig zerstört hatte. Unablässig gingen ihm die Worte seiner Großmutter im Kopf herum: »Wir haben einen heiligen Auftrag erhalten, Grigorij, und den darfst du niemals aus dem Blick verlieren. Wenn du das tust, dann kommt das Unglück Schlag auf Schlag. Nur das Ei kann deine Sicherheit in einer unsicheren Welt garantieren, vergiss das nicht. Du musst es mit deinem Leben schützen.«

Hustend streckte er sich nach dem schweren Whiskyglas auf dem Tisch neben sich und hob den Blick. Die gesamte Wand direkt vor ihm bestand aus einem Aquarium, das wie eine gigantische Filmleinwand wirkte. Er selbst saß in einem von acht roten Plüschsesseln ein Stück weiter hinten. Die Sessel waren bequem und die Beleuchtung im Boden heruntergedimmt, sodass der Raum nur noch durch die starken, blauen LEDs im Aquarium selbst beleuchtet wurde. Er betrachtete den dichten Schwarm von Piranhas, der dort durch das Licht huschte, und nahm einen Schluck vom Whisky. Er musste alle Konsequenzen, die sein Scheitern mit sich brachte, durchdenken. Und zwar gründlich.

Mit dem Whisky in der Hand trat er an das Aquarium. Vorsichtig hauchte er die Scheibe vor sich an, und es dauerte ein paar Sekunden, ehe der Nebel verschwand. Er schaute hinein und ließ den Blick über den Grund des Beckens gleiten. Dort standen kleine weiße Gebäude, ein paar Zwiebeltürmchen, Straßen, ein großer Platz, kleine Statuen und eine Kirche. Er hatte eine detailgetreue Minikopie vom Kreml auf den Grund des Aquariums bauen lassen.

Das hatte ihm Spaß gemacht. Damals.

Was ihm keinen Spaß machte, war eine Fußkette aus Silber, die an einer der Kuppeln der Wasilij-Kathedrale hängen geblieben war und die ihm zum ersten Mal auffiel. Ein weiterer Fehler, der fatale Folgen haben konnte. Was, wenn Julie die Kette gesehen hätte? Die musste weg.

Da klopfte es an der Tür. Einer seiner schwarz gekleideten Leibwächter kam herein, entschuldigte sich für die Störung und berichtete mit angespannter Stimme von einem Vorfall am Morgen. Grigorij betrachtete ihn.

»Du nennst das einen Vorfall?«, fragte er beherrscht.

»Ja.«

»Warum nicht ein Attentat?«

»Weil es ...«

Grigorij knallte sein Whiskyglas schräg hinter dem Leibwächter an die Wand.

»Und wie zum Teufel ist es möglich, dass Menschen an Bord kommen können, ohne dass ihr das merkt? Seid ihr blind? Eine einzige Aufgabe habt ihr auf dieser Jacht, und die ist, dafür zu sorgen, dass kein verdammter Bastard in meine Nähe kommt!«

»Aber es ist doch keiner ...«

»Von jetzt an will ich Bewachung rund um die Uhr!«

»Das haben wir bereits.«

»Und wie zum Teufel können dann zwei Seile in achtern hängen, und ihr habt einen Scheiß davon bemerkt? Raus hier!«

Der Leibwächter nahm kurz Haltung an und verschwand dann durch die Tür. Grigorij versank in seinem Sessel.
Der Fluch, dachte er.

*

»Es riecht muffig.«
»Was hast du denn gedacht?«
Stilton und Luna standen im Salon auf dem Kahn und stellten fest, dass es schon etliche Monate her war, dass einer von ihnen dort gewesen war.
Es war stickig.
Luna öffnete alle Bullaugen, und Stilton versuchte, Durchzug zu erzeugen, indem er die Tür zum Vordeck aufmachte. Er war ein wenig erstaunt darüber, wie schön es sich anfühlte hierherzukommen. Als wäre es ein Zuhause. Oder ein Ort, den er mit der Person teilte, der er auf eine etwas schräge Weise draußen auf der Insel einen Heiratsantrag gemacht hatte. Sollen wir weiterhin hier wohnen?, dachte er. Wenn unsere Verbindung nun legalisiert wird?
Ein völlig absurder Gedanke. Als ob eine mögliche Heirat mit Luna über ihre Wohnsituation bestimmen würde. Das war wohl mehr ein Ausdruck von Stiltons Gefühl, dass eine dramatische Veränderung auf ihn zukam, die ihr Leben grundlegend verändern würde.
Luna dachte überhaupt nicht in diese Richtung. Für sie war der Kahn ihr Stammplatz auf der Welt. Ein halb verrosteter, renovierungsbedürftiger alter Kasten zwar, aber trotzdem. Das Schiff stellte ihre grundsätzliche Sicherheit in Schweden dar. Sie hatte zwar durchaus schon den Gedanken gehegt, zu Toms Halbschwester nach Thailand umzuziehen, wegen der

Wärme und der Seelenruhe, die sie dort empfand, doch das würde sie niemals tun. Nicht ohne Tom.

»Sollen wir feiern?«, rief Stilton aus der Kombüse, wo er hinter einem leeren Brotkasten versteckt ein paar Flaschen Rotwein entdeckt hatte.

»Was denn feiern?«

Luna kam in die Kombüse und sah die Flaschen, die Stilton rausgestellt hatte.

»Keine Ahnung«, erwiderte er. »Dass wir uns lieben?«

Luna ging auf ihn zu, schlang die Arme um ihn und küsste ihn.

*

Das Licht der Handytaschenlampe glitt ein Stück hoch zu dem aufgezogenen Reißverschluss. Das leichenblasse Gesicht kam ins Bild.

»Shit.«

Die Stimme klang kurz angebunden und heiser und wurde von feinem Rauch umhüllt. Die Temperatur im Leichenschauhaus war auch außerhalb der Schubladen niedrig. Das Licht wurde höher gehalten und enthüllte ein paar weitere herausgezogene Bahren, die unbedeckten Gesichter aller Leichen waren zu sehen. Zwei Schatten griffen nach einem neuen Schrank, öffneten ihn und zogen eine Bahre heraus. Plötzlich erstarrten die Bewegungen.

»Mach das Licht aus.«

Es wurde dunkel, und in der Stille waren Absätze auf Beton zu hören. Schritte näherten sich. Die Schatten drückten sich an die Wand und hielten den Atem an. War das der Wachmann? Würde er womöglich in den Raum schauen? Vielleicht gehörte das zu seinen Routinen, dann würde er Ärger machen. Aber warum sollte er einen Raum mit Leichen kontrollieren? Offenbar gehörte es nicht zu den Routinen des Wachmanns. Die Schritte gingen ohne anzuhalten draußen an der Tür vorbei und verschwanden.

»Mach das Licht wieder an.«

Die Lampe leuchtete auf, und die halb sichtbare Bahre wurde ganz herausgezogen. Der Plastiksack wurde geöffnet, und der Lichtschein fiel auf ein neues Gesicht.

»Das ist er.«

Der Auslöser der Handykamera wurde ein paarmal über dem Gesicht gedrückt.

»Checkst du die Tür?«

Einer der Schatten ging zur Tür und öffnete sie vorsichtig. Keine Schritte zu hören. Der andere Schatten schob die Bahre zur Öffnung und hinaus in den Korridor. Der war in beide Richtungen leer, aber sie mussten noch um die nächste Ecke rollen, um den Ausgang zu erreichen. Von da konnten sie die Leiche in das wartende Auto verfrachten.

Einer von ihnen schlich vorneweg und spähte um die Ecke. Mit der einen Hand signalisierte er freie Fahrt. Der andere schob die Bahre vor sich her, so schnell er es wagte. Als er sich der Ecke näherte, begannen die Räder auf dem Boden zu quietschen. Er stoppte abrupt. Der Laut hallte im Korridor wider.

»Beeil dich.«

»Es quietscht!«

»Hier vorne ist die Luft rein!«

Der Schatten mit der Bahre nahm erneut Anlauf und umrundete die Ecke mit quietschenden Rädern.

Der Sicherheitsmann war gerade stehen geblieben, um eine Stechuhr abzulesen, als er das Geräusch hörte. Ein Quietschen aus einem weiter entfernten Korridor. Er zögerte. Die Stechuhr musste zum richtigen Zeitpunkt betätigt werden. Dennoch lauschte er und ging zu dem Korridor, aus dem der Laut zu kommen schien. Er bog um eine Ecke und schaute den Gang entlang. Bis hin zum Ausgang alles leer. Ganz hinten stand eine einsame Bahre an der Wand. Er kratzte sich unter dem Arm und kehrte zur Stechuhr zurück. Eine leere Bahre?, dachte er auf dem Weg dorthin. Warum stand die denn da?

Die Stahlbürste fuhr über die Eisenspanten, die rissige Farbe fiel in großen Placken herunter. Luna merkte kaum, dass einige Farbstückchen in ihrem schweißüberströmten Gesicht kleben blieben, sie arbeitete stur weiter, in den Kopfhörern laute Musik.

Sie hatte beschlossen, dass der etwas heruntergekommene Kahn *Sara la Kali* ein grundlegendes Lifting bekommen sollte. Das Deck und die Bordwände würden abgeschliffen und neu gestrichen werden. Neue weiße Farbe, an manchen Stellen Schwarz. Die Eisenspanten mussten von Rost befreit werden. Der lange, entspannende Aufenthalt auf Rödlöga hatte eine ungeahnte Energie in ihr wachsen lassen. Jetzt würde sie alles in Angriff nehmen, was sie seit Jahren vor sich herschob.

Mithilfe ihres Lebensgefährten.

Der lag in der Koje und ließ auf sich warten. Handwerksarbeit dieser Art, die Luna so liebte, gehörte nicht gerade zu seinen Kernkompetenzen. Doch er hatte vor zu helfen, definitiv, schließlich war es auch sein Zuhause. Nur im Moment gerade nicht. Er schob die Decke beiseite und merkte, wie sehr er das morgendliche Baden im Meer vermisste. Hier gab es natürlich auch Wasser, nur wenige Meter entfernt, aber darin zu schwimmen war überhaupt nicht dasselbe. Aber es gab eine Dusche an Bord, und zu der wollte er eben aufbrechen, als Mette anrief. Er sank wieder auf die Koje und ging ran.

»Hallo, Tom, wie geht es euch da draußen?«

»Wir sind wieder drinnen.«

»Ihr seid auf dem Kahn?«

»Ja. Luna hat sich vorgenommen, das ganze Ding abzuschleifen und neu zu streichen, du weißt ja, wie sie ist.«

»Ehrgeizig. Und du?«

»Ich bin rastlos.«

»Wie gut! Hast du Interesse an einem kleinen Rätsel?«

»Du meinst die Frage, warum du mit einem alten Linksaktivisten verheiratet bist?«

Mette lachte, Tom schien guter Laune zu sein.

»Das ist lange her«, sagte sie. »Er hat das runtergefahren, jetzt ist er hauptsächlich verwirrt.«

»Warum das denn?«

»Weil er wie viele aus seiner Generation nicht richtig begreift, was da gerade passiert. Die hatten eine Gesellschaftsvision, und dann mit einem Mal ...«

»Um was für ein Rätsel geht es?«

Stilton hatte keine Lust, Mettes Verteidigung der geplatzten Visionen ihres Mannes anzuhören. Nicht, weil er Mårtens linkes Pathos nicht mochte, im Gegenteil, er hatte großen Respekt davor. Aber er hatte die Geschichte im Laufe der Jahre schon so oft gehört und immer wieder infrage gestellt. Er selbst war Sozialdemokrat.

Er interessierte sich mehr für dieses Rätsel. Vor allen Dingen, als Mette sagte: »Heute Nacht ist eine nicht identifizierte Leiche aus einem Leichenschauhaus gestohlen worden.«

»Gestohlen?«

»Unter ziemlich spektakulären Umständen. Mittagessen heute bei mir?«

Eine bessere Entschuldigung als das brauchte Stilton nicht, um sich eine Reihe von Stunden mit der Stahlbürste in der Hand zu ersparen.

Er stieg in Kummelnäs eine Haltestelle zu früh aus dem Bus und spazierte zu Fuß zu dem großen grünen Krähenschloss. Er wollte sich gern die Form erhalten, die er sich auf der Insel erarbeitet hatte. Als er sich dem Grundstück näherte, dachte er zuerst, falsch gelaufen zu sein, denn hinter der Hecke stand ein kleineres Haus mit einem Zaun drum herum. Das hatte dort nichts zu suchen. Er blieb am Tor stehen, und da sah er Mårten, wie er sich aus dem kleinen Haus zwängte.

»Hallo, Mårten, was zum Teufel ist das denn?«

»Ein Hühnerstall! Oder besser gesagt, es wird einer werden. Komm rein.«

Stilton hoffte, dass er den Garten meinte und nicht dieses kleine umzäunte Etwas. Er ging durchs Gartentor und wurde von einem vor Energie sprudelnden Mårten begrüßt.

»Sieht doch toll aus, oder?«

Der alte Kinderpsychologe machte eine ausladende Bewegung mit der Hand zu dem neuen Sperrholzgebäude und seiner Umhegung.

»Von so etwas habe ich immer geträumt!«

»Ich dachte, du hättest von einer Revolution geträumt.«

»Das hier ist eine Revolution im Kleinen! Selbst produzierte Eier direkt aus dem Huhn. Keine Transporte, kein CO_2-Ausstoß, kein Zwischenhandel. Der Klima-Fußabdruck der Natur. Kann es etwas Besseres geben?«

Stilton fand, dass es ziemlich viel Besseres geben konnte, aber er wollte den Enthusiasmus seines alten Freundes nicht dämpfen.

Eine Frage konnte er sich aber doch nicht verkneifen: »Hast du denn Ahnung von Hühnern?«

»Google, du Stoffel, da findest du alles, was du wissen

musst! Hühnerhaltung ist das Leichteste von der Welt. Das meiste erledigt sich von selbst, wenn man mal alles beisammenhat.«

»Du meinst, die Arbeit macht der Hahn.«

»Ganz und gar nicht, der hat mit der Eierproduktion nichts zu tun, wenn man keine Küken will. Du hast offenbar keinen Schimmer, was?«

Wegen Mårtens manischer Fixierung auf das Thema Hühner hatte Mette eine Reihe seiner Arbeiten übernehmen müssen, so zum Beispiel das Zubereiten von Essen, was sie ansonsten komplett ihrem Mann überließ. Abwechslung erfreut, hatte er verkündet, als die Rollen in der Küche sich veränderten. Heute hatte sie also das Mittagessen gemacht. Nichts Großartiges, ein Käseomelette, ein paar würzige Würste, einen anständigen Tomatensalat. Und dann hatte sie eines von Mårtens selbst gebackenen Broten aufgetaut – ein Relikt aus der Zeit, als er in der Sauerteigphase war.

»Hühnerstall?«, fragte Stilton.

»Ich weiß, frag nicht.«

Mette umarmte ihn kurz. Sie mochte sich nicht in die sonderbaren Ekstasen ihres Mannes vertiefen.

»Setz dich.«

Stilton nahm am Tisch in der großen gemütlichen Küche Platz. Er liebte es, hier zu sitzen. Alle, die jemals die Küche der Olsäters besucht hatten, empfanden es so. Der Raum strahlte Genuss und Fürsorge aus. Die hellgelben Wände, der Holzfußboden mit den breiten Planken, all die Regale mit bunten Dosen. Hinten am Herd kam leise Musik, die nicht störte, aus einem Radio.

»Nimm dir.«

Mette schob Stilton eine selbst getöpferte Schüssel hin und setzte sich ihm gegenüber. Da er noch kein Frühstück gehabt hatte, schaufelte er sich einen ordentlichen Schwung auf.

»Eine gestohlene Leiche?«

»Ja.«

»Was hast du damit zu schaffen?«

Mette war klar gewesen, dass dies eine seiner ersten Fragen sein würde, deshalb hatte sie die Antwort schon parat: »Ich habe angefangen, für die Silberwölfe zu arbeiten. Helfe mit bei Ermittlungen, die nicht so hoch priorisiert sind.«

»Wie eine gestohlene Leiche.«

»Genau. Aber wir haben ja genug Erfahrung, um zu wissen, dass sich manchmal auch das eine zum anderen fügt, nicht wahr?«

»Unbedingt.«

Stilton und Mette hatten viele Jahre zusammen bei der Kriminalpolizei gearbeitet, oft an denselben Ermittlungen, oft mit schwer zu lösenden Mordfällen, die zu Anfang vielleicht noch nach etwas ganz anderem ausgesehen hatten. Es stimmte, alles war möglich, und eine gestohlene Leiche konnte diverse unangenehme Geheimnisse bergen.

»Gutes Omelette«, sagte Stilton und nahm sich ein paar Würstchen.

»Danke. Die Leiche ist vorgestern Nacht gestohlen worden. Ein paar Tage zuvor war sie in die Gerichtsmedizin eingeliefert worden. Ein Mann, der von einem Haus in der Götgatan gesprungen oder gefallen ist und dabei starb. Er hatte keine Ausweispapiere bei sich. Anfangs dachte man, es handele sich um Selbstmord.«

»Aber das glaubt man nicht mehr?«

»Nein. Man kann es natürlich nicht ausschließen, aber der

Diebstahl weist doch wohl auf etwas anderes hin. Was meinst du?«

Stilton zuckte mit den Schultern, er wollte mehr hören, bevor er sich eine Meinung bildete.

»Haben sie die DNA gecheckt?«

»Ja, und die Fingerabdrücke auch. Zumindest in Schweden ist er in keinem Register, aber ich glaube nicht, dass sie international schon was unternommen haben. Möchtest du etwas Wein?«

Mette bemerkte, wie Stilton auf die Uhr schielte.

»In Thailand ist es halb sechs«, sagte sie.

»Na dann. Gerne ein Glas Roten.«

Mette stand auf, holte zwei Gläser und eine halb volle Flasche Rotwein. Die war spät am Vorabend wieder verschlossen worden, der Inhalt würde sicher noch genießbar sein.

»Außerhalb des Kühlhauses gibt es eine Überwachungskamera, die Filme von der Nacht habe ich heute früh bekommen.«

Sie zog sich ihren Laptop heran, der am Tischrand lag, brachte Leben in den Bildschirm und klickte den Film an. Man sah den Eingang des Leichenschauhauses und ein Stück von einem halb besetzten Parkplatz. Keine Menschen. Der Film lief eine Minute, ohne dass etwas passierte.

»Spannend«, sagte Stilton.

»Gleich kommt es.«

Was kam, war ein schwarzer Monitor, und das blieb ein paar Minuten so, während am unteren Rand die Zeit lief. Als das Bild zurückkehrte, zeigte es denselben Eingang und Parkplatz, ebenso menschenleer wie vorher.

Mette hielt den Film an.

»Du meinst, jemand hat den Film manipuliert?«, fragte Stilton.

»Nicht den Film, sondern die Kamera. Ich glaube nicht, dass ausgerechnet in der Nacht, in der eine Leiche gestohlen und durch ebendiesen Eingang getragen wird, ein technischer Fehler auftritt. Glaubst du das?«

»Nein.«

Stilton hatte das Gefühl, zu dieser Sache bereits eine Meinung zu haben, und nahm einen Schluck von dem Wein. Sanft, mit einem Hauch Vanille.

»Und Wachleute?«, fragte er. »Gibt es da keine Sicherheitsleute?«

»Doch. Einen Nachtwächter, der seine übliche Runde gedreht hat und behauptet, er habe nichts gesehen.«

»Jemandem oder mehreren Leuten ist es also gelungen, mitten in der Nacht vor der Nase der Nachtwache eine Leiche rauszuschmuggeln?«

»Offensichtlich.«

»Aber wozu?«

Das war natürlich die zentrale Frage. Die zweite war die nach der Identität der Leiche.

»Wozu klaut man eine nicht identifizierte Leiche?«, fragte Stilton.

»Vielleicht, weil man einen Hang zum Nekrophilen hat?«

Das sagte Mårten, der gerade in seinem Blaumann in die Küche gekommen war. Mette hatte ihm beim Frühstück von der gestohlenen Leiche erzählt, und deshalb konnte er annehmen, dass es darum ging. Sein Vorschlag war natürlich nicht völlig von der Hand zu weisen, doch fand er bei den alten Mordermittlern am Tisch keinen großen Anklang damit. Also schenkte er sich selbst ein Glas Rotwein ein und nahm sich Salat.

»Vermutlich soll die Identität der Leiche verborgen bleiben«, sagte Mette. »Wir wussten ja nicht, wer das Opfer war, und jetzt wissen wir es noch weniger.«

»Und wir werden es vielleicht nie erfahren«, fügte Stilton hinzu.

»Stimmt. Aber es ist doch eine seltsame Sache, oder?«

»Ja. Woher wussten die Diebe zum Beispiel, wo die Leiche liegt? Insider?«

»Keine Ahnung.«

Stilton bat um etwas mehr Wein. Hier beim Mittagessen zu sitzen und mit Mette zusammen bei einem guten Rotwein Kriminalrätsel zu lösen, war nicht ganz unangenehm. Dieses Bedürfnis hatte er auf Rödlöga unterdrückt, und nun spürte er es wieder hochblubbern. Das hier war vielleicht nicht der krasseste Fall ihrer Karriere, doch er liebte Mordrätsel, und aus einer kleinen Sache konnte ja wie gesagt immer noch eine große werden.

»Prost«, sagte Mårten.

Er hatte nicht den Eindruck, hier noch viel mehr beitragen zu können. Außerdem waren seine Gedanken bereits in andere Richtungen unterwegs, hinaus zum Garten und zur Auswahl der Hühner. Da gab es einiges zu bedenken.

»Was meinst du«, sagte Mette zu Stilton, »hast du Lust zu helfen?«

»Wie meinst du das? Ganz formell?«

»Ja.«

»Bei den Silberwölfen?«

»Ich glaube nicht, dass es irgendwelche Probleme geben würde, dich offiziell einzubeziehen. Alle wissen, was du im Laufe der Jahre schon alles geleistet hast.«

Jetzt wurde Stilton die Sache ein wenig unangenehm. In seinen Verdiensten als Mordermittler übertrafen ihn nur wenige in diesem Land, doch hatte er auch eine längere Phase psychischer Instabilität gehabt und war danach wohnungslos gewesen. Sich in eine offizielle Polizeiarbeit zu begeben, war nicht gerade, was er sich vorgestellt hatte, auch wenn die Silberwölfe eine ziemlich freie Gruppe waren.

»Ich weiß nicht«, sagte er zögerlich.

»Denk drüber nach«, erwiderte Mette. »Wahrscheinlich wird es ziemlich viel Arbeit von zu Hause aus bedeuten, zum Beispiel hier, am Küchentisch. Prost.«

*

Abbas stand mitten auf dem großen Rondell am Vanadisplan und beobachtete die Frauen auf der Parkbank: seine Mutter Drishti, die seiner Nachbarin Agnes Ekholm vorsichtig eine Tasse Kaffee aus einer Thermoskanne einschenkte. Es war ein strahlender Spätsommertag, und die Sonne wärmte. Die beiden Frauen erhoben ihre Tassen zueinander, sagten jede in ihrer Sprache »Prost« und lächelten. So hatten sie während des Spaziergangs kommuniziert. Agnes auf Schwedisch und Drishti auf Französisch, und ab und zu hatte er sich eingemischt und übersetzt. Agnes hatte ihren besten Mantel an, und die Perücke auf ihrem Kopf saß ausnahmsweise mal gerade und war gut frisiert. Dafür hatte Drishti gesorgt.

Er hatte sie nicht weggeschickt, sie wohnte bei ihm. Wie lange, darüber hatten sie nicht gesprochen, aber sie hatte angedeutet, in ein paar Wochen zu ihrer Krebsbehandlung zurück nach Frankreich zu müssen. Sie hatte erzählt, dass sie seit vielen Jahren außerhalb von Paris lebte, wo sie einen kleinen Gemüsehandel betrieben hatte, den sie nun aus Krankheitsgründen schließen musste. Der Mann, in den sie sich vor langer Zeit verliebt hatte, war aus ihrem Leben verschwunden. Oder besser gesagt: sie aus seinem. Nach Jahren der körperlichen und seelischen Misshandlung hatte sie zum zweiten Mal flüchten müssen, um nicht getötet zu werden.

Abbas ging zu der Bank.

»Stell dir vor, dass du wieder mit deiner Mutter vereint bist!«, sagte Agnes. »Das ist doch wie ein Märchen. Wie hat sie dich denn gefunden?«

»Sie hat einen alten Freund von mir getroffen, der wusste, dass ich in Stockholm wohne.«

Drishti hatte ihm berichtet, wie sie erfolglos versucht hatte, ihn in Frankreich ausfindig zu machen. Am Ende hatte sie Patrick getroffen, einen alten Freund von Abbas aus der Zeit, als er sich als Taschenverkäufer an den Stränden entlang der Riviera verdingt hatte. Patrick hatte ihr erzählt, dass er Abbas in Bukarest begegnet sei und er zu der Zeit in Stockholm gewohnt habe.

»Stell dir vor«, sagte Agnes und schaute Drishti an. »Und dass ihr euch so ähnlich seht!«

Drishti lächelte Agnes zu.

»Sag Agnes, dass ich sie mal einen Abend zu einer Tajine einladen will«, bat sie.

Abbas übersetzte und erklärte, eine Tajine sei ein marokkanisches Gericht, das man in einem besonderen, kegelförmigen Tontopf zubereite. Agnes strahlte Drishti an.

»Wie exotisch, so etwas habe ich noch nie probiert!«, sagte sie und nahm Drishtis Hände. »Stell dir vor, dass ich das erleben darf.«

Obwohl keine die Sprache der anderen sprach, hatten die beiden Damen einander wirklich gefunden. Abbas wurde warm ums Herz, wenn er sie sah. Seiner Mutter war es gelungen, durch den kleinen Spalt einzudringen, den er ihr geöffnet hatte, und im Moment war er nur dankbar dafür.

Immer noch aufgewühlt, aber dankbar.

*

Die Stockholmer Polizei wollte konzentriert Einsätze an Orten vornehmen, wo vermutlich Sexhandel betrieben wurde. Ermittler hatten eine Liste der relevanten Plätze zusammengestellt. Einer davon war ein Wohnmobil am Rande eines Industriegebiets in Västberga, das auf dem Gelände einer stillgelegten Plastikfabrik abgestellt war. Die Polizei hatte eine Reihe von Autos dorthin und nach einer Weile wieder davonfahren sehen. Man konnte davon ausgehen, dass in dem Wohnmobil Prostitution betrieben wurde und dass die Autos Freiern gehörten.

Doch im Moment waren nicht die Sexkäufer das primäre Ziel, sondern man wollte zuschlagen, wenn Zuhälter vor Ort waren. Als ein schwarzer Škoda zum fünften Mal binnen einer Woche dort auftauchte, bestand die Möglichkeit, dass es sich dabei nicht um einen Freier handelte.

»Da ist er wieder.«

Sie befanden sich zu viert mit gehörigem Abstand zu der Plastikfabrik in einem zivilen Einsatzwagen. Die Überwachung geschah mithilfe eines starken Nachtsichtgeräts. Lisa und Olivia hatten verlangt, an dem Einsatz teilnehmen zu dürfen, denn sie konnten eine Abwechslung von der Schreibtischarbeit zur Kartierung des europäischen Trafficking-Netzwerkes gebrauchen.

Die beiden saßen auf dem Rücksitz, Lasse und Göran vorn.

»Gehen wir rein?«

»Nein, abwarten.«

Lasse, der das Nachtsichtgerät in der Hand hatte, sah, wie der Škoda ein Stück von dem Wohnmobil entfernt anhielt. Ein Mann in dunkler Kapuzenjacke stieg aus und blieb ein paar Augenblicke stehen, dann ging er weiter zum Wohnmobil. Göran fotografierte ihn von hinten.

»Jetzt geht er rein.«

»Alleine?«

»Ja.«

Alina kauerte auf der Bank und sah zu, wie Jacek ein paar neue Konserven auf die Arbeitsfläche stellte. Ihre mageren Unterarme waren voller blauer Flecken.

»Wo ist der Junge?«

»Oben.«

Jacek leerte die Schublade und steckte die Geldscheine in die Tasche seines schwarzen Hoodies.

»Weniger als letztes Mal.«

Alina zuckte nur mit den Schultern. Sie war erschöpft, völlig aus Zeit und Raum gefallen, und hörte kaum, was Jacek sagte.

»Wir müssen das Auto an einen besseren Platz stellen, es ist zu umständlich hierherzukommen, die Freier sind geizig mit Benzin. Du wirst …«

Jacek verstummte abrupt und schaltete dann blitzschnell das Licht aus. Es wurde stockdunkel. Durch die Gardine konnte er draußen auf dem Platz ein schwaches Licht flackern sehen. Er schob die Hand in die Tasche und zog eine schwarze Pistole heraus. Alina kletterte die Leiter zum Schlafalkoven hinauf. Jacek wusste nicht, was sich da draußen bewegte, im schlimmsten Fall waren es Polizisten. Dann wäre er hier drinnen wie eine Ratte gefangen. Er entsicherte die Pistole.

Auch die Polizisten waren alle vier bewaffnet. Sie näherten sich dem Wohnmobil in einem Halbkreis. Als das Licht plötzlich ausging, zogen sie ihre Waffen. Olivia und Lasse suchten Schutz hinter dem Škoda, Lisa und Göran liefen gebückt in der Dunkelheit weiter vor. Sie wussten nicht, ob der Mann da drinnen eine Waffe hatte. Wenn ja, könnte es problematisch werden. Vermutlich waren mehrere Personen im Wagen, eine oder mehrere Frauen. Sie mussten unbedingt eine Geiselsituation vermeiden.

Göran nahm die Waffe zwischen beide Hände, ging in die Hocke und rief: »Polizei! Schalten Sie das Licht ein und öffnen Sie die Tür!«

Seine Stimme hallte über den leeren Platz.

»Wer ruft da?«

Oleksij lag dicht neben seiner Mutter oben auf dem Bett. Sie zog ihm die Decke übers Gesicht. Das Wort »Polizei« war bis zu ihr heraufgedrungen. Sie verstand, was das bedeutete, und verschränkte die zitternden Hände. Jacek hatte ihr erklärt, dass sie illegal im Land war. Ihren Pass hatten sie weggeworfen, und wenn sie von der Polizei aufgegriffen würde, dann käme sie ins Gefängnis, und Oleksij würde ihr weggenommen.

Ins Gefängnis zu kommen, konnte kaum schlimmer sein als das, was sie hier im Wohnmobil durchmachte, aber den Gedanken, Oleksij zu verlieren, ertrug sie nicht.

Da tauchte Jacek im Schlafalkoven auf.

»Öffnen Sie die Tür!«

Nichts passierte. Die vier Polizisten verständigten sich durch Gesten. Offensichtlich wollte niemand die Tür aufmachen, also waren sie gezwungen, sich Zutritt zu verschaffen. Olivia holte eine starke Taschenlampe heraus und richtete sie auf die Tür. Die anderen drei gingen langsam zum Wohnmobil. In dem Augenblick flog die Tür weit auf. Jacek stand in der Öffnung und hielt eine Pistole an Oleksijs Kopf.

»LICHT AUS!«, schrie er auf Englisch.

Olivia zögerte einen Moment, sah Lasses Bewegung mit dem Arm und schaltete die Taschenlampe aus. Die Polizisten wichen ein Stück zurück. Mit der Pistole weiterhin an Oleksijs Kopf trat Jacek auf den Platz hinaus und lief schnell zum Škoda.

»Lassen Sie den Jungen gehen!«, rief Göran in die Dunkelheit.

Jacek fuhr herum, als er die Stimme hörte, und stand einen Moment still, die Pistole immer noch auf das Kind gerichtet.

»ICH GEHE JETZT ZUM AUTO! WENN IHR NÄHER KOMMT, SCHIESSE ICH!«

Keiner der Polizisten wagte einzugreifen. Sie hatten keine Ahnung, wie verzweifelt der Mann war, und er hatte ein Kind in seiner Gewalt. So etwas konnte richtig schiefgehen.

»Oleksij!« Olivia fuhr herum und sah eine Frau aus dem Wohnmobil steigen.

»Bleiben Sie stehen!«, rief sie und eilte zu der Frau. Sie umfasste Alina mit den Armen und drückte sie gegen den Türrahmen. Im Hintergrund zwängte sich Jacek mit Oleksij im Arm in den Škoda. Die anderen drei Polizisten hockten mit gezogenen Waffen in der Dunkelheit. Lasse hatte sein Funkgerät eingeschaltet und forderte Unterstützung an. Er beschrieb den Ort und nannte auch gleich das Kennzeichen des Wagens, während der schwarze Škoda herumschleuderte und an ihm vorbeibrauste.

Ein Stück weiter unten an der Straße blieb er stehen. Jacek ließ die Seitenscheibe herunter, hielt die Pistole raus und schoss den rechten Hinterreifen des Zivilfahrzeugs kaputt. Dann gab er Gas und fuhr in die Dunkelheit davon.

Olivia hielt die zitternde Frau im Arm. Lisa kam und half ihr, sie zu stützen. Gemeinsam führten sie Alina über den Platz zum Polizeifahrzeug. Lasse und Göran standen auf der Straße und stellten fest, dass der eine Reifen durchlöchert war.

»Ich habe die Zentrale alarmiert, ein Helikopter ist auf dem Weg«, sagte Lasse. »Wir müssen hier warten.«

Lisa half Alina in das Auto. Die anderen drei sahen einander an. Jetzt würden sie einen bewaffneten Mann jagen müssen, der ein Kind als Geisel genommen hatte.

Während sie auf Verstärkung warteten, ging Olivia zum Wohnmobil zurück. Vorsichtig stieg sie mit der Taschenlampe ein und fand einen Lichtschalter. Die Deckenbeleuchtung enthüllte das Elend. Und dann der Geruch! Essensreste in einem Zinkeimer, leere Dosen auf dem Boden, eine schmutzige Decke auf einer Klappmatratze, ein Papierkorb voller Servietten und gebrauchter Kondome. Hier wohnte eine Frau mit ihrem Kind, dachte sie, und wurde sexuell missbraucht.

Sie kriegte kaum Luft.

Das wurde nicht leichter, als sie die Leiter zum Schlafalkoven hinaufstieg. Über einem Kissen hing eine kleine Kinderzeichnung von einer Katze, darunter stand in krakeligen Buchstaben: YASIA. Am Fußende lagen Legosteine verstreut. Hier war der Platz des Jungen, dachte sie, und biss die Zähne zusammen.

Sie stieg wieder herunter und ging zum Führerhaus. Sie wusste, dass die Techniker das Auto, sobald sie da waren, gründlich untersuchen würden. In erster Linie wollte sie sich umsehen und einen Eindruck verschaffen. Vielleicht gab es Papiere oder irgendeine Information, die ihnen bei der Jagd nach dem Kidnapper helfen konnten. Sie schaltete die Taschenlampe ein und ließ den Lichtkegel über den Fußboden gleiten. Unter einem der Sitze blinkte es. Sie beugte sich hinunter. Da lag ein kleiner, runder Gegenstand. Es gelang ihr, ihn mithilfe der Taschenlampe herauszufischen. Spielgeld? Ein Jeton?

*

Die ganze Nacht über lief ein massiver Polizeieinsatz. Zwei Helikopter hatten ohne Erfolg versucht, den schwarzen Škoda aufzuspüren. Auf allen größeren Straßen um Västberga herum waren Absperrungen eingerichtet. Auch das ohne Ergebnis. Im Morgengrauen kam endlich die erste Nachricht: Der Škoda war in einer Nebenstraße im Industriegebiet von Årsta gefunden worden. Leer. Keine Spur von dem Mann oder dem Kind. Die Suche wurde fortgesetzt.

Die Mutter des Kindes, Alina, war medizinisch versorgt worden, und nun kümmerte man sich in der Frauenberatungsstelle Stockholm um sie. Das Personal war über die schreckliche Situation, dass ihr Sohn sich in der Hand eines Kidnappers befand, informiert worden und versuchte, ihr alle Unterstützung zu geben, die sie brauchte.

Lisa und Olivia nahmen bis in die späten Nachtstunden an der Suche teil. Beide quälte derselbe Gedanke. Hätten sie das vermeiden können? Lasse und Göran fanden das nicht. Sie hatten ja nicht wissen können, dass die Frau in dem Wohnmobil ein Kind dabeihatte. So wie die Situation sich entwickelt hatte, hätte es leicht in einer Tragödie enden können, doch das war nicht passiert. Bisher. Die beiden Kollegen waren auch ziemlich überzeugt davon, dass der Täter so schnell wie möglich versuchen würde, Oleksij loszuwerden.

»Er kann den Jungen nicht mitschleifen, wenn er auf der Flucht ist.« Die Frage war nur, wo und auf welche Weise er sich des Jungen entledigen würde. Lasse meinte, es gebe keinen vernünftigen Grund, den Kleinen zu töten und sich mit einem Mord zu belasten. Logisch betrachtet.

Als ob verzweifelte Menschen logisch handeln würden, dachte Olivia.

Da kam eine Nachricht über Funk.

Die Notrufzentrale hatte einen Anruf von einer Frau bekommen, die auf dem Weg zur Arbeit einem kleinen, ausgezehrten Jungen begegnet war, der allein an einer Hauswand entlangging. Sie hatte versucht, mit ihm zu sprechen, aber keinen Kontakt aufnehmen können. Da die Notrufzentrale über die Entführung informiert war, hatte sie sofort die Polizei eingeschaltet. Acht Minuten später war eine Polizeistreife bei der Frau und dem Jungen.

Oleksij.

»Frag doch bitte, ob er unverletzt ist«, sagte Olivia.

Göran gab die Frage an die Zentrale weiter und erhielt eine kurze Antwort: »So wie es aussieht.«

Alle im Auto sackten innerlich zusammen. Körperlich erschöpft, aber ungeheuer erleichtert.

Luna fuhr vorsichtig mit dem Zeigefinger durch Stiltons wolliges Brusthaar.

»Die hier werden langsam grau.«

»Danke.«

Er lag mit nacktem Oberkörper neben Luna in der großen Kapitänskajüte. Das Licht, das durch die Bullaugen drang, signalisierte ihnen, dass es Zeit war aufzustehen, doch beide zögerten es aus unterschiedlichen Gründen noch ein wenig hinaus. Luna hatte leichten Muskelkater von dem Geschufte auf dem Schiff, und Stilton war in Gedanken versunken. Er dachte über Mettes Vorschlag vom Tag zuvor nach.

»Jetzt bist du weit weg«, sagte Luna und sah Stilton in die Augen.

»Ich bin hier. Ich grüble nur ein wenig.«

»Worüber? Ob du heute beim Schleifen helfen wirst?«

»Mette hat mir gestern einen Vorschlag gemacht, und ich weiß nicht recht, wie ich darauf reagieren soll.«

»Ein Job?«

»Vielleicht, ich weiß nicht recht. Sie will, dass ich anfange, bei den Silberwölfen zu arbeiten.«

Luna rutschte zum Bullauge hin. Es war kühl in der Kajüte, und sie zog die Decke ein wenig über die Brust.

»Wer sind denn die Silberwölfe?«

»Das ist eine Gang älterer Kripoleute, die der Stockholmer Polizei helfen. Die gibt es schon seit ungefähr drei, vier Jahren.«

»Und da ist Mette dabei?«

»Offensichtlich. Aber ich glaube relativ neu.«

»Was heißt das, wird man da angestellt?«, fragte Luna.

»Man arbeitet auf Zeitbasis, es ist ziemlich frei, man bestimmt die Arbeitszeit selbst und kann von zu Hause arbeiten, wenn man will.«

»Und warum will sie dich dabeihaben?«

»Ich glaube hauptsächlich, damit wir Sachen zusammen machen können, um ehrlich zu sein. Dasitzen und Dinge ausklamüsern, ein bisschen so wie früher«, sagte Stilton und schob die Beine über den Bettrand.

»Ist das nicht auch verlockend für dich? Im Moment hast du doch Hummeln in der Hose, oder?«

»Und woher weißt du das?«

»Jeden Abend, seit wir von der Insel gekommen sind, bist du unruhig draußen im Salon herumgetigert. Glaubst du, ich merke das nicht?«

»Findest du, dass ich ja sagen sollte?«

»Das entscheidest du. Ansonsten haben wir auch noch auf Wochen ziemlich viel zu tun auf dem Schiff.«

Luna wusste genau wie Mårten ziemlich gut, was ihr Partner wollte, auch wenn Tom sich noch ein bisschen mehr zierte als Mette. Der Hinweis auf die bevorstehende Arbeit am Schiff war ihre Art, ihn zu einer Entscheidung zu schubsen.

»Okay«, sagte Stilton und stand auf. »Ich ruf eben Mette an.«

Stilton ging mit dem Handy in der einen und dem Rasierapparat in der anderen Hand aufs Vordeck. Er machte gerne zwei Sachen gleichzeitig, wischte etwa das Handwaschbecken, während er die Zähne putzte. So würde er jetzt telefonieren und sich gleichzeitig die Stoppeln auf dem Kopf rasieren können.

»Hallo, Mette, hier ist Tom. Diese Leiche verursacht mir ein Kribbeln, ich bin gerne dabei und denke daran herum.«

»Gut! Was ist denn das für ein Geräusch?«

»Das bin ich, der mit den Zähnen knirscht.«

»Warum denn?«

»Es war eine schwierige Entscheidung.«

»Hör schon auf. Ich rufe den Gruppenleiter an und informiere ihn. Sicherlich wird es kein Problem sein. Wann sehen wir uns wieder?«

»Hast du was Neues gehört?«, fragte Stilton.

»Nein, aber ich habe aus der Gerichtsmedizin ein paar Fotos von der Leiche bekommen, und eine Liste der Besitztümer des Opfers, die in den Kleidern waren.«

»Und was war das?«

»Ein Plastikfeuerzeug, eine Taxiquittung und so eine Art Trillerpfeife.«

»Okay. Kannst du nicht nachher mal hier vorbeikommen, dann können wir ein bisschen darüber reden, wie es weitergeht.«

»Ich komme«, sagte Mette.

Stilton schaltete Handy und Rasierapparat aus. Eine Art Trillerpfeife?

Er war bereits mittendrin in der Sache.

*

Die Gruppe, die an dem nächtlichen Zugriff in Västberga beteiligt gewesen war, versammelte sich im Besprechungsraum. Noch hatte keiner von ihnen geschlafen. Hingegen hatten sie herausbekommen, dass das Wohnmobil auf eine stillgelegte Baufirma in Warschau gemeldet war. Der Škoda war vor einem halben Jahr in Gdańsk gestohlen gemeldet worden.

Die Kriminaltechniker waren immer noch in Västberga, um das Wohnmobil zu durchsuchen und mögliche Spuren des geflohenen Mannes zu sichern. Am Tatort war es dunkel gewesen, und der Mann hatte eine schwarze Kapuze über dem Kopf gehabt, deshalb hatten sie nur eine sehr vage Beschreibung von ihm zur Fahndung geben können.

»Wir bräuchten ein Gesicht von ihm«, sagte Lisa.

»Und einen Namen«, fügte Olivia hinzu.

»Wahrscheinlich kennt die Mutter von dem Jungen den«, schlug Lars vor.

»Stimmt.«

Oleksij war am Morgen sofort zu seiner Mutter gebracht worden. Jetzt warteten sie, dass sich die Frauenberatungsstelle melden würde. Olivia hatte mit dem Personal vereinbart, dass sie anrufen würden, sowie Alina und ihr Sohn gefrühstückt hatten.

»Das sind sie«, sagte Olivia und nahm ein Gespräch an.

Sie hörte zu und erwiderte: »Dann kommen wir sofort.«

Olivia schnappte sich ihren schwarzen Rucksack und stand auf. Lisa folgte ihr.

Alina und Oleksij saßen dicht nebeneinander auf einem Sofa. Das Zimmer war in einem warmen Rotton gehalten, die Gardinen hellblau. In einer Ecke lagen Kuscheltiere und ein paar Spielsachen. Als Olivia, Lisa und eine andere Frau hereinkamen, zog Alina den Sohn an sich.

»Hallo«, sagte Olivia mit sanfter Stimme. »Das hier ist Dina, sie ist Übersetzerin. Aber Sie sprechen ja auch ein wenig Englisch, nicht wahr?«

»Ein wenig.«

Olivia betrachtete die Frau vor sich, das angespannte Gesicht, die hohlen Augen, den gebeugten Körper – es würde viele Nächte brauchen, bis sie ausgeschlafen war.

»Zunächst einmal möchte ich sagen, dass Ihnen oder Ihrem Sohn nichts geschehen wird. Ukrainische Flüchtlinge sind in Schweden willkommen. Sie werden einen vorübergehenden Aufenthaltsstatus erhalten, und niemand wird Ihnen Ihr Kind wegnehmen.«

Sie sah, wie Alina sich ein wenig entspannte, die Schultern sanken herab, ihr Körper richtete sich auf, und der feste Griff um Oleksij lockerte sich.

»Aber es wäre vielleicht besser, wenn wir nur mit Ihnen allein über das reden, was geschehen ist«, fuhr Olivia fort. »Wir können mit Ihnen ins Nebenzimmer gehen, dann kann Oleksij hierbleiben. Wir haben eine Assistentin gebeten, die wird kommen und ihm Gesellschaft leisten. Ist das in Ordnung?«

Alina beugte sich hinunter und sagte ein paar Worte auf Ukrainisch zu Oleksij. Er antwortete etwas und zeigte auf Olivia.

»Er kennt Sie«, sagte Alina.

»Ich war ja heute Nacht auch dabei.«

»Nein, von der Fähre, als wir aus Gdańsk gekommen sind.«

In Nynäshamn?, dachte Olivia, und ihr kam eine unangenehme Erinnerung. An ein graues Wohnmobil, das sie am Fährterminal angehalten und kurz darauf weitergewinkt hatte. War es dieses Auto gewesen? Hatten sich die Frau und ihr Sohn darin befunden?

»Ja, ich war dort und habe die eintreffenden Flüchtlinge überwacht«, sagte sie. »Wie aufmerksam von ihm, dass er sich an mich erinnert hat.«

Sie lächelte Oleksij an, der sich zu Alina drehte. Die stand auf, sagte etwas zu ihrem Sohn und ging Richtung Tür. Eine Assistentin kam herein.

»Das hier ist Oleksij«, sagte Olivia und wies zu dem Jungen auf dem Sofa.

»Wir haben uns heute Morgen schon kennengelernt, ich war beim Frühstück dabei.«

»Wie gut. Dann gehen wir kurz nach nebenan. Klopfen Sie einfach, wenn es Probleme gibt.«

»Mama!«

Alina drehte sich nach Oleksij um, der etwas auf Ukrainisch zu ihr sagte. Dann wandte sie sich an Olivia.

»Er fragt, ob wir die Tür offen lassen können.«

»Das machen wir.«

Der Raum, in den sie sich jetzt setzten, war bedeutend weniger gemütlich, grau gestrichen und mehr wie ein Büro. Aber es gab Stühle und einen Tisch, dazu Trinkgläser und eine Wasserkaraffe. Ein paar Schreibblöcke und Stifte lagen auch bereit. Alina setzte sich auf einen Stuhl an der einen Wand. Olivia hätte gerne gesehen, dass sie am Tisch Platz nahm und weniger abseits saß.

»Möchten Sie nicht hierherkommen?«

Alina schüttelte den Kopf, und Olivia merkte, wie zerbrechlich sie war, wie vorsichtig sie vorgehen mussten. Sie ließ sich mit Lisa und Dina neben sich am Tisch nieder.

»Erzählen Sie doch zuerst ein wenig von sich«, begann Olivia. »Woher kommen Sie, und wie sind Sie und Ihr Sohn hierhergelangt?«

»Es ist leichter, wenn ich Ukrainisch spreche«, sagte Alina.

»Dann tun Sie das.«

Alina wandte sich an Dina und begann zu reden. Nicht in einem kontinuierlichen Redefluss, sondern abgehackt, in kurzen Stücken mit langen Pausen dazwischen. In den Pausen übersetzte Dina für Olivia und Lisa. Beide machten sich Notizen. Ihre Aufzeichnungen waren alles andere als lustig, sowohl die Geschichte zur Ursache der Flucht als auch die zur Flucht selbst war brutal. Als Alina bei dem Wohnmobil und allem, was im Wald in Polen geschehen war, ankam, brach sie in Tränen aus. Sie ließen sie weinen. Mit ihren schmalen Händen strich sie sich mehrmals übers Gesicht, ihr Brustkorb hob und senkte sich in kräftigen Atemzügen.

Als sie sich beruhigt hatte, wagte Lisa zu fragen: »Der Mann hat sich also im Auto an Ihnen vergangen, während Ihr Sohn draußen wartete?«

Alina nickte schwach. Lisa sah Olivia an, die sich abwandte. Am liebsten wollte sie das alles gar nicht hören, sie wollte nicht wissen, was diese arme Frau hatte mitmachen müssen. Sie wusste jetzt schon, dass es sie lange beschäftigen würde.

»War das derselbe Mann, der auch heute Nacht da war?«, fuhr Lisa fort.

»Ja. Jacek.«

»Sie kennen seinen Nachnamen nicht?«

»Nein.«

»Hat Jacek auch das Auto gefahren, als sie in Nynäshamn von der Fähre kamen?«

»Ja.«

Olivia hatte Jacek also schon einmal gesehen. Sie versuchte, sich sein Gesicht ins Gedächtnis zu rufen. Er hatte eine Strickmütze auf dem Kopf gehabt. Dunkler Bart ... Augenfarbe? An die erinnerte sie sich nicht. Sie war völlig auf die Papiere fokussiert gewesen, nicht auf den Fahrer.

»Aber es waren zwei Männer im Auto?«, fragte Lisa. »Damals in Polen?«

Alina nickte wieder.

»Wissen Sie, wie der andere hieß?«

»Nein, ich habe seinen Namen nie gehört.«

»Ist er auch mit nach Schweden gekommen?«

Alina nickte und fuhr sich über den Mund.

»Möchten Sie etwas Wasser?«, fragte Olivia.

Alina nickte wieder, und Dina schenkte ihr ein Glas ein.

Olivia drehte ihren Stuhl etwas näher zu Alina.

»Sie haben ja gesagt, Oleksij hätte mich vom Fährterminal her erkannt, haben Sie die ganze Zeit seither in dem Wohnmobil gelebt?«

»Nicht die ganze Zeit, wir waren auch in einer Wohnung eingesperrt.«

Lisa und Olivia reagierten sofort.

»Wo war die?«, fragte Lisa.

»Das weiß ich nicht, als wir hinkamen, war es dunkel.«

»Wie sah sie denn aus?«, fragte Olivia.

»Ganz gewöhnlich, zwei Zimmer und eine Küche.«

»Haben Sie irgendetwas von der Umgebung gesehen?«

»Nein, es waren immer alle Rollläden unten. Doch die meiste Zeit waren wir im Wohnmobil.«

Beiden Polizistinnen war klar, wozu man Alina in diesem Auto monatelang gezwungen hatte, das mussten sie nicht fragen. Die Übersetzerin kannte die Fakten nicht, doch sie ahnte es und rang ihre Hände im Schoß. *Wie genau* Alina zur Prostitution gezwungen worden war, wussten sie nicht, aber auch das war nicht schwer zu erraten. Vermutlich auf dieselbe Weise wie in allen anderen Fällen zuvor: Androhung von Gefängnis, Verlust des Kindes, Androhung von Gewalt.

Es gab viele Arten, einer auf sich gestellten, verletzlichen Frau in einem fremden Land Angst zu machen, und alle waren sie gleichermaßen widerlich.

Olivia öffnete ihren Rucksack und holte zwei kleine Dosen heraus.

»Die haben wir im Wohnmobil gefunden. Wem gehören sie?«

Alina zeigte auf die weiße Dose.

»Die da sollte ich nehmen, ich weiß nicht, was es ist, ich wurde …«

Alina wandte sich an Dina und sagte ein paar kurze Sätze auf Ukrainisch.

»Sie sagt, es wäre etwas, das sie hat wegdämmern lassen«, sagte Dina. »Sie war wohl wie ohnmächtig, sie hat das Wort ›abgeschirmt‹ benutzt. Ich weiß nicht genau, was sie damit meint.«

Olivia und Lisa wussten es.

»Und diese hier?«

Olivia hielt die andere Dose hoch.

»Tabletten, die ich Oleksij geben sollte, eine halbe, damit er da oben einschläft … wenn ich … wenn ich …«

Alina brach zusammen. Der Oberkörper sank ihr auf die Knie, ihr ganzer Leib zitterte. Lisa ging schnell zu ihr und legte ihr eine Hand auf den Rücken. Dina wandte sich ab und wischte sich die Tränen aus dem Gesicht. Olivia schenkte Wasser nach und reichte es Lisa. Die brachte Alina dazu, ein paar Schlucke zu nehmen. Es dauerte ein bisschen, ehe sie sich wieder aufrichtete, das Wasserglas leerte und Olivia ansah.

»Kann ich ein Handy ausleihen?«

»Ja. Wen wollen Sie anrufen?«

»Meinen Mann. Er ist an der Front. Ich weiß nicht, ob er

noch lebt. Seit ich geflohen bin, haben wir nicht miteinander gesprochen.«

Olivia holte ihr Handy raus und gab es Alina. Die stand auf und stellte sich ein Stück entfernt an eine Wand. Sie sahen, wie die Hände zitternd eine Nummer eintippten und das Handy zum Ohr führten. Ein paar Momente später ging jemand ran.

Ihre sehr kurzen Sätze waren auf Ukrainisch. Als das Gespräch beendet war, sank Alina auf den Fußboden, das Handy fiel ihr aus der Hand. Olivia war schnell da und hockte sich neben sie.

»War das Ihr Mann, den Sie gesprochen haben?«

Alina schwieg. Olivia wandte sich an Dina, die nickte. Er war rangegangen. Er lebte. Was sonst noch in dem kurzen Dialog gesagt worden war, sollte zwischen Alina und ihrem Mann bleiben.

Lisa half ihr auf die Füße.

Sie sprachen noch eine Weile miteinander, bis Alina immer wortkarger wurde. Sie sank erneut in sich zusammen. Olivia merkte, dass es an der Zeit war, Schluss zu machen.

»Wir sind jetzt fertig, Alina«, sagte sie. »Danke, dass Sie die Kraft aufgebracht haben, uns von sich zu erzählen.«

Alina nickte.

Auf dem Weg aus dem Zimmer wandte sich Olivia noch einmal an sie. »Dieses Mädchen, von dem Sie erzählt haben und das auf Ihrer Flucht dabei war, ist es auch mit nach Schweden gekommen?«

»Nein, im Wald in Polen ist eine Frau in einem schwarzen Auto gekommen und hat sie geholt. Oleksij hat sie gesehen.«

»Eine Frau, die sie kannte?«

»Ich weiß nicht, das glaube ich nicht.«

»Sie ist also mitten im Wald einfach in einem Auto verschwunden?«
»Ja. Mit dieser Frau. Oleksij sagt, sie hieß Sasja.«
»Und diese Sasja kannte die Männer im Wohnmobil?«
»Ja, ich denke schon, jedenfalls haben sie nichts gesagt, als sie Oleksij durch die Tür geschoben hat.«

Den beiden Polizistinnen gingen viele Dinge im Kopf herum, als sie die Frauenberatungsstelle verließen, unter anderem das Letzte, das Alina erzählt hatte. Ein schwarzes Auto, das mitten im Wald ein junges, ukrainisches Mädchen aufsammelte und davonfuhr. Wer war die Frau in dem Auto? Diese Sasja. Und wohin waren sie gefahren?
»Wir müssen Jacek kriegen, dieses Schwein«, sagte Lisa.
»Unbedingt. Kannst du den da mit zurücknehmen?«
Olivia reichte ihr den Rucksack.
»Was hast du vor?«
»Ich gehe mal kurz bei Mårten vorbei.«

*

Luna war vollauf mit ihrer Sisyphusarbeit auf dem Kahn beschäftigt. Stilton war zum Kuchenholen über die Brücke gegangen und kam mit sechs verschiedenen Sorten zurück: alles von Kardamomschnecken bis Vanilleteilchen. Er meinte, sich zu erinnern, dass Mette ein Krümelmonster sein konnte, wenn sie erst mal in Schwung kam. Er selbst aß niemals etwas zum Kaffee. Auch nicht zu Mittag, er war der Meinung, das würde die Gehirnaktivität beeinträchtigen. Das Mittagessen bei Mette war eine Ausnahme gewesen.
Mette saß in dem bequemen Sessel am Salontisch und

hatte ihren Laptop vor sich. Sie registrierte, dass Luna es geschafft hatte, ein paar Terrakottatöpfe mit hellrosafarbenen Pelargonien aufzustellen. Und dann war da der Teller mit Kuchen.

»Ziemlich viel Gebäck«, bemerkte sie.

»Für dich.«

»Ich habe Diabetes. Mit süßen Stückchen habe ich schon vor vielen Jahren aufgehört.«

»Sieh mal einer an. Dann freut sich Luna.«

Stilton hatte mit Stift und Notizblock auf der Bank, die an der Bordwand verlief, Platz genommen. Mette hatte ihn noch nie mit Stift und Notizblock gesehen. Was war da draußen auf Rödlöga eigentlich passiert?

»So, wo fangen wir an?«, fragte sie.

»Beim Tatort. Der Gerichtsmedizin. Woher wussten die, wo die Leiche lag?«

»Sie haben eine Reihe von Schränken öffnen müssen, ehe sie ihn fanden.«

»Haben wir nach Fingerabdrücken auf den Schränken gesucht?«

»Ja, Fehlanzeige.«

Stilton notierte etwas auf dem Block.

»Stenografierst du?«, fragte Mette erstaunt.

»Ja.«

»Wo hast du das denn gelernt?«

»Als ich wohnungslos war. Ich hatte in irgendeiner Mülltonne ein Lehrbuch gefunden, das war ein guter Zeitvertreib. Stand die Bahre denn noch dort?«

»Ja, direkt am Eingang.«

»Die Leiche ist also von Hand rausgetragen worden. Das schafft man kaum alleine. Wir sprechen demnach von mindestens zwei Tätern. Wissen wir, wann genau in der Nacht die Leiche gestohlen worden ist?«

»Nein. Aber der schwarze Bildschirm auf dem Überwachungsfilm ist ja ein gewisser Anhaltspunkt.«

»Hast du dir mal den Plan der Wachleute angesehen?«

»Noch nicht.«

»Dann machen wir das jetzt und vergleichen ihn mit dem Zeitpunkt, zu dem der schwarze Bildschirm auftaucht. Wir gehen mal davon aus, dass die Überwachungskamera auf irgendeine Weise manipuliert wurde. Haben wir den Parkplatz abgesucht? Vielleicht haben sie was fallen lassen oder weggeworfen. Einen Snus-Beutel oder Zigarettenkippen.«

»Ich werde das anordnen«, sagte Mette.

»Gut. Die Leiche wird ja wahrscheinlich in einem Auto weggebracht worden sein. Wahrscheinlich im Kofferraum oder so.«

»Oder auf einem Lastenmoped.«

Stilton sah von seinem Block auf. Machte sie Witze?

»Gehen wir mal davon aus, dass die Leiche gestohlen wurde, um die Identität zu verbergen«, sagte er, »dann müssen die Täter gewusst haben, dass der Mann, als er vom Dach fiel, keinerlei Papiere bei sich hatte, die seine Identität verrieten. Wie konnten sie das wissen?«

»Keine Ahnung.«

»Eigentlich nur, wenn sie selbst mit auf dem Dach waren.«

Stilton legte den Block weg.

»Ich brauche ein bisschen Wasser.«

Er stand auf und ging in die Kombüse. Mette sah ihm nach. Die Zeit auf Rödlöga hatte ihm wirklich gutgetan. Braun gebrannt war er, beweglich, aufmerksam. Sie hatte ihn ja besucht, als er gerade von der Intensivstation gekommen war, und das war ein echter Schock gewesen. Ein Skelett mit lose hängender Haut, wie Mårten es ausdrückte. Nun erhaschte sie wieder einen Blick auf den alten Tom. Den Mann, der niemals auswich, koste es, was es wolle. Jahrzehntelang der Klügste in ihrer Gruppe, und manchmal auch der mit der kürzesten Lunte. Das war allerdings ein Makel, der ihn in einige schwierige Situationen gebracht hatte, aus denen sie ihn nur unter Einsatz all ihrer Autorität befreien konnte. Aber das hatte er verdient. Und dieser Fall eines Totschlags auf den Philippinen, dessen er sich möglicherweise – sie achtete sehr darauf, diesen Gedanken immer mit dem Zusatz »möglicherweise« zu verbinden – schuldig gemacht hatte, war der Außenwelt völlig verborgen geblieben, und so sollte es auch bleiben.

Wenn es nach ihr ging.

Stilton öffnete den Kühlschrank und holte eine Flasche Mineralwasser heraus. Durch das Bullauge konnte er Lunas Gummistiefel sehen und hörte das Geräusch einer Schleifmaschine. Dieser Anblick verlieh ihm neue Energie für die Ermittlung, zusammen mit dem Wasser, das er in sich hineinschüttete.

Er setzte sich wieder mit dem Block auf dem Schoß in den Salon.

»Dann sprechen wir mal über den Fundort«, sagte er. »Wo genau ist die Leiche gefunden worden?«

»Auf der Götgatan, direkt gegenüber vom Gröne Jägaren.«

»Von wem?«

»Eine Menge Fußballfans haben das Ganze beobachtet. Die hatten nach irgendeinem Match drinnen in der Kneipe gefeiert und standen danach draußen auf der Straße rum.«

»Um welche Uhrzeit?«

»Kurz nach eins in der Nacht.«

Stilton musste umblättern, und Mette nutzte die Gelegenheit, sich eine Kardamomschnecke zu holen. Wider besseres Wissen. Das Leben wollte ja doch auch gelebt werden.

»Und warum ist er ausgerechnet da gefunden worden?«, fragte Stilton weiter.

»Na ja, weil er von dem Haus gefallen ist.«

»Ich meine, warum ausgerechnet von diesem Haus? Hat er selbst dort gewohnt?«

»Das wissen wir nicht, denn wir wissen ja nicht, wer er ist«, entgegnete Mette.

»Ist es nicht ziemlich wahrscheinlich, dass er da gewohnt hat? Was hätte er sonst auf dem Dach zu suchen gehabt?«

»Vielleicht ist er dorthin genötigt worden. Wenn es kein Selbstmord war, dann war er, wie du ja auch schon angedeutet hast, unter Umständen nicht alleine da oben.«

»Und ist über den Rand gestoßen worden?«, fragte Stilton.

»Oder hat sich entschieden zu springen.«

»In den Tod?«

»Vielleicht war die Alternative schlimmer«, gab Mette zu bedenken.

»Haben wir Namen von den Zeugen? Von den Fans?«

»Nein.«

»Wenn wir uns nun mal vorstellen, dass die Person nicht allein auf dem Dach war, dann könnten die ja vielleicht auch noch etwas anderes gesehen haben. Personen, die den Ort verlassen haben, wegfahrende Autos oder so. Gibt es im Gröne Jägaren Überwachungskameras?«

»Keine Ahnung, aber die gibt es inzwischen ja vor ziemlich vielen Restaurants. Ich kann das nachprüfen.«

Stilton legte den Stift weg und sah Mette an.

»Du hast doch Bilder von der Leiche aus der Gerichtsmedizin, oder?«, fragte er.

»Ja.«

Mette klappte den Computer auf und klickte ein paar der Fotos des Kriminaltechnikers an, darunter die vom Kopf des Opfers.

»Sie haben ganz schön viel puzzeln müssen, um das Gesicht wieder hinzukriegen«, sagte sie. »Der Schädel war ziemlich demoliert.«

»Man erkennt aber trotzdem ganz gut, wie er aussieht. Wir sollten in dem Haus rumgehen und den Leuten das Foto zeigen, vielleicht erkennt ihn jemand.«

»Ja.«

Stilton schenkte noch etwas Kaffee nach und bemerkte, dass Mette einige Spuren von Zucker von der Kardamomschnecke um den Mund hatte.

»Kann man eine gestohlene Leiche zur Fahndung ausschreiben?«, fragte er.

Mette zog es vor, darauf nicht zu antworten.

»Hast du Fotos von seinen Sachen?«, fragte Stilton weiter.

»Hier.«

Mette klickte wieder ein paar Bilder auf dem Schirm an.

»Vergrößere doch mal die Taxiquittung.«

Mette tat, was er sagte. Im Moment war Tom der Bestimmer. Ihr machte das nichts aus, sie sog seine Energie ein.

Stilton schrieb ein paar Zahlen von der Quittung ab und holte dann sein Handy heraus.

»Was hast du vor?«

»Nachfragen, wann das Taxi ihn abgeholt hat und wohin es gefahren ist. Und wer es gefahren hat.«

Er brauchte eine Weile, um das herauszukriegen, denn es

handelte sich um ein kleineres Taxiunternehmen, das solche Informationen nicht einfach so rausgeben wollte. Doch nach ein paar formellen Erklärungen ging es. Das Taxi hatte den Passagier am Kungsträdgården abgeholt und ihn dann zu einem Restaurant auf dem Ringvägen gebracht. Snövit. Der Fahrer hieß Arda Demir.

»Haben Sie seine Telefonnummer?«

Stilton bekam die Nummer und rief an. Er erklärte, dass er Hilfe bei der Ermittlung zu einem Gewaltverbrechen brauchte. Dann gab er Adresse und Zeitpunkt der Fahrt an.

»Erinnern Sie sich an den Passagier?«, fragte er Demir.

»Nicht genau. Obwohl, vielleicht weil er …«

Demir verstummte, weshalb Stilton nachfragte: »Weil er was?«

»Er hat nicht so bezahlt wie alle.«

»Wie meinen Sie das?«

»Heute bezahlen fast alle mit Karte, niemand benutzt mehr Bargeld.«

»Aber er hat bar bezahlt?«

»Ja. Mit Geldscheinen.«

Was denn sonst?, dachte Stilton. Bitcoin?

»Erinnern Sie sich, wie er aussah?«, fragte er.

»Ich sehe nie so genau hin.«

»Haben Sie Kameras in den Autos?«

»Nein.«

»Hat er hinten gesessen?«

»Ja.«

»Trug er eine Brille?«, erkundigte sich Stilton.

»Glaube nicht.«

»Blond oder dunkelhaarig?«

»Ich glaube, dunkel«, sagte Demir.

»Hat er Schwedisch gesprochen?«

»Er sagte nur die Adresse, danach nichts weiter.«

»Ist er in das Restaurant gegangen?«

»Das weiß ich nicht, ich bin weggefahren.«

»Was würden Sie sagen, wie groß er war?«, fragte Stilton.

»Sie haben ihn doch gesehen, als er ein- und ausgestiegen ist. Mittelgroß?«

»Was ist mittelgroß?«

»Wie groß sind Sie?«

»Eins fünfundsiebzig.«

»War er größer als Sie?«

»Weiß nicht. Er war auf jeden Fall nicht kurz.«

»Klein, meinen Sie. Okay, danke, Arda.«

Stilton drückte das Gespräch weg und sah Mette an.

»Mühsam. Dunkel und hat cash bezahlt. Vermutlich keine Brille.«

»Warum hast du gefragt, wie groß er war? Das steht doch im Obduktionsprotokoll.«

»Es ging einfach mit mir durch. Aber wo du gerade von der Obduktion sprichst, hatte er Alkohol oder Drogen im Körper?«

»Nein.«

»Es war also kein Sprung, der im Suff passiert ist.«

Stilton verstummte und zeichnete ein paar sinnlose Kringel auf das Papier vor sich.

»Im Moment kommen wir wahrscheinlich erst mal nicht viel weiter«, meinte Mette.

»Eine Sache noch, ich habe gerade an diese Leiche gedacht, und dass es …« Stilton sah von seinem Block auf. »Könnten wir ihm nicht einen Namen geben, es ist so blöd, wenn man immer ›die Leiche‹ sagen muss.«

»John Doe?«

»Noch blöder. Verner?«

Mette wusste nicht, ob Tom das ernst meinte.

»Verner?«

»Warum nicht? Ich werde ihn so nennen. Genau. Also, Verner muss ja, sowie er aus dem Kühlhaus kam, angefangen haben zu verrotten.«

»Ja.«

»Und was tut man mit einer verwesenden Leiche?«, fragte Stilton.

»Warum klaut man sie überhaupt?«

»Jetzt drehen wir uns ein bisschen im Kreis.«

»Ja.«

Mette stand auf, sie hatte das Gefühl, dass die Besprechung vorbei war.

»Diese Trillerpfeife, die er dabeihatte«, fuhr Stilton unbeirrt fort, er hatte sich festgebissen. »Können wir von der DNA abnehmen?«

»Warum denn?«

»Speichel. Es könnte doch ein anderer als er selbst da reingepustet haben.«

»Vielleicht, aber das Budget der Silberwölfe ist ziemlich beschränkt, ich weiß nicht, ob wir das mit einer DNA-Probe aufgrund von so vagen Vermutungen belasten dürfen.«

Stilton zuckte mit den Schultern und brachte Mette zur Treppe.

»Sag mal, kannst du ein Foto von Verners Gesicht für mich ausdrucken, wenn du nach Hause kommst?«

»Habt ihr hier keinen Drucker?«

»Das ist ein Schiff.«

»Na und?«

Da klingelte Mettes Handy. Sie schaute aufs Display und wandte sich an Stilton: »Olivia.«

»Hallo!«, rief sie. »Wie geht es dir?«

»Geht so«, sagte Olivia. »Wir haben eben lange mit einer armen ukrainischen Geflüchteten gesprochen, die in einem Wohnmobil zur Prostitution gezwungen worden ist. Sie war zusammen mit ihrem siebenjährigen Sohn da eingesperrt.«

»Wie furchtbar.«

»Ja, sie ist völlig fertig. Ich wollte hören, ob die beiden ein paar Tage bei euch zu Hause übernachten könnten, bis wir etwas Dauerhaftes gefunden haben. Ich möchte sie und das Kind nicht in irgendeinem Flüchtlingsheim unterbringen.«

»Für mich kein Problem, ich frage nur noch Mårten.«

»Das habe ich schon getan.«

»Du hast ihn zuerst angerufen?«

»Nein, ich bin bei euch vorbeigefahren.«

»Was hat er gesagt?«

»Dass ich dich fragen soll, von ihm aus wäre es in Ordnung. Sie können im Gästehaus wohnen.«

»Na dann. Wann kommen sie?«

»Wenn es in Ordnung ist, würden wir sie heute Nachmittag vorbeibringen.«

»Gut.«

Mette ging aufs Vordeck. Eine sexuell missbrauchte Geflüchtete und ihren Sohn aufnehmen?

Das Leben nahm seltsame Wendungen.

*

Jacek saß allein, unrasiert und halb nackt in einer Zweizimmerwohnung in Fittja am Küchentisch. Er war angespannt und versuchte, Pulverkaffee in lauwarmem Wasser aufzulösen. Mit Mühe und Not hatte er es geschafft, der Polizei zu entkommen, doch das war noch nicht alles. Der Verlust des Škoda war zu verschmerzen, schlimmer war, dass die Einkommensquelle im Wohnmobil von der Polizei entdeckt worden war. Das würde weiter oben nicht gut aufgenommen werden. Seiner Meinung nach war das nicht seine Schuld, er hatte nichts falsch gemacht, vielleicht hatte auch einfach irgendein Freier den Ort verraten.

Trotzdem.

Er probierte den Kaffee und stellte fest, dass es eher Wasser als Kaffee war. Widerwillig holte er sein Handy heraus. Bisher hatte er sich vor diesem Gespräch gedrückt, denn er wusste, welche Folgen es haben konnte. Im schlimmsten Fall eine Reise ohne Wiederkehr an einen Ort, an dem er nicht landen wollte. Langsam tippte er die Zahlen ein und horchte.

Die Mailbox.

»Hallo, hier ist Jacek. Nicht gut gelaufen heute Nacht. Polizei. Musste abhauen.«

Das musste genügen. Wenn der Empfänger das abhörte und sich meldete, würde er sowieso alles noch mal erklären müssen. Er hoffte, die Person würde sich telefonisch melden und nicht mit ausdruckslosem Gesicht plötzlich vor seiner Tür stehen.

Jacek schob die Kaffeetasse weg und drehte sich zur Arbeitsfläche bei der Spüle um. Da lag die schwarze Pistole auf einer Kinderzeichnung. Bis vor Kurzem hatten die Frau und ihr Sohn hier gewohnt. Er hob eine verkrumpelte Hose vom Fußboden auf und zog eine kleine Tüte weißes Pulver heraus. Mit leicht zitternder Hand streckte er sich nach dem Fenster und ließ den grauen Rollladen runter. Er ging davon aus, dass nach ihm gefahndet wurde, und beabsichtigte, sich hier zu verstecken. So lange wie möglich.

*

»Sie ist einfach so aufgetaucht? Aus dem Nichts?«
»Ja.«
Olivia und Abbas spazierten gemächlich durch den schneidenden Wind im Kronobergsparken. Sie hatte wie vereinbart die Flüchtlinge in Kummelnäs abgeliefert, und er hatte ihr soeben vom plötzlichen Auftauchen der seit der Kindheit verschwundenen Mutter in seinem Leben berichtet. Olivia wusste nicht wirklich, wie sie reagieren sollte. Sie kannte seine Verbitterung und den Schmerz des alleingelassenen Kindes, also hielt sie sich mit Gefühlsäußerungen bis auf Weiteres zurück.
»Und sie wohnt bei dir?«
»Im Moment ja. Worüber wolltest du mit mir reden?«
Abbas hatte keine Lust, sich weiter in seine private Situation zu vertiefen, die ihm ohnehin schon genug zu schaffen machte.
»Über das hier«, sagte Olivia und reichte ihm einen Jeton.
»Das ist doch ein Chip, oder?«
»Ja. Von uns. Woher hast du den?«
Olivia erzählte von dem Wohnmobil und dem Mann namens Jacek, der geflohen war. »Der Chip lag auf dem Boden beim Fahrersitz. Wir wissen nicht, ob *er* ihn verloren hat, aber die Möglichkeit besteht«, erklärte sie.
Abbas begriff natürlich, worauf Olivia hinauswollte. Er war

Croupier und sein Arbeitsplatz das Casino Cosmopol. Da der Jeton von dort stammte, hoffte sie wahrscheinlich darauf, dass dieser Jacek dort spielte.

»Ist es nicht so, dass ihr alle Besucher fotografiert?«, fragte Olivia.

»Ja, das ist gesetzlich vorgeschrieben.«

»Und wie lange hebt ihr die Bilder auf?«

»Fünf Jahre.«

»Dann würde ich gerne die Fotografien des letzten Jahres anschauen.«

»Kein Problem.«

»Am liebsten heute, wenn das möglich ist. Wenn er darunter ist, dann könntest du nämlich ein bisschen nach ihm Ausschau halten.«

»Er wird kaum im Casino auftauchen, wenn im ganzen Land nach ihm gefahndet wird.«

»Nein, vermutlich nicht. Aber man weiß ja nie.«

*

Der Gröne Jägaren auf der Götgatan war die Stammkneipe der Hammarby-Fußballfans, das wusste jeder. Wem es dennoch entgangen war, der wurde durch ein Schild darauf hingewiesen, auf dem die Biermarke Falcon beworben wurde: »Echtes Hammarbier« stand da, und die Kneipe bot zudem das meiste für all diejenigen, die auf so etwas standen: Karaoke, Blackjack und Roulette, zwei gut gefüllte Bars und solide Hausmannskost ohne großen Schnickschnack. Die Einrichtung war funktional, rote Holztische, lederbezogene Bänke entlang der Wände, ein pflegeleichter Fußboden.

Dieses Heiligtum betrat Tom Stilton eines Mittwochabends

in seiner abgewetzten Lederjacke und den dunklen Jeans. Er bestellte etwas an der Bar und setzte sich mit einem Humpen Bier hin. Marke Mariestads, kein moderner Kram. Er nippte daran und ließ den Blick über das nach Bier riechende Lokal wandern. Hier waren viele Leute, die ihr Herz offensichtlich an Hammarby verloren hatten. Grün-weiße Pullover und Schals machten das mehr als deutlich. Tom hatte sich keinen Plan zurechtgelegt. Er zog es vor, ein bisschen zu beobachten und sich einzufühlen. Als er damit fertig war, nahm er seinen Krug und ging zu einem Tisch mitten im Lokal, an dem viele junge Männer in den richtigen Farben saßen. Ohne weiter zu fragen, zog er einen Stuhl heraus und setzte sich an das eine Ende des Tisches. Die Reaktion kam postwendend und scharf.

»Du sitzt am falschen Tisch.«

Stilton trank vom Bier, stellte das Glas ab und schaute den Jungen an, der sich geäußert hatte.

»Hast du ein Problem damit, dass ich hier sitze?«

In diesem Moment war sich Stilton mehrerer Dinge bewusst. Seine Körpergröße, seine physische Ausstrahlung, sein rasierter Schädel und seine Gelassenheit waren Faktoren, die um den Tisch herum bemerkt wurden. Die Stimmung war ein paar Augenblicke lang abwartend, lange genug für Stilton, um wahrzunehmen, in welcher Position er sich befand: Er hatte die Situation unter Kontrolle.

»Vor einer Weile ist da drüben der Körper eines Menschen auf die Straße geknallt, der Mann ist beim Aufprall gestorben«, sagte er und beugte sich über den Tisch. »Eine verdammt unangenehme Art zu sterben.«

Ein paar der Jungs reagierten, ein paar andere blieben regungslos sitzen.

Einer sagte: »Und was hat das mit uns zu tun?«

»Hammarby hatte ein Heimspiel gewonnen, und eine Menge Fans standen draußen auf dem Bürgersteig und haben den Abend gefeiert. Keiner kann verpasst haben, was da passiert ist.« Stilton nahm einen Schluck Bier und fügte hinzu: »Ich geh mal davon aus, dass ihr Hammarby-Fans seid.«

»Na und?«

»Es hat nicht zufällig einer von euch da draußen gefilmt, oder? Mit dem Handy?«

»Bist du ein Bulle, oder was?«

»Warst du hier an dem Abend?«

Stiltons Gegenfrage wurde mit Schweigen beantwortet. Ein paar Bierkrüge wurden erhoben und bedächtig geleert. Einer der Jungs stand auf und verließ den Tisch. Stilton bemerkte es und senkte die Stimme.

»Es ist so«, begann er, »es ist mir scheißegal, ob jemand hier die Leiche gefilmt hat, ich will einfach nur wissen, ob noch etwas anderes auf dem Video zu sehen ist, eine Person im Hintergrund, ein Auto oder jemand, der aus einer Tür kommt. Solche Sachen. Das könnte wichtig sein.«

»Warum das denn?«

»Weil er da oben vom Dach gestoßen wurde, und ich will wissen, wer das gemacht hat.«

Diese Information drang, abhängig von der Menge des bereits konsumierten Alkohols, ganz allmählich in die Köpfe der am Tisch anwesenden Personen ein.

»Gestoßen?«

»Ja.«

Eine Behauptung, für die Stilton nicht den geringsten Beweis hatte, die aber hier seinem Zweck dienen sollte. Und so kam es auch nach ein paar weiteren Schlucken Bier.

»Jompa hat gefilmt«, sagte einer der Jüngeren am Tisch vorsichtig.

»Aber da waren auch noch andere, die das gemacht haben«, ergänzte ein Kumpel.

»Okay, und wie kann ich Jompa erreichen?«, fragte Stilton. »Ist er hier?«

»Im Moment nicht, aber er wird schon noch kommen.«

Das tat er auch, zwei Stunden und drei Biere später. Stilton hatte ein paar Runden ausgegeben und sich jede Menge höchst detaillierte Lobpreisungen über im Prinzip jeden einzelnen Spieler, der jemals für Hammarby gespielt hatte, anhören müssen. Inklusive Nacka Skoglund, den einzigen Spieler, den er selbst mit Namen kannte. Als die Gruppe um den Tisch anfing, Lieder zu singen, und einen großen Teil der anderen in der Kneipe Anwesenden damit ansteckte, beschlich Stilton das dringende Gefühl, in seinem Leben gerade am falschen Ort zu sein.

Da kam Jompa.

Ein magerer Typ um die fünfundzwanzig mit üppigem, gelocktem Haar und schwarzer Kapuzenjacke. Der obligatorische Schal war zweimal um den Hals geschlungen und ging bis zu den Knien. Er wurde sofort zu Stiltons Tisch gewunken.

»Hey, Jompa, haste das Handy dabei?« Das hatte er, und es dauerte nicht lange, bis seine Kameraden ihm erklärt hatten, worum es ging.

»Der Typ ist geschubst worden?! Starkes Stück!«

Auch Jompa ordnete sich schnell in die Hierarchie ein, die um den Tisch herrschte und deren selbstverständliche Spitze Stilton bildete. Er erklärte noch einmal, was er bereits vor ein paar Stunden ausgebreitet hatte, und brachte Jompa dazu, den kurzen Film auf seinem Handy zu suchen. Dicht nebeneinander studierten Stilton und Jompa das Video. Das zeigte zuerst den auf den Boden gekrachten Körper auf der anderen Seite der Straße, begleitet von Schreien ringsum, und dann Bilder aus größerer Nähe von der Leiche und den Menschen, die sich am Rand des Geschehens bewegten. Ein Detail erregte sofort Stiltons Interesse – eine hastige Bewegung.

»Kannst du mir den Film schicken«, sagte Stilton, und es war keine Frage.

Stilton merkte das Bier aus dem Gröne Jägaren. Er war es nicht mehr gewohnt, sich so volllaufen zu lassen. Draußen auf Rödlöga waren sie äußerst maßvoll gewesen, einen Abend die Woche hatten sie sich eine Flasche Rotwein geteilt. Es gab andere Dinge, die berauschend waren. Das Glas bei Mette hatte er nicht gespürt.

Aber das Bier von gestern hatte seine Spuren hinterlassen. Er stand lange unter der kalten Dusche, rieb sich die ergrauten Brusthaare und dachte an das Video, das er gesehen hatte. Jompas Video. Er wollte es Mette zeigen, sobald sich die Gelegenheit bot.

»Wo bist du?!«

Olivias Stimme drang zu ihm in die enge Duschkabine. Was machte sie hier? Er wickelte sich in ein Handtuch und trat in den Salon hinaus.

Olivia stand an einem der Schotten und sah sich ein Foto an, das dort mit Tesafilm befestigt war.

»Wer ist das?«

»Verner.«

»Was für ein Verner?«

»Das fragen wir uns auch. Warte eine Sekunde, ich ziehe mir schnell was über.«

Stilton verschwand in der Koje, und Olivia betrachtete weiter das Gesicht an der Wand. Es sah sehr tot aus. Zusammengeflickt. Verner?

»Ist das der, der aus der Rechtsmedizin gestohlen wurde?«,

fragte sie, als Stilton in Jogginghose und gelbem T-Shirt wieder herauskam.

»Ja. Hast du mit Mette gesprochen?«

»Ganz kurz, ich war gestern bei ihr. Heißt er Verner?«

»Nein. Oder besser gesagt, ich weiß es nicht, wir nennen ihn so.«

Er ging auf Olivia zu und umarmte sie herzlich. Sie hatten sich kaum gesehen, seit er wieder gesund war, hatten kaum Zeit gehabt, über alles zu reden, was im letzten Jahr passiert war. Dass er sie beinahe durch einen gelegten Brand verloren hatte. Und sie ihn durch Covid. Also wurde die Umarmung besonders lang und besonders innig. Bevor Stilton sie losließ, dachte er: Vielleicht sollte Olivia Rödlöga erben? Wenn Luna kein Interesse hat?

»Wie geht es dir?«, fragte er und trat einen Schritt zurück.

»Ja, alles okay so weit, wie man so sagt, obwohl es eigentlich nicht wirklich okay ist.«

»Diese Trafficking-Scheiße?«

»Ja.«

Sie störte sich nicht an Stiltons Jargon, sie war daran gewöhnt, sie wusste, dass hinter seinem Hang zum Slang oft bitterer Ernst lag.

»Erzähl«, forderte Stilton sie auf.

Also setzte sich Olivia und nahm sich die Zeit, alle Ängste bezüglich der Dinge loszuwerden, die sie gerade erlebte.

»Man denkt ja, man wäre irgendwann abgehärtet«, seufzte sie. »Man denkt, man könnte sich daran gewöhnen, professionell damit umgehen, alles gut hinkriegen.«

»Aber es funktioniert nicht?«

»Momentan nicht.«

Olivia schüttelte sich, sodass ihr das lange dunkle Haar

um die Schultern flog, als versuchte sie, alles abzuschütteln, womit sie kämpfte.

»Alles braucht seine Zeit«, sagte Stilton. »Irgendwann hast du die Distanz. Es verschwindet nicht, aber nach und nach wird jedes einzelne Ereignis einsortiert.«

»Und durch ein neues Ereignis ersetzt.«

»Du bist Polizistin.«

Olivia nickte und blickte zu Boden.

»Was macht Luna da oben?«, erkundigte sie sich, um den Grundstein für die Distanz zu legen, von der Stilton sprach.

»Sie renoviert den Kahn wie eine Besessene. Ich hab ihr einen Heiratsantrag gemacht.«

»Wirklich!?«

»Ich weiß allerdings nicht, ob sie ihn ernst genommen hat.«

»Vielleicht arbeitet sie deshalb so besessen da oben«, mutmaßte Olivia.

»Weil?«

»Weil sie nicht weiß, wie sie mit deinem Antrag umgehen soll.«

»Glaubst du?«

Olivia bemerkte, dass Stilton aufrichtig verwirrt aussah. Das tat er nicht oft, und sie bereute, was sie gesagt hatte.

»Aber ihr hattet es schön auf Rödlöga?«

Eine Kehrtwende, die nicht einmal dem manchmal sehr wenig feinfühligen Stilton entging. Aber er lächelte und sagte: »Ja. Sehr. Führt dich was Spezielles hierher, oder wolltest du nur auf Tuchfühlung gehen?«

»Abbas' Mutter ist aufgetaucht. Wusstest du das?«

Das wusste Stilton nicht. Er hatte schon lange nicht mehr mit Abbas gesprochen. Sie sprachen miteinander, wenn es einen Grund gab, nicht, um einfach nur zu reden.

»Soll das ein Witz sein?«, erwiderte er, um überhaupt irgendetwas zu sagen.
»Sie wohnt offenbar gerade bei ihm.«
Das war eine Information, die Stilton später allein in seiner Koje verarbeiten musste.
»Und wie reagiert er darauf?«, fragte er. »Hast du ihn getroffen?«
»Ganz kurz. Ich brauchte Hilfe bei einer Sache.«
»Du hast sie also nicht gesehen? Die Mutter?«
»Nein.«
Olivia stand auf. Sie war einiges losgeworden, das sich nachts in ihrem Kopf im Kreis drehte, und hatte Tom darüber informiert, dass ihr sehr gemeinsamer und sehr enger Freund Abbas in eine interessante Situation geraten war.
Auf dem Weg die Treppe hinauf wandte sie sich um.
»Wie kann man eine Frau vergewaltigen, während ihr Kind dabei zusieht? Oder zuhört?«
Darauf hatte Stilton keine Antwort.

*

Das Gästehaus der Olsäters lag hinten im Garten, ein Stück von dem Hühnerstall in spe entfernt. Einige Jahre lang hatte eines ihrer Kinder mit seiner Familie dort gewohnt, jetzt stand es leer. Es bestand aus einem kleinen Wohnzimmer, einem Schlafzimmer, einer Wohnküche und einer Toilette mit Dusche.
Voll bewohnbar für die Gäste, die sich nun dort aufhalten sollten, Alina und ihr Sohn.
Mårten hatte einen großen Korb mit Spielsachen hineingetragen, die im Lauf der Jahre angeschafft worden waren,

um all ihre Enkelkinder bei Laune zu halten. Jetzt konnte Oleksij vielleicht Freude daran haben. Mette hatte die Betten frisch bezogen, einen zusätzlichen Radiator hineingestellt, um das Haus gründlich aufzuwärmen, und dafür gesorgt, dass die Küche mit Lebensmitteln fürs Frühstück ausgestattet war.

Jetzt saßen alle vier vor dem Haus und tranken Kaffee und Saft. Es war ein schöner Vormittag, die Luft war klar und warm, auch wenn der nahende Herbst schon hinter der Ecke lauerte. Die Blätter der Birken wurden allmählich gelb, die selbstverständliche Wärme des Sommers befand sich im Rückzug, es galt also, die Stunden draußen auszukosten.

»Habt ihr heute Nacht gut geschlafen?«, fragte Mette.

»Das Einschlafen war schwer«, antwortete Alina. »Für mich, Oleksij ist schnell eingeschlafen ... allerdings hatte er Albträume.«

»Das ist wahrscheinlich nicht so verwunderlich«, sagte Mårten.

Olivia hatte ein langes Gespräch mit Mette und Mårten geführt und ihnen fast alles mitgeteilt, was Alina ihr erzählt hatte, über sich selbst, ihren Sohn und ihre Notlage. Beide hatten zugehört und das Gehörte aufgenommen. Es fiel ihnen nicht schwer, sich in die Hölle der Flüchtlinge einzufühlen.

Mårten machte sich vor allem Sorgen um den Sohn. Er hatte viele Jahre lang als Kinderpsychologe mit schwer traumatisierten Kindern gearbeitet. Er wusste einiges über Traumata in diesem Alter. Die Schwierigkeit war in dem Fall, dass der Junge nur Ukrainisch sprach, und er nicht. Er musste also andere Methoden anwenden. Zuallererst Kontakt und Vertrauen herstellen, Oleksij dazu bringen, dass er sich bei ihm sicher fühlte.

Ein erster Schritt wäre vielleicht, ihm mein laufendes Projekt zu zeigen, dachte er und stand auf. Er zeigte auf das Hühnergehege an der Hecke.

»Ich möchte Oleksij unseren Hühnerstall zeigen«, sagte er zu Alina und streckte dem Jungen eine Hand entgegen. Oleksij blickte seine Mutter an, die signalisierte, dass es okay war. Hand in Hand gingen Mårten und der Junge zur Hecke hinüber.

Mettes Kompetenzen lagen woanders. Sie hatte andere Formen von Grausamkeit gesehen, sich um schwer misshandelte Frauen gekümmert. Ihr Vorteil war, dass sie mit Alina kommunizieren konnte, zumindest einigermaßen. Sie war nicht so vermessen zu glauben, sie könnte sich um Alinas psychische Leiden kümmern, um ihre Wunden nach dem Krieg. Es gab andere, die dafür besser geeignet waren und die sie nötigenfalls einbinden würde. Momentan wollte sie nur alles dafür tun, dass diese junge Frau Wärme und Fürsorge erfuhr, ihr zeigen, dass es in diesem fremden Land Menschen gab, die sich um sie und ihren Sohn kümmerten.

»Hast du schon mal getöpfert?«, fragte sie. »Mit Ton gearbeitet?«

»Nein?«

»Das ist sehr entspannend, nicht ganz einfach, aber es macht Spaß. Ich kann es dir zeigen. Komm!«

Mette stand auf, und Alina folgte ihr. Als sie sich vom Tisch entfernten, hörten sie gackernde Laute und blickten zur Hecke hinüber. Mårten versuchte, Oleksij in einer Art Scharade zu erklären, was für Bewohner das Haus aus Holzfaserplatten haben sollte, indem er ein Huhn imitierte. Mette fluchte innerlich, dass sie ihr Handy nicht zur Hand hatte, dieses Video wäre beim nächsten Krebsfest viel wert gewesen.

Als sie ums Haus kamen, stand Olivia an der Treppe zur Eingangstür.

»Hallo!«, sagte Mette. »Wir waren hinten im Garten. Ist was passiert?«

»Nicht direkt, ich wollte hören, wie es mit Alina und Oleksij läuft. Hallo, Alina.«

»Hallo.«

»Es läuft gut«, antwortete Mette. »Wir haben sie im Gästehaus einquartiert. Mårten erklärt Oleksij gerade, wer im Hühnerhaus einziehen wird, und ich will Alina das Töpferzimmer zeigen. Wolltest du noch was anderes?«

Mette ahnte, dass es kein reiner Höflichkeitsbesuch war.

»Ja, ich wollte Alina ein paar Fotos zeigen.«

Olivia zog ein Tablet aus ihrer Tasche und schaltete es ein.

»Ich hab sie von Abbas bekommen«, fuhr sie fort. »Aus dem Casino Cosmopol, darauf sind Besucher zu sehen, die dort waren. Eventuell ist der Pole Jacek dabei.«

Alina zuckte zusammen, als sie »Jacek« hörte, also hielt Olivia ihr das Tablet hin und ging ins Englische über.

»Ich möchte, dass du dir diese Fotos anschaust und uns sagst, ob einer von denen Jacek ist.«

Alina nickte und studierte die Gesichter, die Olivia ihr auf dem Bildschirm zeigte. Eines nach dem anderen. Olivia war die Bilder schon selbst durchgegangen, in der Hoffnung, den Chauffeur aus Nynäshamn wiederzuerkennen, doch ohne Erfolg. Mette blickte zum Hühnerstall hinüber, sie hoffte, Oleksij blieb noch eine Weile dort.

Einige Minuten vergingen, vielleicht fünf, bis Alina reagierte.

»Das ist er.«

Mit zitterndem Finger zeigte sie auf ein Gesicht.

»Bist du sicher?«, fragte Olivia.

Alina nickte und biss sich auf die Unterlippe.
»Danke für die Hilfe«, fuhr Olivia fort. »Das war sehr wichtig. Jetzt können wir eine korrekte Fahndung rausgeben. Wir werden ihn kriegen.«
Olivia strich mit der Hand über Alinas Arm.
»Dann gehen wir jetzt töpfern.« Mette hakte sich bei Alina unter.
»Ich habe heute Verner gesehen«, sagte Olivia und steckte das Tablet wieder ein.
Mette hielt auf der Treppe inne.
»Verner? Wo?«
»Auf dem Kahn, das Foto von ihm. Ist das nicht ein ungewöhnlich alberner Name?«
»Ungewöhnlich albern. Aber das musst du mit Tom besprechen.«
Mette und Alina verschwanden ins Haus, und Olivia blickte zum Hühnerstall hinüber. Mårten und Oleksij saßen in der Hocke davor und spähten zwischen den Gittern hindurch. Sie war froh, dass der Junge bei Mårten gelandet war, auch wenn es nur vorübergehend war. Und dass Mette sich um Alina kümmerte. Jetzt musste sie nur noch dafür sorgen, dass der Mann festgenommen wurde, der ihr Leiden verursacht hatte.
Zumindest einer der Männer.
Sie öffnete das Tablet noch einmal und betrachtete die Person, die Alina identifiziert hatte. Jetzt meinte sie ihn auch selbst wiederzuerkennen, zumindest vage. Es war der Mann aus dem Wohnmobil in Nynäshamn. Das sie nach Schweden durchgewunken hatte.
Sie mailte das Foto Lisa, damit die es weiterverbreitete.

*

»Bist du besessen, weil ich dir einen Heiratsantrag gemacht habe?«

»Was meinst du mit ›besessen‹?«

»Du schuftest ja wie ein Tier hier oben.«

Stilton stand ein Stück von Luna entfernt auf dem Vordeck und beobachtete, wie sie mit der Schleifmaschine hantierte. Luna schaltete sie aus und kam zu ihm herüber.

»Es war also ein Heiratsantrag?«

»So was in der Art.«

Luna lachte auf und schüttelte den Kopf.

»Nein«, sagte sie, »ich bin nicht deshalb besessen. Ich bin überhaupt nicht besessen, ich tue nur, was getan werden muss. Das hat nichts mit dir zu tun.«

»Dann ist es ja gut.«

Luna stellte die Schleifmaschine ab und legte die Arme um Stiltons Hals.

»Aber ich hab über den Antrag nachgedacht. Oder so was in der Art.«

»Aha?«

Luna zog ihn an sich und küsste ihn, die Farbsplitter in ihrem verschwitzten Gesicht kratzten an seinen Wangen. Sie legte den Kopf zurück und sah ihm in die Augen.

»Ich dachte, wir sollten heute Abend ein bisschen Wein trinken«, sagte sie. »Was Leckeres essen und uns vielleicht verloben. Was hältst du davon?«

Stilton hatte eigentlich vorgehabt, zu Mette zu fahren, um ihr Jompas Film zu zeigen, und dann mit dem Foto von Verner eine Runde im Mietshaus in der Götgatan zu drehen, aber das ließ sich alles ändern.

»Uns verloben?«

»Ja, für den Anfang.«

Stilton streichelte Lunas Wange und wollte sie gerade küssen, als er aus dem Augenwinkel etwas sah, das ihm nicht gefiel. Zwei Leute waren auf dem Weg zum Kahn, ein Mann und eine Frau in dunklen Jacken. Die Frau hatte blondes Haar, das zu einem Dutt gebunden war, und trug schwarze Handschuhe. Der Mann war Robert Pärlqvist, Norrländer, ein guter Ermittler zu der Zeit, in der Stilton selbst bei der Polizei aktiv gewesen war.

Stilton schob Luna ein Stück von sich und deutete mit einem Kopfnicken zur Metalltreppe hinüber. Luna drehte sich um und sah zwei Leute an Deck kommen.

»Hallo, Tom, *long time*«, sagte Pärlqvist und streckte Stilton die Hand hin.

»Hallo, Robban. Bist du noch immer im Dienst?«

»Ja. Das ist Malin Ekdahl.«

Stilton grüßte Ekdahl, und Luna tat es ihm nach. Sie spürte sofort, dass Tom unruhig wurde, oder was es auch war. Angespannt.

»Wohnst du hier auf dem Kahn?«, fragte Pärlqvist.

»Ja. Bist du gekommen, um mich das zu fragen?«

»Nein«, antwortete Pärlqvist, ohne eine Miene zu verziehen. »Wir müssen dir ein paar Fragen zu einem Vorfall auf den Philippinen stellen, von 2016.«

»Warum das?«

»Im Präsidium«, fügte Ekdahl hinzu.

Stilton spürte Lunas Blick im Rücken und war in diesem Moment dankbar, dass das Gespräch im Polizeipräsidium stattfinden sollte.

Mit dem Blick musste er später umgehen.

*

Malin Ekdahl setzte sich an einen Schreibtisch und wies Stilton einen Stuhl gegenüber an. Sie hatte sich die Handschuhe ausgezogen. Pärlqvist lehnte sich an eine Fensterbank. Stilton überlegte, ob er stehen bleiben sollte, er stand oft lieber, wenn er in Bedrängnis war.

»Sie dürfen sich gern hinsetzen.« Ekdahl zeigte erneut auf den Stuhl vor sich.

Stilton nahm Platz und folgte Ekdahls Bewegungen mit dem Blick, als sie eine dünne Mappe öffnete. Sie ist jung für eine Ermittlerin, dachte Stilton, falls sie denn eine ist. Andererseits war Olivia im selben Alter, als Mette sie in ihr Team aufgenommen hat. Ich werde wohl einfach alt.

»Wir sind von der Polizeibehörde in Manila gebeten worden, Sie zu den Umständen des Todes einer rumänischen Frau zu befragen, Maria Băsescu«, begann Ekdahl. »Der Vorfall ereignete sich im August 2016 in Puerto Galera. Kennen Sie die Frau?«

»Ja.«

»Sie wurde eines Nachts unter einer Brücke außerhalb des Dorfes tot aufgefunden. Sie hatte einen Bungee-Sprung von der Brücke gemacht, und es besteht der Verdacht, dass jemand den Splint aus ihrem Sicherheitsgurt gezogen hatte, sodass sie an den Felsen zerschellte.«

»Und was hat das mit mir zu tun?«

»Waren Sie zu diesem Zeitpunkt auf den Philippinen?«

»Wann genau?«

»Mitte August 2016.«

»Ja.«

»Was haben Sie dort gemacht?«

Stilton begriff, dass Malin Ekdahl diese Befragung durchführen würde. Vielleicht, weil Pärlqvist und er sich kannten.

Sie hatten ein gutes Verhältnis zueinander gehabt. Wahrscheinlich war Pärlqvist die Situation unangenehm.

Ihm auch.

»Ich habe nach Băsescu gesucht, um sie vor Gericht zu bringen«, sagte Stilton, den Blick fest in Ekdahls Augen gerichtet. »Sie hatte in Schweden mehrere Kinder ermordet und ihre Organe verkauft.«

»Das wissen wir. Haben Sie sie gefunden?«

»Nein.«

»Waren Sie in Puerto Galera?«

»Nicht dass ich wüsste.«

»Ein Barbesitzer hat Sie anhand der Passfotos vom Flughafen identifiziert. Er sagte, Sie seien in der Nacht, in der sich der Todesfall ereignet hat, mit Băsescu zu der betreffenden Brücke gefahren. Was sagen Sie dazu?«

»Er hat die falsche Person identifiziert.«

»Warum sollte er das tun?«, fragte Ekdahl.

»Vielleicht wollte er es der Polizei recht machen.«

»Sie waren also nicht dort?«

»Nein.«

»Und leugnen jegliche Verbindung zu dem Ereignis?«

»Absolut.«

Ekdahl betrachtete Stilton. Sein Gesicht war straff und ruhig. Pärlqvist räusperte sich. Stilton wandte sich zu ihm um.

»Băsescu plante dort offenbar ein ähnliches Geschäft«, sagte Pärlqvist.

»Mit Kindern?«

»Ja.«

»Das wusste ich nicht ... Widerlich.«

»Ja. Aus diesem Blickwinkel betrachtet war der Todesfall wohl mehr oder weniger eine gute Tat.«

Ekdahl zuckte leicht zusammen.
»So kann man das wohl sehen«, erwiderte Stilton.
»Fast schon rechtlich vertretbar.«
»Fast.«
Die Männer sahen sich an.
»Na, dann haben wir wohl alle Antworten bekommen, die wir brauchen.« Pärlqvist wandte sich zu Ekdahl um. »Oder? Malin?«

Ekdahl antwortete nicht, sie war offenbar nicht der Meinung, dass sie sonderlich viele Antworten auf irgendetwas bekommen hatten. Andererseits war die Zeugenaussage des Barbesitzers das Einzige, das Tom Stilton mit dem Ort verband, an dem Băsescu gestorben war. Zum jetzigen Zeitpunkt. Sie hatte also nichts hinzuzufügen.

Pärlqvist begleitete Stilton zur Tür.

»Was machst du zurzeit so?«, fragte er.

»Ich helfe den Silberwölfen bei einer Sache. Zusammen mit Mette.«

»Grüß sie.«

»Mach ich.«

Stilton schüttelte Pärlqvist die Hand. Ekdahl blieb auf ihrem Stuhl sitzen.

»Du, wenn ich fragen darf«, sagte Stilton. »Warum haben sie eigentlich jetzt erst angefangen, in dem Fall zu ermitteln?«

»Sie haben da drüben eine Cold-Case-Gruppe ins Leben gerufen, das ist einer der Fälle, die sie bearbeitet.«

»Okay.«

Pärlqvist ging mit Stilton zur Tür hinaus und senkte die Stimme.

»Könntest du dir vorstellen, eine DNA-Probe abzugeben?«

»Warum das?«

»Sie haben offenbar DNA-Spuren auf diesem Splint bei der Brücke gefunden, die sie jetzt zu analysieren versuchen. Sie melden sich vielleicht noch deswegen.«

»Dann besprechen wir das dann. Mach's gut.«

Pärlqvist blieb in der Tür stehen und sah Stilton im Flur verschwinden.

DNA?

Stilton war vor dem Aufzug stehen geblieben, ohne auf den Knopf zu drücken. DNA auf dem Splint? Was würde passieren, wenn sie die analysieren konnten? Er wusste, dass Schweden kein Auslieferungsabkommen mit den Philippinen hatte, aber trotzdem. Sollte er sich weigern, eine Probe abzugeben? Aber wie würde das aussehen?

»Hallo, Tom!«

Es war Olivias Stimme. Stilton blickte den Flur hinunter. Olivia und Lisa waren auf dem Weg zu den Aufzügen.

»Was machst du hier?«

»Hast du jemanden besucht?«, fragte Lisa.

»Ja. Die Silberwölfe.«

Olivia sah Stilton an, und aus irgendeinem Grund bildete er sich ein, dass sie bemerkte, dass er log.

*

Mette stand an der Mikrowelle und wärmte die Reste des gestrigen Essens auf. Lasagne.

Sie hatte ein paar Stunden mit Alina getöpfert und festgestellt, dass sie ihren Meister gefunden hatte, oder ihre Meisterin. Schon nach zwei Versuchen war Alina in der Lage, eine voll funktionsfähige Schüssel zu töpfern, deren Wände nicht zusammenfielen. Das war mehr, als Mette bei ihren ersten Versuchen geschafft hatte. Als sie endlich eine Schüssel zustande brachte, die sich aufrecht hielt, hatte Mårten sie für einen Aschenbecher gehalten.

Die Mikrowelle gab ein »Pling« von sich, und sie holte die Lasagne heraus. Alina war mit Oleksij drüben im Gästehaus. Sie hatte Spaghetti und Fleischwurst mitgenommen und darauf bestanden, in ihrer Küche selbst zu kochen.

»Setz dich!«

Mette wandte sich um und sah ihren Mann in seinem blauen Arbeitsoverall in die Küche treten.

»Was ist los?«

»Setz dich.«

Mette setzte sich hin, den Teller in den Händen, und Mårten stellte sich an die Stirnseite des Tisches.

»Abbas hat gerade angerufen«, sagte er. »Seine Mutter ist plötzlich aufgetaucht.«

»Seine Mutter?«

Mettes leicht skeptische Frage wurde von einem sehr verblüfften Gesicht begleitet, was Mårten schon erwartet hatte. Er hatte sie gebeten, sich zu setzen, weil er gesehen hatte, dass sie einen Teller trug, und nicht wollte, dass er am Boden zerbrach.

»Sie wohnt jetzt bei ihm.«

Mårten ließ sich auf einen Stuhl sinken. Die Botschaft war überbracht, und der Teller war noch ganz. Mette schob die Lasagne weg.

»Was meinst du mit ›aufgetaucht‹? Hatte er keine Ahnung, dass sie kommen würde?«

»Er hatte wohl kaum eine Ahnung, ob sie überhaupt noch existierte. Er hat ja seit seiner Kindheit nichts mehr von ihr gehört.«

»Und jetzt wohnt sie bei ihm?«
»Offenbar.«
»Wie merkwürdig.«
»Ja. Er hat nicht viel über die Umstände gesagt, also hab ich sie für morgen zum Mittagessen eingeladen. Da wird man ja doch recht neugierig.«
Mette nickte und beugte sich wieder über das Essen. Langsam nahm sie mit der Gabel ein Stück Lasagne, das lange Käsefäden zog. Abbas' Mutter?

*

Das Gespräch im Polizeipräsidium hatte viele Dinge in Stilton aufgewühlt. Viele Erinnerungen. Schlimme Erinnerungen. Eine von ihnen war durch sein Gehirn gesickert und direkt in seiner Brust gelandet. Muriel. Eine seiner engsten Freundinnen aus seiner Zeit als Obdachloser, während eines Polizeieinsatzes brutal mit einem Messer erstochen, von einer rumänischen Frau. Maria Băsescu. Eine Tragödie, für die er sich lange verantwortlich gefühlt hatte. Er war dabei gewesen und meinte, er hätte den Mord verhindern können. Das war nicht der Fall, aber die Erinnerung quälte ihn noch immer. Jetzt wurde sie akut.

Deshalb stand er jetzt hier, im Nieselregen, vor der Plakette, die anzeigte, dass hier die Asche von Muriel Johansson begraben war.

»Hallo, Tom.«
Die helle Stimme erklang dicht hinter ihm.
»Folami?«
Stilton fuhr herum, machte einen Schritt nach vorn und umarmte ein dünnes, dunkelhäutiges Mädchen. Lange, sie musste sich von ihm loswinden.

»Ich komme oft hierher«, sagte Folami. »Du auch?«
»Nein.«
»Aber du denkst an sie?«
»Hier und da, heute wurde ich an sie erinnert.«
»Wie denn?«

Stilton wollte nicht auf den Grund dafür eingehen, also lenkte er ab: »Wie gut du Schwedisch sprichst.«
»Danke.«

Sie sahen einander an, und Stilton lächelte.
»Es ist eine Weile her, seit wir uns zum letzten Mal gesehen haben. Wie geht es dir?«

Folami legte einen Finger auf ihre Lippen, und Stilton verstummte. Er ging etwas beiseite und wartete. Folami trat einen Schritt vor und stand ganz still vor der Plakette. Er sah, dass eine Träne zu ihrem Kinn hinunterlief, dass ihre Hände gefaltet waren. Dass sie mit dem ganzen Körper trauerte.

Muriel hatte sich um Folami gekümmert, als sie nach Schweden gekommen war, auf der Flucht vor gewaltsamen Übergriffen in Nigeria und auf der Suche nach ihrem Bruder Akin. Die kaputte Frau, die sich ihren Lebensunterhalt auf der Straße verdiente, und das traumatisierte Mädchen hatten in kurzer Zeit eine enge Bindung entwickelt. Ein Band, das durch die blutige Tat an Muriel zerrissen wurde.

»Ich bin fertig«, sagte Folami und nahm Stilton an der Hand.

Dicht nebeneinander gingen sie über den Friedhof, fast allein. Der leichte Regen hatte aufgehört, ein schwacher Wind wehte zwischen den Grabsteinen.

»Also, wie geht es dir?«, wiederholte Stilton.

»Gut. Ich habe das Gymnasium absolviert und die besten Noten bekommen, jetzt studiere ich Medizin. Ich habe noch drei Jahre vor mir.«

»Das ist ja fantastisch!«

»Ich mache es für Muriel«, erklärte Folami. »Sie hat oft zu mir gesagt, dass ich nicht so werden soll wie sie, dass ich mir einen ordentlichen Beruf suchen soll. Aber sie war der liebste Mensch der Welt, und das hat nichts mit einem Beruf zu tun. Auf eine Art will ich also wie sie werden. Oder wie sie sein.«

»Das ist gut. Und wie ist es Akin ergangen?«

Folami ließ seine Hand los und blickte über die Gräber hinaus.

»Nicht so gut«, antwortete sie leise. »Er ist tot, er hat sich während der Pandemie das Leben genommen. Er konnte nicht mehr.«

Stilton nahm Folami in den Arm. Er wusste nicht, was er sagen sollte. Ihr Bruder Akin war vor ihr nach Schweden gekommen und Organhändlern in die Hände gefallen, er hatte es geschafft zu fliehen und war bei einem Autounfall schwer verletzt worden. Und jetzt war er tot.

Folami löste sich aus der Umarmung und setzte sich wieder in Bewegung.

»Ich hab vor ein paar Jahren gehört, dass diese Mörderin auf den Philippinen gestorben ist«, sagte sie.

»Ja. Sie hat am Ende ihre Strafe bekommen.«

»Wie du versprochen hast.«

Folami blieb stehen und musterte Stilton. Nach ein paar Sekunden wandte er den Blick ab. Folami beugte sich langsam vor und gab ihm einen leichten Kuss auf die Wange.

Diesen Kuss brauchte er gerade.

*

Ivanna fuhr in regelmäßigen Zügen mit dem Staubsauger über den Boden, sie musste sich hinunterbeugen, um unter die Sessel zu kommen. Sie war nicht gern hier, das gigantische Aquarium in ihrem Rücken war ihr unheimlich. Wenn nun das Glas bricht und alles Wasser herabstürzt? Dann würde ich hier drin ertrinken. Und diese Fische, sie mochte ihr Aussehen nicht, die gedrungenen Köpfe mit dem Unterbiss, ab und zu machten sie die Mäuler auf und entblößten ihre spitzen Zähne. Jemand von der Besatzung hatte erzählt, dass sie mit Fleisch von Kühen gefüttert wurden, großen Stücken, die man herunterließ und die blitzschnell aufgefressen waren. Sie erschauderte und richtete sich auf. Aber ich will nicht klagen, dachte sie. Ich hab einen Traumjob. Darf auf einer fantastischen Luxusjacht arbeiten und wohnen, auf der alle höflich und freundlich sind.

Sie staubsaugte weiter und begann über den Krieg nachzudenken, über all die Toten, darüber, wie es ihr hätte ergehen können, wenn Sasja nicht gekommen wäre und sie vor den Männern in diesem Wohnmobil gerettet hätte. Und dann dachte sie an Alina und Oleksij und das Schreckliche, das Alina im Auto angetan worden war. Was war danach mit ihnen passiert? Immer wieder hatte sie Schuldgefühle, weil sie sie verlassen hatte, aber was wäre die Alternative gewesen? Selbst vergewaltigt zu werden? Sie hoffte, dass sie es nach Schweden geschafft hatten und dass es ihnen gut ging.

»Wie läuft's bei dir?«

Ivanna wandte sich um. Grigorij stand in der Tür, mit einem kleinen Glas in der Hand und nassem Haar. Er hatte ein Handtuch um den Nacken und trug blaue Shorts. Ivanna bemerkte seine wässrigen Augen. Es war offenbar nicht das erste Glas heute. Sie hatte schon mehrere Besatzungsmitglieder darüber reden hören, dass der Alkoholkonsum des Besitzers in letzter Zeit bedenklich angestiegen war.

»Gut«, antwortete Ivanna und schaltete den Staubsauger aus. »Ich bin bald fertig.«

»Du machst deinen Job sehr gut, habe ich gehört.«

»Danke.«

Grigorij setzte sich in einen der Sessel und schob seine Sonnenbrille nach oben.

»Du kommst aus Kiew?«

»Ja.«

»Ist deine Familie noch dort?«

»Nein, sie …«

Ivanna verstummte.

»Es ist ein schrecklicher Krieg.« Grigorijs Stimme klang mitleidig. »Er betrifft alle … du bist also ganz allein auf der Welt?«

Ivanna nickte. Es war das erste Mal, dass der Eigentümer des Schiffes allein mit ihr sprach. Sie wusste nicht recht, wie sie sich verhalten sollte, ob sie den Staubsauger wieder einschalten sollte oder nicht. Er klang so freundlich, und vielleicht wollte er sich noch länger mit ihr unterhalten.

»Das ist ein großes Aquarium«, sagte sie, um irgendetwas zu sagen.

»Ja. Gefällt es dir?«

»Ich bin nicht so oft hier drin, nur wenn ich putze.«

Es war keine Antwort auf die Frage, aber sie wollte nicht unhöflich sein und ihre ehrliche Meinung über dieses Aquarium äußern. Das konnte leicht nach hinten losgehen.

»Diese Stühle.« Sie deutete stattdessen mit einem Kopfnicken auf die Sessel. »Sie sehen fast aus wie im Kino, oder im Theater.«

Grigorij lächelte und nippte an seinem Glas.

»Setz dich.«

Er klopfte auf den roten Sitz neben sich. Ivanna zögerte kurz, es fühlte sich nicht richtig an. Aber es war der Eigentümer des Schiffes, der sie bat, also legte sie das Staubsaugerrohr weg und setzte sich vorsichtig neben Grigorij.

»Wir haben ein paarmal im Jahr spezielle Vorführungen hier drin«, sagte er. »Im Frühling und im Herbst, für ausgewählte Gäste.«

»Die hier sind, um sich die Fische anzuschauen?«

»Ja.« Grigorij nickte und deutete auf das Aquarium. »Das sind Rotbauchpiranhas, ziemlich seltene Fische, in freier Wildbahn gibt es sie nur in Südamerika, im Amazonas.«

Er beugte sich zu Ivanna hinüber, sie nahm einen speziellen Geruch an ihm war, nicht nur nach Alkohol, etwas anderes.

»Wie heißt du noch, außer Ivanna?«

»Kovalenko.«

»Hast du das Personal an Bord schon kennengelernt?«

Ivanna war dankbar, dass Grigorij das Thema gewechselt hatte, und erzählte schnell, wie sie mit mehreren Besatzungsmitgliedern in Kontakt gekommen war.

»Sie kümmern sich wirklich um mich«, erklärte sie.

»Wie schön. Darf man fragen, wie alt du bist?«

»Achtzehn.«

»Ein wunderbares Alter.«

Grigorij strich mit dem Zeigefinger über ihren Arm, leerte sein Glas und stand auf. Ivanna spürte, dass sie auch aufstehen sollte. Sie kam auf die Beine und stand plötzlich direkt vor Grigorij. Er blickte ihr in die Augen.

»Du bist besonders, Ivanna«, sagte er und ging zur Tür.

Ivanna schaltete den Staubsauger wieder ein, langsam fuhr sie damit über den Boden. Besonders? Warum bin ich besonders?

Grigorij glitt zurück in den Pool. Die Begegnung mit Ivanna hatte die quälenden Gedanken an das verschwundene Kleinod verjagt. Jetzt freute er sich auf die nächste Vorführung. Sie würde nach Plan durchgeführt und ein Erfolg werden. Mit ruhigen Schwimmzügen bewegte er sich durchs Wasser, kehrte um und schwamm zurück. Als er gerade bei der vierten Bahn war, gab sein Handy auf dem gefliesten Rand einen Ton von sich. Er machte ein paar kräftige Beinbewegungen, trocknete sich mit einem Handtuch ab, nahm das Handy und öffnete die Nachricht. Ein Foto. Ein schwer zu deutendes Foto, für den Uneingeweihten. Für Grigorij war es die Nahaufnahme eines Körperteils, an dem ein Stück Fleisch weggeschnitten war.

Er war höchst erfreut.

*

Stilton kam aus einem Fotoladen in der Götgatan und faltete ein Blatt Papier zusammen. Er hatte das Foto von Verner dem Personal gezeigt, ohne einen Treffer zu landen. Niemand kannte ihn. Jetzt wusste er nicht recht, was er tun sollte. Er hatte sich das Ziel gesteckt, in dem Haus gegenüber dem Gröne Jägaren herumzulaufen und zu versuchen, Verners mögliche Wohnung zu finden, nachdem er dort vom Dach gefallen oder gestoßen worden war. Schnell hatte er jedoch festgestellt, dass die Mehrzahl der Häuser des Blocks zusammengebaut waren und man somit über die Dächer von einem zum anderen gelangen konnte. Was eine schier unendliche Anzahl potenzieller Wohnungen ergab.

Also hatte er sich auf die umliegenden Läden konzentriert, ohne Resultat, und jetzt stand er da. Etwas ratlos.

Die ganze Sucherei hatte natürlich in der jetzigen Situation mehrere Zwecke, nicht nur, eine eventuelle Wohnung des Opfers zu finden. Im gleichen Maße ging es dabei darum, die Gedanken an das Gespräch mit Pärlqvist und Ekdahl im Präsidium zu verdrängen. Und die Rückkehr zum Lastkahn zu verzögern. Er wusste, was ihn dort erwartete, und das hielt ihn mit anderen Dingen beschäftigt.

Eigentlich wollte er rausfahren und Mette Jompas Handyvideo zeigen, aber sie war offenbar mit irgendwelchen Flüchtlingen beschäftigt.

Snövit? Am Ringvägen. Das Lokal, an dem Verner abgesetzt wurde. War er hineingegangen? War er dort Stammgast?

Stilton setzte sich in Richtung Ringvägen in Bewegung. In einem anderen Sinneszustand hätte er den Spaziergang vielleicht genossen, es regnete nicht mehr, und die Sonne drang zwischen den Häusern hindurch, doch das bemerkte er gar nicht. Er hatte den Blick auf den Gehsteig gerichtet und malte sich verschiedene Szenarien der Begegnung mit Luna aus. Es war völlig offen, wie sie enden würde.

Vielleicht sollte ich ein bisschen Wein kaufen, wie sie vorgeschlagen hat, auf Kerzenschein und gutes Essen setzen? Vergiss es, dachte er in der nächsten Sekunde, heute Abend wird es keine Verlobung geben.

»Ist Ihnen dieses Gesicht bekannt?«
»Nein. Ist das nicht ein Toter?«
»Doch.«

»Wir bedienen hier keine Toten.«

Stilton stand im Restaurant Snövit und hielt das Foto von Verner einer Frau hinter dem Bartresen hin. Offenbar einer Frau mit einem gewissen Sinn für Humor. Er wusste, dass das kein ideales Bild zum Herumzeigen war, wenn man jemanden suchte, aber es war eben, wie es war.

»Vielleicht war er hier, als er noch gelebt hat«, sagte Stilton.

»Er ist erst kürzlich gestorben.«

Eine Tatsache, die der Frau nicht auf die Sprünge half.

»Wollen Sie was bestellen?«

Das wollte Stilton nicht. Er verließ die Gaststätte und stellte fest, dass es fünf Uhr war. Er konnte es nicht länger hinauszögern. Er musste sich diesem Blick stellen.

*

Sowohl das Vor- als auch das Achterdeck war leer. Allein das war schon kein gutes Zeichen. Keine Luna mit Schleifmaschine. Vielleicht ist sie nach Rödlöga gefahren, dachte er, nur um nach einem völlig unwahrscheinlichen Strohhalm zu greifen. Er ging die Treppe hinunter in den Salon.

Luna war nicht nach Rödlöga gefahren. Sie saß auf der Bank an der Wand mit einem Blatt Papier in der Hand. Stilton wusste, was es für ein Blatt Papier war, es war in einem seiner Szenarien vorgekommen.

»Hallo«, sagte er und setzte sich in den Sessel.

Luna sah ihm in die Augen, ausdruckslos, und hob das Blatt ein wenig.

»Das hier habe ich in deiner Kajüte gefunden, als du letztes Jahr todkrank auf der Intensivstation lagst«, sagte sie mit zusammengebissenen Zähnen. »Du hast dann später erklärt, was es ist, die Kopie eines Zeitungsartikels. Der philippinischen Polizei war ein Durchbruch in einem alten ungeklärten Todesfall gelungen, eine Frau, Maria Băsescu, war nach einem Bungee-Sprung in Puerto Galera tot aufgefunden worden. Der Verdacht richtete sich gegen einen weißen Mann mittleren Alters aus dem Westen, der sich vermutlich vor Ort befand, als sich der Todesfall ereignete. Ich fragte dich, ob du das warst, und deine Antwort war nein, erinnerst du dich daran?«

»Ja.«

»Hast du gelogen?«

»Nein.«

»Aber das war es, worüber die Polizei heute mit dir sprechen wollte, oder?«

»Ja«, sagte Stilton.

»Warum?«

»Die Philippiner hatten jemanden gefunden, der behauptet hat, dass ich es war.«

»In Puerto Galera?«

»Ja.«

»Und warst du es?«

»Das habe ich schon beantwortet.«

Luna ließ das Blatt Papier sinken, ohne den Blick von Stilton abzuwenden.

»Tom«, sagte sie. »Ich weiß, wie sehr du diese Frau gehasst hast, ich weiß, wie du gelitten hast, als sie Muriel ermordet hat, ich weiß, dass du kurz nach Muriels Beerdigung auf die Philippinen geflogen bist, und ich weiß, wie verschlossen und abwesend du warst, als du zurückgekommen bist und dich bei Aditi in Mae Phim versteckt hast.«

»Ich habe mich nicht versteckt.«

Luna betrachtete ihren Lebensgefährten, seinen festen Blick.

»Hast du es getan?«, fragte sie.
»Worauf willst du hinaus?«
»Ich will wissen, ob ich mit einem Mörder ins Bett gehe.«
Stilton schüttelte schweigend den Kopf und stand auf.
»Was hast du vor?«, wollte Luna wissen.
»Ich gehe. Dann musst du nicht mit einem Mörder ins Bett gehen.«
Stilton lief zur Treppe.
»Tom!«
Stilton wandte sich um und blickte Luna in die Augen.
»Du kannst glauben, was du willst«, sagte er und nahm die Treppe mit ein paar schnellen Schritten.
Luna sah ihn nach draußen verschwinden.

*

Lisa und Olivia setzten sich, jede mit einem Bier, in die Ecke einer Bar, die nur einen Steinwurf vom Polizeipräsidium entfernt lag. Die Kneipe war voll besetzt und die Stimmung gut, obwohl es erst Donnerstag war. Es gab offenbar ein aufgestautes Bedürfnis, sich wieder unters Volk zu mischen, sich treffen und lachen zu dürfen, trotz all des Elends in der Welt. Für Lisa und Olivia war es eine gute Art, die dunklen Seiten der Menschheit aus ihren Köpfen zu bekommen, mit denen sie ihre Arbeitstage verbrachten.

»Hast du was von Lukas gehört?«, fragte Lisa, als sie ihre Jacke ausgezogen und über den Stuhl gehängt hatte.

Lukas Bengtsson war seit ein paar Jahren Olivias Freund, ein talentierter Künstler, der gerade kurz vor seinem internationalen Durchbruch stand. Momentan war er in New York und bereitete dort eine eigene Ausstellung vor.

»Nein«, antwortete Olivia und blickte Lisa an. »Wir machen eine Beziehungspause.«

»Was? Seit wann?«

»Seit er weggefahren ist. Es ist nicht so dramatisch.«

»Das ist es wohl!? Warum hast du nichts gesagt?«

Lisa fühlte sich ein klein wenig gekränkt, dass sie nicht informiert worden war. Sie waren ja inzwischen weit mehr als Kolleginnen, sie waren sehr gut befreundet.

»Meine Güte, ihr wart doch die ganze Zeit total aufeinander fixiert«, fuhr sie fort.

Olivia nahm einen Schluck Bier.

»In letzter Zeit nicht mehr«, sagte sie. »Er ist eher auf seine Kunst fixiert, seit es mit der Ausstellung in Kopenhagen so gut lief. Alle zerren an ihm.«

»Das ist doch super?«

»Ja, klar. Ich gönne es ihm wirklich, aber es hat auch gezeigt, wo seine Prioritäten liegen.«

Lisa sah Olivia ungläubig an. Sie wusste einiges über Olivias eigene Prioritäten, was die Arbeit betraf, beschloss aber, sie nicht darauf hinzuweisen.

»Und dann war ja auch alles ziemlich viel mit ihm und seinen Problemen«, fügte Olivia hinzu.

Lisa lachte auf, jetzt konnte sie sich nicht mehr zurückhalten.

»Es war auch ziemlich viel mit dir«, erwiderte sie.

»Ja, okay«, gab Olivia zu, sie wusste, worauf Lisa sich bezog.

In den Jahren, die Lukas und sie zusammen gewesen waren, hatte er eine ganze Menge aushalten müssen, zum Beispiel nicht zu wissen, ob sie tot oder lebendig war, einmal nach einem Helikopterabsturz und einmal nach einem gelegten Brand, als sie von Lukas' Stalkerin entführt worden war.

Und das zusätzlich zu der psychischen Erkrankung, an der er selbst litt.

»Ich glaube jedenfalls, dass es uns beiden guttut, ein bisschen Abstand zueinander zu bekommen«, erklärte Olivia. »Nachzuspüren. Es ist so deutlich geworden, wie unterschiedlich wir sind. Dass wir Unterschiedliches wollen.«

Olivia strich mit dem Finger an dem feuchten Bierglas entlang. Lisa versuchte, sie zu verstehen.

»Und was willst du, was er nicht will?«

Olivia zuckte mit den Schultern.

»Na ja, du weißt schon, es vielleicht in meinem Leben ein bisschen geordneter haben.«

»Inwiefern? Willst du Kinder?«

»Vermutlich irgendwann schon, aber das ist es nicht. Wir haben einander irgendwie verloren, und das, was am Anfang so charmant war, ist nicht mehr so charmant. Wie es eben wird, es ist niemandes Schuld, es ist nur so, dass man nach einer Weile plötzlich merkt, dass man eigentlich gar nicht so viel gemeinsam hat. Wir waren sehr schlecht darin, Dinge zusammen zu machen.«

»Niemand von euch hat also jemand anderen kennengelernt?«

»Nein, jedenfalls nicht, soweit ich weiß.«

Lisa war erstaunt über Olivias kühle Attitüde. Sie hatte gedacht, Olivia und Lukas würden für immer zusammenbleiben. Und wenn nicht, dass dann das Ende zumindest zu der leidenschaftlichen Liebe passen würde, die sie gehabt hatten.

»Du brauchst nicht so besorgt zu schauen«, sagte Olivia. »Es geht mir gut. Und bis auf Weiteres ist es nur eine Pause. Er macht sein Ding und ich meines. Dann werden wir sehen, was passiert. Entschuldige, aber jetzt muss ich aufs ...«

Olivia deutete auf die Toilettentür und stand auf. Lisa blieb sitzen, beobachtete die Menschen um sich herum und dachte über ihre eigene Beziehung nach. Eine Beziehung, die die ganze Zeit auf Distanz stattfand. Oskar, der in Kristianstad bei der Polizei arbeitete, und sie hier in Stockholm. Wenn es zwischen Olivia und Lukas nicht hielt, wie sollte es dann bei ihnen halten? Lisa wusste, dass Oskar nicht umziehen konnte, er hatte ja seine kleine Tochter Emma da unten. Also war sie diejenige, die ihr Leben in Stockholm aufgeben musste, wenn es hart auf hart kam. Und sie war sich nicht ganz im Klaren, ob sie dazu bereit war.

Lisas Gedanken wurden durch Olivias Handy unterbrochen, das auf dem Tisch vibrierte. Sie blickte über ihre Schulter und sah, dass Olivia gerade zur Toilettentür hineinging, nachdem sie eine Weile in der Schlange gestanden hatte. »Anonym« stand auf dem Display. Konnte es jemand von der Arbeit sein? Lisa holte ihr eigenes Handy heraus, um zu sehen, ob jemand versucht hatte, sie zu erreichen, aber sie hatte keine Mitteilungen. Olivias Handy summte weiter, und Lisa beschloss dranzugehen.

»Olivias Telefon, hier ist Lisa Hedqvist.«

Es vergingen drei stumme Sekunden.

»Hallo?«

»Ja, hallo«, war am anderen Ende eine Männerstimme zu hören. »Ist Olivia da?«

»Im Moment nicht, von wem kann ich was ausrichten?«

»Ove Gardman. Ich habe etwas schlechten Empf…«

Das Gespräch wurde unterbrochen. Lisa sah das Handy verwundert an, bevor sie es wieder weglegte, gleichzeitig kam Olivia zurück.

»Sorry, verdammt lange Schlange«, seufzte sie.

Lisa blickte sie an.

»Ove Gardman«, sagte sie und betrachtete Olivia eingehend, als sie sich wieder hinsetzte, offenbar erstaunt.

»Was ist mit ihm?«

»Ist er der Grund?«

»Der Grund wofür? Für die Pause? Bist du völlig verrückt geworden, wir haben seit Jahren nichts mehr voneinander gehört!«

»Er hat dich gerade angerufen.«

»Woher weißt du das?«

»Ich bin Polizistin.«

Lisa lehnte sich zurück und grinste. Olivia nahm ihr Handy.

»Bist du an mein Handy ...«

»Ja.«

»Du Schlange!«

Olivia lachte, und Lisa meinte eine gewisse Röte in ihrem Gesicht zu erkennen.

»Bist du jetzt ganz ehrlich zu mir?«, fragte Lisa.

»Ja, klar bin ich das, ich kapiere gar nichts. Warum ruft er mich jetzt an?«

»Vielleicht will er euer kleines Techtelmechtel wieder aufnehmen. Ihr hattet doch ein Techtelmechtel?«

»Ja, doch, das hatten wir vermutlich, aber das ist eine Ewigkeit her.«

Ove Gardman war ein Meeresbiologe, über den Olivia gestolpert war, als sie noch auf die Polizeischule ging und eine Arbeit über einen Cold Case schreiben musste. Bei dem Fall ging es um eine nicht identifizierte Frau, die an einem Strand auf der Insel Nordkoster einen unangenehmen Tod gestorben war. Er war der Junge gewesen, der den schrecklichen Mord mitangesehen hatte. Olivias Nachforschungen endeten damit, dass der Fall eine Lösung fand, mit der sie selbst nicht gerechnet hatte – es zeigte sich, dass die Frau am Strand Olivias biologische Mutter gewesen war. Eine brutale Entdeckung, die Olivias Leben auf den Kopf stellte und sie dazu brachte, in Ove Gardmans Armen Trost zu suchen.

All das wusste Lisa, auch wenn sie ihn nie kennengelernt hatte.

»Er hat eine interessante Stimme«, sagte sie.

»Was? Habt ihr euch lange unterhalten?«

»Sehr lange, er hat erzählt, wie sehr er dich vermisst, und …«

»Jetzt hör auf, Lisa. Was hat er gesagt? Will er noch mal anrufen?«

Olivia schielte zu ihrem Handy hinüber. Lisa lächelte. Sie war sich immer noch nicht ganz sicher, was gerade in Olivia vorging.

»Willst du das?«

»Das ist ja wohl klar, ich will doch wissen, was er wollte!«

»Das Gespräch wurde unterbrochen. Er hatte schlechten Empfang. Er ruft bestimmt noch mal an.«

Und das tat er, zehn Minuten später, als Olivia ihr Bier ausgetrunken und gerade ein neues bestellt hatte.

*

Der Plastikbecher war halb voll, als Stilton den Laden betrat, der Rotwein hatte Bensemans Lippen blau gefärbt.

»Prost!«

Stilton hielt den Daumen nach oben und ließ sich auf den Stuhl neben Ronny Redlös fallen. Der saß mit einem Buch in der Hand in seinem abgewetzten Sessel. Er war schon mit einem Buch in der Hand geboren worden. Sie befanden sich in seinem Antiquariat.

»Du siehst aus, als wärst du gut in Form«, sagte Ronny. »Als wir dich zuletzt gesehen haben, warst du eine wandelnde Vogelscheuche.«

»Ich hab seitdem draußen auf der Insel gewohnt, mich wieder ein bisschen instand gesetzt. Wie geht es euch?«

»Sieht man das nicht?«, fragte Benseman und hob den Becher. »*Same same!*«

Stilton war vom Kahn hierhergelaufen. Es gab nicht so viele andere Orte, wo er gerade hinkonnte. Mette hatte Flüchtlinge im Haus, Abbas hatte seine Mutter in der Wohnung, und zu Olivia wollte er nicht. Es widerstrebte ihm, ihr die Lage mit Luna zu erklären.

Also fiel die Wahl auf Ronnys Antiquariat, einen Ort, an dem er schon viele Stunden in Gesellschaft dieser zwei Herren verbracht hatte. Beide waren enorm belesen und hatten einen Hang zu Anekdoten. Gute Gesellschaft, wenn man seine eigenen Gedanken vertreiben wollte.

»Was sagst du zu diesem verdammten Krieg?« Benseman reichte Stilton einen Becher Wein.

»Es ist wohl, wie es ist, wir können nicht viel machen«, antwortete Stilton und nahm einen Schluck von dem recht billigen Wein. »Die Russen werden verlieren.«

»Warum glaubst du das?«

»Sie haben keine Moral.«

»Und was verschafft uns die Ehre?«, erkundigte sich Ronny.

Er hatte den Verdacht, dass Stilton einen Grund hatte, hier aufzutauchen, das hatte er meistens. Auch wenn er ihre Gesellschaft genoss. Aber Ronnys Meinung nach war Stilton niemand, der im Allgemeinen einfach irgendwo herumhing. Jedenfalls nicht mehr.

»Ich hab ein bisschen Stress mit Luna«, sagte Stilton.

»Unschön.«

»Ja.«

»Und da suchst du gleich zwei echte Stützen auf.« Benseman lachte.

»Ich wollte fragen, ob ich heute Nacht bei dir pennen kann.«

»Das weißt du doch, mein Boden ist dein. Prost!«

Und so wurde noch ein paarmal angestoßen, ein Preis, den Stilton für seine vorübergehende Bleibe zahlen musste. Aber das störte ihn nicht sonderlich.

Als Ronny eine neue Flasche entkorkte, hatten sie die dringlichsten Themen abgearbeitet. Den Sinn des Lebens und das unumstößliche Faktum des Todes. Als das durchgekaut war, ließ Stilton ein bisschen von dem durchblicken, was ihn gerade beschäftigte.

Abgesehen von Luna.

»Ihr habt nicht zufällig diesen Typen schon mal gesehen?«

Er holte das Foto von Verner heraus und hielt es den anderen hin. Ronnys Laden lag nur ein paar Hundert Meter von der Stelle entfernt, an der die Leiche gefunden worden war. Vielleicht war Verner an Literatur interessiert und hatte mal im Antiquariat vorbeigeschaut?

Die beiden älteren Herren betrachteten das Bild.

»Er ist tot«, fügte Stilton hinzu, um ihnen zuvorzukommen. »Er ist vor Kurzem drüben beim Gröne Jägaren von einem Dach gefallen.«

»Ach du Scheiße. Das war der?«, sagte Benseman. »Ich habe davon gehört …«

»Aber ihr kennt ihn nicht?«

Die Männer schüttelten den Kopf.

»Wir versuchen herauszufinden, wer er war«, fuhr Stilton fort. »Er hatte keinen Ausweis oder so was bei sich. Außerdem wurde seine Leiche am Mittwoch aus der Rechtsmedizin gestohlen.«

Jetzt erwachte das Interesse der Freunde im Raum merklich.

»Man hat die Leiche gestohlen?«, wiederholte Benseman. »Warum das denn?«

»Keine Ahnung.«

»Interessant.« Ronny lehnte sich zurück.

Stilton musterte ihn.

»Was sagt die Literatur über gestohlene Leichen?«, wollte er wissen.

»Unfassbar viel. Nicht nur in kriminalistischen Machwerken, das Motiv kommt in vielen Romanen von ganz anderer Dignität vor.«

Ronny war kein Fan von Krimis.

In den nächsten zwanzig Minuten erzählte Ronny also in epischer Breite von Leichen, die eine zentrale Rolle in verschiedenen literarischen Werken gespielt hatten. Bei Dostojewski, Edgar Allan Poe, Somerset Maugham. Als er mit den Morden in den Isländersagas anfing, unterbrach ihn Stilton.

»*Gestohlene* Leichen, Ronny«, sagte er, »nicht Leichen im Allgemeinen.«

»Verstehe. Das ist eine wichtige Unterscheidung für dich?«

»In der jetzigen Situation, ja.«

»Es sind schon ägyptische Pharaonen aus ihren Sarkophagen gestohlen worden, aber das liegt vielleicht etwas zu weit zurück.«

»Etwas.«

Und so ging das Gespräch zu tagesaktuelleren Themen

über. Wer die anstehende Wahl gewinnen würde und welchen Einfluss das auf alles und nichts hätte. Alle drei hatten große Angst vor einem Regierungswechsel.

»Was, wenn diese gegelte Ratte Staatsminister wird?« Benseman verabscheute Ulf Kristersson.

Die Diskussion lief eine Weile und versiegte von selbst. Den Wahlausgang konnte keiner von ihnen vorhersehen. Stilton sah Benseman an und überlegte, ob er von seinem Besuch an Muriels Grab erzählen sollte. Er entschied sich dagegen.

»Ich hole noch eine Flasche«, verkündete Ronny und ging hinter den Vorhang zu seinem Schlafalkoven.

Die drei Freunde kämpften sich also durch eine weitere Flasche Wein, und als sie wieder bei der Nichtigkeit aller Dinge angekommen waren, sahen sie ein, dass es Zeit für den Aufbruch war.

»Sollen wir uns langsam ins Reich der Träume begeben?«, fragte Benseman Stilton.

»Gern.«

Stilton schüttelte Ronnys Hand zum Abschied und ging zur Tür. Eine Nacht auf Bensemans Boden würde er aushalten, dann musste er je nach Situation weitersehen.

*

Das eine Polizeiauto stand ein Stück hinter der kleinen Haltebucht, das andere ein Stück davor. Zwischen ihnen standen einige uniformierte Polizisten mit Kellen in den Händen. Es war eine routinemäßige Kontrolle, die den Zweck hatte, Alkoholtests durchzuführen, Führerscheine zu überprüfen und im besten Fall jemanden mit einem gestohlenen Auto zu erwischen. Bisher war das Resultat des Abends mager ausgefallen.

Ein Fahrer hatte die Promillegrenze überschritten, zwei hatten keinen Führerschein bei sich gehabt. Bald würden sie die Kontrolle beenden.

»Übernimmst du den hier?«

Einer der Polizisten deutete auf einen grauen Toyota Sedan, der sich mit ziemlich großer Geschwindigkeit näherte. Die Polizistin trat einen Schritt vor, streckte die Kelle aus und winkte mit der anderen Hand Richtung Haltebucht. Die Wirkung war nicht die, die sie erhofft hatte. Der Toyota erhöhte die Geschwindigkeit deutlich und schoss an ihr vorbei. Die Polizisten im Auto dahinter reagierten sofort. Blaulichter gingen an, gefolgt von Sirenen und einem Blitzstart. Die anderen beiden Polizisten eilten zu ihrem Dienstwagen. Der Fahrer des ersten Autos rapportierte über Funk, dass sie einen grauen Toyota Sedan verfolgten, der sich geweigert hatte anzuhalten.

»Wir sind mit hoher Geschwindigkeit auf dem Weg zum Värmdöleden in Richtung Gustavsberg. Haben wir Streifenwagen in der Nähe?«

»Ja. Wollt ihr Unterstützung von einem Hubschrauber? Wir haben einen in der Nähe.«

»Das wäre wahrscheinlich gut.«

Der Fahrer donnerte auf den Värmdöleden und sah den Toyota vor sich. Er trat noch mehr aufs Gas, das vor ihm fahrende Auto musste mit mindestens 180 Stundenkilometern unterwegs sein. Im Rückspiegel sah er, dass die Kollegen ebenfalls auf die Schnellstraße einbogen, und hörte ihre Sirenen. Er nahm Kontakt mit ihnen auf, und sie diskutierten, was sie tun sollten. Bei der momentanen Geschwindigkeit war es nicht ratsam, einen Versuch zu unternehmen, das Auto zu stoppen.

»Wir folgen ihm mit etwas Abstand«, sagte er. »Wir kriegen gleich noch einen Helikopter.«

Die Verfolgungsjagd auf dem Värmdöleden dauerte gute fünfzehn Minuten, dann bog der Wagen in eine Ausfahrt ein, die nach Norra Lagnö führte. Die Reifen quietschten, als er um eine Kurve auf die Brücke über die Schnellstraße schlitterte.

Das erste nachfolgende Auto bremste ein wenig ab. Die Jagd wurde allmählich gefährlich für andere Verkehrsteilnehmer. Ein Glück, dass gerade nicht viele unterwegs sind, dachte der Fahrer, dieser Idiot kann jederzeit auf der Gegenfahrbahn landen. Er erreichte das Ende der Brücke und konnte den Toyota nicht mehr entdecken.

»Wir sind gerade über die Brücke nach Norra Lagnö gefahren und haben den Sichtkontakt zu dem Wagen verloren. Ist der Helikopter schon in der Nähe?«

»Er ist gleich da.«

Der Hubschrauberpilot hatte den vollen Überblick. Er beobachtete, wie der graue Toyota den Gamla Skärgårdsvägen entlangraste und plötzlich einen jähen Schwenk auf den Lagnövägen machte. Eine Kurve, die bei dieser Geschwindigkeit nicht zu kontrollieren war.

»Siehst du den Toyota?«, fragte der Fahrer des Polizeiautos.

»Ja.«

»Wohin fährt er?«

»Nirgendwohin. Er ist verunglückt.«

Die zwei verfolgenden Autos waren schnell bei der Kreuzung, an der der Toyota von der Fahrbahn abgekommen war. Zuerst sahen sie den Wagen nicht, doch eine Rauchsäule verriet, wo er sich befand. Er war ein Stück von der Straße entfernt in einem Wäldchen frontal gegen eine hohe Felswand geprallt. Fast die ganze Front war eingedrückt. Mit gezogenen Waffen rannten sie zu dem Auto. Eine überflüssige Maßnahme. Der Fahrer des Toyotas ragte mit zerschnittenem Kopf halb aus der Windschutzscheibe. Mausetot. Als sie den Wagen umrundeten, stellten sie fest, dass eine weitere Person auf der Beifahrerseite festgeklemmt war. Eine schwer verletzte Person, der ein Teil der Windschutzscheibe im Brustkorb steckte. Sie alarmierten Krankenwagen und Feuerwehr.

»Schaut mal«, sagte einer der Polizisten.

Er stand an der Kofferraumklappe, die ein wenig aufgebogen war. Mithilfe des Pistolenkolbens drückte er sie ganz auf.

»Was zum Teufel ist das?«

Ein anderer Polizist zog eine Taschenlampe heraus und leuchtete in den Kofferraum. Dort lagen mehrere schwarze Müllsäcke.

Sechs, genauer gesagt.

»Drogen?«

*

Sie lag mit geschlossenen Augen in der Koje und sah ihn aus dem Wasser steigen, seine braunen Muskeln, seine Erektion, seine ruhigen blauen Augen. Sie sah seinen ausgemergelten Körper im Krankenhausbett, umgeben von Schläuchen, tief ins Koma versetzt, sie sah den Tod auf der Bettkante sitzen und den Countdown zählen.

Und sie sah seine zusammengepressten Lippen, als er aufstand, die Treppe hinaufging und verschwand.

Die Tränen liefen ihr langsam aus den Augen aufs Kopfkissen, während sie mit der Hand über das leere Bett neben sich strich.

Du kannst glauben, was du willst.

Der Mann, an den sie dachte, lag auf einem harten Dielenboden mit einer dünnen Matratze unter sich und starrte an die Decke. Das, was er befürchtet hatte, war eingetreten, die Vergangenheit hatte ihn eingeholt. Und bedrohte das Wichtigste in seinem Leben, seine Beziehung zu Luna. Er sah sie vor sich, ihr Gesicht, die Augen, wie sie ernsthaft wissen wollte, ob er ein Mörder war. Er schloss die Augen und versuchte, an etwas anderes zu denken.

Es gab nichts anderes.

Alina saß ein Stück vom Gästehaus entfernt allein unter einem Apfelbaum. Oleksij schlief noch. Sie nutzte die Gelegenheit, um zu weinen. Still, in ihre Hände. So fand Mårten sie, zusammengekauert, das Gesicht in den Händen vergraben. Er war mit einer Tasse Kaffee hinausgegangen, um ein letztes Mal das Hühnergehege zu inspizieren. Heute sollten die Hühner kommen, fünf Stück, und er wollte, dass sie sich willkommen fühlten.

»Darf ich mich zu dir setzen?«

Alina blickte auf und wischte sich über das Gesicht. Sie nickte, Mårten nahm neben ihr Platz.

»Möchtest du einen Kaffee?«

Alina schüttelte den Kopf und ließ ihren Blick über den Garten schweifen. Die Apfelbäume, die Argentinische Verbene, die schönen roten Dahlien. Sie hatte zu Hause auf dem Balkon Dahlien gehabt.

»Alles Menschliche wird einem genommen …«

Mårten musste sich vorbeugen, um ihre schwache Stimme zu hören, und kam darauf, dass er sein Hörgerät nicht laut gestellt hatte. Er holte sein Handy heraus und behob das Problem.

»… wie soll ich das meinem Mann erzählen?«

Mårten legte vorsichtig eine Hand auf Alinas Arm. Sie ließ es geschehen, ohne zusammenzuzucken.

»Er weiß nicht, was dir widerfahren ist?«

»Nein. Er weiß, dass wir leben, dass wir hier sind, nicht mehr.«

Mårten nickte stumm. Alina hatte das Schrecklichste mitgemacht, was eine Frau erleben konnte, seiner Meinung nach, und ihr Sohn war teilweise Zeuge davon gewesen. Wie erzählt man das dem eigenen Mann? Einem Mann, der in einen Krieg gezwungen worden war?

»Du musst es ja nicht erzählen, bis ihr euch seht.«

»Vielleicht nicht … aber ich weiß ja nicht, wie lange wir hierbleiben müssen. Der Krieg kann ja wer weiß wie lange weitergehen. Soll ich nichts sagen?«

»Nicht am Telefon.«

Warum er das sagte, wusste er nicht recht, er hatte keine Ahnung von Alinas Verhältnis zu ihrem Mann, es war nur ein Gefühl von ihm. Hören zu müssen, was Alina Furchtbares passiert war, während man gleichzeitig um sein Leben kämpfte, war vielleicht nicht optimal.

Alina legte eine Hand auf Mårtens.

»Ihr seid so nett«, sagte sie. »Danke.«

»Das ist das mindeste, was wir tun können.«

Mårten spürte, wie sein Handy in der Hosentasche vibrierte, aber er wollte das Gespräch nicht unterbrechen.

»Ich glaube, dein Handy klingelt.« Alina zog ihre Hand zurück.

»Entschuldige«, erwiderte Mårten und holte das Handy heraus. »Mårten Olsäter.«

»Hallo, Mårten, hier ist Magnus von den Silberwölfen. Ist Mette in der Nähe? Sie geht nicht an ihr Handy. Es eilt ein bisschen.«

»Einen Moment.«

Mårten entschuldigte sich noch einmal bei Alina und ging Mette suchen.

Sie trat gerade aus der Dusche, als er ins Schlafzimmer kam.
»Hast du dein Handy nicht an?«
»In der Dusche?«
»Hier.« Mårten reichte ihr sein Telefon. »Magnus.«
Mette nahm ihren Bademantel, zog ihn sich über und nahm das Handy.
»Hallo, Magnus! Ist was passiert?«
»Sie haben deine gestohlene Leiche gefunden.«
»Super!«
»In sechs Teilen.«
Mette nickte zu Mårten hinüber, was er richtig interpretierte.
Er ging hinaus.
»Zerstückelt?«, fragte Mette ins Handy.
»Ja. Die Polizei hat heute Nacht ein Auto verfolgt, das auf der Flucht gegen eine Felswand gefahren ist. Im Kofferraum lagen sechs Müllsäcke mit Leichenteilen. Die Rechtsmediziner haben das Gesicht sofort erkannt.«
»Die gestohlene Leiche?«
»Ja.«
»Wer hat das Auto gefahren?«
»Es saßen zwei Männer drin, beide sind verbrannt.«
»Verbrannt?«
»Die Polizisten haben die Säcke aus dem Kofferraum geholt, und eine Minute später hat das Wrack zu brennen angefangen, offenbar explosionsartig, sie konnten absolut nichts tun.«
»Okay, danke. Ich kontaktiere den Rechtsmediziner.«
»Tu das. Und du, das verändert jetzt vielleicht die Planung etwas.«
»Wie meinst du das?«

»Eine gestohlene und zerstückelte Leiche löst auch hier im Haus Reaktionen aus.«

»Da reden wir später drüber.«

Mette legte auf und holte ihr eigenes Handy.

*

Stilton hatte nicht gerade die beste Nacht seines Lebens gehabt. Eine Rosshaarmatratze auf dem Boden und ein Sofakissen unter dem Kopf. Außerdem ein Anflug von Sodbrennen. Plus düstere Gedanken im Allgemeinen. Aber das hatte er sich selbst zuzuschreiben. Irgendwann war er in einen diffusen Dämmerzustand geglitten, ungefähr zehn Minuten, bis sein Handy neben ihm lärmte. Das Display verriet, wer es war.

Leider nicht Luna.

»Hallo, Mette. Ich bin gerade erst aufgewacht.«

»Ich dachte, du hast auf dem Kahn schon die Schleifmaschine an?«

»Was willst du?«

»Sie haben Verner gefunden.«

Eine Antwort, die Stilton auf die Beine brachte, so schnell, dass sein Kreislauf in den Keller sank und er beinahe umfiel. In der nächsten Minute versuchte er, sich anzuziehen, während er gleichzeitig Mettes Wortschwall lauschte.

Als sie fertig war, sagte er: »Wir sehen uns in einer halben Stunde in der Rechtsmedizin.«

Stilton zog sich sein Shirt über und warf einen Blick in Bensemans Schlafzimmer. Es war leer. War er schon abgehauen? Er spürte, wie ihm nach dem gestrigen Wein die Zunge am Gaumen klebte. Soll ich mir seine Zahnbürste ausleihen?, dachte er.

Aber er ließ es bleiben.

Sie gingen Seite an Seite zum Obduktionssaal. Der große, glatzköpfige Mann und die rundliche Frau, zwei ehemalige Legenden auf ihrem Gebiet.

»Warum zerstückelt man eine Leiche?«, überlegte Stilton. »Stiehlt sie erst, um sie dann zu zerstückeln?«

»Um sie loszuwerden, sie verschwinden zu lassen«, sagte Mette. »Du hast eine Fahne.«

»Wurde auf 'nen Wein eingeladen.«

Sie betraten den Saal. Dort herrschte dieselbe tropfende Stille wie immer. Auf zwei Bahren an der hinteren Wand lagen Leichensäcke. In der Mitte des Raumes waren einige Körperteile so auf einem Tisch arrangiert, dass sie an einen Menschen erinnern sollten. Ein süßlicher, Übelkeit erregender Geruch lag in der Luft.

»Ich hab gehört, dass ihr auf dem Weg hierher seid, also hab ich sie ausgelegt.«

Die Rechtsmedizinerin deutete auf die Leichenteile.

»Und da drüben liegen die, die vermutlich für die Zerstückelung verantwortlich waren«, fuhr sie fort und nickte zu den Leichensäcken im Hintergrund hinüber.

Stilton verzog keine Miene. Der Geruch bekam ihm nicht. Er ließ den Blick über den Tisch vor sich gleiten und wiederholte, was er vor einer Minute gesagt hatte.

»Warum stiehlt man eine Leiche, um sie dann zu zerstückeln?«

»Vielleicht, um das hier zu verbergen.«

Die Rechtsmedizinerin drehte den Rumpf um und zeigte auf die Schulter.

»An der Schulter wurde ein Stück Fleisch entfernt«, erklärte sie.

»Und?«

Die Rechtsmedizinerin ging zu der langen Arbeitsfläche mit Waschbecken hinüber und holte eine Mappe. Sie enthielt einige Fotos, die von der ursprünglichen, vollständigen Leiche gemacht worden waren.

»Das sind Bilder vom letzten Mal, als wir die Leiche hier hatten, sie war ja damals schon ziemlich demoliert, nach dem Sturz auf die Straße, was wohl die Ursache dafür war, dass wir es nicht gesehen haben.«

»Dass ihr was nicht gesehen habt?«

»Das hier.«

Die Rechtsmedizinerin hielt Stilton ein Foto hin und zeigte auf ein übel zugerichtetes Schulterblatt.

»Siehst du das kleine Zeichen da, auf der Rückseite?«, fragte sie.

»Ja. Was ist das? Eine Tätowierung?«

»Ich würde sagen, ja.«

Mette nahm das Foto und sah sich das Zeichen an.

»Schwer zu erkennen«, sagte sie. »Sieht das nicht aus wie ein Dreieck?«

»Ein schwarzes Dreieck in einem Kreis«, präzisierte Stilton.

»Und das ist jetzt weggeschnitten?«

»Ja«, antwortete die Rechtsmedizinerin.

»Kann ich das Foto behalten?«

»Du kannst eine Kopie kriegen. Wir haben übrigens das Ergebnis der DNA-Probe, es gibt keine Übereinstimmung.«

Stilton warf einen Blick auf die Leichensäcke an der Wand.

»Nimm von denen auch DNA-Proben«, sagte er.

»Schon erledigt.«

*

»Ist es nicht eine ziemliche Schlamperei, dass die Rechtsmedizin dieses Tattoo nicht schon beim ersten Mal entdeckt hat?«, meinte Stilton.

Mette und er waren zum Arbeitszimmer der Silberwölfe im Polizeigebäude gefahren. Ein großer und momentan leerer Raum.

»Vielleicht«, erwiderte Mette. »Man hat ja angenommen, es sei ein Selbstmord, und war vielleicht nicht ganz so aufmerksam, keine Ahnung. Die Leiche war ja auch in keinem guten Zustand. Die Hauptsache ist doch, dass wir jetzt davon wissen.«

»Wenn es denn die Ursache dafür war, dass man die Leiche gestohlen hat.«

»Wenn es so war, muss es eine ziemliche Bedeutung gehabt haben, für manche zumindest. Es zu verbergen, meine ich. Wir müssen mal schauen, ob wir es im Internet finden, ein schwarzes Dreieck in einem Kreis.«

»Ich will zuerst noch mal den Überwachungsfilm durchgehen, aus der Rechtsmedizin«, sagte Stilton.

»Warum das?«

»Hast du ihn dabei?«

Mette klappte ihren Laptop auf und suchte den Film heraus. Nach einer Weile stoppte Stilton die Wiedergabe. Er deutete auf ein Feld, das den Parkplatz zeigte.

»Vergrößere das.«

Mette tat, was er sagte.

»Da!«, rief er. »Siehst du das Auto?«

Mette beugte sich näher zum Bildschirm und musterte das Auto, auf das Stilton deutete.

»Ein Toyota Sedan«, erklärte er. »Wie der, in dem die Leichenteile lagen.«

»Und das beweist?«

»Dass die beiden aus den Leichensäcken in der Rechtsmedizin die Leichendiebe waren.«

»Aber das wussten wir doch schon?«

»Nicht hundertprozentig.«

Stilton setzte sich an einen Schreibtisch und holte sein Handy heraus.

»Ich bin an ein Handyvideo gekommen, das uns weiterhelfen kann«, fuhr er fort und suchte Jompas Film heraus. »Dieses Video wurde auf der Straße gemacht, direkt nachdem Verner auf dem Gehweg gelandet war.«

Stilton hielt Mette das Handy hin.

»Siehst du den Typen rechts am Rand, der sich hinunterbeugt und irgendwas aufhebt, gleich neben der Leiche?«

»Ja?«

»Ich will wissen, was er aufhebt.«

»Weißt du, wer er ist?«

»Bald. Könntest du uns Kaffee holen?«

Früher einmal hatte es niemanden gegeben, der Mette bat, Kaffee zu holen, aber die Zeiten änderten sich. Genauso wie die Rangordnungen. Mette ging aus dem Zimmer, und Stilton tippte eine Nummer in sein Handy ein. Nach ein paar Sekunden nahm jemand ab.

»Hallo, Jompa, hier ist Tom Stilton. Ich hab neulich im Gröne Jägaren ein Video von dir bekommen, kannst du es kurz mal abspielen und das Handy auf Lautsprecherfunktion stellen?«

Stilton ließ ein paar Sekunden vergehen, er hörte ein leichtes Keuchen am anderen Ende der Leitung.

»Hast du das Video gefunden?«

»Ja«, antwortete Jompa.

»Ungefähr in der Mitte des Films sieht man neben der Leiche einen Typen, der sich bückt, am rechten Bildrand, hast du das?«

»Ja.«

»Es sieht so aus, als ob er genau neben der Leiche irgendwas aufhebt, weißt du, was das war?«

»Nein.«

»Wie heißt der Typ?«

Im Hörer wurde es still, so lange, dass es Stilton nervte.

»Mach's jetzt nicht unnötig schwer, Jompa, muss ich zu dir nach Hause kommen?«

»Das ist Fille«, sagte Jompa leise.

»Fille, und wie noch?«

»Filip Blomberg.«

»Hast du seine Nummer?«

»Nein.«

»Weißt du, wo er wohnt?«

»Södermalm.«

»Okay, danke.«

Stilton legte auf. Er hatte gar nicht bemerkt, dass Mette mit zwei Kaffeebechern hereingekommen war und schon die Telefonbuchseite im Internet aufgerufen hatte.

»Es gibt einen Filip Blomberg in der Gotlandsgatan 33«, sagte sie. »Dort in der Gegend.«

»Gut. Ich fahre hin.«

»Kannst du nicht anrufen? Hier steht eine Nummer.«

»Ich regele das lieber von Angesicht zu Angesicht«, erwiderte Stilton.

»Dieser Jompa hat ihn vielleicht schon angerufen.«

»Vielleicht, vielleicht auch nicht. Danke für den Kaffee, ich trinke ihn, wenn ich zurückkomme. Ich mag es, wenn er kalt ist.«

Mette schüttelte den Kopf und surfte weiter im Internet. Sie wollte nach dem Kreis mit einem schwarzen Dreieck darin suchen.

*

»Sublimierung« war ein schöneres Wort für das, was Stilton gerade betrieb: die fast fieberhafte Suche nach einer unbekannten Identität, um sich nicht mit seinem Privatleben beschäftigen zu müssen.

Aber es gab ein plausibles Motiv für sein Handeln. Der Fall mit der gestohlenen Leiche hatte ein Upgrade bekommen. Sie war in sechs Teilen gefunden worden, mit einer abgeschnittenen Tätowierung, und hatte den Tod zweier Menschen verursacht. Selbstverschuldet, aber trotzdem. Darauf konzentrierte er sich, als ein rothaariger Mann die Tür öffnete.

»Filip Blomberg?«

»Ja?«

Jompa hatte Filip nicht angerufen. Das sah Stilton an seinem Blick, als er sein Anliegen beschrieb.

»Was für ein Video?«, fragte Filip.

Sie standen in einem vollgestopften Flur im zweiten Stock der Gotlandsgatan 33. Schuhe, Hockeyschläger, Jacken und andere diffusere Kleidungsstücke.

»Das hier.« Stilton zeigte ihm Jompas Film auf seinem Handy. »Das hier rechts bist du, du hebst was vom Boden auf. Was war das?«

»Nichts Besonderes.«

»Wohnst du allein hier?«

»Nein, meine Freundin wohnt auch hier, warum?«

»Ist sie zu Hause?«

»Nein.«

»Gut. Können wir uns in die Küche setzen?«

»Warum?«, wollte Filip wissen.

»Weil es offenbar ein bisschen dauern wird, bis du erzählst, was du da aufgehoben hast.«

»Bist du Bulle?«

»Ja, und ich will wissen, wer der tote Mann war, und dabei kannst du mir vielleicht helfen.«

Filip fingerte an einem abgewetzten Hockeyschläger herum. Er war groß und sah durchtrainiert aus. Anscheinend brauchte er eine Weile, um zu überlegen, was er sagen sollte. Lange genug, dass Stilton wiederholte: »Was hast du aufgehoben?«

»Ein Etui ... ein Zigarettenetui.«

»Warum?«

»Weiß nicht, ich hab es einfach gemacht, ich war dicht, und es lag da, und ich hab es aufgehoben ...«

»Hast du es hier?«

Filip verschwand in der Wohnung, und Stilton fühlte an dem Hockeyschläger. Er hatte nie verstanden, was man an Hockey finden konnte. Er war ganz allgemein nicht sonderlich sportinteressiert. Es sei denn, man betrachtete Fischen als Sport.

»Das hier.«

Filip kam auf ihn zu und reichte ihm ein golden glänzendes Zigarettenetui. Stilton nahm es und öffnete es. Es war leer.

»War es leer, als du es genommen hast?«

»Nein. Es waren ein paar Zigaretten drin, solche ekligen französischen ...«

»Gitanes?«

»Weiß nicht, sie haben scheiße geschmeckt ...«

Stilton roch an dem Etui und registrierte ein Detail am Deckel.

»Ich nehme das mit.«

Filip nickte und trat einen Schritt zur Seite. Als Stilton auf dem Weg aus der Tür war, fragte Filip: »Wird da 'ne große Sache draus?«

Stilton wandte sich um.

»Dass du einer Person, die gerade auf der Straße zerschellt ist, einen Gegenstand geklaut hast?«

Filip starrte zu Boden, und Stilton zog die Tür zu.

Er leistete sich ein Taxi zurück zum Polizeipräsidium und hob die Quittung auf. Das würde zulasten des Budgets der Silberwölfe gehen. Vielleicht konnte man auch ein besseres Mittagessen abschreiben? Er spürte, wie sein Magen nach dem gestrigen Tag nach Essen verlangte.

Als er das Arbeitszimmer betrat, saß Mette noch immer über ihren Laptop gebeugt am Schreibtisch.

»Wie lief es?«, erkundigte sie sich und blickte auf.

»Er hat das hier aufgehoben.«

Stilton legte das goldene Etui vor Mette auf den Tisch.

»Ein Zigarettenetui?«

»Ja, mit ein paar französischen Zigaretten drin und einem Detail im Deckel.«

Mette öffnete das Etui und schaute in den Deckel. Dort war eine kleine, fast unlesbare Inschrift zu sehen.

»Kannst du erkennen, was da steht?«

»Nein, aber es sieht aus wie kyrillische Buchstaben.«

»Ja. Wir müssen es den Forensikern schicken.«

Stilton setzte sich auf die andere Seite des Schreibtisches und griff nach dem Kaffeebecher.

»Bist du mit der Tätowierung weitergekommen?«, fragte er und nippte an dem kalten Kaffee.

»Es gibt Hunderte von Kreisen mit Dreiecken im Internet, eine ziemliche Totgeburt.«

Mette klappte den Laptop zu und stand auf.

»Ich mach jetzt Schluss«, fuhr sie fort. »Abbas und seine Mutter kommen zum Mittagessen zu uns. Du hast von ihr gehört?«

»Ja. Wie heißt sie?«

»Drishti.«

»Ein bisschen seltsam, was?«

»Dass sie plötzlich auftaucht?«

»Ja.«

»Vielleicht hat ihr Gewissen sie eingeholt, keine Ahnung. Wenn Menschen älter werden, haben sie die Neigung, ihr Leben in Ordnung bringen zu wollen. Dinge zurechtzurücken. Vielleicht geht es ihr darum.«

Stilton starrte auf den Tisch hinunter. Dinge zurechtrücken? Wie zum Teufel macht man das?

»Ja, vielleicht«, erwiderte er.

Mette zog sich ihren Mantel an.

»Ich hab gehört, ihr habt Flüchtlinge bei euch wohnen?«, sagte Stilton.

»Ja, eine Frau und ihren Sohn, Opfer von Sexhandel. Also, die Frau. Olivia und Lisa haben Hilfe gebraucht.«

»Und wie läuft es?«

»Gut. Aber es ist ein bisschen traurig, man weiß nicht recht, wie man helfen soll.«

»Darin seid ihr doch Profis«, lächelte Stilton. »Und wie geht es mit dem Hühnerhaus voran?«

»Frag mich nicht, offenbar kriegt er heute fünf Hühner rein. Soll ich dich zum Kahn fahren?«

»Nein, das … ich mache einen Spaziergang.«

Mette winkte, verließ den Raum und kam sofort wieder zurück.

»Fast hätte ich's vergessen«, sagte sie, »wir haben heute um vier Uhr ein Meeting.«

»Mit wem?«

»Magnus und Erik Morling.«

»Warum?«

»Scherereien, nehme ich an. Bis später.«

Mette verschwand wieder nach draußen, und Stilton beugte sich über seinen Kaffeebecher. Er würde keinen Spaziergang zum Kahn machen.

Morling?

*

Auch in Antibes war Mittagessenszeit. Heute wurde dem höchsten Befehlshaber auf der Jacht eine deftige Fischsuppe mit frischem Brot und Aioli serviert. Er saß an einem Tisch in der Nähe des Pools auf dem Achterdeck und nahm einen Löffel Suppe, pustete etwas und schob ihn in den Mund. Er hatte einen brillanten Chef de Cuisine angestellt, mit einem Gehalt, das höher war als das von Macron, aber das war es wert. Wenn Geld die geringste Sorge ist, die man hat, gibt es keinen Grund, bei den Annehmlichkeiten des Lebens zu geizen. Grigorij tauchte den Löffel wieder in die Suppe und suchte damit nach einem Flusskrebsschwanz, die Bewegung ließ ihn in sich selbst versinken, bis in die Tiefen, in denen er sehr einsam war. Und traurig. Jemand hatte sein Herz gestohlen und einen leeren Kubus hinterlassen.

Und er ahnte, wer es gewesen war.

Der Löffel fand den Flusskrebsschwanz und verfrachtete ihn in Grigorijs Mund. Er kaute und schluckte. Es war ihm nicht gelungen, das Ei zu beschützen, eine Aufgabe, die seine Familie seit Generationen tadellos erfüllt hatte, und jetzt kam die Strafe. Es gab Menschen, die ihm nach dem Leben trachteten, die versuchten, an Bord zu gelangen, dorthin, wo er sich am sichersten fühlte. Er hatte sich als unverletzlich betrachtet, doch diese Illusion war zerstört. Mehrere seiner hochrangigen Kontakte hatten aufgehört, seine Anrufe entgegenzunehmen. Einige seiner engsten Freunde waren bereits aus dem Weg geräumt worden, offiziell handelte es sich um Selbstmord, aber Grigorij war überzeugt davon, dass sie ermordet worden waren. Aus Hotelfenstern gestoßen, vergiftet im Pool aufgefunden, in der Garage erhängt. Er machte sich immer mehr Sorgen, dass er ebenfalls auf Putins Liste stand. Dass es nur eine Frage der Zeit war. Fliehen? Sich verstecken? Die Tentakel der GRU wanden sich um den ganzen Erdball. Das Boot war sein bester Schutz. Seine Festung.

Ich muss wachsamer sein, dachte er, die Sicherheit noch mehr erhöhen. Vielleicht die Anker lichten und in die Türkei gehen? Istanbul? Er wischte den Gedanken weg. Das würde bedeuten, dass er Julie von ihrer Schule und ihren Freundinnen wegreißen musste, und das wollte er nicht.

Stattdessen muss ich dafür sorgen, dass sie ständig bewacht wird, überlegte er, auch in Nizza.

Er blickte in die Schüssel vor sich, stocherte mit dem Löffel zwischen den Fischstücken herum, die noch in der nach Safran duftenden Suppe lagen. Plötzlich schob er den Teller weg. Vergiftung, dachte er, genau so arbeiten sie doch. Konnte er sich überhaupt noch auf seine Besatzung verlassen? Er sah sich um. Sein Blick blieb an Ivanna hängen, die weiter hinten mit Putzutensilien in den Händen vorbeiging. Sie ist diejenige, die die kürzeste Zeit an Bord ist, dachte er. Könnte sie kontaktiert worden sein? Stand sie nicht manchmal da und beobachtete ihn heimlich? Er ergriff sein Weinglas und leerte es in einem Zug. Ließ den Alkohol in seinen Körper strömen, um die Nerven zu beruhigen. Reiß dich jetzt zusammen, Grigorij, du hast eine Vorführung, um die du dich kümmern musst.

Da klingelte sein Handy.

»Grigorij«, meldete er sich.

»Ich hab das Fußkettchen gesehen.«

Sasja? Grigorij schnellte vom Stuhl hoch, sein Rückgrat wurde zu Stahl.

»Hallo, Schatz«, sagte er. »Was für ein Fußkettchen?«

»Du bist zu weit gegangen.«

»Wo bist du?«

Er bekam ein lautes, heiseres Lachen zur Antwort. Er ließ sie fertig lachen und ging übers Deck.

»Julie sagte, du bist in Polen«, fuhr er fort.

»Polen. Singapur. Chile. Du wirst mich nie finden.«

»Dich will ich gar nicht finden.«

»Ich weiß, armer Grisja. Hat der Fluch des Eies dich schon heimgesucht?«

Er hörte den spöttischen Unterton und biss die Zähne zusammen. »Du spielst ein riskantes Spiel, Sasja.«

»Du auch. Allerdings ist deines ein bisschen kränker als meines. Das Traurige ist, dass ich dich geliebt habe.«

»Ich weiß. Geht es dir um Geld?«

»Wie banal du bist. Mach's gut.«

»Sasja!«

»Ja.«

»Pass auf das Ei auf.«

»Was für ein Ei?«

Sasja legte auf, und Grigorij war nahe daran, das Handy über Bord zu werfen. Sein ganzes Inneres kochte.

*

Mårten hatte die Einladung zum Mittagessen ganz spontan ausgesprochen. Er betrachtete Abbas als Familienmitglied. Die Olsäters waren seine Bezugspersonen gewesen, als er sich als junger Mann aus seiner kriminellen Laufbahn befreien wollte. Das hatte eine starke Verbindung zwischen ihnen geschaffen.

Als Mårten also hörte, dass Abbas' Mutter aufgetaucht war, war es für ihn ganz natürlich, dass er sowohl sie als auch ihren Sohn treffen wollte. Aus mehreren Gründen.

Mette war nicht ungebremst enthusiastisch. Abwartend wäre wohl eine korrektere Beschreibung ihrer Einstellung zu dem Treffen gewesen. Sie wusste Dinge über Abbas' verkorkste Kindheit, die Mårten nicht bekannt waren.

»Trinken wir Wein?«

Mårten stellte die Frage seiner Frau, die gerade den langen Tisch in der Küche fertig gedeckt hatte. Sie antwortete nicht sofort. Abbas war sehr zurückhaltend mit Alkohol, tagsüber trank er im Grunde nie etwas. Aber seine Mutter? Vielleicht erwartete sie Rotwein und Wasser? Oder war sie möglicherweise Muslima?

»Wir stellen einen raus, dann kann jeder nehmen, was er möchte«, sagte Mette.

Was ihr selbst die Chance bot, sich ein Glas zu genehmigen, wenn die Situation am Tisch zu angespannt wurde.

»Jetzt kommen sie! Ich mache auf.«

Mårten ging in den Flur hinaus, und Mette warf einen

letzten Blick auf den Tisch. Ihre selbst getöpferten Teller, wie gewöhnlich, Kristallgläser, schöne Servietten, die eine ihrer Schwägerinnen auf einer Reise nach Helsinki gekauft hatte. In der Mitte des Tisches stand der stabile blaue Le-Creuset-Topf. Mårten hatte sich ins Zeug gelegt und einen marokkanischen Kichererbseneintopf mit Raita und Couscous gemacht. Alles, damit Drishti sich wie zu Hause fühlte. Ein reichliches Mittagessen, aber so hatte er sich entschieden. Er war der Koch des Tages.

»Willkommen!«

Mette breitete die Arme aus und zog Abbas in einer Umarmung an sich. Als sie ihn losließ, zögerte sie eine Sekunde. Auch die fremde Frau zu umarmen, fühlte sich etwas unnatürlich an, Mutter hin oder her. Also streckte sie die Hand aus und stellte sich vor.

»Mette.«

»Drishti. Abbas hat so viel von dir erzählt!«

»Ach so?«

Mette lachte auf, in Mårtens Ohren ein wenig zu laut. In Abbas' auch.

Aber er lächelte. Es war das erste Mal, dass er seine Mutter jemandem aus seinem Freundeskreis vorstellte. Das brachte eine gewisse Anspannung mit sich.

»Aber setzen wir uns doch gleich an den Tisch, beim Essen lässt es sich am besten reden«, sagte Mårten und wies mit einer Geste auf die Stühle.

Er war eher neugierig als angespannt.

Mette servierte jedem direkt aus dem Topf und stellte fest, dass Drishti sich nur Wasser einschenkte. Dann verzichte ich auch auf Rotwein, dachte sie und hoffte, dass das Mittagessen für ihren Teil nicht allzu unangenehm werden würde.

Das wurde es nicht, im Gegenteil.

Das Gespräch zwischen den vieren verlief schnell und einfach, auf Englisch, mit einer Mischung aus Erinnerungen und Gegenwärtigem. Abbas war ungewöhnlich gesprächig, fast schon aufgedreht, vor allem, als er von seinem Vater und seinen unzähligen Tollpatschigkeiten erzählte. Der Vater war meist alkoholisiert gewesen und hatte sich zeitweise als Leierkastenmann auf diversen Touristenmeilen in Marseille durchgeschlagen. Drishti konnte auch die eine oder andere lustige Anekdote beitragen, die die Familie erlebt hatte.

Was Abbas nicht ansprach, war, wie schwerwiegend sein Vater ihn in der Zeit, nachdem Drishti die Familie verlassen hatte, misshandelt hatte, weshalb er schließlich von zu Hause weggegangen war.

»Jetzt könnte ich, glaube ich, ein Gläschen Wein vertragen«, sagte Mårten und griff nach der Flasche. »Möchte noch jemand?«

Niemand sonst wollte etwas, also schenkte Mårten nur sich ein und überraschte plötzlich die ganze Runde – nicht zuletzt seine Frau – damit, dass er anfing, Französisch zu sprechen. Nicht perfekt, aber gut genug, um sowohl von Abbas als auch von Drishti Komplimente zu bekommen.

»Sprichst du Französisch?«, fragte Mette auf Schwedisch.

»Das wusstest du nicht, was?«, lachte Mårten. »Ich habe meine Geheimnisse. Prost!«

Und dann erklärte er den Gästen, dass das französische Geheimnis ein digitaler Kurs war, den er im Covid-Herbst vor zwei Jahren unten in seiner Musikhöhle gemacht hatte, als Mette schwer damit beschäftigt gewesen war, Impfterroristen einzulochen.

Jetzt hatte er die Chance, ein wenig zu brillieren.

»Du lernst Französisch und baust Hühnerhäuser, du bist ein Mann mit vielen Facetten.« Drishti lächelte.

»Im Herbst des Lebens muss man das stimulieren, was noch übrig ist«, gab Mårten lächelnd zurück.

Ein bisschen sehr süßlich, fand Mette. Abbas ließ seine Gabel sinken und zeigte aus dem Küchenfenster.

»Da draußen steht ein kleiner Junge. Wer ist das?«

Mårten drehte sich um. Draußen im Garten stand Oleksij. »Das ist Oleksij, er und seine Mutter wohnen gerade bei uns im Gästehaus, sie sind aus der Ukraine geflohen.«

Mårten winkte, und Oleksij winkte zurück.

»Wollt ihr noch einen Kaffee?«, fragte Mette und stand auf.

»Gerne«, antwortete Drishti.

»Espresso oder Cappuccino? Wir haben so eine Maschine, die alles Mögliche kann.«

»Dann nehme ich einen doppelten Espresso.«

Mette ging zur Kaffeemaschine hinüber, und Abbas begann den Tisch abzuräumen. Drishti stand ein wenig verloren da, als Fremde in dieser Küche.

»Lass uns so lange in den Salon gehen«, schlug Mårten vor, der ihre Lage erkannte. »Dann kann ich dir auch ein bisschen was vom Haus zeigen.«

Er nahm Drishti mit durch das imposante Afrikazimmer, eingerichtet mit Fundstücken von den vielen Reisen des Paares um die Welt, und weiter in den kleineren Salon mit dem großen grünen Kachelofen.

»Ihr habt ein unglaublich schönes Haus«, sagte Drishti.

»Und groß. Viel zu groß für Mette und mich. Aber es fällt uns schwer, uns davon zu trennen. Setz dich!«

Mårten bot ihr einen der braunen Sessel vor dem Kachelofen an. Drishti ließ sich hineinsinken, und Mårten setzte sich in den Sessel daneben.

»Darf ich ein wenig neugierig sein?«, fragte er und sah Drishti an.

»Darfst du.«

»Wie war Abbas als Kind?«

»Er war wohl, wie Kinder im Allgemeinen sind, ein bisschen ungezogen, ein bisschen unruhig, wir wohnten in einer ziemlich heruntergekommenen Gegend in Marseille. Wieso willst du das wissen?«

»Ich bin Kinderpsychologe«, erklärte Mårten. »Ich habe mein ganzes Leben lang mit Kindern gearbeitet. Abbas' Reise durchs Leben ist ziemlich spektakulär, deshalb bin ich ein wenig neugierig, wie sie begonnen hat.«

»Hast du ihn gefragt?«

»Er erinnert sich nicht so gut an seine Kindheit.«

»Er hat vielleicht vieles verdrängt«, sagte Drishti. »Ich habe seinen Vater verlassen, als er sieben war.«

»Und ihn.«

»Ja. Und das versuche ich jetzt wiedergutzumachen ... aber ich weiß nicht, ob es mir gelingt.«

»Er scheint dich in sein Leben aufzunehmen.«

»Ja. Aber ich dringe nicht richtig zu ihm durch.«

»Gib ihm Zeit, er braucht eine gewisse Anlaufphase, was das Emotionale angeht.«

Drishti lächelte und lehnte sich zurück, als Mette und Abbas mit dem Kaffee hereinkamen.

Sie verabschiedeten sich im Flur. Diesmal erlaubte es sich Mette, Drishti kurz zu umarmen. Abbas registrierte es. Er war zufrieden und ruhig. Das Mittagessen war gut gelaufen, niemand schien sich unwohl zu fühlen. Mit einem Lächeln zog er die Tür hinter sich zu.

»Das ging doch richtig gut?« Mårten folgte Mette in die Küche.

»Ja.«

»Oder?«

Mette wandte sich um. Sie wusste nicht recht, was sie sagen sollte, sie spürte, dass Mårten irgendeine Form von Bestätigung wollte, als wäre er selbst unsicher. War er das?

»Sie war reizend«, sagte Mette.

»War sie.«

Sie blickten einander an.

»Räumst du das Kaffeegeschirr ab?« Mårten wandte sich wieder in Richtung Flur. »Ich muss nach den Hühnern sehen.«

Die Hühner waren, wo sie sein sollten, in ihrem Gehege. Mårten wollte eigentlich, dass sie Freigänger wurden, aber es gab ein paar Hindernisse. Eines davon war Mette, sie war absolut dagegen, dass überall auf dem Grundstück Hühner herumspazierten. Ein anderes war der Fuchs. Kein spezifischer Fuchs, aber nachdem Füchse in Kummelnäs keine Seltenheit waren, war das Risiko sehr hoch, dass die Hühner für sie zu einem etwas anderen Frikassee wurden. Also mussten sie bis auf Weiteres bleiben, wo sie waren. Eingesperrt.

Mårten ging zum Gästehaus hinüber, um Alina und Oleksij zu besuchen. Er klopfte an die Tür und wartete.

»Hallo«, rief er. »Ich bin's, Mårten.«

Keine Antwort. Er ging zu einem der Fenster hinüber und schaute hinein. Weder Alina noch Oleksij waren zu sehen. Etwas erstaunt drückte er probehalber die Türklinke hinunter. Es war offen. Er trat ein und wiederholte sein »Hallo«. Angesichts der Größe des Häuschens war das eher ein Reflex. Es dauerte nur wenige Sekunden, bis er feststellte, dass das Haus leer war. Und dass alle Spuren von Alina und Oleksij fort waren. Ihre Kleider, der Koffer, den Alina von Mette bekommen hatte, alles. Mårten ging aus dem Haus und sah sich im Garten um. Auch dort war alles leer, bis auf die Hühner an der Hecke.

»Mette!«

Mette sah Mårten durch ein Fenster und öffnete es.

»Was ist?«

»Alina und Oleksij sind verschwunden! Das Haus ist leer, ihre Sachen sind weg.«

Mette musste sich selbst überzeugen, sie war dieser Typ Mensch. Als sie zum selben Schluss gekommen war wie ihr Mann, dass die Flüchtlinge fort waren, setzte sie sich vors Gästehaus und rief Olivia an. Es dauerte eine Weile, bis sie abhob, und Mette spürte, wie sich ihr Magen zusammenkrampfte.

»Hallo, Mette! Wie lief das Mittagessen?«

»Alina und Oleksij sind verschwunden.«

»Wie, verschwunden?«

»Sie sind weg, sie haben ihre Sachen genommen und sind von hier verschwunden.«

Jetzt spürte auch Olivia ihren Magen und verstummte. Hatte jemand sie in Kummelnäs aufgespürt? Jacek war noch immer auf freiem Fuß. Aber woher sollte er wissen, wo sie waren? Mette interpretierte ihr Schweigen richtig.

»Glaubst du, sie wurden entführt?«, fragte sie. »Oder weggelockt?«

»Woher soll ich das wissen?«

»Entschuldige, war nur eine Frage«, sagte Mette.

»Tut mir leid, ich bin nur verwirrt.«

»Du musst nach ihnen fahnden.«
»Mach ich«, antwortete Olivia. »Und du ruf sofort an, wenn sie auftauchen.«
»Natürlich.«
Mette ließ ihr Handy sinken und blickte Mårten an.
»Ich hab kein gutes Gefühl«, sagte sie.
»Nein, ich auch nicht.«
Mårten wandte sich um und eilte zum Gartentor.
»Was willst du machen?«
»Nach ihnen suchen, in der Gegend herumfahren, vielleicht irren sie irgendwo umher. Kommst du mit?«
»Nein, ich muss ins Polizeipräsidium.«

*

Die Besprechung fand im Büro von Kriminalinspektor Erik Morling statt. Früher war er ein Mitarbeiter in Mettes Abteilung gewesen, inzwischen war sein Rang innerhalb der Organisation deutlich höher.

Morling war ein Karrierekletterer.

An der Besprechung nahmen Mette, Stilton und der Chef der Silberwölfe teil, Magnus Adolfsson. Drei der Anwesenden saßen, Stilton stand an ein Ordnerregal gelehnt. Das Zimmer war repräsentativ eingerichtet, nicht mit einem gewöhnlichen Büro zu verwechseln. Weit davon entfernt. Morling war es wichtig zu demonstrieren, wer er war. Und was er war. Ziemlich weit oben. Heute hatte er sich eine rote Fliege umgebunden.

Das Meeting war mit einer steifen Begrüßung eröffnet worden, bei der Magnus mit einer Handbewegung in Stiltons Richtung herausgerutscht war: »Ihr kennt euch, nehme ich an?«

»Morling hat einiges an Kleinarbeit für mich erledigt, als

wir den Lasermann gejagt haben«, sagte Stilton und lächelte ein wenig.

Das tat Morling nicht.

»Der Grund, warum ich dieses Meeting einberufen habe, ist die Entwicklung des Falles mit der Leiche, die vor einer Weile aus dem rechtsmedizinischen Institut gestohlen wurde«, begann er, »und die jetzt in zerstückeltem Zustand aufgefunden worden ist. Bisher wurde der Fall von den Silberwölfen bearbeitet, wenn ich das recht verstehe.«

»Das ist korrekt«, antwortete Magnus. »Von Mette und Tom, genauer gesagt.«

»Ursprünglich ging es bei dem Auftrag darum, die Identität der Leiche herauszufinden«, fuhr Morling fort. »Stimmt das?«

»Nein«, erwiderte Mette. »Ursprünglich ging es darum, die Leiche zu finden.«

»Und die Todesursache festzustellen«, ergänzte Stilton.

»Er ist doch von einem Dach gefallen?«, sagte Morling.

»Oder wurde gestoßen. Wir neigen zu Letzterem.«

»Aha ... ja, im Hinblick auf die Zerstückelung gibt es zum jetzigen Zeitpunkt natürlich viele Deutungsmöglichkeiten.«

»Worauf willst du hinaus?«, fragte Mette.

Sie hatte den Kopf noch immer voll mit verschwundenen Flüchtlingen und wollte so schnell wie möglich zu einem Ende kommen.

»Worauf ich hinauswill, ist die Frage, ob die Silberwölfe weiterhin die richtige Gruppe sind, um in diesem Fall zu ermitteln, angesichts der Entwicklung der Ereignisse.«

»Du meinst die Störung der Totenruhe?«, wollte Mette wissen. »Denn zu mehr als das hat es sich ja wohl nicht entwickelt? Die Zerstückelung einer Leiche. Glaubst du, damit können wir nicht umgehen?«

»Was ich meine, ist die mediale Aufmerksamkeit, die die Sache mit sich bringt. Wir sind bereits von Journalisten kontaktiert worden und werden mit Anrufen überschüttet werden, wenn das herauskommt. Eine gestohlene Leiche, die zerstückelt aufgefunden wurde. Das verstehst du doch sicher?«

»Absolut. Und du möchtest diese mediale Aufmerksamkeit lieber selbst handhaben?«

Es war allgemein bekannt, dass Morling nur allzu gern im Rampenlicht stand. Mettes Andeutung traf ins Schwarze.

»Also, wie beurteilst du die Situation?«, fragte Morling und schluckte ihre bissige Bemerkung hinunter.

»Für uns ist Prio eins, die Identität der Leiche herauszufinden. Jetzt, wo man sie gefunden hat.«

»Wir nennen ihn Verner.«

Diese ergänzende Information kam von Stilton, hauptsächlich, um Morling zu verwirren. Auch er wollte die Sache schnell hinter sich bringen.

»Prio zwei ist es dann, ausgehend von der Identität des Opfers festzustellen, warum es zerstückelt wurde«, fuhr Mette fort. »Die Tätersuche ist bereits abgehakt.«

»Das waren die, die verunglückt sind?«, erkundigte sich Morling.

»Ja, nach allen Regeln der Logik. Wenn du uns also noch ein bisschen Zeit gibst, werden wir die Sache lösen. Wir sind kurz davor, die Identität der Leiche herauszufinden.«

»Wirklich?«

Magnus zuckte ein klein wenig zusammen, hielt aber die Fassade aufrecht.

»Ja«, bestätigte Mette. »Wir werden dich informieren, sobald die letzten Puzzleteile eingefügt sind.«

Stilton verzog keine Miene. Mette log Morling direkt ins Gesicht. Sein Respekt für sie kletterte noch ein paar Sprossen höher.

»Das lief doch wohl gut?«, meinte Mette.

»Ja.«

Stilton und sie hatten das Polizeigebäude gerade verlassen. Morling hatte nachgegeben, die Silberwölfe durften weiter an dem Fall arbeiten. Bald würden sie ihre Aufgabe, die Leiche zu identifizieren, gelöst haben.

»Ich frage mich nur«, fuhr Stilton fort, »diese letzten Puzzleteile, was sind das für welche?«

»Das Etui?«, erwiderte Mette. »Die abgeschnittene Tätowierung? Wir müssen uns eben anstrengen.«

Der Wind riss an ihren Haaren, sie senkte den Kopf, um Stiltons Blick auszuweichen.

»Wir treten auf der Stelle, Mette«, sagte er, »und das weißt du. Sollen wir mit seinem Foto an die Öffentlichkeit gehen? Über die Medien?«

»Wir warten noch ein bisschen ab. Ich nehme den Bus hier, grüß Luna!«

»Mach ich.«

Mette ging zum Bus, und Stilton wusste nicht, was er tun sollte. Sich anstrengen? Ich sollte Olivia anrufen und ihr von Luna erzählen, dachte er. Besser, ich bringe es hinter mich.

»Hallo, Tom! Du, ich bin gerade etwas im Stress, kann ich mich später melden?«

»Klar.«

Olivia legte wieder auf und ging zu Lisa hinüber. Sie stand an einer Wand im Raum des Trafficking-Ermittlerteams und befestigte Fotos von Alina und Oleksij daran. Sie hatten sie auf nationaler Ebene als vermisst gemeldet und Bilder an alle mobilen Einheiten geschickt. Lisa zeigte auf eine der Aufnahmen.

»Wenn wir davon ausgehen, dass sie freiwillig gegangen sind, und …«

»Warum sollten sie das tun? Sie waren doch unglaublich gut aufgehoben und haben in einem eigenen Gästehaus gewohnt, sie kennen niemanden in Stockholm und sprechen kaum Englisch? Wo sollten sie denn hin?«

»Und was, meinst du, ist die Alternative? Dass jemand ins Grundstück eingedrungen ist und sie entführt hat? Mitten am helllichten Tag? Mette und Mårten haben nichts gehört oder gesehen, keinen Krach, keine Schreie.«

»Sie wurden vielleicht in ein Auto gelockt«, mutmaßte Olivia.

»Und von wem? Der Einzige, den sie hier kennen, ist doch der Zuhälter Jacek? Zu dem würden sie ja wohl kaum ins Auto steigen.«

»Vielleicht hat er sie gezwungen? Oder diese Frau aus dem Wald, wie hieß sie noch?«

»Sasja.«

»Was, wenn sie plötzlich im Garten aufgetaucht ist und sie dazu gebracht hat, mit ihr wegzufahren?«

»Warum sollten sie das tun?«, fragte Lisa.

»Sie hat ja in Polen auch das ukrainische Mädchen dazu gebracht, zu ihr ins Auto zu steigen. Ivanna.«

»Und? Das ist jetzt aber wirklich weit hergeholt«, sagte Lisa. Sie schüttelte den Kopf und setzte sich an ihren Schreibtisch.

»Und noch immer keine Spur von Jacek?«, erkundigte sich Olivia, um das Thema zu wechseln.

»Nein. Was ein bisschen beunruhigend ist, denn das Foto ist ja überall veröffentlicht. Kann er das Land verlassen haben?«

»Der Grenzschutz ist alarmiert, aber das ist natürlich keine Garantie.«

Olivia nahm ihre Jacke vom Haken und zog sie an.

»Wir brüten morgen weiter«, sagte sie.

»Was hast du vor?«

»Mich ein bisschen aufmuntern. Ich bin übers Handy erreichbar.«

Lisa folgte ihr mit dem Blick, als sie in den Flur hinaus verschwand.

*

Sie hatten sich im Royal Viking verabredet, einem Hotel neben dem Hauptbahnhof. Der Treffpunkt hatte nostalgische Gründe. Dort hatten sie sich zum ersten Mal gesehen. Damals war er in die Bar geschlendert, sonnengebräunt und gut aussehend, so hatte es Olivia jedenfalls in Erinnerung. Diesmal war Ove Gardman schon da, als sie kam. Er saß an einem Tisch, eine Tasse Kaffee vor sich. Nicht ganz so braun gebrannt, etwas älter, aber immer noch gut aussehend, wie Olivia feststellte. Als sie ihm auf die Schulter klopfte, erschien ein strahlendes Lächeln auf seinem Gesicht. Er stand auf und umarmte sie lange.

»Wie schön, dich zu sehen«, sagte er.

»Gleichfalls«, antwortete Olivia.

Jetzt spazierten sie nebeneinander den Norra Mälarstrand entlang. Wo sie hinwollten, war offen. Vielleicht irgendwo in Höhe des Rålambshovsparken etwas essen. Sie redeten vom ersten Moment an ununterbrochen. Olivia erinnerte sich wieder, wie einfach das Zusammensein mit ihm gewesen war. Damals hatte zwar vieles per Skype stattgefunden, weil Oves Arbeitsplatz die ganze Welt gewesen war, aber sie hatten sich immer etwas zu sagen gehabt. Jetzt hatte er erzählt, dass er momentan im Auftrag des WWF an der Wiederherstellung von Meeresmilieus arbeitete. Genauer gesagt am Projekt *Rettet die Ostsee*.

»Und wie lange bleibst du hier?«

»Mindestens vier Jahre.«

»Oh, also wohnst du hier jetzt …«

»Ewigkeiten.« Ove lächelte. »Für meine Verhältnisse jedenfalls. Ich bin ja in letzter Zeit ziemlich viel unterwegs gewesen. Nie mehr als acht Monate am selben Ort. Ehrlich gesagt freue ich mich ziemlich darauf, eine Weile nicht aus dem Koffer zu leben.«

»Und wo genau wohnst du?«

»Ich hab eine Wohnung draußen im Midsommarkransen gekriegt.«

Nur zwei Stationen vom Hornstull entfernt, dachte Olivia. Plötzlich hielt Ove inne und ergriff ihren Arm.

»Ich muss dich jetzt einfach fragen. Was ist eigentlich mit uns passiert?«

»Passiert?«, sagte Olivia. »Was meinst du?«

»Ja, warum haben wir den Kontakt verloren?«

Olivia zuckte mit den Schultern.

»Ich weiß nicht. Es ist einfach so gekommen. Du bist ja die ganze Zeit herumgereist, und dann bist du mit dieser Maggie zusammengekommen …«

»›Dieser Maggie.‹« Ove musste lachen. »Das hat dich also gestört?«

»Was, nein, also, ich war ja in dieser Zeit ziemlich verwirrt, wegen allem in meinem Leben, falls du dich erinnerst.«

»Ja, ich erinnere mich.«

»Bist du noch mit ihr zusammen?«, wollte Olivia wissen.

»Nein, es hat funktioniert, solange wir zusammengearbeitet haben, dann ist es im Sande verlaufen. Jetzt bin ich also Single. Und du?«

»Ich weiß nicht.«

»Wie, du weißt nicht?«, sagte Ove.

»Ich hab gerade mit meinem Freund Schluss gemacht. Besser gesagt, wir machen eine Pause, um zu sehen, wie es sich anfühlt.«

»Okay ... und wie fühlt es sich an?«

»Momentan eigentlich ziemlich gut. Hast du Lust, ein bisschen Boule zu spielen? Drüben im Park gibt es eine Bahn.«

»Gute Idee!«

*

Stilton trat nicht gern auf der Stelle. Das ließ die Energie verpuffen, die er aufgebaut hatte. Das Etui? Befand sich bei den Technikern. Die Tätowierung? Mette hatte das Internet durchforstet, ohne Ergebnis. Was konnte er tun? Er sah Morlings rote Fliege vor sich und war nahe daran, sich zur Götgatan zu begeben, um an Hunderten von Wohnungstüren zu klingeln, ließ den Gedanken jedoch fallen.

Das war es nicht wert.

Er bummelte durch Gamla Stan und schlängelte sich zu Slussen hinüber. Es war eine einzige große Baustelle und nicht wiederzuerkennen. Er hielt inne und blickte zu einer Stelle hinunter, an der er als Obdachloser viele Nächte verbracht hatte, unter der Eisenbahnbrücke. Jetzt war dort nur noch ein großes Loch. Die Vergangenheit ist ein Loch, dachte er und fühlte sich wie ein Überbleibsel. Wovon, da war er sich nicht sicher.

Ein Stück den Hügel hinauf stand in der Götgatan eine Frau und verkaufte *Situation Stockholm*. Niemand, den er aus seiner Zeit kannte. Er ging zu ihr und deutete auf eine Zeitung.

»Wie viel kostet die?«

»80 Kronen. Du kannst per Swish übers Handy bezahlen.«

Stilton zog sein Smartphone heraus, und die Frau hielt ein kleines laminiertes Schild hoch, auf dem eine Swish-Nummer samt Name und Daten der Verkäuferin zu sehen war. Auch das nichts, was er von seiner Zeit kannte. Alles top organisiert. Er zahlte und ging mit der Zeitung in der Hand davon. Vertauschte Rollen.

Er setzte sich in Björns Trädgård und blätterte in der Zeitung. Artikel, kleine Gedichte, Berichte von Obdachlosen, das meiste war ihm vertraut. Eine Welt, die er verlassen hatte. Er ließ das Magazin sinken und blickte auf den Park hinaus. Auch hier hatte er viel Zeit verbracht, in mehr oder weniger kaputtem Zustand. Einige Weggefährten aus dieser Zeit wanderten durch sein Gedächtnis. Manche davon tot, das wusste er, andere immer noch auf den Beinen.

Wie Benseman.

Oder der Nerz.

Der Nerz war zwar nie obdachlos gewesen, nicht in diesem Sinne, aber tief abgestürzt in Drogen und anderes Elend. Mit der Zeit hatte er einigermaßen Ordnung in sein Leben gebracht und auf einer persönlicheren Ebene eine gewisse Bedeutung für Stilton erlangt. Stilton holte sein Handy wieder aus der Hosentasche und suchte ein Foto heraus. Ein Mann mit dunklen, eingesunkenen Augen und einigen spärlichen Haarbüscheln hier und da im Gesicht. Unter dem Foto stand: *Jetzt kommt der Bart weg!*

Das war der Nerz.

Als Stilton auf der Intensivstation lag, hatte der Nerz Luna geschworen, sich nicht mehr zu rasieren, bis Stilton wieder gesund war. »Ein Mann von seinem Kaliber stirbt nicht«, hatte er gesagt. Als Stilton die Krankheit wie durch ein Wunder überstanden hatte und genesen war, hatte der Nerz Luna das Foto geschickt. Stilton war sehr gerührt gewesen, als er die Erklärung dazu bekam.

Und das war er auch jetzt, wenn er es ansah. Vielleicht war es seine akute Situation, die dazu führte, ein wenig zerbrechlich, wie er gerade war, vielleicht war es auch etwas anderes, das ihn dazu bewegte, die Nummer des Nerzes einzutippen.

Der nahm sofort ab. »Hi, Tompa! Immer noch draußen im Meer?«

»Nein, ich sitze im Björns und dachte, wir könnten ein Bierchen trinken, wenn du Lust hast!«

»Scheißt der Papst in den Wald? Bin in 'ner Viertelstunde bei dir. Gröne Jägaren?«

»Nein, da nicht.«

Stilton war nicht so scharf auf den Gröne Jägaren, aus diversen Gründen.

Also schlug er das Ramblas vor, am Hornstull.

Dort hatten sie sich schon öfter getroffen.

»Hast du Aufpumppillen geschluckt?«

»Was ist das?«

»Anabolika! Du siehst ja scheiße noch mal aus wie The Rock.«

Sie saßen an einer dunkelroten Wand gleich neben einem Fenster des Restaurants Ramblas und hatten zwei kühle Bier vor sich stehen. Stilton erklärte, dass er draußen auf der Insel ziemlich viel trainiert hatte, seinen Körper wieder aufgepäppelt. Der Nerz nickte.

»Ich war da selber 'ne Weile dran«, sagte er. »Muskelaufbau. Aber dann kam die Politik dazwischen.«

Stilton wartete ab, er wusste, es würde noch mehr folgen. Beim Nerz musste man meist nur nicken und hier und da ein Stichwort fallen lassen, er war ein selbstspielendes Klavier, mit oder ohne Drogen.

»Du weißt ja, ich habe die Gabe des Wortes«, fuhr der Nerz fort und leckte sich ein wenig Schaum von der Oberlippe. »Ein bisschen ein Äquilibrist, kann man sagen, was Sprache betrifft, und wo kann man das gebrauchen, wenn nicht in der Politik?«

»Okay?«

Der Nerz beugte sich vor und senkte die Stimme, als wollte er ein Staatsgeheimnis verraten. Was er in gewisser Hinsicht auch tat.

»Ich habe Pläne, eine eigene Partei zu gründen«, flüsterte er. »Die Sverigemoderaterna. Eine Mischung aus Sverigedemokraterna und Moderaterna. Was hältst du davon?«

»Vom Namen?«

»Von der Idee! Alle Leckerbissen in einer Tüte sammeln!«

Stilton, traditionsgemäß Sozialdemokrat, war nicht der Meinung, dass es in dem politischen Lager, für das der Nerz sich offenbar interessierte, überhaupt Leckerbissen gab. Aber er sagte nichts. Er saß hier, weil er Gesellschaft wollte.

»Und wie hast du dir das genau vorgestellt?«, fragte er.

»Ganz einfach. Zuerst werbe ich einen Parteichef und ähnliches Gesindel an. Darf ich hier einen Namen ins Spiel bringen?«

»Klar.«

»Hanif Bali. Was hältst du von diesem Bonbon? Er ist ja bei den Moderaterna ein bisschen verbrannt und hat sicher Lust, noch einmal durchzustarten. Was gegen ihn spricht, ist seine Nase, die steckt er manchmal in die falschen Dinge. Aber dieses Charisma! Und seine vielen Follower im Internet! Na ja, wir werden sehen, es gibt ja noch andere Alternativen. Du hast nicht zufällig Lust mitzumischen?«

Der Nerz zwinkerte und kippte das halbe Bier hinunter. Er war auf G.

»Ich glaube nicht«, sagte Stilton mit belustigtem Lächeln. »Aber was würdest du selbst für eine Rolle in der Partei übernehmen?«

»Stratege! Natürlich. Mastermind! Das Gehirn, das die Richtlinien vorgibt, die graue Eminenz, die dem Fußvolk Visionen ins Ohr flüstert. Momenten grübele ich über einen guten Slogan nach. ›Jetzt bringen wir Ordnung in die Toiletten!‹ Was hältst du davon?«

»Toiletten?«

»Symbolisch! Heutzutage wird so viel Scheiße geredet, wir müssen alles sauber spülen!«

»Aber du, Nerz, wenn ich fragen darf. Sverigemoderaterna? Ich dachte, du hast ein Herz für die Notleidenden der Gesellschaft, für Leute, denen es mies geht?«

»Ganz richtig. Gestern. Heute weht ein anderer Wind! Das ist ja das Schöne an der Politik. Du kannst Meinungen wechseln wie deine Hemden. Ein bisschen Schweiß unter den Armen, und schwupp! Eine neue Meinung!«

Der Nerz leerte sein Glas und winkte nach einem neuen.

»Du auch?«, fragte er.

»Sicher.«

»Aber wir werden sehen«, sagte der Nerz. »So was ist viel Arbeit, und es gibt ja noch so vieles andere, worum man sich kümmern muss.«

»Nämlich?«

»Und du? Braun gebrannt, durchtrainiert und glücklich?«

»Glücklich weiß ich nicht«, erwiderte Stilton.

»Stress mit Luna?«

»Bisschen.«

Beide bekamen einen neuen Krug Bier, kühl und schaumig, und Stilton hatte das Gefühl, er könnte ewig hier sitzen. Der Alkoholpegel würde langsam ansteigen und sich wie ein lindernder Balsam über alle verdammten Probleme legen.

»Wir sind gerade nicht so auf einer Linie«, fuhr er fort und nahm den ersten Schluck.

Der Nerz reagierte sofort und knallte sein Glas auf den Tisch.

»Du darfst das mit ihr nicht versauen!«, rief er. »Luna ist *one of a kind*!«

Der Nerz hatte sein eigenes Verhältnis zu Luna. Er hatte auf dem Kahn gesessen und sie getröstet, als Stilton krank gewesen war. Er hatte ihre verzweifelten Tränen gesehen und sich bemüht, stark zu bleiben. Für sie.

»Ich weiß«, antwortete Stilton. »Aber manchmal gibt es eben Probleme.«

»Wie mit Bettan.«

Eine Frau, mit der der Nerz einen Gemüseanbau gestartet hatte, als Stilton und Luna in Thailand gewesen waren. »Erzeugt auf der *Sara la Kali*. Lokaler geht es nicht.« Und die ihn aus Gründen verlassen hatte, die für den Nerz schmerzhaft waren.

»Danke für das Foto, das du geschickt hast, als ich auf der Intensivstation lag«, sagte Stilton, um vom Thema Luna wegzukommen.

Langsam spürte er das Bier.

»*De nada.*« Der Nerz winkte ab. »Hauptsache, du bist wieder gesund geworden. Arbeitest du gerade irgendwas?«

Stilton überlegte, ob er auf das eingehen sollte, was er gerade tat, aber es erschien ihm zu kompliziert im Verhältnis zu seinem Betrunkenheitslevel.

»Nichts Besonderes.«

Der Nerz nickte und akzeptierte, er war auf demselben Level. »Du«, sagte er.

»Ja?«

»Du musst das wieder hinkriegen. Sonst wirst du wie ich.«

»Mastermind?«

Der Nerz lachte schallend, und Stilton fiel in das Lachen mit ein.

Sie trennten sich vor dem Ramblas. Der Nerz ging in Richtung Högalidskirche davon, und Stilton schlenderte zum Hornstull. Wäre er nach rechts abgebogen, wäre er innerhalb von fünf Minuten zur Palsundsbron gekommen und hätte den Kahn in Sichtweite gehabt.

Aber diesen Weg nahm er nicht.

Den Weg der Probleme.

Er hatte die Szene wieder und wieder im Kopf durchgespielt, die Szene, die immer damit endete, dass er sagte: »Du kannst glauben, was du willst.« Und den Kahn verließ.

Was glaubte sie eigentlich? Er hatte keine Ahnung.

Aber das war noch nicht das schlimmste Szenario. Das würde eintreten, wenn Pärlqvist anrief und sagte, dass die

Philippiner eine DNA-Probe von ihm wollten. Die er nicht abzuliefern gedachte. Wie würde man das deuten? Wie würde Luna es deuten? Was konnte es für einen Grund geben, die DNA-Probe zu verweigern? Wenn er unschuldig war? Das würde sie ihm nie abkaufen, das würde ihre Beziehung endgültig zerstören, davon war er überzeugt.

Er hoffte, dass es nie zu diesem Gespräch kommen würde.

In der Hornsgatan blieb er stehen, holte sein Handy heraus und rief Luna an.

Keine Antwort.

*

Luna ging den gleichen Weg durch Kummelnäs wie ihr Lebensgefährte vor Kurzem, von der Bushaltestelle aus zwischen den großen, schönen Villen hindurch. Sie wollte mit Mette und Mårten sprechen. Es dämmerte bereits, und die Straßenlaternen waren angegangen, ein kurzer Regenschauer brachte den Gehweg vor ihr zum Glänzen. Hoffentlich platze ich nicht mitten ins Abendessen, dachte sie. Oder sie haben Besuch.

Sie hatte bewusst nicht angerufen, aus zwei Gründen. Einerseits wollte sie von Angesicht zu Angesicht mit ihnen sprechen, andererseits wollte sie in ihrer Nähe sein, in ihrem Haus. Sie hatte ein Bedürfnis nach der Wärme, die dort herrschte.

Mårten war nicht zu Hause.

»Er ist draußen, läuft herum und hängt Zettel auf«, sagte Mette, als sie Luna im Flur umarmte.

»Was denn für Zettel?«

Mette erzählte kurz von den beiden Flüchtlingen, die heute Mittag verschwunden waren.

»Er hofft, dass jemand aus der Gegend etwas gesehen hat, fremde Menschen oder Autos oder was auch immer. Willst du einen Kaffee?«

»Danke, alles gut.«

Sie setzten sich in die Küche, und Mette zündete ein paar Teelichter an. Sie versuchte, ihre Neugier im Zaum zu halten. Es war ungewöhnlich, dass Luna ganz allein auftauchte, ohne Vorankündigung, ziemlich spät am Tag. Sie ahnte, dass es um Tom ging.

»Wie geht es dir?«, fragte sie, nachdem sie in Lunas Augen gelesen hatte.

»Nicht so gut.«

»Tom?«

»Ja.«

»Was ist passiert?«

Luna nahm Anlauf, das merkte Mette, sie holte tief Luft und senkte die Stimme. »Gestern sind zwei Polizisten zum Kahn gekommen«, begann sie und verstummte.

»Was wollten sie?«

»Über etwas reden, das vor vielen Jahren auf den Philippinen passiert ist.«

Jetzt musste Mette sich große Mühe geben, unbefangen zu wirken. Auch sie senkte die Stimme, als stünde jemand im Flur und wollte mithören.

»Warum das denn?«, fragte sie.

»Ich denke, es ging um das hier.«

Luna steckte die Hand in ihre Manteltasche und zog den Artikel heraus, den sie in Stiltons Koje gefunden hatte. Mette nahm ihn und las, langsam und genau. Sie hatte ihn noch nie gesehen, aber es fiel ihr nicht schwer, seine Tragweite zu verstehen.

Das konnte sie gerade überhaupt nicht brauchen.

»Was sagt er selbst dazu?« Sie blickte auf.

»Dass es in dem Artikel nicht um ihn geht.«

»Dann ist das wohl so.«

»Ja, vielleicht«, sagte Luna.

»Du bist unsicher?«

»Ja.«

»Warum?«

Luna erzählte, was sie wusste, von Toms Hass auf Muriels Mörderin, von seiner Reise auf die Philippinen, die von der Zeit her passte.

»Also weiß ich nicht, was ich glauben soll«, erklärte sie.

»Was meinst du?«

Mette faltete den Artikel zusammen und gab ihn Luna zurück.

»Dass du darauf vertrauen musst, was er sagt. Das würde ich tun.«

»Du glaubst nicht, dass er lügt?«

»Das weiß ich nicht, aber ich glaube nicht, dass er ein kaltblütiger Mörder ist.«

Ein Unterschied, verglichen mit Totschlag. Mette wusste nicht, was Stilton getan hatte, und wollte es auch gar nicht wissen.

»Das glaube ich auch nicht«, sagte Luna.

Sie steckte den Artikel wieder ein. Ihr war ein wenig leichter ums Herz, für den Moment, sie hatte ausgesprochen, was die Nacht über an ihr genagt hatte. Mette würde Tom vertrauen, dann sollte sie das wohl auch? Oder einfach die Augen zumachen, verdrängen und weitergehen? Sie liebte ihn doch.

»Danke«, fügte sie hinzu und stand auf. »Es wird bestimmt wieder. Grüß Mårten.«

»Mach ich.«

Der Abschied im Flur endete mit einem Satz, der schon seit einer Weile im Freundeskreis herumwanderte. Jetzt war Mette diejenige, die ihn aussprach: »Hast du schon gehört, dass Abbas' Mutter aufgetaucht ist und gerade bei ihm wohnt?«

*

Karim war völlig erledigt. Er warf seine Jacke in den Flur und sank mit einem Energy Drink in der Hand neben seiner Freundin aufs Sofa. Gerade hatte er elf Stunden am Stück gearbeitet. Wieder einmal. Und dabei ein paarmal sein Leben riskiert, oder zumindest schwerwiegende Zusammenstöße mit diversen Fahrzeugen, die schlimmstenfalls auch tödlich hätten enden können.

Er fuhr seit einem halben Jahr Essen für Foodora aus, verdiente einigermaßen gutes Geld und hatte anfangs relativ viel Spaß daran gehabt. Er hatte es als Sport angesehen, die Bestellungen so schnell wie möglich auszuliefern, trotz Stau und roter Ampeln. Inzwischen war er es leid.

»Was schaust du dir an?«, fragte er und wandte sich zum Fernseher.

»Ach, diese Sendung mit den ungelösten Kriminalfällen.«

Karim lehnte sich zurück, die Verbrecherjagd der schwedischen Polizei interessierte ihn nicht sonderlich, er wollte lieber Fußball schauen. Als er sich wieder vorbeugte, verschluckte er sich an seinem Energy Drink und spuckte ihn in hohem Bogen aus: Auf dem Bildschirm war das Foto eines Typen erschienen, der unter anderem wegen Kindsraub und

Sexhandel von der Polizei gesucht wurde. Er erkannte den Mann sofort. Er hatte ihm schon zweimal Essen geliefert. An dieselbe Adresse, eine Wohnung in Fittja.

*

Nach dem Boule-Spiel im Rålambshovsparken gönnten sie sich ein ausgiebiges Essen im Boule & Bar, das sie mit ein paar Gläsern Bier abrundeten. Dann beschlossen sie, zusammen über die Västerbron zum Hornstull zu gehen. Mitten auf der Brücke nahm Ove ihre Hand und erzählte, wie verliebt er in sie gewesen war und wie sehr er damit zu kämpfen gehabt hatte, dass sie keine feste Beziehung mit ihm wollte. Olivia ließ ihre Hand in seiner, als sie weitergingen. An der Ecke Långholmsgatan/Högalidsgatan blieben sie stehen. Ove hatte vor, die U-Bahn zum Midsommarkransen zu nehmen, und sie wollte nach Hause gehen.

Das war jedenfalls der Plan.

Stattdessen stolperten sie in ihren Flur und setzten den Kuss fort, den sie vor der Tür begonnen hatten. Sie wanden sich aus ihren Jacken und eilten ins Schlafzimmer, wo sie sich weiter auszogen, bis sie nackt dastanden. Dann hielten sie inne. Ove strich ihr über die Wange.

»Das hier ist völlig verrückt«, sagte er.

»Ja, aber da scheiß ich jetzt drauf«, lachte Olivia und zog ihn ins Bett hinunter.

Hinterher lagen sie ineinander verschlungen und erschöpft da. Ove fuhr mit den Fingerspitzen über Olivias Brüste, und Olivia genoss seine Berührung. Sie fühlte sich seltsam sicher in seinen Armen. Lukas war an diesem Tag ein paarmal in ihrem Bewusstsein vorübergeflimmert, aber sie hatte ihn weiterflattern lassen. Sie wusste nicht, was er in New York tat, und er wusste nicht, was sie hier tat.

»Woran denkst du?«, fragte Ove.

»Dass es mir gut geht.«

»Schön.« Ove zog sie an sich. »Mir auch. Sehr gut. Da könnte ich mich dran gewöhnen.«

Olivia zuckte unmerklich zusammen und blickte zu einem Bild an der gegenüberliegenden Wand. Das Motiv war sie selbst.

Und Lukas hatte es gemalt.

Da klingelte ihr Telefon. Olivia erstarrte. Wenn das nun Lukas ist? Warum hab ich es nicht ausgeschaltet? Sie drehte sich zur Seite und schaute auf das Display. Lisa? Warum ruft sie jetzt an? Sie nahm das Handy und hob ab.

»Hallo, Lisa, können wir morgen telefonieren, ich bin ...«

»Sie haben Jaceks Wohnung gefunden, sie liegt in Fittja, wir holen dich ab! Du bist doch zu Hause?«

»Ja.«

Lisa beendete das Gespräch, und Olivia sah Ove an. Er beugte sich vor und küsste sie.

*

Jacek saß in der Küche und zog sich eine Line Koks. Das brauchte er jetzt. Niemand hatte sich gemeldet, seit er auf die Mailbox gesprochen hatte, was mit dem Wohnmobil passiert war. Nichts. Eine Stille, die ihn mit jedem Tag, der verging, paranoider machte. Er konnte nicht bis in alle Ewigkeit hier sitzen bleiben, eingesperrt in dieser Wohnung, er brauchte Hilfe, um von hier wegzukommen, zurück nach

Polen. Er steckte einen Finger in den lauwarmen Instantkaffee und rührte um. Hungrig war er auch. Ein Stapel Pizzaschachteln auf dem Boden zeugte davon, wie er sich in letzter Zeit ernährt hatte. Mit Essen vom Lieferdienst. Er hatte sich seit der Flucht aus dem Wohnmobil nicht aus der Wohnung getraut.

Er wollte gerade die Jalousien herunterlassen, als er sie sah. Zwei schwarze Autos, die an der Einfahrt hielten. Scheiße! Eine Sekunde später war er auf den Beinen und hatte die Pistole in der Hand. Er riss die Jacke vom Haken und rannte zur Tür. Früher oder später konnte es passieren, das wusste er, und er hatte sich genau überlegt, was er tun würde, wenn es passierte. Welchen Fluchtweg er nehmen würde.

Über den Speicher.

Dort gab es einen langen engen Flur, der durch mehrere Gebäude führte, dazwischen nur Brandschutztüren. Er wusste, wie weit er gehen musste, um in einem Hof herauszukommen, der ein paar Häuser von seinem entfernt lag. Es dauerte nur wenige Minuten. Im Schutz der Dunkelheit rannte er über den Hof zum Tor nach draußen.

Womit er nicht gerechnet hatte, war das vorausschauende Handeln der Polizei. Auch sie kannte den Speicherflur und die Fluchtmöglichkeiten, die sich dort boten. Folglich waren ein Bus voller Einsatzkräfte und mehrere Polizeiautos in den umliegenden Straßen stationiert worden. Jacek entdeckte eines von ihnen, sobald er die Einfahrt erreichte. Und drehte sofort um.

»Da ist er!«

Lisa hatte ihn bemerkt. Sie saß mit Olivia in einem der Polizeiautos in der Seitenstraße und sah, wie Jacek eine Kehrtwendung machte. Eine Sekunde später sprangen sie aus dem

Auto und rannten zum Eingang. Ein Kollege im Auto gab über Funk weiter, dass sie die Zielperson gesichtet hatten.

Jacek lief mit der Waffe in der Hand durch den Innenhof. Es war ein großer, begrünter Hof mit einem kleinen Spielplatz und einem Müllhäuschen. Eine einzige Lampe brannte hier, direkt neben dem Spielplatz, der Rest lag in Dunkelheit. Das Licht der Wohnungsfenster reichte nur ein paar Meter weit. Er rannte zum Müllhäuschen, riss die Tür auf und quetschte sich hinein. Es dauerte ein paar Sekunden, bis er seinen Atem auf Normalniveau gebracht und einen klaren Gedanken gefasst hatte. Sie stürmen die Wohnung, die ist leer. Was machen sie dann? Sie können nicht wissen, dass ich dort war. Alles ist ruhig. Niemand hat mich gesehen. Sie blasen den Einsatz ab. Drei Sekunden später fiel ihm der Kaffee ein, den er auf dem Tisch gelassen hatte. Lauwarm. Scheiße! Okay, was machen sie dann? Kennen sie den Speicher? Vielleicht. Aber er führt zu verschiedenen Häusern. Ich könnte überall in der Dunkelheit verschwunden sein. Noch hat mich keiner gesehen. Ich bleibe erst mal hier.

Olivia und Lisa waren kurz hinter der Hofeinfahrt stehen geblieben. Sie sahen Jacek nicht, aber sie wussten, dass er da war. Oder da sein musste. Irgendwo in der Dunkelheit.

Vermutlich bewaffnet, eventuell unter Drogen.

»Was machen wir?«, flüsterte Lisa.

»Einen Lagebericht abgeben.«

Olivia trat einen Schritt in die Einfahrt, drückte auf das Funkgerät an ihrer Schulter, nahm Kontakt mit der Einsatzleitung auf und beschrieb die Situation.

Sie war kompliziert.

Der Innenhof war eine sensible Gegend, umgeben von Wohnräumen, die meisten erleuchtet, viele Personen befanden sich dort. Sie konnten in dieser Umgebung keine unkontrollierte Schießerei riskieren. Wenn sie die Zielperson per Megafon riefen, würden sicher sofort einige Bewohner der umliegenden Wohnungen zum Fenster treten, um zu sehen, was im Innenhof passierte. Dabei konnten sie von fehlgeleiteten Kugeln getroffen werden. Dieses Risiko musste man eliminieren.

»Also, wie sollen wir vorgehen?«, flüsterte Olivia.

»Einen Moment.«

Der Einsatzleiter überlegte, ob sie Kollegen zu den direkt betroffenen Wohnungen schicken und die Leute dazu auffordern sollten, die Lichter auszuschalten und sich ins Treppenhaus zu begeben. Das würde nicht allzu lange dauern. Er entschied sich jedoch für die zeitintensivere, noch sicherere Variante: Es sollten Polizisten in sämtliche Wohnungen geschickt werden. Wenn die Zielperson sich im Innenhof befand, war sie ohnehin eingekesselt.

»Also warten wir hier ab?«, fragte Olivia leise.

»Ja. Die Einsatzkräfte sind alarmiert.«

Der starke Geruch nach halb verfaultem Abfall drang in Jaceks Nase, und er spürte, wie sein Magen rebellierte. Jetzt nicht kotzen, verdammt noch mal! Bloß keinen Laut verursachen! Er tastete noch einmal: Die Pistole war entsichert. Schlimmstenfalls muss ich mich freischießen. Was hab ich schon zu verlieren? Ich hätte dieses Dreckskind behalten sollen, dachte er, dann hätte ich einfach mit der Pistole am Kopf des Kindes herausspazieren und mir eines ihrer Autos schnappen können.

Als er ein leises Geräusch hörte, öffnete er die Tür einen

Spalt und spähte in die Dunkelheit hinaus. Nichts bewegte sich, er sah nur, wie die Lichter in einigen Fenstern ausgingen. Was soll ich tun, wenn sie in den Hof kommen? Wenn sie so einen verdammten Hund dabeihaben? Kann er mich in diesem Gestank riechen? Lautlos schloss er die Tür wieder.

Lisa und Olivia hatten ihre Waffen gezogen. Sie standen noch in der Einfahrt und blickten in die Dunkelheit hinaus. Beide hatten einen merklich hohen Puls, Olivia spürte, wie sie unter den Armen schwitzte.

»Sollen wir versuchen, mit ihm Kontakt aufzunehmen?«, flüsterte Olivia.

»Dann verraten wir, wo wir sind.«

Lisa sah auf die Uhr. Ihrer Meinung nach ließen die Einsatzkräfte unangenehm lange auf sich warten. Wie lange würde Jacek sich hier herumdrücken, wann würde seine Geduld am Ende sein? Er musste eigentlich kapieren, dass er mehr oder weniger von Polizisten umzingelt war. Aber was sollten sie tun, wenn er plötzlich aus der Dunkelheit gestürzt kam? Auf ihn schießen? Auf seine Beine? Das würde nicht ganz einfach werden. Sie waren beide gute Schützen, doch das Risiko, ihn zu verfehlen, war trotzdem hoch, genauso wie das Risiko, ihn an der falschen Stelle zu treffen. Wenn nicht Jacek zuerst schoss und traf. Er musste sich ja fühlen wie ein gejagtes Tier.

Das tat er.

Und nicht nur das, er quälte sich zunehmend zwischen all dem Müll. Die leisen Geräusche hatten aufgehört. Immer noch sah er keine Bewegung, wenn er hinausspähte. Waren die Bullen abgehauen? Er wusste nicht, wie lange er schon hier war, aber es musste mindestens eine halbe Stunde sein.

Schließlich wurden der Gestank und der Druck zu groß, er konnte nicht mehr. Vorsichtig schob er die Metalltür auf und trat hinaus. Das Erste, was er bemerkte, waren die Fenster im Haus. Fast alle waren dunkel. Sogar die Lampe am Spielplatz war ausgeschaltet. Er hob die Pistole und versuchte, in der Finsternis etwas zu erkennen.

Eine Bewegung, die Olivia aus dem Augenwinkel wahrnahm. Sie zeigte mit der Pistolenmündung in die Richtung. Lisa duckte sich und blickte in die Dunkelheit. Olivia trat ein paar lautlose Schritte zur Seite, sie wollte nicht, dass sie zu nah zusammenstanden. Beide lauschten angestrengt. Kies? Ein leises Geräusch, das klang, als ginge jemand über Kies. Lisa wies mit einem Kopfnicken in Richtung Spielplatz. Im Licht eines einzelnen Fensters, das noch erleuchtet war, sahen sie, wie ein Schatten vorüberglitt und wieder verschwand. Sie schauten einander an und nickten. Er war es. Olivia überlegte, ob sie ihre Taschenlampe herausholen sollte. Wenn sie sie nicht benutzte, konnte er einen Meter vor ihr in der Finsternis auftauchen. Das war die schlechtere Alternative. Also schaltete sie die Lampe ein, eine starke Lampe, und ließ den Lichtstrahl durch den Garten schweifen. Eine Sekunde später zerriss ein Schuss die Dunkelheit, dann noch einer.

Und dann wurde es still.

Der erste Schuss war knapp über Olivias Schulter in der Hauswand hinter ihr eingeschlagen. Der andere hatte Jacek getroffen und kam von Lisa. Sie hatte ihn im Schein der Taschenlampe aufblitzen sehen und geschossen. Das Gebrüll, das nun über den Hof hallte, bestätigte, dass sie ihr Ziel nicht verfehlt hatte.

»Olivia!«, rief sie.

»Ich bin hier. Sei vorsichtig!«

Olivia leuchtete mit der Taschenlampe in Richtung des Körpers, der sich ein Stück entfernt im Kies krümmte. Lisa war schnell bei ihm, mit erhobener Waffe.

»Er hat die Pistole verloren«, sagte sie.

Da stürmten die Einsatzkräfte in den Hof.

*

Oleksij saß dicht neben seiner Mutter, ganz hinten in einer großen Kaverne. Sie hatte früher einmal als Schutzraum fungiert, der aber nicht mehr in Benutzung war. Die Eisentür zu dem Hohlraum war von Wohnungslosen aufgebrochen worden, jetzt war er ein Aufenthaltsort für wurzellose Existenzen. Er war nicht beheizt, bot jedoch Schutz vor Regen und Unwetter. Einige kaputte Matratzen lagen auf dem Boden, löchrige Decken und ein paar schmutzige Schlafsäcke standen denjenigen zur Verfügung, die hier nächtigen wollten. Überall waren Plastiktüten, leere Dosen und Aluverpackungen verstreut, Reste der essbaren Dinge, an die die Bewohner gekommen waren. Von der Granitdecke tropfte es.

»Hast du Hunger?«, flüsterte Alina.

Oleksij schüttelte den Kopf.

Sie hatten das Grundstück in Kummelnäs fluchtartig verlassen und waren ein Stück von einem estnischen Handwerker mitgenommen worden – in der Gegend wimmelte es von mehr oder weniger legalen Arbeitskräften. Der Este sprach sehr wenig Englisch, aber er begriff schnell, dass Alina und der Junge nicht in die Nähe anderer Menschen kommen wollten. Warum, erfuhr er nicht, und er fragte auch nicht danach. Vermutlich kannte er solche Situationen. Nach einer Weile hatte er angehalten.

»Hier«, sagte er. »Da drüben.«
Er zeigte in ein Wäldchen. Hinter den Bäumen erhob sich eine hohe Felswand, ganz unten am Boden ließ sich eine halb offene Eisentür erahnen. Alina und Oleksij stiegen aus, und der Mann fuhr weiter.

Sie liefen zu der Eisentür hinüber und traten ein. Es war dunkel, und es dauerte eine Weile, bis die Augen sich daran gewöhnt hatten.

»Hallo«, sagte eine Frau auf Schwedisch. »Kommt rein.«
Alina verstand, was sie meinte, und folgte ihrer Aufforderung. Die Frau zeigte auf eine Matratze, die ein paar Meter weiter lag. Alina nahm Oleksij an der Hand und ging darauf zu.

»Schau, Mama!«
Oleksij zog an Alinas Hand und deutete mit einem Kopfnicken in die Dunkelheit. Dort waren die Umrisse einer kleinen Katze zu sehen.

»Das ist Fonzi«, erklärte die Frau, die begriff, was Oleksij entdeckt hatte. »Er wohnt auch hier.«

Oleksij lief zu der Katze hinüber, und Alina rief ihm zu, er solle vorsichtig sein. Jetzt wurde der Frau klar, dass die Neuankömmlinge vermutlich kein Schwedisch verstanden. Was für eine Sprache sie sprachen, wusste sie nicht, aber sie fand, es klang wie etwas aus dem Ostblock.

»Woher kommt ihr?«, fragte sie in gepflegtem Englisch.
»Ukraine.« Alina setzte sich auf die Matratze, während sie gleichzeitig ihren Sohn im Auge behielt.

»Puh, Krieg und Elend, habt ihr nichts, wo ihr wohnen könnt?«

»Nein.«

»Hier könnt ihr bleiben, solange ihr wollt, aber bald wird es kalt werden. Es ist schwer, es hier drinnen warm zu kriegen, wir wollen auch kein Feuer machen, dann räuchern wir nur alles zu. Hat er Hunger?«

Die Frau blickte zu Oleksij hinüber, der sich auf den Boden gekniet und die Katze auf den Schoß genommen hatte.

»Ich glaube schon«, antwortete Alina. »Obwohl er sagt, dass er keinen hat.«

Die Frau zog einen großen Rucksack zu sich und wühlte darin herum.

»Hier.« Sie streckte Alina eine Plastikpackung mit runden Roggenbrötchen hin. »Die sind frisch, ich hab sie heute früh geklaut. Wie heißt er?«

»Oleksij. Ich heiße Alina.«

»Elisabeth, genannt Flisan.«

»Wohnst du allein hier?«

»Nein, o Gott, nein, bei Weitem nicht, aber alle kommen und gehen, manchmal ist fast niemand hier, am nächsten Tag sind es acht, neun Leute. Kommt ganz aufs Wetter an.«

Alina nahm zwei Roggenbrötchen aus der Packung und ging zu Oleksij hinüber. Er schnappte sich eines und stopfte es sich sofort in den Mund. Ganz offensichtlich war er hungrig.

»Bleiben wir hier?«, fragte er mit vollem Mund.

»Ja, vielleicht«, sagte Alina. »Eine Weile.«

Mehr konnte sie nicht sagen. Sie hatte keine Ahnung von der Zukunft. Sie hatte Angst und war verwirrt und musste nachdenken. Vielleicht konnte die schwedische Frau ihr helfen. Flisan. Sie schien nett zu sein.

Das Vernehmungszimmer im Polizeigebäude war für einen einzigen Zweck eingerichtet: um Vernehmungen durchzuführen. Kahle, hellgrüne Wände, PVC-Boden mit Schachbrettmuster, ein rechteckiger Tisch mit vier Metallstühlen. Die Tür hatte in der oberen Hälfte eine quadratische Glasscheibe.

Wenn der Raum leer war, war nur das leise, pfeifende Geräusch der Lüftung oben an der Decke zu hören.

»Er kann sich dort hinsetzen.«

Olivia deutete auf einen der Stühle am Tisch. Lasse hielt Jacek, der Handschellen trug, am Arm und führte ihn zu dem angewiesenen Platz.

»Soll ich die Handschellen ...«

»Ja.«

Lasse sperrte die Handschellen auf und drückte Jacek auf den Stuhl hinunter. Auf der anderen Seite des Tisches saß Lisa. Olivia nahm neben ihr Platz und blickte den Mann gegenüber an. Er trug ein grünes Hemd und hatte einen Verband um den getroffenen Arm. Das Haar sah ungekämmt aus, Bartstoppeln bedeckten die Wangen. Sein Blick war hinter den niedergesunkenen Augenlidern schwer zu erkennen, die Lippen wirkten aufgesprungen.

Sie hatten ein paar Stunden mit der Vernehmung gewartet, es gab einige Formalia zu dem Zugriff im Innenhof, die zuerst erledigt werden mussten. Man hatte eine Weile diskutiert, wer die Vernehmung führen sollte, aber die Wahl war letztlich auf Olivia und Lisa gefallen, mit Lasse als Beistand. Alle drei waren damals in Västberga dabei gewesen, als sie zum ersten Mal auf Jacek getroffen waren. Und in Nynäshamn, als er in Schweden angekommen war.

»Hallo, Jacek«, begann Olivia. »Erinnern Sie sich an mich?«

Jacek blickte weiter auf den Tisch hinunter.

»Wie lief es mit den Hilfsgütern, die Sie abholen und nach Polen bringen sollten?«, fuhr sie fort. »Sind sie angekommen?«

Lisa war sich nicht sicher, ob Olivias Einstieg der richtige war, doch sie wartete ab. Jacek antwortete nicht.

»Wie heißen Sie mit Nachnamen?«

Stille.

Sowohl Olivia als auch Lisa ahnten, wie es weitergehen würde. Jacek würde nicht kooperieren. Damit hatten sie gerechnet.

Also sagte Olivia: »Wir wissen, dass Sie Sexhandel mit ukrainischen Frauen betreiben. Wir wissen, dass Sie irgendwo in Polen in Ihrem Wohnmobil eine Frau vergewaltigt und sie anschließend als Sexsklavin benutzt haben, und wir wissen, dass Sie in Västberga unter Androhung von Waffengewalt ein Kind entführt haben. Sie werden sehr lange im Gefängnis sitzen, ob Sie nun schweigen oder nicht. Wir gehen davon aus, dass Sie ein einfacher Zuhälter in einer wesentlich größeren Organisation sind. Wir würden gern mehr über diese Organisation wissen. Wer war der andere Mann im Auto?«

Jacek hob den Kopf ein wenig, als würde er die Frage nicht richtig verstehen. Olivia blickte in seine gelblich verschleierten Augen. Drogen sind ihm nicht fremd, dachte sie.

»Im Wohnmobil, als Sie aus Polen gekommen sind«, verdeutlichte Lisa. »Da waren eine Frau und ihr Sohn und ein weiterer Mann. Wer war das?«

Jacek ließ den Blick wieder sinken, seine Zunge fuhr kurz über die trockenen Lippen. Er schwieg. Olivia blickte zu Lasse hinüber. Sollen wir weitermachen? Lasse zuckte kurz mit den Schultern. Sie konnten weitermachen, aber es würde wohl nicht sonderlich weit führen.

»Dieser andere Mann aus dem Wohnmobil«, sagte sie. »Ist er jetzt in Schweden?«

Und nachdem Jacek schwieg, ergriff Lisa wieder das Wort.

»In Polen ist eine Frau in einem schwarzen Auto aufgetaucht und hat eine ukrainische Jugendliche mitgenommen. Ivanna. Die Frau hieß Sasja. Wer war das?«

Sie sagte es vor allem, um es abgehakt zu haben. Die Reaktion war dieselbe wie vorher.

»Die beiden Personen aus dem Wohnmobil, die Flüchtlinge Alina und Oleksij, wissen Sie, wo sie jetzt sind?«

Dasselbe ausdruckslose Gesicht.

»Sie werden also nicht kooperieren?«, wollte Lisa wissen.

Da lächelte Jacek.

»Bring ihn raus«, sagte Olivia.

Lasse legte Jacek wieder die Handschellen an. Als sie den Raum verlassen hatten, stand Olivia auf.

»Werden wir ihn knacken?«, fragte sie.

»Vielleicht, das hängt wohl davon ab, wie viel für ihn auf dem Spiel steht.«

»Wie viel weiß er über das Netzwerk?«

»Tja. Vielleicht weiß er überhaupt nichts, vielleicht ist er nur ein einfacher Zuhälter ganz weit außen am Rand?«

»Das glaube ich nicht.«

»Warum nicht?«

Olivia wollte nicht auf ihr Bauchgefühl verweisen, also antwortete sie: »Er spielt im Casino.«

Ein unverständlicher Kommentar, der noch in der Luft hing, nachdem das Zimmer schon längst wieder leer war.

*

Vor allem das Wetter lenkte ihre Schritte. Drishti wollte ein bisschen von Stockholm sehen, die Sonne schien, und die Stadt war zu dieser Jahreszeit sehr schön. Also spazierten sie und ihr Sohn durch den Kungsträdgården, am Schloss vorbei, durch die fast lächerlich engen Gassen hinunter zur Skeppsbron und dann zum Söder Mälarstrand hinüber. Abbas spielte den Stadtführer, soweit er etwas über die Gebäude wusste, an denen sie vorbeikamen, im Übrigen genoss er.

Überall hingen Unmengen von Wahlplakaten, und Abbas erklärte, dass in Schweden jetzt Wahl war, eine Wahl, die eventuell einen Machtwechsel zur Folge hatte. Einen gefährlichen Machtwechsel, Abbas' Ansicht nach, was er jedoch Drishti gegenüber nicht vertiefte.

Sie blieben am Kai unterhalb der Münchenbryggeriet stehen und blickten über das Wasser hinaus. Die Aussicht auf das Stadshuset war atemberaubend, die Wellen glitzerten, und der gute alte Dampfer *Mariefred* glitt im lauen Wind voran. Abbas blickte verstohlen zur Pålsundsbron hinüber. Bewusst oder unbewusst war er in Richtung Långholmen gegangen, in Richtung *Sara la Kali*, zu dem Kahn, auf dem sein bester Freund mit seiner Lebensgefährtin wohnte. Er fand, es war an der Zeit, seine Mutter auch diesem Paar vorzustellen. Tom und er hatten noch keinen Kontakt gehabt, seit Drishti aufgetaucht war, eigentlich nicht, seit Tom nach Rödlöga gezogen war – zwei Telefonate, ein paar Nachrichten, das war alles. Jetzt sollte sich das ändern.

»Sie wohnen auf einem Lastkahn?«, fragte Drishti.

»Ja.«

»Wie exotisch.«

Abbas hatte noch nie darüber nachgedacht. Exotisch? Ja, vielleicht. Ich frage mich, was sie denken würde, wenn ich erzählen würde, wo Tom mehrere Jahre seines Lebens gewohnt hat, an Orten, die man wohl kaum als exotisch bezeichnen kann. Möglicherweise als speziell.

Sie kletterten die Metalltreppe hinauf und sahen etwas weiter vorn Lunas Rücken. Sie hielt eine Farbdose in der Hand und strich mit einem Pinsel über die Reling. Schwarze Farbe. Ihr langes Haar hing in einem kräftigen Pferdeschwanz hinunter.

»Hallo, Luna!«

Ihre AirPods verhinderten eine unmittelbare Reaktion. Erst als Abbas von der Seite zu ihr trat und winkte, zuckte sie zusammen.

»Ja hallo!«

Sie nahm die Kopfhörer heraus und stellte die Dose und den Pinsel beiseite.

»Das ist Drishti«, sagte Abbas. »Meine Mutter.«

Drishti streckte eine Hand vor. Luna wischte sich die Hände an ihrem Arbeitsoverall ab und grüßte.

»Streichst du neu?«, fragte Abbas.

»Ja, ich renoviere ein bisschen.«

»Aha. Wie schön.«

Es wurde still. Abbas wusste nicht recht, wie er weitermachen sollte, vielleicht hatte er gedacht, Luna wäre neugierig auf seine Mutter. Das war sie nicht, zumindest in diesem Moment.

Also sagte seine Mutter: »Wie ist es, auf einem Lastkahn zu wohnen?«

»Anstrengend. Immer viel instand zu halten.«

»Das verstehe ich.«

»Ja.«

Abbas wand sich ein wenig.

»Ist Tom unten?«, erkundigte er sich.

»Nein.«

»Okay, wo ... ist er auf dem Weg hierher?«

»Das glaube ich nicht.«

Abbas kannte Luna gut. Nicht ganz so gut, wie er Tom kannte, aber gut genug, um sowohl ihren Blick als auch ihren Unterton zu bemerken. Irgendetwas war nicht in Ordnung. Er ging also ins Schwedische über.

»Ist was passiert?«

»Ja, aber das musst du mit Tom besprechen.«

»Okay?«

Abbas wandte sich zu Drishti und erklärte, dass sein Freund Tom nicht auf dem Kahn war, leider, also sollten sie vielleicht ihren Spaziergang fortsetzen. Es gab ein stillgelegtes Gefängnis in der Nähe, das inzwischen ein Restaurant beherbergte. Dort konnten sie zu Mittag essen. Drishti nickte Luna zu und ging zurück zur Metalltreppe. Auch sie hatte die angespannte Stimmung bemerkt.

Als sie wieder am Kai waren, beugte sie sich zu Abbas hinüber und flüsterte: »Sie hat sich unwohl gefühlt, hatte ich den Eindruck, war das, weil ich dabei war?«

»Nein, überhaupt nicht. Sie war nur ein bisschen müde.«

Eine Notlüge, die Drishti keine Sekunde lang glaubte. Erst recht nicht, als Abbas sein Handy herausholte und sich entschuldigte.

»Ich muss nur kurz telefonieren.«
Der Anruf galt Stilton und wurde nicht beantwortet.
Was Abbas' Irritation nicht gerade verringerte.

*

Stilton sah, wer der Anrufer war, entschied sich aber, nicht abzunehmen. Er nahm an, dass Abbas über seine plötzlich aufgetauchte Mutter sprechen wollte, und daran hatte er momentan kein Interesse – er war genauso wenig neugierig auf sie, wie Luna es gerade gewesen war. Sie hatten andere Dinge, mit denen sie sich auseinandersetzen mussten.

Bensemans Wohnzimmer, in dem er saß, war vollgepfropft mit Büchern und Zeitschriften. Ungelüftet, aber gepflegt. Benseman hatte ihm angeboten zu bleiben, so lange er wollte, und Stilton hatte nach kurzer Zwiesprache mit seinem Inneren das Angebot angenommen. Zusammen hatten sie ein widerspenstiges Feldbett und ein paar Kissen vom Speicher heruntergetragen. Und eine Heizdecke.

Stilton war sich nicht sicher, ob er sie verwenden würde.

Ronny hatte morgens angerufen, als er von dem Arrangement gehört hatte, und Stilton angeboten, ihm einen Laptop zu leihen. Auch dieses Angebot hatte Stilton dankend angenommen. Seine Sachen waren ja alle auf dem Kahn.

Bis auf zwei Dinge, die er neben ein überfülltes Bücherregal an die Wand gepinnt hatte: ein Polizeifoto von Verner und ein Foto der Tätowierung, die von Verners Schulter entfernt worden war. Er war sich bewusst, dass Erik Morlings Geduld mit den Silberwölfen nicht mehr allzu lange währen würde, und vermutlich würden ihnen bald die Puzzleteile ausgehen. Sie mussten mit der Identität der Leiche vorankommen.

Wie, wusste er momentan nicht.

Er setzte sich auf das zerschlissene Cordsofa und betrachtete einen ausgestopften Iltis, der auf dem Fensterbrett stand und Staub ansammelte. Am Abend zuvor hatte Benseman erklärt, dass das Tier ein Geschenk von einer Frau aus Boden war, aus der Zeit, als er dort Bibliothekar gewesen war. Einer Frau, die er sehr gemocht hatte und die den Iltis eines späten Abends in der Bibliothek gelassen hatte, mit einem schüchternen Zettel daneben.

»Ich hab ihn immer noch.«

Benseman hatte den kleinen Zettel herausgesucht und Stilton gezeigt.

Ein Geschenk für Herrn B. Das Licht und die Hoffnung.

»Sie ist im selben Jahr in einer Lawine umgekommen«, sagte Benseman und faltete den Zettel zusammen. »Ich wollte den Iltis eigentlich Muriel schenken, zur Hochzeit.«

Benseman war sehr verliebt gewesen in die vom Leben schwer gezeichnete Muriel und wollte ihr gerade einen Heiratsantrag machen, als sie ermordet wurde.

Stilton wandte den Blick von dem Iltis ab und klappte den Laptop auf. Er stand auf dem Tisch, eingeklemmt zwischen einer Riesenbibel und einem Stapel *National Geographic*. Ein paar Minuten starrte er auf den Bildschirm, ohne zu wissen, was er tun sollte. Schließlich holte er sein Handy heraus und rief Mette an.

»Hallo, Mette. Hast du was von dem Etui gehört?«

»Hallo, und nein. Ich hab denen heute Morgen Druck gemacht, aber es scheint keine hohe Priorität zu haben, sie haben ziemlich viel anderes zu analysieren. Was machst du?«

»Nichts. Nachdenken. Wann kriegen sie die DNA von diesen Leichendieben, die Verner zerstückelt haben?«

»Wenn sie es denn waren«, sagte Mette. »Aber ich nehme an, da ist es genauso, Stau in der Pipeline. Wir müssen abwarten.«

»Sag das mal Morling.«

»Der ist unsere geringste Sorge. Und du selbst? Geht es dir gut?«

Die Fragen kamen aus dem Nichts, und Stilton begriff nicht, warum sie kamen. Zunächst. Eine Sekunde später wurde es ihm klar.

»Du hast mit Luna gesprochen?«

»Ja.«

»*Shit happens.*«

Es wurde still. Stilton sah vor sich, wie Mette die Zähne zusammenbiss, sie hasste es, wenn er sich abgebrüht gab. Vor allem in einer Situation wie dieser. Er wusste nicht genau, was Luna zu Mette gesagt hatte, aber es war nicht so schwer, sich das auszurechnen. Der Kern der Sache: Er war vom Lastkahn abgehauen. Der Grund dafür hatte nichts mit Mette zu tun.

Seiner Meinung nach.

»Wo wohnst du?«, fragte Mette schließlich.

»Bei Benseman.«

»Und wie lange willst du dort wohnen?«

»Das weiß ich nicht. Noch funktioniert es gut. Ein ausgestopfter Iltis und eine Heizdecke, ich kann nicht klagen.«

Mette beendete das Gespräch.

Stilton ließ sich ins Sofa sinken und spürte, wie satt er sich selbst hatte.

*

Der Altersunterschied war minimal. Julie war neunzehn und Ivanna achtzehn. Alles andere lag meilenweit auseinander. Das eine Mädchen war in einer grenzenlos reichen Familie mit einer spektakulären Luxusjacht groß geworden, das andere war in den armen, beengten Verhältnissen einer Arbeiterfamilie am Rand von Kiew aufgewachsen. Einer Familie, die nicht mehr existierte.

Trotzdem standen sie jetzt dicht nebeneinander und blickten über das blaugrüne Mittelmeer hinaus. Julie hatte schulfrei, und Ivanna hatte eine Stunde Pause in ihrem Putzdienstplan.

Julie hatte sie angesprochen. Ivanna war die einzige Frau in ihrem Alter an Bord, und Julie war neugierig auf sie. Sie hatte gehört, dass sie aus der Ukraine geflohen war.

»Wie bist du hier gelandet?«

»Ich wurde in Polen abgeholt.«

Ivanna war mehr als zögerlich. Sie wusste, wer Julie war, und fühlte sich anfangs befangen. Das ließ schnell nach. Julie erwies sich als offen, kontaktfreudig und gesprächig.

Für Julie war Ivanna ein scharfer Kontrast zu ihren Freunden in Nizza. Sie konnten unglaublich langweilig sein. Völlig fixiert auf Kleider und Geld und Feiern. Ivanna war anders, ernster.

»Hat Sasja dich hergeholt?«

»Ja. Wo ist sie jetzt, ich habe sie lange nicht mehr gesehen?«

»Sie ist zurück in Polen und hilft Flüchtlingen, es kommen offenbar immer noch Leute über die Grenze.«

Ivanna nickte und stützte die Arme auf die Reling. Julie warf einen Blick nach unten und sah zwei schmale Narben über dem einen Handgelenk.

»Hast du dich geschnitten?«, fragte sie.

Ivanna zog schnell ihr Oberteil über die Narben. Es war

nicht geplant gewesen, sie zu zeigen, es war ein Versehen. Trotzdem antwortete sie.

»Ja.«

Julie begriff, wie die Narben entstanden waren und dass Ivanna nicht darüber sprechen wollte. Vorsichtig strich sie ihr mit der Hand über den Rücken.

»Ich hoffe, du fühlst dich wohl hier«, sagte sie vorsichtig.

»Ja, tue ich.«

»Es stört dich nicht, dass mein Vater Russe ist? Ich meine, im Hinblick auf den Krieg?«

»Nicht direkt, Teile meiner Verwandtschaft kommen aus Russland.«

»Ach so. Aber willst du hierbleiben? Du möchtest sicher andere Dinge machen, als auf einem Boot zu putzen?«

Einem Schiff, wollte Ivanna schon korrigieren.

»Ja, vielleicht«, antwortete sie. »Momentan ist es gut hier. Was hast du denn vor? Wenn du mit der Schule fertig bist?«

»Ich weiß nicht. Eine Weile wollte ich Influencerin werden, aber das fand Papa ›verwerflich‹.«

Julie rahmte das Wort mit den Fingern ein.

»Warum?«

»Na ja, er ist, wie er ist, er findet, dass das nichts Vernünftiges ist, Bilder von sich selbst posten und Schminke verkaufen. Er will, dass ich studiere, Wirtschaft, mich mit dem beschäftige, was er macht.«

»Geschäfte?«

Ivanna wusste nicht, wovon der Eigentümer des Schiffes lebte, niemand vom Personal sprach darüber.

»Ja, so was in der Art«, sagte Julie. »Investieren und solche Sachen, ich finde, das klingt unglaublich langweilig. Wollen wir was trinken?«

»Gern.«

»Ich trinke immer Eistee, wenn ich hier bin, willst du auch einen?«

Ivanna nickte. Eigentlich hatte sie weder Durst noch große Lust, aber es fühlte sich unhöflich an abzulehnen.

»Dann hole ich uns einen!«

Julie ging davon, und Ivanna blickte auf das Wasser hinaus. Aus was für unterschiedlichen Welten sie kamen. Hätte sie gern ein Leben wie Julie?

Sie war sich nicht ganz sicher.

Julie streckte die Hände aus und nahm von dem livrierten Kellner zwei große Gläser Eistee entgegen. Auf dem Rückweg zu Ivanna lief sie über das Dach des Aquariums und mied den Blick nach unten. Sie mochte die Piranhas nicht. Einmal hatte sie gesehen, wie sie mit Teilen eines Rinderkadavers gefüttert wurden, und war angewidert gewesen. Sie begriff nicht, warum sie keine anderen Fische dort haben konnten, hübsche Schwärme von Korallenfischen zum Beispiel.

»Julie.«

Julie hielt inne. Grigorij lag in einem Sonnenstuhl, eine rosafarbene Tageszeitung in der Hand.

»Zwei Gläser?«, fragte er.

»Ja, eines ist für Ivanna.«

Grigorij ließ die Zeitung sinken.

»Du willst eines der Gläser Ivanna geben?«

»Ja? Wir stehen auf dem Vordeck und unterhalten uns.«

»Worüber?«

»Alles und nichts. Ich finde sie faszinierend, stell dir vor, dass sie vor dem Krieg geflüchtet und hier gelandet ist!«

Grigorij stand auf und nahm Julie die Gläser aus der Hand.

»Was machst du?«, rief sie.

Er stellte die Gläser auf einem kleinen Teakholztisch ab.

»Ich möchte nicht, dass du mit ihr fraternisierst«, sagte er.

»Fraternisierst?«

»Privat umgehst.«

»Aber ich mag sie?«

»Genau deshalb.«

Julie wollte ihm gerade das ein oder andere vor den Latz knallen, als sie den Blick ihres Vaters sah. Einen Blick, den sie kannte. Er wollte nicht, dass sie mit Ivanna sprach. Ende der Diskussion.

»Fahr stattdessen eine Runde in den Hafen«, lächelte er und zog die goldfarbene Karte aus seinen Shorts. »Kauf dir einen Hut.«

»Einen Hut? Warum einen Hut?«

»Dann eben ein Shirt.«

Julie riss ihm die Karte aus der Hand und ging schnellen Schrittes davon. Sie warf einen kurzen Blick zum Vordeck hinüber und sah, wie Ivanna sie musterte.

Peinlich, dachte sie, als sich gleichzeitig ein schwarz gekleideter Mann von der Reling löste und ihr folgte.

Ivanna blickte wieder aufs Meer hinaus. Sie hatte die Szene zwischen Julie und ihrem Vater beobachtet und ahnte, worum es ging.

»Ivanna.«

Ivanna fuhr herum und sah Grigorij auf sich zukommen. Er blieb sehr dicht vor ihr stehen und blickte ihr in die Augen.

»Du sprichst nicht mit meiner Tochter«, sagte er beherrscht.

»Aber sie war diejenige, die ...«

»Bilde dir nicht ein, etwas zu sein, das du nicht bist«, unterbrach sie Grigorij. »Du bist ein erbärmlicher Habenichts, der jetzt in einem Rinnstein verrotten würde, wenn du nicht hier gelandet wärst. Vergiss das nie. Geh runter, wo du hingehörst.« Ivanna hielt ihren Blick noch eine Sekunde in seine Augen gerichtet, bevor sie unter Tränen davonlief.

*

Alle neun Mitglieder des Trafficking-Teams waren im Raum versammelt. Das tägliche Update wurde von Jens Borgmark geleitet. Er saß an einem Schreibtisch unter dem Whiteboard und hatte sein Hemd am Hals aufgeknöpft.

»Europol hat sich jetzt endlich gemeldet«, sagte er. »Sie haben keine Informationen über Jacek gefunden. Vermutlich spielt er nur eine untergeordnete Rolle. Sie waren etwas verwundert, dass wir seinen Nachnamen nicht herausfinden können, und ich habe gesagt, dass wir daran arbeiten.«

»Schwierig, wenn er schweigt«, erwiderte Lisa.

»Ich weiß.«

Borgmark zeigte auf eine große Europakarte an der Wand.

»Zum jetzigen Zeitpunkt haben sie um die dreißig aktive Personen in ganz Europa ausgemacht, die in den Sexhandel involviert sind«, fuhr er fort. »Sie haben es geschafft, Sky ECC zu decodieren, und sind auf diese Art an Informationen gekommen.«

»Was ist Sky ECC?«, fragte Olivia.

»Ein Nachrichtendienst, der von Kriminellen verwendet wird. In Skandinavien haben sie allerdings niemanden entdeckt. Sie machen Druck, weil sie Informationen von uns wollen. Ich habe ihnen erklärt, dass wir viel schlechtere Abhörmöglichkeiten haben als in anderen Ländern, aber dass wir so breit gefächert arbeiten, wie wir können.«

»Wissen sie mehr darüber, wer das Netzwerk organisiert?«, erkundigte sich Lisa.

»Nein. So gut funktioniert deren Abhörerei offenbar auch nicht.«

Borgmark lächelte und stand vom Schreibtisch auf.

»Wir treffen uns morgen um elf Uhr wieder«, sagte er.

Lisa und Olivia verließen das Zimmer. Draußen im Flur hielt Lisa inne. Olivia sah, dass sie gestresst war, ihr Gesicht war angespannt, sie fuhr mit einer Hand über die raue Wand.

»Was ist?«, fragte Olivia.

»Ich finde das verdammt belastend mit Alina und Oleksij. Irgendwo müssen sie doch sein. Jetzt haben wir Jacek gefasst, und offenbar hat er nichts mit ihrem Verschwinden zu tun.«

»Nein.«

»Also, wo sind sie? Ganz allein? Und komm mir nicht wieder mit dieser Sasja, da glaub ich nicht dran.«

»Okay. Aber es war ja noch jemand im Wohnmobil, von dem wir nicht wissen, wo er ist. Könnte er sie kontaktiert haben?«

»Und warum sollten sie mit ihm abhauen? Er ist doch genauso ein Schwein wie Jacek?«

»Vielleicht wurden sie gezwungen? Vielleicht hat er sie bedroht?«

»Mitten im Garten?«

»Oder im Gästehaus?«

»Das glaube ich nicht.«

Lisa setzte sich wieder in Bewegung.

»Entschuldige«, sagte sie, »ich mache mir einfach so verdammte Sorgen. Alles, was sie durchgemacht haben, und dann verschwinden sie plötzlich?«

Olivia holte Lisa ein und legte einen Arm um ihre Schultern.

»Ich finde es genauso anstrengend wie du«, erwiderte sie. »Aber wir werden sie finden.«

»Und woher willst du das wissen? Dein ›Bauchgefühl‹?«

»Nein. Es ist unser Job.«

Sie gingen zum Aufzug, und Lisa versuchte, die Sorge um die Flüchtlinge abzuschütteln. Als sie in den Lift stiegen, sagte sie: »Wie schön für Lukas, übrigens.«

»Was denn?«

»Das Stipendium, das er bekommen hat?«

Olivia blickte Lisa erstaunt an, die genauso erstaunt zurückblickte.

»Weißt du gar nichts davon?«, fuhr sie fort. »Pausiert ihr so extrem?«

»Offenbar. Aber woher weißt du es?«

»Gestern hat er Fotos auf Insta gepostet. Ihm werden eine Wohnung und ein Atelier in Brooklyn zur Verfügung gestellt, das wird alles für ein Jahr bezahlt. Habt ihr wirklich überhaupt keinen Kontakt?«

»Nein«, antwortete Olivia und schlug den Blick nieder.

»Es tut mir leid, ich war total sicher, dass du es weißt.«

Sie trennten sich vor dem Polizeigebäude. Olivia hatte Lisa davon überzeugt, dass sie okay war, und Lisa eilte zu ihrem Training. Olivia schlenderte langsam in Richtung Norra Mälarstrand.

Lukas würde ein Jahr in New York bleiben, und sie hatte keinen Ton davon gehört? Er wusste, dass sie kein Instagram nutzte, und hatte sich nicht einmal die Mühe gemacht, ihr eine SMS zu schicken?

Sie war keineswegs so okay, wie sie Lisa versichert hatte. Sie war verletzt und wütend.

Im Gehen holte sie ihr Handy heraus und begann, eine SMS zu schreiben.

Glückwunsch zum Stipendium. Wäre nett gewesen, wenn ich es von dir persönlich erfahren hätte.

Keine fröhlichen Emojis oder anderen Firlefanz.

Sie schickte die Nachricht ab, steckte das Handy wieder ein und lief mit schnellen Schritten weiter zum Wasser hinunter.

Erst dann begann sie nachzudenken.

Was hatte sie selbst getan, ohne es Lukas zu sagen? Mit Ove Gardman geschlafen. Als wäre es die natürlichste Sache der Welt. Ohne an die Konsequenzen zu denken. Aber wir haben ja eine Beziehungspause, dachte sie. Das war eine gemeinsame Entscheidung. Wir wollten eine Weile frei sein, um zu spüren, was wir wollen. Ich würde auch nicht wütend werden, wenn Lukas dasselbe täte. Oder? Außerdem habe ich Ove ja nicht noch mal getroffen. Es war eine einmalige Angelegenheit, etwas, das eben manchmal passiert. Ich habe schließlich nicht beschlossen, auf die andere Seite der Weltkugel zu ziehen.

Als sie das Wasser erreichte, gab ihr Handy einen Signalton von sich. Lukas hatte geantwortet:

Dachte nicht, dass es dich wirklich interessiert. Du meintest doch, wir sollten eine Weile keinen Kontakt haben.

Olivia fühlte sich provoziert und antwortete:

*Ja schon, aber da war ja auch nicht die Rede davon,
dass du ein Jahr lang weg bist, oder???*

Sie betrachtete ihre Antwort. Dann löschte sie sie. War sie diejenige gewesen, die die Spielregeln für ihre Pause bestimmt hatte? Hatte Lukas nur getan, was sie wollte? Genau wie Ove vor langer Zeit einmal akzeptiert hatte, dass sie keine Beziehung mit ihm wollte?

Olivia setzte sich auf eine Parkbank und blickte aufs Wasser hinaus. Am Ufer waren viele Leute in Bewegung. Menschen, die flanierten, joggten, sich unterhielten, lachten, mit ihren Hunden Gassi gingen. Hier war sie selbst mit Ove spazieren gegangen. War so froh gewesen, ihn wiederzusehen. So froh, dass sie gleich mit ihm in die Kiste gesprungen war. Und danach war sie ebenso schnell zur Arbeit gerannt, ohne besonders viele Gedanken an ihn oder an Lukas zu verschwenden.

War sie so auf dem Egotrip?

Benutzte sie die Arbeit als Entschuldigung, um sich nicht damit beschäftigen zu müssen, was sie privat angerichtet hatte? Klassisch, dachte sie. Ich bin kein bisschen originell, nur armselig. Sie nahm ihr Handy wieder. Schrieb:

Entschuldige, es ist nur alles plötzlich so definitiv geworden. War nicht darauf vorbereitet. Freue mich wirklich für dich.

Lukas antwortete sofort.

*Verstehe. Wir sollten vielleicht reden,
aber ich kann jetzt gerade nicht. Später telefonieren?*

Auf jeden Fall,

antwortete Olivia und blieb mit dem Handy in der Hand sitzen. Was gab es eigentlich zu reden? Er hatte sich entschieden, in New York zu bleiben, ohne ihre Beziehung mit in die Waagschale zu werfen. Sie hatte mit einem anderen geschlafen. Das waren keine idealen Voraussetzungen, um wieder zueinanderzufinden, wenn es denn das war, was sie gewollt hatten. Vielleicht hatten beide, bewusst oder unterbewusst, so agiert, um den Bruch zu besiegeln. Das, was sie vor Lukas' Abreise zu feige gewesen waren auszusprechen. Stattdessen hatten sie sich durch ihre Entscheidungen einfach aus dem Leben des anderen herausgeschlichen. Olivia lehnte sich auf der Bank zurück, um das unausweichliche Ergebnis zu verarbeiten, zu dem sie gekommen war: Lukas und sie hatten keine Beziehungspause.

Es war vorbei.

Sie spürte, wie die Tränen kamen, und sie ließ sie laufen. All das hatte sie sich selbst zuzuschreiben, das wusste sie, aber es tat trotzdem weh.

»Warum weinst du?«

Olivia blickte auf. Ein kleiner Junge stand vor ihr und schaute die weinende Frau fragend an. Seine Mutter stand ein Stück entfernt und sah ein wenig verlegen aus.

»Stör die Dame nicht, Ahmed«, ermahnte sie ihren Sohn.

»Kein Problem«, sagte Olivia in die Richtung der Mutter, bevor sie dem Jungen in die Augen blickte. »Ich weine, weil ein Freund fortgereist ist.«

»Weit weg?«

»Ja.«

»Weißt du, ich war auch traurig, als mein Freund Igor weggefahren ist, aber dann war ich wieder froh, als er zurückkam.

Er hatte Schokolade für mich gekauft. Vielleicht macht dein Freund das auch.«

»Vielleicht«, antwortete Olivia.

»Ahmed, komm jetzt, wir haben es eilig«, rief die Mutter des Jungen.

»Okay«, sagte Ahmed. »Tschüss! Denk an die Schokolade, die du kriegen wirst, dann wirst du wieder fröhlich!«

»Das werde ich tun.« Olivia wischte sich die Tränen weg und lächelte.

Sie sah Ahmed nach, der sich beeilte, seine Mutter einzuholen. Er schien im selben Alter zu sein wie Oleksij. Der kleine Oleksij, der so traumatische Dinge erlebt hatte. Wie ging es ihm wohl jetzt? Olivia machte sich mindestens so viele Sorgen um Alina und den Jungen wie Lisa, wusste aber nicht recht, wie sie damit umgehen sollte. Eine Mutter und ihr Sohn, verschwunden. Kriegsflüchtlinge und Fremde in einem unbekannten Land. Wo sollte man suchen? Olivias Gehirn wechselte den Fokus. Die eigene Trauer musste wieder zurückstehen.

Ich rufe Tom an, dachte sie. Er muss doch wissen, wo man hingeht, wenn man sonst nirgendwohin kann.

Tom Stilton war ihr Anker in gewissen Situationen. Sie hatten zusammen schon sehr viele Jahre lang sehr viel durchgemacht, und das hatte ein totales Vertrauen zwischen ihnen geschaffen. Außerdem war er ein guter und kluger Zuhörer, wenn er in der Stimmung war.

Keine Antwort. Nicht einmal die Mailbox schaltete sich ein. Also rief sie Luna an.

Sie erlebte ungefähr dasselbe wie Abbas, als er versucht hatte, Tom zu treffen. Und obwohl sie nur telefonierten, spürte Olivia, dass Luna nicht sie selbst war. Nicht so richtig.

»Ist was mit Tom?«, fragte sie.

»Ja. Er wohnt gerade nicht hier.«

»Oh, wo wohnt er dann?«

»Bei irgendeinem Freund, nehme ich an.«

»Willst du darüber reden?«

»Momentan nicht«, sagte Luna. »Wie geht es dir?«

Das Gespräch dauerte noch eine Weile, ein etwas unangenehmes Gespräch. Keine von ihnen hatte wirklich Lust zu reden. Also beendete Olivia es.

»Falls Tom sich meldet, dann richte ihm doch bitte aus, dass ich ihn erreichen will.«

»Mach ich. Tschüss.«

Olivia ließ ihr Handy sinken. Er wohnt bei einem Freund? Wie viele Freunde hatte er? Abbas? Sie glaubte nicht, dass sich Tom ein Zimmer mit Abbas' Mutter teilen würde. Ronny? Benseman? So viele mehr fielen ihr nicht ein. Zu sämtlichen Freunden aus der Zeit als Obdachloser hatte er den Kontakt abgebrochen. Allen außer Benseman, das wusste sie. Der Nerz? Das war ein bisschen weit hergeholt. Wohnte er bei Benseman? Sie rief Ronny an.

»Hallo, hier ist Olivia. Ist Benseman da?«

»Nein, er ist für heute gegangen. Wieso?«

»Weißt du, ob Tom gerade bei ihm wohnt?«

Ronny war etwas verunsichert. Wollte Stilton, dass er das weitererzählte? Aber es war schließlich Olivia.

»Ja«, antwortete er, »vorübergehend.«

»Hast du die Nummer von Benseman?«

Die hatte Ronny. Olivia wählte sie und erreichte ihn.

»Ja, er ist hier«, sagte Benseman. »Einen Moment.«

Benseman reichte das Handy an Stilton weiter, der auf dem Sofa saß.

»Wer ist das?«, wollte Stilton wissen.

»Jemand, der dir nahesteht.«

Eine Sekunde lang hoffte Stilton, dass es Luna war, aber es gab offenbar andere, die Benseman als ihm nahestehend betrachtete. Olivia, zum Beispiel.

»Hallo«, sagte sie. »Warum gehst du nicht an dein Handy?«

»Bin ich dazu verpflichtet?«

»Wohnst du bei Benseman?«

»Ja.«

Stilton begriff, dass auch Olivia über die Situation informiert war, auf irgendeine Art. Rückkopplungseffekt, dachte er.

»Ich befinde mich zwischen zwei Wohnsitzen«, fuhr er fort.

»Wie wir es früher ausgedrückt haben. Was wolltest du? Ich hab gesehen, dass ihr diesen Jacek gefasst habt.«

»Ja. Aber darüber wollte ich nicht reden.«

»Ich höre.«

»Können wir uns nicht treffen?«

»Wozu?«

Komische Antwort, dachte Olivia. Wie geht es ihm eigentlich? Ist er dabei, aus der Spur zu geraten? Sie hatte, wie alle in Stiltons Umkreis, lange Zeit sensible Fühler gehabt, was Toms Situation betraf. In den letzten Jahren hatte sich das ein Stück weit gelegt, er war wieder der, den sie kannten, aber die Fühler waren trotzdem noch da, unter der Oberfläche. Und in diesem Moment kratzten sie an Olivias Hirnrinde.

»Ja, um uns zu sehen, ganz einfach«, sagte sie vorsichtig.

»Braucht es dazu einen Grund?«

»Überhaupt nicht, ich stehe nur momentan ein bisschen neben mir, wegen der Arbeit und der Situation mit Luna. Nicht so einfach, sich zu konzentrieren.«

Stilton warf einen Blick auf den ausgestopften Iltis, als wäre er ein Fixpunkt.

»Aber, klar«, fuhr er fort. »Wo sollen wir uns treffen?«

Olivia hatte ihre Wohnung vorgeschlagen. Sie wusste, dass Tom sich dort wohlfühlte. Er hatte über die Jahre ein paarmal dort übernachtet, aus unterschiedlichen Gründen. Auf dem Sofa.

Jetzt saßen sie nebeneinander auf ebendiesem Möbelstück und hatten jeder eine Tasse frisch gebrühten Kaffee vor sich. Olivia hatte von den verschwundenen Flüchtlingen erzählt, von ihrer Sorge um sie, und Stilton hatte ihre Sorge geteilt.

Ihr Verschwinden war unheimlich, in Anbetracht der Umstände.

»Das Komische ist«, sagte Olivia, »dass die Mutter, Alina, weiß, dass es sicher ist, als ukrainischer Flüchtling hier zu sein. Das haben wir ihr erklärt, und sie hat es verstanden. Es gibt also nichts, wovor sie Angst haben muss, was die Behörden betrifft.«

»Vielleicht hat sie vor etwas anderem Angst.«

»Und was sollte das sein?«

»Andere Menschen, die nichts mit den Behörden zu tun haben.«

Was Olivia die Gelegenheit bot, von ihren Ermittlungen zu erzählen, von dem anderen Mann aus dem Wohnmobil, der Alina ebenfalls vergewaltigt hatte und sich vermutlich ebenfalls in Schweden befand.

»Aber von ihm haben wir keine Ahnung?«

»Nein.«

Und genau wie Lisa und Olivia bereits bemerkt hatten, sah auch Stilton keinen logischen Grund, warum dieser andere

Mann die Flüchtlinge dazu gebracht haben sollte, mit ihm das Grundstück der Olsäters zu verlassen. Für ihn war das Ganze ebenfalls ein Mysterium.

»Aber ich habe ein eigenes Mysterium«, sagte er und holte zwei Blätter Papier aus seiner Jackentasche.

»Deine verschwundene Leiche?«

»Unsere. Kriminalkommissarin Olsäter wäre gekränkt, wenn man sie als meine Leiche betrachten würde. Ich denke, sie sieht sie als unsere gemeinsame Leiche an. Schau mal, hier.«

Stilton legte die Blätter auf den Tisch vor die Tassen und wies auf eines von ihnen.

»Siehst du?«

Olivia zog das Blatt Papier zu sich. Sie war sich nicht recht im Klaren, was auf dem Bild zu sehen war.

»Was ist das?«

»Das ist die Nahaufnahme von einem Stück Fleisch, das man von der gestohlenen Leiche entfernt hat, als sie zerstückelt worden ist, und sie zeigt eine Tätowierung. Da. Siehst du?«

Olivia sah es, als sie das Blatt näher an ihre Augen hielt.

»Irgendwie ein Dreieck?«

»In einem Kreis.«

»Aber dann habt ihr ja was, wonach ihr suchen könnt?«

»Nicht viel. Mette hat versucht, es im Netz aufzuspüren. Ohne Erfolg.«

Stilton faltete die Blätter wieder zusammen und schob sie zurück in seine Jacke. Olivia blickte ihn an.

»Was ist?«, fragte er.

»Es scheint dir trotz allem Spaß zu machen.«

»Was?«

»Für die Silberwölfe zu arbeiten? Einen Fall zu haben? Das zu machen, was du gut kannst?«

»Das, was ich gut konnte, ist vor hundert Jahren verschwunden. Das hier ist reine Therapie.«

»Und was ist daran auszusetzen?«

Stilton hob die Tasse, der Kaffee war ein bisschen abgekühlt, aber dagegen hatte er ja nichts.

»Ich kann nicht klagen«, sagte er. »Und weißt du was?«

»Nein?«

»Ich glaube, und das ist nur ein Bauchgefühl, aber ich glaube, dass diese Leiche Abgründe in sich birgt.«

Olivia, die eigentlich diejenige war, die ständig auf ihr »Bauchgefühl« verwies, sah den Mann neben sich an. Wenn Tom Abgründe ahnte, Bauchgefühl oder nicht, war das womöglich so.

Sie wurde selbst fast neugierig auf die zerstückelte Leiche.

*

Sie hatten einen kurzen Spaziergang im nahen Wald gemacht. Alina hatte Pilze im feuchten Moos gefunden. Trompetenpfifferlinge. Ein unerwartet starkes Glücksgefühl durchströmte sie. Derselbe Pilz wie in den Wäldern um Butscha! Sie sammelte so viele sie in ihren Taschen unterbrachte, und Oleksij musste seine Jacke ausziehen, damit sie den Rest darin tragen konnte. Vorsichtig schlichen sie zurück zur Kaverne.

»Speisepilze!«

Alina zeigte Flisan mit strahlendem Lächeln ihre Ausbeute. Flisan sah skeptisch aus.

»Und was machst du mit denen?«

Flisan war in Beton aufgewachsen und hatte keinerlei Ahnung von Pilzen. Außer von dem, der sie von Zeit zu Zeit im Unterleib befiel.

»Braten?«, sagte Alina mit etwas weniger Enthusiasmus.

»Hast du auch eine Pfanne gefunden?«

Alina setzte sich auf die Matratze, die sie für sich und ihren Sohn reserviert hatte. An die Pfanne hatte sie nicht gedacht. Sie hatte einfach gesammelt. Wenn man Speisepilze fand, dann nahm man sie mit. Oleksij ging zu der kleinen Katze hinüber, die an der Felswand herumstrich. Vorsichtig hob er sie auf seinen Schoß.

»Verdammte Zeckenfalle!«

Oleksij fuhr herum. Ein Mann mit struppigem Bart und zerrissener Hose wankte in den Raum.

»Die Katze soll raus!«, schrie er.

»Halt's Maul!«

Flisan war aufgestanden und hatte sich dem Mann in den Weg gestellt. Sie war genauso groß wie er.

»Die Katze gehört uns, und wenn du sie nicht magst, kannst du zur Hölle fahren! Die liegt gleich um die Ecke!«

Offenbar hatte der Mann schon früher mit Flisan zu tun gehabt, denn er zeigte ihr den Mittelfinger und stolperte zu einer kaputten Matratze hinüber. Flisan ging zu Oleksij. Er hatte nicht verstanden, was der Mann gesagt hatte, nur, dass er aggressiv war und auf die Katze gedeutet hatte.

»Diese Katze gehört uns«, sagte sie sanft.

»Uns?«, wiederholte Oleksij, ohne zu verstehen, was Flisan sagte.

»Fonzi.« Sie zeigte auf die Katze. »Deine und meine.«

Da begriff Oleksij und drückte die Katze an seine Brust. Sie würde nicht in einem Straßengraben in der Ukraine landen.

Flisan setzte sich zu Alina, die die Trompetenpfifferlinge putzte. Pfanne hin oder her.

»Alina«, begann Flisan leise. »Ihr seid Flüchtlinge. Ihr dürft hier in Schweden sein. Niemand wird euch etwas tun. Warum nimmst du nicht einfach Kontakt mit der Polizei auf? Du solltest mit deinem Sohn nicht in einer verdammten Kaverne hausen!«

Alina säuberte hektisch die kleinen Pilze von kleinen Nadelresten und Erdklumpen, sie mied Flisans Blick.

»Alina.«

Flisans Stimme klang so flehentlich, dass Alina von den Pilzen aufsah. Sie schaute Flisan in die Augen, es waren dunkle Augen, mit Falten an den Augenwinkeln.

»Es gibt hier Menschen, die uns Böses wollen«, sagte sie.

Als das erste Licht der Dämmerung hervorbrach, zog Mårten sich den Morgenrock über und ging zum Hühnergehege. Halb apathisch schob er den Riegel auf und betrat es. Fünf Hühner in unterschiedlichen Farben entfernten sich flatternd, als er mit leerem Blick auf einen Hocker hinuntersank. Er hatte die ganze Nacht wach gelegen. Er stand unter Schock.

Am Abend zuvor hatte er den Untergang der Nation miterlebt, Hand in Hand mit seiner Frau auf dem Sofa. Stunde um Stunde hatten sie verfolgt, wie das braune Gas sich langsam im ganzen Land verbreitete, Wahllokal für Wahllokal. Als die Wahlnacht vorbei war, hatte es fast ein Viertel der schwedischen Bevölkerung vergiftet.

Mårten schauderte und zog den Morgenrock dichter um seinen Körper. Es war ein kühler Morgen. Eine Vorahnung, dachte er. Die Vorahnung einer kälteren Gesellschaft, einer roheren, einer Gesellschaft, die alles verloren hatte, worauf er einmal so stolz gewesen war: ein Land, in dem die Menschen einander mit Wertschätzung und Respekt begegneten. Dieses Land war heute Nacht vergast worden.

»Schatz.«

Mårten wandte den Kopf. Mette stand im Küchenfenster, ein Glas Milch in der Hand.

»Es hilft nichts, wenn du dich erkältest«, sagte sie.

Nein, dachte Mårten, das hilft nichts. Nichts hilft etwas. Er stand auf und blickte seine Frau an.

»Nimm ein paar Eier mit, dann mache ich Omelette«, fuhr sie fort und zog das Fenster wieder zu.

*

Stilton räumte ein paar Dinge von Bensemans Sofatisch, legte Magazine und Bücher auf den Teppich. Mette war auf dem Weg hierher. Sie hatte nicht gesagt, worum es ging, aber es gab nicht viele Möglichkeiten. Die zerstückelte Leiche oder Luna. Er zog Ersteres vor.

Vielleicht hatte sie etwas von dem Etui gehört?

Stilton wusste, dass er diese schwer lesbare Inschrift überbewertete, dort konnte alles Mögliche stehen, das kein bisschen mit dem Mord an Verner zu tun hatte. Aber Strohhalme sind dazu da, dass man sie pflegt, dachte er. Wir haben nicht gerade Spuren im Überfluss, die wir verfolgen können.

»Komm rein!«

Mette schlängelte sich in Bensemans Wohnzimmer, gleichermaßen amüsiert wie verblüfft. Sie hatte den Bewohner nie persönlich kennengelernt, aber einiges von ihm gehört. Exzentrische Dinge. Das Zimmer passte dazu.

»Ein Sammler?«, fragte sie und betrachtete die Berge von Zeitschriften und wackeligen Bücherstapel rundherum.

»Kann man wohl sagen, oder ein Prepper. Manche hamstern Konservendosen und Milchpulver, er hortet Bücher. Setz dich.«

Mette nahm ein paar Zeitschriften von einem Sessel und ließ sich darauf nieder.

»Und jetzt haben wir Extremisten in den Machtpositionen«, sagte sie mit einer Grimasse.

»Ja, unbegreiflich. Wie nimmt Mårten es auf?«

»Was glaubst du? Er lag die ganze Nacht wach, und dann

hab ich ihn heute Morgen bei den Hühnern gefunden, völlig verstört.«

Stilton nickte. Er vermutete, dass Mårten nicht der Einzige im Land war, der heute unter Schock stand. Er selbst hatte ein dickeres Fell.

»Lass sie eine Weile mitmischen, dann werden wir schon sehen, was dabei herauskommt«, sagte er. »Bestenfalls wird es so wie in Dänemark und Finnland, und sie machen sich komplett lächerlich.«

»Und schlimmstenfalls?«

Den Faden wollte Stilton nur ungern weiterspinnen, also wechselte er das Thema.

»Gibt es schon Neuigkeiten zu dem Etui?«

»Nein«, antwortete Mette. »Hast du einen Laptop hier?«

»Ja, da drüben.«

Stilton zeigte auf den Tisch. Mette musste sich vorbeugen, um den Computer zwischen dem ganzen Kram zu entdecken.

»Brauchen wir den?«, fuhr Stilton fort.

»Vielleicht.«

Stilton musterte Mette. Was ging in ihr vor? Er sah, wie sie tief Luft holte, sich auf die Unterlippe biss und eine Haarsträhne aus der Stirn strich.

»Kennst du eine Firma namens Clearway AI?« Sie blickte ihm in die Augen.

»Vage, ich hab irgendwann mal davon gelesen. Wieso?«

»Das ist eine amerikanische Firma, die sich auf Gesichtserkennung spezialisiert hat. Sie haben eine gigantische Datenbank mit zehn Milliarden biometrisch analysierten Porträts.«

»Zehn Milliarden?«

»Ja. Aber das Unternehmen wird sehr kontrovers diskutiert.«

»Warum?«

»Aufgrund der Integritätsproblematik. Ihre Computer können Personen über Porträts identifizieren, über Bilder aus Überwachungskameras, private Videos oder Fotos, Facebook, Instagram und so weiter. Sie liefern auch Angaben darüber, wo die Fotos gemacht wurden, wenn möglich.«

»Das klingt ein bisschen furchteinflößend.«

»Ja. In den USA wird die Firma von einigen Organisationen stark infrage gestellt. Vor allem, seit sie in polizeilichen Zusammenhängen zurate gezogen wird. Mehrere Polizeidepartments nutzen sie, sogar das FBI. Oder haben sie genutzt, heute ist man da restriktiver.«

»Okay, und worauf willst du hinaus?«, fragte Stilton, obwohl er begriff.

»Der schwedischen Polizei ist es streng verboten, die Dienste von Clearway in Anspruch zu nehmen.«

»Wir sind keine Polizisten.«

»Wir sind momentan beide mit der Polizei verbunden, das weißt du.«

Sie blickten sich an, ein paar Sekunden lang, dann hob Stilton den Laptop zu Mette hinüber. Sie klappte ihn mit einem kurzen Kommentar auf. »Kein Wort zu Morling.«

Ein ziemlich überflüssiger Satz.

Mette startete den Computer und loggte sich in ihr Mail-Programm ein. Dann zog sie einen Zettel aus der Manteltasche und studierte ihn. Mit den Zeigefingern tippte sie eine Adresse ein.

»Was machst du jetzt?«, wollte Stilton wissen.

»Ich habe einen persönlichen Kontakt bei der Polizei in Massachusetts, Greg Forster, dort arbeiten sie immer noch mit Clearway. Man muss einen speziellen Zugang haben, um in das Programm hineinzukommen. Wenn er in der richtigen Stimmung ist, hilft er uns vielleicht.«

Mette schrieb eine ausführliche Mail, erklärte die Situation mit der gestohlenen und zerstückelten Leiche, fügte einige Fotos des Gesichts aus der Kriminaltechnik bei und bat um Unterstützung. Wenn möglich.

»So!«, sagte sie und schickte die Mail ab.

»Willst du einen Kaffee?«

»Nein danke. Und, was ist nun mit Luna?«

Stilton hatte gewusst, dass das kommen würde, oder es befürchtet, und machte sich zu einem Erklärungsversuch bereit. Da gab der Computer ein Signal von sich. Mette sah nach, so schnell sie konnte.

»Er hat postwendend geantwortet!«

»Was schreibt er?«

Mette las und lächelte, beinahe kokett, ihre Wangen schienen einen hellroten Schimmer zu bekommen.

»Am Anfang wird er ein bisschen privat, das können wir überspringen, aber die Quintessenz ist auf jeden Fall, dass er einen Versuch starten wird. Für mich, wie er schreibt.«

Stilton sah Mette an.

»Hattest du was mit diesem Greg?«, fragte er.

»Müssen wir darüber sprechen?«

Lieber als über Luna, dachte Stilton und beugte sich zu Mette vor.

»Jetzt bin ich aber wirklich neugierig, Mette, erzähl!«

*

Olivia saß auf dem Sofa und starrte die Wände ihres Zimmers an. Sie hatte gerade ein Telefongespräch mit Lukas beendet.

Ein Gespräch, das zum Ergebnis gehabt hatte, was sie bereits wusste. Es war vorbei. Er befand sich auf einem anderen Planeten. Vollkommen high von seinem Erfolg. Er war glücklich. Euphorisch. Olivia hatte noch einmal gesagt, dass sie sich für ihn freue, und er hatte sie anstandshalber gefragt, wie es ihr ging. Na ja, Stress im Job, und dann hab ich noch mit einem alten Freund geschlafen. Hatte sie nicht gesagt. Diese Art von Ehrlichkeit fühlte sich unnötig an, sie würde nichts bringen, nur möglicherweise verletzen. Und sie hatte keinen Grund, das bewusst zu tun. Am Ende des Gesprächs hatten sie vereinbart, wieder zu telefonieren, wenn Lukas zurück war, auch das anstandshalber.

Olivia stand vom Sofa auf und nahm ein Bild von der Wand. Das erste, das Lukas von ihr gemalt hatte. Sie betrachtete es eine Weile, bevor sie es mit der Rückseite nach vorn auf den Boden stellte. Dann setzte sie sich wieder hin und schaute die leere Fläche an, die an der ansonsten vollgehängten Wand entstanden war. Sie fühlte sich auf einmal sehr einsam.

Da klingelte das Telefon, und Ove Gardmans Name erschien auf dem Display. Sie ließ es klingeln, bis die Mailbox sich einschaltete. Momentan fühlte sie sich nicht in der Lage, mit ihm zu sprechen. Kurz darauf bekam sie eine Nachricht:

Wollen wir vielleicht morgen ein Bier trinken gehen?

Olivia blickte ihr Handy an. Sie wusste nicht, was sie antworten sollte. Es wäre so schön, ihn zu treffen. So einfach und selbstverständlich, aber momentan war sie sich nicht recht im Klaren darüber, welche Richtung sie in ihrem Privatleben einschlagen sollte, und wollte Ove auf keinen Fall Hoffnungen machen, die sie nicht einlösen konnte. Er war zu gut dafür.

Tut mir leid, bin gerade keine gute Gesellschaft.
Stress im Job,

schrieb sie und ließ ihr Handy sinken. Sie wartete eine Weile, bis sie es abschickte.

*

Grigorij stand an der rechteckigen Öffnung im großen Glasdach des Aquariums. Unter normalen Umständen fütterte er die Fische nie, dafür hatte er Personal. Aber bei gewissen Gelegenheiten wollte er es selbst tun. Die wenigen Minuten, die der große Schwarm brauchte, um die Fleischstücke abzureißen und den Kadaver bis auf die Knochen abzufressen, waren ein Ventil für ihn, dienten der Kanalisierung eines inneren Drucks.

Jetzt war eine solche Gelegenheit.

Er hatte heute Morgen eine anonyme E-Mail bekommen. Eine sehr unangenehme E-Mail. Mit einer langen Liste von sämtlichen russischen Geschäftsmännern und Oligarchen, die unter »mysteriösen Umständen« verstorben waren. Vierzehn Personen. Manche zusammen mit ihren Familien.

Er kannte alle, einige waren seine Freunde. Mit mehreren von ihnen hatte er diskutiert, wer wohl als Nächster an der Reihe war. Er hoffte, dass der unbekannte Absender nicht Julies E-Mail-Adresse hatte. Sasjas konnte er gerne haben.

Er ließ das letzte große Fleischstück hineinfallen, nahm eine kleine weiße Fernbedienung und ließ die Glasscheibe wieder an ihren Platz gleiten.

Wenn ich das Auge der Nacht nicht zurückbekomme, wird alles zum Teufel gehen, dachte er und eilte über das Glasdach. Sie könnte sich ja zumindest wieder melden? Was soll sie überhaupt mit dem Ei? Ich kann es ja für doppelt so viel zurückkaufen, als sie irgendwo anders dafür bekommen würde! Kapiert sie das denn nicht? Oder geht es ihr nur um Rache? Denkt sie denn keine Sekunde an Julie? Wenn es mich trifft, trifft es doch auch sie. Und wie lange will sie Julie noch anlügen? Oder tut sie das vielleicht gar nicht?

Er holte sein Handy heraus und rief Julie an.

»Hallo, hier ist Papa. Hast du kurz Zeit?«

»Ja, wir haben gerade Pause. Was ist los?«

»Hat Mama sich noch mal bei dir gemeldet?«

»Nein, das letzte Mal, als sie in Polen war. Hat sie dich nicht angerufen?«, antwortete Julie.

»Nein.«

»Komisch. Habt ihr Streit?«

»Nein, aber ich muss sie erreichen, es ist ziemlich wichtig.«

»Warum rufst du sie nicht an?«

»Sie nimmt nicht ab. Bist du sicher, dass du nicht mit ihr gesprochen hast?«

»Ja. Glaubst du, ich lüge?«

»Nein. Kannst du nicht versuchen, sie anzurufen, vielleicht geht sie dran, wenn du es bist.«

»Und was soll ich ihr sagen? Dass du sie erreichen willst?«

»Ja. Oder sie fragen, wo sie ist, dann kann ich sie vielleicht dort kontaktieren.«

Grigorij biss sich auf die Lippe, er wusste, dass er sich auf dünnem Eis bewegte. Seine Tochter zu bitten, nach Informationen zu fischen, war grenzwertig.

»Okay«, sagte Julie. »Jetzt muss ich zum Unterricht.«

»Ich hab dich lieb.«

Grigorij steckte das Handy wieder ein. Er fühlte sich schäbig, aber was sollte er machen? Er musste das Ei zurückbekommen, wenn nicht alles zum Teufel gehen sollte. Noch einmal warf er einen Blick zu den Piranhas hinunter. Das Wasser war noch immer rötlich von dem Kadaver.

Stilton tat dasselbe wie beim letzten Mal, als er hier war, er stieg eine Haltestelle früher aus und machte einen Spaziergang durch Kummelnäs. Mette hatte eine neue E-Mail von Greg Forster bekommen und wollte, dass sie sie bei ihr zu Hause durchgingen. Ihm war es recht gewesen. Bensemans Wohnung hatte ihre Unzulänglichkeiten.

Er genoss den Spaziergang. Die Situation mit Luna hatte er vorübergehend weggeschoben, heute würde er sich erst einmal um andere, in seinen Augen deutlich akutere Probleme kümmern: Mette hatte angedeutet, dass die Antwort von Forster interessant war.

Interessant?

Das bot Spielraum für Interpretation, und darüber dachte er nach, als er mit federnden Schritten zwischen den großen Holzhäusern und gepflegten Hecken hindurchlief. Hatte sie tatsächlich einen Namen herausbekommen? Eine Identität für Verner? Was, wenn er wirklich Verner hieß, eins zu wie viel Milliarden standen die Chancen dafür? Oder hatte sie Informationen erhalten, die in eine andere Richtung führten? Hatte Verner einen Zwillingsbruder, der Präsident von Serbien war?

Er achtete darauf, nicht auf die fette Nacktschnecke zu treten, die über die Steinplatten kroch, diesen Fehler hatte er schon ein paarmal gemacht und dann Widerwärtiges von der Schuhsohle kratzen müssen.

Als er das Gartentor erreichte, waren die Gedanken schon einige Runden in seinem Schädel gekreist und wieder bei Verner angelangt. Er drückte die Klinke hinunter und stellte fest, dass er aufgeregt war. Neugierig und aufgeregt. Würden sie dem Mann mit der roten Fliege jetzt endlich das Maul stopfen?

Ein lautes Gackern hinten bei der dichten Hecke verriet, dass Mårtens Hühner angekommen waren. Mårten selbst saß drüben beim Gästehaus. Allein. Stilton ging über die Wiese und begrüßte ihn.

»Wie läuft es mit den Hühnern?«
»Gut.«

Mehr kam nicht, und Stilton begriff, dass Mårten niedergeschlagen war. Er setzte sich neben ihn auf einen Gartenstuhl.

»Angst wegen der Wahl?«
»Auch das. In was für einem Land leben wir?«
»Schweden. Vergiss nicht, dass fast die Hälfte von denen, die hier wohnen, eine andere Regierung wollten. Es kann sich nächstes Mal wieder ändern, das weißt du.«

Mårten fuhr sich mit der Hand über den faltigen Hals, er wusste, dass Stilton recht hatte. Es würden neue Wahlen kommen. Bessere Wahlen. So musste er denken.

»Gibt es noch mehr, das dir Sorgen macht?«
»Ja. Wir haben keinen Ton von Alina und Oleksij gehört.«

Mårten rang die Hände zwischen seinen Beinen. Sein schütteres graues Haar stand nach allen Seiten ab, er sah aus, als käme er gerade aus dem Bett.

»Sie werden wieder auftauchen«, sagte Stilton. Eher zum Trost als aufgrund einer Einsicht.

»Wollen wir's hoffen. Ich hatte diesen kleinen Jungen schon ins Herz geschlossen. Sein Schicksal, ich dachte, wir können sie eine Weile hier bei uns haben und ihnen ein bisschen Sicherheit geben. Jetzt weiß man ja nicht, was passiert, wo sie landen.«

»Nein.«

Mårten seufzte tief und sah Stilton an.
»Du willst zu Mette, nehme ich an?«
»Ja.«
»Sie sitzt in der Küche.«
Stilton stand auf, tätschelte Mårten den Arm und ging zum Hauseingang.

»Heute gibt's keinen Rotwein.«
Mette saß am Küchentisch, einen aufgeklappten Laptop vor sich. Sie war merklich fokussiert. Stilton setzte sich neben sie, er ging davon aus, dass sie ihm etwas auf dem Bildschirm zeigen wollte.
Aber das dauerte etwas.
»Wir haben Antwort von Greg bekommen«, begann Mette. »Er hat unsere Fotos durch das Programm von Clearway geschickt, und das hat ein paar Bilder ausgespuckt, die mit unseren übereinstimmen. Eines von einem Mann auf einer Bank in einem Park, ein anderes von einer Überwachungskamera in einer Videothek. Beide aus Marseille.«
Mette wartete, bis die Information bei Stilton angekommen war. Verner war aus Marseille? Ein Franzose?
»Und hat er auch einen Namen herausgekriegt?«
»Ja. Adam Berrada.«
»Adam Berrada.«
»Ja. So sah er aus, als er noch am Leben war.«
Mette drehte den Bildschirm etwas zu Stilton. Er betrachtete zwei Fotos, die darauf zu sehen waren. Die Ähnlichkeit mit dem zerstückelten Mann war augenfällig. Es war Verner. Oder Adam Berrada, wie er offenbar hieß.
»Unglaublich«, sagte Stilton und lehnte sich zurück. »Wir haben seine Identität.«

»Durch Methoden, die bis zu unserem Lebensende unter uns bleiben.«

Stilton lachte über den dramatischen Unterton. Das war ja trotz allem nicht die Welt, oder? Mette und er hatten schon öfter an den Spielregeln gedreht. Die Hauptsache war doch, dass etwas dabei herauskam? Aber sie war auf ihre alten Tage vielleicht vorsichtiger geworden.

»Also, was machen wir jetzt?«, wollte er wissen. »Der Typ hat offenbar eine Verbindung nach Marseille, auch wenn er in der Götgatan gestorben ist.«

»Ich rufe Jean-Baptiste Fabre an, du erinnerst dich an ihn?«

»Ja. Guter Polizist.«

Abbas und er hatten viel mit Fabre zu tun gehabt, als sie vor einigen Jahren im Zusammenhang mit einem brutalen Mord an einer jungen Frau in Marseille gewesen waren. Samira. Auch sie zerstückelt. Ein Mord, der Abbas extrem hart getroffen hatte, weil er sehr verliebt in die Frau gewesen war.

Mette stand vom Tisch auf, nahm ihr Handy und rief Fabre an. Er nahm sofort ab.

»Hallo, JB. Mette hier. Wir brauchen Informationen über einen ermordeten Mann, der Adam Berrada heißt und eine Verbindung zu Marseille hat. Eventuell französischer Staatsbürger. Kannst du uns helfen?«

Mette hatte nicht viel für persönlichen Small Talk à la »Wie geht es dir? Wie läuft es bei euch? Alles klar?« übrig. Sie war rational.

Das versuchte Stilton auch zu sein. Er zog sein Handy heraus und las sich die Liste durch, die er von den Wohnungseigentümern im betreffenden Häuserblock Kocksgatan/Götgatan hatte. Und schüttelte den Kopf.

»Kein Berrada?«, fragte Mette.

»Nein. Aber er kann ja zur Untermiete gewohnt haben. Ich erkundige mich mal bei den Wohnungsvermittlungsagenturen.«

*

Bei Hostini AB landete er einen Treffer. Die Firma hatte zwei Wohnungen in dem betreffenden Block vermittelt. Er bekam die Namen der Wohnungsinhaber, und die zweite, eine junge Frau, zurzeit wohnhaft in London, hatte ihre Wohnung vorübergehend an einen Adam Berrada vermietet.

»Gibt es irgendwelche Probleme?«, erkundigte sie sich.

»Ja. Berrada ist leider verstorben, wir müssen also in die Wohnung.«

Stilton hatte nicht das Bedürfnis, die junge Frau darüber zu informieren, dass ihr Mieter ermordet worden war. Das musste sie in der Zeitung lesen.

Die Wohnung lag in der Kocksgatan 6. Der etwas verschwitzte Hausmeister hatte festgestellt, dass der polizeiliche Durchsuchungsbeschluss ihnen das Recht gab, die Wohnung zu betreten. Trotzdem murrte er an der Tür.

»Ich hoffe, er liegt nicht tot da drinnen.«

»Ich kann Ihnen garantieren, dass das nicht der Fall ist«, antwortete Stilton.

Er stand zusammen mit Mette und einem Kriminaltechniker dicht hinter dem Hausmeister.

»Und woher wissen Sie das?«

Stilton blickte Mette an. Sie sah genauso ermüdet aus wie er. Nicht physisch müde, doch das zähe Voranschreiten des Türöffnens spiegelte sich in ihrem Gesicht wider.

»Kriegen Sie die Tür auf?«, fragte sie.

»Das ist ein Hebelzylinderschloss, schon etwas abgenutzt, nicht gerade das reinste Vergnügen.«

Nach einigem weiteren Hin und Her war die Tür endlich offen.

»Danke«, sagte Mette. »Dann sind Sie jetzt fertig hier.«

»Ich kann mit reinkommen«, erwiderte der Hausmeister und offenbarte eine höchst menschliche Neugier.

Mette und der Kriminaltechniker traten in die Wohnung, und Stilton schob den Hausmeister freundlich, aber bestimmt beiseite und zog die Tür hinter sich zu.

Drinnen bot sich dem Trio ein chaotischer Anblick. Umgeworfene Möbel, weggezogene Teppiche, eine Lampe lag zerbrochen auf dem Tisch. Die dunklen Gardinen an den Fenstern waren zugezogen.

Alle hatten sich Schuhschützer und Handschuhe übergestreift. Stilton schaltete eine Deckenlampe ein und wurde vom Techniker zu einem Schreibtisch gewunken.

»Schau mal, hier.«

Stilton beugte sich vor und sah einen kleinen blauen Schraubenzieher.

Der Techniker nahm ihn vorsichtig und hielt ihn hoch. Mette kam zu ihnen und blickte das Werkzeug an.

»Ist das Blut?«

Auf dem Schraubenzieher waren dunkle Flecken zu sehen, und der Techniker öffnete einen Plastikbeutel.

»Ich würde sagen, ja.« Er ließ den Schraubenzieher in den Beutel fallen.

Mette und Stilton sahen einander an und hatten denselben Gedanken im Kopf. Oder eher dieselben Worte, den Bericht des Rechtsmediziners, in dem stand, dass sich Wunden am

Körper befanden, keine lebensgefährlichen, aber ziemlich tiefe. Die von einer Stichwaffe stammen könnten, vielleicht von einem Schraubenzieher. Beide betrachteten den Beutel mit dem Werkzeug. Falls es daran DNA gab, konnten sie sie mit der der verunglückten Männer aus den Leichensäcken vergleichen, den vermutlichen Leichenschändern. Und das eventuelle Blut auf dem Schraubenzieher konnten sie mit Adam Berradas DNA vergleichen.

»Ich schaue mal ins Treppenhaus.« Stilton verließ den Raum. Er ging durch die Wohnungstür hinaus und stellte fest, dass der Hausmeister sich ein paar Stufen weiter unten auf der Treppe herumdrückte.

»Gehen Sie weiter runter«, sagte er. »Das hier ist ein Tatort.«

Widerwillig schlurfte der Mann einige Treppenstufen hinunter, während Stilton nach oben stieg. Die Wohnung lag im obersten Stockwerk, darüber war nur noch die Tür zum Speicher. Mit ein paar winzigen dunklen Flecken am Griff. Hat er versucht, sich mit den Händen zu wehren?, dachte Stilton und zog sein Handy heraus. Er wollte Leute herbeordern, die den Treppenaufgang absperrten. Auf dem Weg nach unten entdeckte er noch mehr kleine Flecken auf der Treppe und dankte dem Schicksal, dass niemand darauf getreten war und sie zerstört hatte.

Als er wieder in die Wohnung kam, hielt Mette ein Handy hoch.

»Das hier lag hinter dem Sofa da drüben«, sagte sie. »Könnte seines sein.«

»Kommen wir da rein?«

»Ich glaube, es ist entladen.«

Der Techniker beugte sich hinunter und wühlte in seiner

Tasche. Er kramte ein Ladekabel heraus und steckte es in eine Steckdose.

»Es wird ein bisschen dauern«, sagte er.

Stilton und Mette blickten sich in der Wohnung um. Eine Zweizimmerwohnung. Wohnzimmer. Ein Einzelbett im Schlafzimmer, ein Küchentisch mit zwei Stühlen, fast kein Geschirr.

»Glaubst du, er hat sie nur als Übernachtungsplatz genutzt?«, fragte Stilton.

»Vielleicht.«

Mette öffnete einen Schrank, er war leer. Stilton setzte sich auf einen Stuhl und betrachtete das verwüstete Wohnzimmer. Was hat sich hier abgespielt? Wurde er gefoltert und ist aufs Dach geflohen? Warum? Wer war er?

»Jetzt hat es Saft.« Der Techniker reichte Mette das Handy.

Sie drückte mit einem behandschuhten Finger auf einen Knopf an der Seite und brachte das Display zum Leuchten. Sie stellte fest, dass Berrada offenbar keinen Code verwendet hatte. Seltsam.

»Wir müssen es später durchgehen«, sagte sie. »Kontaktlisten, Nachrichten, Papierkorb.«

»Hör doch mal seine Mailbox ab«, forderte Stilton sie auf.

Mette klickte sich zu den eingegangenen Nachrichten durch. Es gab nur eine. Sie erhöhte die Lautstärke und wartete. Ein kratzendes Geräusch, dann eine raue Stimme: *Hallo, hier ist Jacek. Nicht gut gelaufen heute Nacht. Polizei. Musste abhauen.*

*

Eine halbe Stunde später spielte Mette dieselbe Nachricht noch einmal vor, kurz, aber richtungweisend. Diesmal hörten

mehr Leute zu. Ein großer Teil des Trafficking-Teams stand stumm um das Handy herum. Als Mette es ausschaltete, dauerte es eine Weile, bis Olivia sagte, worauf auch die meisten der Umstehenden gerade gekommen waren: »Der Empfänger könnte der andere Mann aus dem Wohnmobil sein.«
»Wisst ihr, wie er heißt?«, fragte Lisa.
»Adam Berrada«, antwortete Stilton.
»Franzose, glauben wir«, sagte Mette. »Ist nach einem Sturz von einem fünfstöckigen Haus in der Götgatan gestorben. Vermutlich wurde er gestoßen.«
»Und hinterher aus dem Leichenhaus gestohlen und zerstückelt«, fügte Stilton hinzu.
»Eure gestohlene Leiche?« Olivia riss die Augen auf. »Verner?«
»Verner?«, fragte Borgmark.
»Ein Arbeitsname«, erklärte Stilton.
Dann fingen alle an durcheinanderzureden. Möglicherweise hatte man einen von Jaceks Mittätern gefunden, den Mann, der eventuell mit im Wohnmobil gewesen war. Er war zwar tot, aber identifiziert.
»Hier laufen unsere Ermittlungen offenbar zusammen.« Mette sah Olivia an.
»Ja. In irgendeiner Form. Ich hätte gern alle Fotos von Berrada aus der Rechtsmedizin, inklusive der Tätowierung, die du mir gezeigt hast.«
Letzteres war an Stilton gerichtet.
»Können wir das Handy hierbehalten?«, fuhr sie fort. »Ich würde es gerne zu Jaceks nächster Vernehmung mitnehmen.«
»Es ist noch nicht untersucht worden«, erwiderte Mette ein wenig besorgt, die Kontrolle über ihre eigene Ermittlung zu verlieren.

»Ich will nur die Nachricht. Wir können sie aufnehmen, wenn du willst.«

»Das wäre besser«, sagte Mette.

»Wann wollt ihr Jacek vernehmen?«, fragte Stilton.

»Jetzt gleich. Oder zumindest, sobald wir die Bilder von euch haben.«

Olivia war im Geiste schon auf dem Weg ins Vernehmungszimmer.

Mette und Stilton verließen gemeinsam den Raum.

»Jetzt wissen wir also, dass Berrada ermordet wurde, und von wem vermutlich«, sagte Mette. »Aber nicht, warum. Oder wer die Täter waren.«

»Könnte es eine Auseinandersetzung in Verbindung mit Sexhandel gewesen sein?«

»Vielleicht.«

»Könnte Jacek etwas mit dem Mord zu tun haben?«

»Vielleicht.«

»Viele Vielleichts.«

Mette holte ihr eigenes Handy heraus und blieb am Eingang des Polizeigebäudes stehen.

»Du kannst schon mal weitergehen«, sagte sie und drückte auf eine Telefonnummer. »Ich komme nach.«

Stilton tat wie ihm geheißen und ging hinaus.

Als die Tür zugefallen war, meldete sich am anderen Ende der Leitung jemand.

»Hallo, Magnus. Wir haben die Identität der Leiche herausgefunden. Er heißt Adam Berrada, vermutlich Franzose. Ich warte auf weitere Informationen über ihn. Sagst du es Morling?«

»Ist es nicht besser, du machst das selbst? Er wird sicher einige Folgefragen haben.«

»Gerade deshalb. Und du, noch was. Ich brauche die Anruflisten von Berradas Handy, könntest du das organisieren?«

»Klar.«

»Danke.«

Mette ließ ihr Telefon sinken und sah, dass Stilton draußen an einem Laternenmast herumhing. Er hängt zurzeit viel herum, dieser Mann, dachte sie. Er sollte besser zum Kahn gehen und sein Leben in Ordnung bringen.

*

Tom hatte sie ein paarmal zu erreichen versucht, aber sie hatte sich entschieden, nicht abzunehmen. Sie musste nachdenken, ungestört. Jetzt hatte sie fertig gedacht. Sie bog in die Katarina Bangatan ein, auf dem Weg zu Ronnys Antiquariat.

Mette war deutlich gewesen. Sie hätte Tom vertrauen sollen. Aber ich bin nicht Mette, dachte Luna, ich habe ein anderes Verhältnis zu ihm. Ich liebe Tom, er ist mein Partner, ich will mein ganzes Leben mit ihm verbringen. Das stellt andere Forderungen an eine Beziehung, eine tiefere Form von Ehrlichkeit.

Die Tür zum Laden stand offen. Sie trat ein und sah Ronny auf einer Holzleiter balancieren. Er versuchte, an ein Buch ganz oben unter der Decke heranzukommen. Luna wagte nicht zu grüßen, aus Angst, ihn zu erschrecken und einen Sturz zu verursachen, also wartete sie ab. Schließlich gelang es Ronny, das Buch herauszuziehen und die Leiter wieder herunterzuklettern.

»Ja hallo!«, sagte er.

»Hallo. Hat geklappt mit dem Buch.«

»Ja. Ich kapiere nicht, warum alle wertvollen Bücher immer ganz oben an der Decke stehen.«

»Vielleicht willst du sie nicht verkaufen?«

»Könnte sein«, antwortete Ronny, dem dieser Gedanke noch gar nicht gekommen war.

Vielleicht stelle ich sie unbewusst dorthin?

Es gab nämlich Bücher, die er äußerst ungern weggab, aus privaten Gründen, die er aber trotzdem der Reputation halber im Laden stehen haben wollte. Das Buch, das er in der Hand hielt, war so eins. Eine Erstausgabe von Gunnar Ekelöfs Debüt *Spät auf Erden* aus dem Jahr 1932. Vom Autor signiert. Eine Rarität. Ronny war ein großer Bewunderer von Ekelöf.

»Hast du das hier gelesen?«, fragte er und hielt Luna das Buch hin.

»Nein. Was ist das?«

»Eine Gedichtsammlung von Gunnar Ekelöf. Einem so einzigartigen wie eigenartigen Poeten. Als er auf dem Sterbebett lag, wollte er, dass seine Asche über dem Fluss Paktolos in Sardes verstreut wird.«

»Wo liegt das?«

»In der heutigen Türkei. Ein sehr eigentümlicher Mensch. Also, was verschafft mir die Ehre? Setz dich!«

Luna setzte sich in den angewiesenen Sessel. Ronny blieb mit dem Buch in der Hand neben der Leiter stehen.

»Ich versuche, Tom zu erreichen«, sagte Luna. »Es läuft gerade etwas holprig bei uns.«

»Ich hab's gehört, er war hier. Hast du ihn nicht angerufen?«

»Doch, aber er nimmt nicht ab. Weißt du, wo er sich aufhält?«

»Er wohnt momentan bei Benseman.«

»Ach so?«

Bei Benseman? Sie hatte sich natürlich gefragt, wo er die Nächte verbrachte. Nicht bei Mette und Olivia, und vermutlich auch nicht bei Abbas und seiner Mutter. Aber Benseman? Das war ein wenig unerwartet.

»Hast du seine Nummer?«

Und so musste Ronny Bensemans Nummer auch Luna geben.

Bald kommt wahrscheinlich auch noch Abbas vorbei und will sie haben, dachte er.

»Danke.« Luna nahm den Zettel an sich. »Wo wohnt Benseman?«

»In der Blekingegatan 32. Allerdings ist er gerade nicht da.«

»Aber Tom vielleicht?«

»Vielleicht«, sagte Ronny.

»Hast du auch den Türcode?«

Nachdem Benseman nicht zu Hause war, schien es ihr nicht sonderlich sinnvoll, ihn anzurufen. Luna ging das kurze Stück zur Blekingegatan und stieg vier Stockwerke nach oben. Sie klingelte dreimal an der Tür, dann gab sie auf.

Tom war nicht da.

Als sie auf die Straße hinauskam, sah sie, dass nur ein paar Meter entfernt die Kneipe Pelikan lag. Nachdem sie Toms Gewohnheiten kannte, ging sie dorthin. Er konnte ja theoretisch dort sitzen und grübeln. Bereuen. Sie vermissen.

Hoffte sie.

Sie betrat das Lokal und blickte sich um. Es waren nur wenige Gäste dort, und niemand von ihnen war Tom.

*

Tom war auf Lunas Kahn.

Er hatte Mettes unausgesprochenen Rat befolgt, ohne überhaupt etwas von ihrem Gedanken zu wissen, und sich zum Lastkahn begeben, um sein Leben in Ordnung zu bringen. Oder zumindest einen ersten Schritt zu machen. Mit Luna zu sprechen. Zu erklären, was er nicht erklären wollte.

Als er dort ankam, war der Kahn leer.

Als Erstes ging er in die Kapitänskajüte und stellte fest, dass das Doppelbett gemacht war. Dann trat er in den Salon und setzte sich an den Platz, an dem er gesessen hatte, als Luna ihn mit der Sache konfrontiert hatte. Er erinnerte sich an jedes Wort, das zwischen ihnen gefallen war. Vielleicht hätte ich ihr die Wahrheit sagen sollen, anstatt zu gehen, dachte er. Sagen, dass das, was passiert ist, ein Reflex war, die Eingebung eines Augenblicks, völlig ungeplant. Unverzeihlich, aber in der damaligen Situation trotzdem berechtigt. Dass es Băsescu daran gehindert hatte, neue schreckliche Untaten zu begehen. Hätte sie das verstanden?

Im tiefsten Inneren zweifelte er daran.

Außerdem würde das bedeuten, dass er ihr eine Information aufbürdete, die schicksalhaft sein konnte. Wenn sie sie für sich behielt, machte sie sich des Schutzes eines Verbrechers schuldig. Wenn sie sie weitergab, würde sein Leben in sich zusammenstürzen.

Das war das Ende der Fahnenstange.

Ganz hinten in seiner Koje stand seine grüne Tasche. Er öffnete sie und packte ein wenig Unterwäsche und ein paar T-Shirts ein. Aus der Nasszelle holte er seine Zahnbürste und einen Blister Omeprazol. In den letzten Nächten hatte er seinen Magen gespürt. Als er wieder in den Salon kam, stellte er die Tasche auf den Tisch und ging zurück in die Kapitänskajüte. Dort lag immer ein Notizblock auf dem Regal neben dem Bett, manchmal wachte er auf und musste den einen oder anderen Gedanken niederschreiben. Meistens, was er einkaufen oder wen er anrufen wollte. Er setzte sich auf die Koje und schrieb eine kurze Nachricht an Luna, riss die Seite heraus und legte sie auf ihr Kopfkissen.

Mehr konnte er nicht tun, meinte er.

Sie bemerkten einander fast gleichzeitig. Sie kam vom Söder Mälarstrand und er vom Kahn. Erst blieb jeder auf seiner Seite der Brücke stehen. Nicht sehr lange, dann betrat Stilton die Brücke, und Luna kam ihm entgegen. In der Mitte trafen sie sich und blieben erneut stehen, ein paar Meter voneinander entfernt. Luna musterte die Tasche in Stiltons Hand.

»Du bist wieder auf dem Weg?«

»Ja. Ich hab dir einen Zettel geschrieben. Er liegt auf der Koje.«

»Was hast du geschrieben?«

»Dass ich dich über alles in der Welt liebe.«

Stilton sah Luna in die Augen, und sie hielt seinen Blick fest. Niemand von ihnen bemerkte den Kanufahrer, der unter die Brücke paddelte und auf der anderen Seite wieder herauskam. Dann trat Luna einen Schritt nach vorn und hob eine Hand. Vorsichtig strich sie Stilton über die Brust.

»Ich will, dass du bleibst«, sagte sie. »Ich will, dass wir die ganze Sache überwinden.«

Stilton schluckte, und Luna sah, wie seine Augen glänzten. Mit einer leichten Bewegung ließ er die Tasche auf die Brücke fallen und zog sie an sich. Sie ließ sich von ihm in die Arme schließen.

Stilton hielt sie fest und blickte aufs Wasser hinaus. Er

wusste nicht, ob sie sich entschieden hatte, an seine Lüge zu glauben oder ohne Antwort weiterzumachen. Hinter sich zu lassen und zu verdrängen, wie er selbst.

Aber er wusste, dass eine DNA-Probe alles zerstören würde.

*

Jacek saß in der Haftanstalt Kronoberg auf Kungsholmen, wegen des dringenden Tatverdachts hinsichtlich mehrerer schwerer Verbrechen. Darüber hinaus war er mit einer Wache in Streit geraten und hinter einer Panzertür in Isolationshaft genommen worden. Von dort wurde er zur Vernehmung geholt.

Das Szenario war im Großen und Ganzen dasselbe wie beim letzten Mal. Olivia und Lisa saßen nebeneinander am Tisch, Jacek gegenüber. Und Lasse an der Tür. Der einzige Unterschied waren ein paar neue Dinge auf dem Tisch. Ein Handy und eine dünne Mappe. Außerdem flackerte das Licht der Deckenlampe.

»Ich hoffe, Sie wollen heute etwas mehr mitarbeiten«, sagte Olivia und zog das Handy zu sich. »Um Ihrer selbst willen.«

Jaceks ausdrucksloses Gesicht war Antwort genug. Er wollte weiterhin schweigen.

»Wir werden Ihnen jetzt eine kurze Nachricht auf Englisch vorspielen, sie stammt von einer Mailbox, und ich möchte, dass Sie gut zuhören.«

Olivia setzte das Handy in Gang, sie hatte die Nachricht von Adam Berradas Mailbox aufgenommen. Sie war exakt sechs Sekunden lang. Sowohl Lisa als auch Olivia beobachteten Jaceks Gesicht, als er sie hörte, und beide registrierten das kurze Zucken. Olivia legte das Handy wieder hin.

»Nachdem Sie selbst Ihren Namen genannt haben, brauchen wir nicht zu fragen, wer diese Nachricht aufgesprochen hat. Das waren Sie. Wissen Sie, woher wir sie haben?«

Jacek schwieg.

»Aus Adam Berradas Wohnung. In der Kocksgatan.«

»War er dort?«

Drei Worte, aber es würden noch mehr kommen.

»Nein«, antwortete Lisa.

»Ist Berrada der Mann, der mit Ihnen im Wohnmobil war?«, fragte Olivia.

»Fragen Sie ihn.« Jacek grinste. Adam ist nicht festgenommen worden, dachte er, sie werden ihn nie kriegen.

»Nachdem Sie ihn nach Ihrer Flucht aus dem Wohnmobil angerufen haben, gehen wir davon aus, dass Sie sich kennen«, sagte Lisa.

Schweigen.

»Hatten Sie nach diesem Gespräch noch mal Kontakt mit ihm?«

»Fragen Sie ihn.«

Jacek grinste erneut, und Olivia öffnete die Mappe, die vor ihr lag.

»Das würden wir ja gern«, erwiderte sie, »aber das wird schwierig. Als wir zum ersten Mal mit ihm zu tun hatten, sah er so aus.«

Sie legte eine Nahaufnahme von Berradas Gesicht aus der Rechtsmedizin auf den Tisch, nach dem Sturz auf die Straße notdürftig zusammengeflickt. Jacek starrte das Foto an. Olivia ließ ihn starren, lange genug, um zu sehen, wie er schluckte.

»Als wir das zweite Mal mit ihm zu tun hatten, sah er so aus.«

Sie legte zwei neue Bilder vor ihn hin, die Berradas zerstückelte Leiche zeigten, ausgebreitet auf einer Bahre.

»Lassen Sie sich Zeit.«

Jacek sah die Fotos an, schluckte, rieb sich hastig die Augen und wandte das Gesicht ab.

»Nehmen Sie die weg«, sagte er.

»Warum?«, fragte Lisa.

»ICH WILL SIE NICHT SEHEN!«

Jacek stand auf, die Hände auf den Tisch gestützt. Lasse machte ein paar rasche Schritte auf ihn zu.

»Setzen Sie sich«, wies er ihn an.

Jacek zitterte am ganzen Körper, er atmete schwer, trat von einem Fuß auf den anderen.

»Wir können sie wegnehmen.« Olivia legte die Fotos zurück in die Mappe.

Lasse drückte Jacek wieder auf den Stuhl hinunter und blieb dahinter stehen.

»Ihr Freund Adam Berrada ist ermordet und zerstückelt worden«, sagte Lisa. »Wir wollen wissen, warum.«

Jaceks Blick glitt an ihr vorbei zu der flackernden Lampe an der Decke hinauf.

»Wer hat das getan?«, fragte er, fast abwesend.

Seine Stimme war völlig verändert, leise, rau, er hatte Mühe, Luft zu bekommen, eine Ader auf der Stirn pulsierte.

»Zwei Männer, die später in einem Auto verunglückt sind«, antwortete Olivia. »Wir konnten sie nicht nach ihrem Motiv fragen. Können Sie uns da weiterhelfen?«

Jacek wiegte seinen Oberkörper vor und zurück. Olivia betrachtete ihn. Wie war seine Beziehung zu Adam gewesen? Partners in Crime? War Adam sein Boss? Die Nachricht ließ darauf schließen. Oder standen sie sich noch näher? Jaceks

Reaktion auf die Fotos mochte darauf hindeuten. Als hätte er einen engen Freund zerstückelt vor Augen. Oder hatte er Angst, selbst zerstückelt zu werden?

»Was hatten Sie für ein Verhältnis zu Adam?«

Sie verwendete bewusst den Vornamen. Es kam keine Reaktion. Jaceks Blick war immer noch abwesend.

»Jacek?«

Schweigen.

Olivia wollte weiterkommen. Sie öffnete die Mappe wieder und nahm ein neues Foto heraus.

»Kennen Sie das hier?«, fragte sie.

Das Bild zeigte die Vergrößerung einer Tätowierung, einen Kreis mit einem schwarzen Dreieck darin.

Jacek ließ seinen Blick langsam von der Decke nach unten gleiten und richtete ihn wieder auf den Tisch, die Augen halb zugekniffen, als hätte er Angst vor dem, was er sehen würde.

»Woher kommt dieses Bild?«, brachte er heraus.

»Von der Schulter Ihres Freundes Berrada. Es wurde weggeschnitten, bevor er zerstückelt wurde.«

Jacek legte sich die Hände vors Gesicht, sein Adamsapfel wippte auf und nieder.

»Kennen Sie die Tätowierung?«, wollte Lisa wissen.

Jacek nickte, ohne die Hände wegzunehmen.

»Was bedeutet sie?«, fuhr Lisa fort. »Ein Kreis mit einem schwarzen Dreieck. Ist das ein Symbol für irgendetwas?«

Es war lange still. Lisa und Olivia sahen, wie Jacek mit sich kämpfte, sein Körper wand sich hin und her. Schließlich nahm er die Hände vom Gesicht und signalisierte durch eine Geste, dass er einen Stift wollte. Lisa schaute Olivia an, und die sah zu Lasse hinauf, der immer noch hinter Jacek stand. Lasse nickte. Olivia holte einen Stift heraus und schob

Jacek einen Block hinüber. Er nahm den Stift und schrieb zwei Worte auf den Block. In Großbuchstaben: TRIADE NOIRE.

»Triade Noire. Ist das ein Name?«, fragte sie.

Jacek nickte.

»Von einer Organisation?«, fügte Lisa hinzu.

Jacek nickte erneut.

»Die Sexhandel und Menschenschmuggel betreibt?«

Jacek bewegte sich nicht, er nickte weder, noch schüttelte er den Kopf.

»Wissen Sie, wer die Organisation leitet?«, fragte Olivia.

»Nein.«

»Von wo aus operiert sie?«

»Weiß nicht.«

»Haben Sie selbst eine solche Tätowierung?« Lisa sah ihn an.

»Nein.«

»Dann möchte ich noch nach etwas ganz anderem fragen«, sagte Olivia. »Als Sie und Adam sich in Polen an der Frau vergriffen haben, war eine ukrainische Jugendliche dabei. Sie wurde dort abgeholt, von einer Frau in einem schwarzen Auto, die Sasja hieß. Wer war das?«

»Davon hab ich nichts gesehen.«

»Sie haben nicht gesehen, wie das Mädchen abgeholt wurde?«

»Nein.«

Die Vernehmung ging eine Weile weiter, ohne mehr Informationen zu generieren.

»Dann brechen wir hier ab.« Lisa stand auf.

Lasse führte den zusammengesunkenen Jacek aus dem Vernehmungszimmer. Olivia und Lisa sahen die beiden Männer durch die Tür verschwinden.

»Das hat sich jetzt richtig gut angefühlt«, gestand Lisa. »Darf man das sagen?«

»Darf man. Aber nicht laut.«

Olivia lächelte. Ihr ging es genauso wie Lisa. Beide wussten, was Jacek Alina und ihrem Sohn angetan hatte. Sie hatten keinerlei Skrupel, ihn zu brechen. Olivia nahm die Mappe vom Tisch.

»Triade Noire ... die schwarze Triade«, sagte sie. »Ziemlich alberner Name für eine Organisation.«

»Männer, vermutlich.«

»Triade, Dreieinigkeit. Meinst du, das bedeutet, dass sie von drei Personen geleitet wird?«

»Vielleicht, dann gäbe es noch zwei Tätowierungen, die wir finden müssen.«

Olivia nickte Lisa zu und ging zur Tür.

»Ich gehe jetzt nach Hause.«

Olivia verließ das Polizeigebäude. Sie wollte sich in irgendein Café setzen, egal wo, einfach nur, um wegzukommen. Menschen zu sehen, die fröhlich waren und sich mochten. Sie hatte Lisa bewusst nicht gebeten mitzukommen, sie wollte für sich sein. Aber wo sollte sie hingehen?

»Hallo, was für ein Zufall!«

Olivia wandte sich um, und da stand Ove Gardman.

»Zufall?« Sie sah ihn verwirrt an.

»Ja, ich stehe hier und warte auf dich, und da kommst du.«

Olivia verzog den Mund.

»Das ist ja wohl kein Zufall, eher Stalking«, sagte sie.

»Wortklauberei, Frau Inspektor. Hier!«

Ove streckte ihr einen grünen Papierstreifen entgegen.

»Was ist das?«

»Ein Eintrittsbändchen für Gröna Lund. Gilt für alle Fahrgeschäfte. Inklusive Free Fall.«

»Was? Jetzt?«

»Ja? Hast du was anderes vor?«

»Nein«, lachte Olivia, »aber Gröna Lund?«

»Ich war noch nie dort, und du brauchst ein bisschen Spaß. Komm!«

Ove streckte Olivia seine Hand hin, und sie nahm sie. Die richtige Person am richtigen Ort, dachte sie. Das war dann doch Zufall.

Mette fuhr mit dem Auto zum Polizeigebäude in der Kronobergsgatan. Sie hatte angeboten, Stilton mitzunehmen, aber er wollte sich selbst auf den Weg machen. »Ich brauche ein bisschen Bewegung.«

Er fuhr mit dem Bus.

Mette hatte am Morgen eine kurze Nachricht von den Forensikern bekommen, sie würden ihr im Lauf des Tages per Mail Informationen über das Zigarettenetui schicken. Diese Informationen wollte sie so schnell wie möglich mit Stilton teilen, aber nicht draußen in Kummelnäs. Mårten war immer noch schlechter Stimmung, und zu allem Überfluss hatten sie jetzt auch noch einen Wasserrohrbruch im Keller.

Stilton hätte ein Treffen auf dem Kahn vorschlagen können, aber er hatte noch nichts von seiner Versöhnung mit Luna erzählt, das wollte er zu gegebener Zeit tun.

Also waren sie im Büro der Silberwölfe verabredet.

Mette traf vor Stilton dort ein und überlegte, ob sie Kaffee holen sollte, damit er kalt war, bis er kam. Magnus war wegen eines Falles in Borås, und das Zimmer war leer. Sie hängte ihren Mantel auf und setzte sich mit dem Rücken zur Tür an einen Schreibtisch. Was zur Folge hatte, dass ihr der falsche Kommentar herausrutschte, als sie hörte, dass jemand hereinkam.

»Wenn du kalten Kaffee willst, musst du ihn selbst holen«, sagte sie.

»Wie bitte?«

Mette fuhr herum und sah einen Mann mit feuerroter Fliege und gepflegtem grauem Anzug. Erik Morling.

»Ich dachte, es wäre Tom.« Mette machte eine entschuldigende Geste.

»Trinkt er gern kalten Kaffee?«

»Manchmal. Suchst du Magnus?«

»Nein. Ich habe gestern mit ihm gesprochen, und er hat erzählt, dass ihr unsere gestohlene Leiche identifiziert habt.«

Jetzt ist es schon »unsere« Leiche, dachte Mette.

»Ja«, antwortete sie.

»Gratuliere! Gute Arbeit.«

»Danke.«

Sie hoffte inständig, dass es dabei blieb, dass Morling sich nicht hinsetzte und auf die Idee kam, Folgefragen zu stellen. Das tat er nicht, doch er blieb stehen und stellte die Fragen.

»Wie habt ihr das gemacht?«, fragte er.

»Methodische Polizeiarbeit.«

»Das denke ich mir, aber konkreter? Ihr hattet ja nicht sehr viel, wonach ihr gehen konntet? Waren es diese letzten Puzzleteile, die sich ins Bild eingefügt haben?«

»Genau.«

»Und was waren das für welche? Ich möchte ja gern die Medien über diesen Erfolg informieren, alle positiven Resultate prägen das Bild, das die Allgemeinheit vom Rechtswesen hat.«

»Aber wir geben doch normalerweise keine kriminaltechnischen Details heraus, oder?«

»Das vielleicht nicht, aber für mich wäre es gut zu wissen, angesichts meiner Position. Das Schlimmste, das ich mir vorstellen kann, ist, Fragen gestellt zu bekommen, die mich als schlecht informiert dastehen lassen. Es lief wohl nicht über eine DNA-Analyse, wie ich es verstanden habe.«

»Nein. Über ein Zigarettenetui mit einer speziellen Inschrift.«
»Ach so? Wie verzwickt«, sagte Morling.
»Ja. Aber damit solltest du nicht an die Öffentlichkeit gehen. Wir warten noch immer auf ergänzende Informationen über diesen Mann.«
»Adam Berrada, war es so?«
»Ja.«
»Und wann bekommt ihr diese Informationen?«
»Die französische Polizei befasst sich gerade damit, wir warten ab, zu welchem Schluss sie kommt«, antwortete Mette.
»Und dann meldest du dich sofort bei mir.«
»Natürlich.«

Morling hielt den Blick ein paar Sekunden in Mettes Augen gerichtet, als wäre er von Letzterem nicht überzeugt. Dann verließ er den Raum und stieß in der Tür mit Stilton zusammen.

»Du magst kalten Kaffee, habe ich gehört.«

Stilton schloss die Tür hinter ihm und sah Mette an. Sie zuckte mit den Schultern.

»Was wollte er?« Stilton setzte sich auf die andere Seite des Schreibtisches.

»Herumschnüffeln.«
»Und was hast du gesagt?«
»Ich hab gelogen.« Mette öffnete ihren Laptop.

Die E-Mail von den Forensikern war gekommen. Eine ausführliche E-Mail, die im Detail beschrieb, wie sie vorgegangen waren, um die schwer mitgenommene Inschrift in dem Etui zu entziffern. Sie waren auf ihre Berufsehre bedacht. Mette scrollte hinunter, bis sie zum Kern der Sache kam.

»Die Inschrift ist auf Russisch«, sagte sie. »Wie wir vermutet haben.«

»Komisch, er ist doch Franzose.«

»Und hat vielleicht Russisch gesprochen? Das ist doch wohl nicht unmöglich?«

»Was steht da?«

»Übersetzt steht da: *Für meinen Freund Adam von deinem Freund Grigorij.*«

»Und wer zum Teufel ist das? Irgendein Russe?«

»Vielleicht. Aber jetzt wissen wir auf jeden Fall, dass das Etui Adam gehört hat und dass er es als Geschenk von irgendeinem Grigorij bekommen hat.«

Stilton zog sein Handy aus der Tasche.

»Ich rufe Olivia an und bitte sie, Jacek zu fragen, ob er weiß, wer Grigorij ist.«

»Glaubst du, das würde er sagen?«

»Vielleicht, sie haben ihn ja gestern ziemlich weichgeklopft, hat sie dich auch angerufen?«

»Ja«, sagte Mette. »Triade Noire.«

»Ein schwarzes Dreieck in einem Kreis. Eigentlich sonnenklar.«

»Wenn man es weiß.«

*

Das ganze neun Mann starke Trafficking-Team war im Raum versammelt.

Jens Borgmark saß an einem Schreibtisch in der Mitte, der Rest stand darum herum. Eines der Fenster war weit geöffnet.

»Das soll also der Name der internationalen Organisation sein?«, fragte Borgmark. »Triade Noire?«

»Ja«, sagte Olivia.

»Und sie betreibt Menschenhandel?«

»Laut Jacek«, ergänzte Lisa.

»Und hat einen Kreis mit einem Dreieck als Symbol?«
»Ja«, antwortete Olivia. »So sieht es aus.«

Sie reichte ihm ein paar Nahaufnahmen der Tätowierung, die Mette ihr gegeben hatte.

»Wusste er, wer die Organisation leitet?«, wollte Borgmark wissen. »Also Jacek?«

»Nein. Aber er könnte natürlich lügen«, sagte Lisa.

»Und er wusste auch nicht, wo ihre Führung sitzt?«

»Nein. Dem Namen nach könnte sie natürlich eine Verbindung zu Frankreich haben.«

»Ja, richtig«, sagte Borgmark. »Göran?«

»Ja?«

»Du informierst Europol. Vielleicht sind sie schon einmal auf den Namen gestoßen. Schick auch Fotos von der Tätowierung mit.«

»Okay.«

Göran setzte sich an einen Computer. Borgmark ging zu einem Whiteboard und nahm einen roten Stift. In Versalien schrieb er TRIADE NOIRE. Daneben schrieb er ADAM BERRADA und JACEK.

»Und wir haben immer noch keinen Nachnamen von ihm?«, fragte Borgmark.

»Nein«, antwortete Lisa. »Dafür haben wir einen anderen Namen, durch ein Zigarettenetui, das Berrada gehört hat. Darin ist eine Inschrift auf Russisch«:

Für meinen Freund Adam von deinem Freund Grigorij.

Borgmark schrieb GRIGORIJ an die Tafel und zog einen Strich zu BERRADA. Er legte den Stift weg und wandte sich an Olivia und Lisa.

»Gute Arbeit!«

Beide nahmen das Kompliment entgegen, ohne zu erwähnen, wem sie den Namen Grigorij zu verdanken hatten.

»Er stand also einfach hier vor der Tür?«

Sie waren in die Kaffeeküche gegangen. Lisa schenkte sich einen Kaffee ein, während sie Olivia über den gestrigen Abend ausfragte.

»Ja.«

»Mit einem Bändchen für Gröna Lund?«

»Ja, und ich kapiere nicht, wie er da stehen und warten konnte, einfach so auf Verdacht. Er hatte ja keine Ahnung, wann ich Schluss mache oder ob ich überhaupt hier bin. Das heißt, wenn er keinen Insider als Informanten hatte, natürlich ...«

Olivia nahm einen Schluck Kaffee und warf Lisa über die Tasse hinweg einen Blick zu.

»Ich verstehe gerade gar nichts«, erwiderte Lisa. »Wer sollte das denn sein?«

»Ja, wer wohl, Lisa?«

Sie blickten einander ein paar Sekunden an, dann lachten sie beide.

»Aber du magst ihn doch, oder?«, fragte Lisa.

»Ja, klar, aber ...«

»Komm jetzt nicht damit, dass du nicht bereit für eine neue Beziehung bist.«

»Aber so ist es doch.«

»Entspann dich ein bisschen, Olivia, nimm es so, wie es ist. Ihr habt doch Spaß zusammen.«

»Ja, aber ich hab es ja schon mal mit ihm versaut. Wollte erst das eine, dann das andere.«

Lisa legte ihre Hand auf Olivias Schulter.

»Free Fall, sage ich nur. Das ist es, was du brauchst. Er ist jetzt gut für dich. Analysier nicht zu viel.«

Olivia lächelte Lisa zu. Vielleicht hatte sie recht. Ove und sie hatten ja wirklich viel Spaß zusammen, sie hatten immer massenweise Gesprächsstoff. Warum sollte sie darauf verzichten? Vielleicht sollte sie es einfach zulassen, im freien Fall zu sein?

*

Sie saßen draußen vor einem Restaurant in der Fleminggatan und aßen zu Mittag. Der Herbst war schon deutlich spürbar, aber im richtigen Winkel drangen die Sonnenstrahlen noch immer zwischen den Häusern durch und machten den Ort angenehm, obwohl die Straße davor ziemlich stark befahren war.

Mette hatte einen panierten Weißfisch genommen, bei dem es sich laut Speisekarte um Zander handelte, was sie jedoch bezweifelte. Stilton aß einen Caesar Salad mit knusprigen Croûtons. Der hielt, was er versprach. Er bestellte ein Bier und spürte, dass es Zeit war, Mette über seine veränderte private Situation zu informieren. Ihr war ja offenbar daran gelegen gewesen.

»Ich bin zurück auf den Kahn gezogen.« Er steckte sich einen Croûton in den Mund.

»Wann denn?«

»Gestern.«

»Ach so? Ja, das ist doch gut?«

»Ja«, sagte Stilton.

»Oder?«

»Warum sollte es nicht gut sein?«

»Keine Ahnung, ihr seid ja beide nicht besonders mitteilsam, besonders du nicht. Also habt ihr es geklärt?«

»Was geklärt?«

Jetzt wurde Mette allmählich ein wenig ungehalten. Sie hatte vollen Respekt für Toms und Lunas Privatleben, es ging sie im Normalfall nichts an. Aber sie hatte neulich eine sehr traurige Luna getroffen, die ihr Dinge erzählt hatte, die auch sie berührten, auch wenn sie das nicht so deutlich zeigte. Es war keine Situation, in der sie von Tom für dumm verkauft werden wollte.

»Deine Aktivitäten auf den Philippinen«, sagte sie, um deutlich zu machen, wo der Hammer hing.

Das saß. Stilton legte das Besteck weg. Er wusste, dass Luna mit Mette gesprochen hatte, aber nicht, wie ausführlich. Sie hatte ihr also von den Philippinen erzählt. Meine Aktivitäten, dachte er. Das war eine nette Umschreibung.

»Wir haben es geklärt.« Er blickte Mette direkt in die Augen.

»Dann ist es ja gut. Die Sache hätte ja leicht zum Spaltpilz werden können.«

»Das glaube ich nicht.«

Stilton nahm das Besteck wieder auf. Ich hätte doch nicht erwähnen sollen, dass ich wieder bei Luna eingezogen bin, dachte er. Zumindest nicht Mette gegenüber. Er suchte nach einem neuen Croûton zwischen den Salatblättern und wechselte das Thema.

»Ich hab heute Morgen von den Forensikern was zu dem Schraubenzieher aus der Kocksgatan gehört. Das Blut darauf stammte von Berrada, das auf der Treppe und an der Speichertür auch.«

»Die Stichwunden wurden ihm also in der Wohnung zugefügt, und er hat versucht zu fliehen.«

»Wahrscheinlich. Außerdem haben sie DNA an dem Schraubenzieher gefunden, wenn es nicht Berradas ist, dann die der Täter.«

»Der Toten.«

Keiner von beiden bemerkte, dass die Gäste am Tisch nebenan ihr Besteck beiseitegelegt hatten und mucksmäuschenstill geworden waren.

»Das bestätigt wohl auch, dass er nicht freiwillig vom Dach gesprungen ist«, sagte Stilton.

»Oder er ist gesprungen, um Schlimmerem zu entgehen, wie ich gemutmaßt hatte.«

»Ja.«

Mettes Handy summte in der Jacke. Sie holte es heraus und sah, wer der Anrufer war.

»Jean-Baptiste.« Sie stand auf. Jetzt hatte sie die großen Ohren am Nachbartisch registriert.

Stilton aß seinen Salat auf und dachte über ein zweites Bier nach. Er sah, dass Mette ein paar Meter entfernt stand und hauptsächlich zuhörte. Als das Telefonat zu Ende war, winkte sie Stilton zu sich. Er stand auf und ging zwischen den Tischen hinaus, zum Verdruss der Gäste nebenan.

»Was hat er gesagt?«

»Viel, er kann manchmal etwas umständlich sein, aber letztendlich hat er herausgefunden, dass Adam Berradas nächste Verwandte eine Schwester ist.«

»Und?«

Das war nicht gerade eine umwerfende Information.

»Die Drishti Berrada heißt.«

Das war etwas interessanter.

»Wie Abbas' Mutter? Drishti?«

»Ja. Ich weiß nicht, wie üblich der Vorname in Marseille ist, und JB wusste es so spontan auch nicht, ich hab ihn also gebeten, Drishti Berrada zu überprüfen. Er wollte sich sofort daransetzen. Bist du fertig mit deinem Salat?«

»Ja.«

Mette winkte einen Kellner heran und bezahlte das Mittagessen. Stilton nahm an, dass sie ihn einlud.

»Wollen wir ein bisschen spazieren gehen?«, fragte Mette. »JB kann jeden Moment wieder anrufen.«

Sie liefen nebeneinanderher Richtung Kungsbron.

»Nichts Neues zu den Flüchtlingen?«, erkundigte sich Stilton.

»Nein. Das macht einen jeden Tag unruhiger. Sie müssen doch irgendwo sein, sie hat einen kleinen Jungen, sie brauchen doch Essen?«

»Wissen sie in den Herbergen und so weiter Bescheid?«

»Ja. Sie wissen überall Bescheid, sagt Olivia.«

Da kam der erwartete Anruf. Dieses Mal stellte Mette ihr Handy auf laut und bat Fabre, Stilton zuliebe Englisch zu sprechen.

»Ist Tom da?«, fragte Fabre.

»Ich bin hier«, sagte Stilton.

»Hallo, Tom! Wie geht es dir?«

Schon an diesem Punkt bereute Mette, dass sie Tom mit in das Gespräch genommen hatte. Sie hatte nicht daran gedacht, wie gut Jean-Baptiste und Tom sich seit dem Mordfall in Marseille kannten. Aber jetzt war es zu spät. Sie musste sich also einige Unwesentlichkeiten anhören, bis sie schließlich genug hatte.

»Entschuldige, dass ich euch unterbreche, JB, aber hast du etwas über Drishti Berrada herausgefunden?«

»Ja, sehr schnell. Sie hat vor etwa fünfzig Jahren geheiratet und den Nachnamen el Fassi angenommen.«

»Drishti el Fassi?«

»Ja«, antwortete Fabre. »Sie ist Abbas' Mutter. Wie merkwürdig.«

Sie gingen bis zur Kungsbron, ohne Fabres Information zu kommentieren. Sie mussten sie erst verarbeiten, wie man so schön sagt. In der Mitte der Brücke hielt Stilton inne.

»Hast du das begriffen?«

»Nicht wirklich. Die gestohlene Leiche soll Abbas' Onkel sein?«

»Ziemlich unglaublich«, erwiderte Stilton.

Beide beugten sich über das Brückengeländer und blickten auf die Gleise hinunter. Eine S-Bahn donnerte vorbei.

»Wir müssen mit Olivia sprechen«, sagte Mette.

*

Das wollten sie privat tun, oder zumindest nicht im Polizeigebäude. Die Information betraf einen ihrer engsten Freunde und seine Mutter. Also verabredeten sie sich auf einer Bank im Kronobergspark.

»Und da ist sich dein Kontakt wirklich ganz sicher?«, fragte Olivia leicht schockiert.

»Davon gehe ich aus«, antwortete Mette. »Jean-Baptiste schludert nicht.«

»Aber was bedeutet das? Wir wissen ja, dass Berrada tief in den Sexhandel verwickelt war, vermutlich sogar international. Weiß Abbas' Mutter das?«

Alle drei blickten in den Park hinaus, das Laub wirbelte über die Kieswege, Rentner zogen Hunde unterschiedlicher Rassen mit sich herum. Alles ging seinen Lauf.

»Worüber ich nachdenke, ist ihr plötzliches Auftauchen hier«, sagte Mette langsam. »Ist es ein Zufall, dass es fast zum gleichen Zeitpunkt stattfand, zu dem ihr Bruder ermordet und zerstückelt wurde?«

»Sie müsste doch jedenfalls wissen, dass er in Stockholm wohnt?«, ergänzte Stilton.

Und so lief das Gespräch auf die unumgängliche Frage hinaus: »Was machen wir jetzt?«

Olivia war diejenige, die sie stellte, und Stilton derjenige, der sich gezwungen fühlte zu antworten.

»Mit Abbas sprechen. Allein. Ich übernehme das.«

Stilton stand auf und ging davon.

Mette und Olivia blieben sitzen, stumm, ein Stück entfernt stand eine einsame Frau mit einer Tortenschachtel in der Hand zwischen den herabgefallenen Blättern.

*

Stilton hätte sich vor dem Gespräch mit Abbas fürchten können, aber das war nicht seine Natur. Für ihn ging es darum, so schnell und direkt wie möglich zu erzählen, was er mitzuteilen hatte, und Antworten zu bekommen. Er wusste, dass Abbas genauso funktionierte.

Also rief er ihn an und sagte, dass sie sich treffen mussten. Nicht, warum. Abbas stellte ein paar einfache Fragen.

»Wo?«, wollte er wissen.

»Mach du einen Vorschlag.«

»Auf dem Kahn?«

»Nein.«

»Bei mir?«

»Besser nicht. Wir können uns vor dem Restaurant Tennstopet treffen.«

Sie kamen fast gleichzeitig dort an und überquerten die Straße zum Vasaparken.

»Lass uns ein paar Schritte gehen«, sagte Stilton und setzte sich in Richtung St. Eriksplan in Bewegung.

»Worum geht es?«, fragte Abbas.

Und so erzählte Stilton, ohne Pausen und überflüssige Umschweife.

In der Mitte des Parks war er fertig. Abbas setzte sich auf eine Bank. Er hatte während Stiltons Ausführungen kein Wort gesagt. Jetzt fragte er: »Meine Mutter soll also hier in Stockholm einen Bruder haben?«

»Einen toten und inzwischen auch zerstückelten Bruder. Sie hat ihn nie erwähnt?«

»Nein. Und er soll in Frauenhandel verwickelt sein?«

»Ja.«

Abbas schüttelte den Kopf, und Stilton setzte sich neben ihn auf die Bank. Sie hatten zusammen so gut wie alles durchgemacht, was das Leben zwei Freunden bescheren kann. Einander das Leben gerettet, unter anderem. Stilton hatte keine Schwierigkeiten zu verstehen, was Abbas gerade fühlte. Zumindest einen Teil davon. Er war gerade mit seiner verschwundenen Mutter wiedervereint worden und hatte einen Teil seiner verlorenen Kindheit zurückbekommen. Jetzt wurde ihm erneut der Boden unter den Füßen weggerissen.

Also wartete Stilton ab.

Hinter der Bank war auf dem Kiesweg eine Partie Boule im Gange, an der einige leicht angeheiterte Männer beteiligt waren. Ihre angeregten Kommentare flogen hin und her.

»Wir gehen«, sagte Abbas. Er stand auf, und Stilton sah die Verwirrung in seinem Blick, oder war es Trauer?

»Wir sollten das wohl mit ihr gemeinsam besprechen«, fuhr er fort.

Stilton nickte und folgte ihm.

Drishti saß am Glastisch in Abbas' Wohnzimmer. Alles war wie immer blitzblank geputzt, sie hatte bereits zur Kenntnis genommen, welch großen Wert ihr Sohn auf ein gepflegtes Zuhause legte. An der Grenze zum Pedantischen. Sie achtete penibel darauf, ihre Sachen immer aufzuräumen. Auf dem Tisch stand ein Backgammonspiel. Abends spielten sie oft ein, zwei Partien, bevor es Zeit war, ins Bett zu gehen. Meistens gewann sie.

Da sie allein war, hatte sie ihren Hijab nicht an, er lag auf dem Sofa, das Streiflicht der Sonne spiegelte sich auf ihrem kahlen Schädel. Als sie hörte, wie sich die Tür öffnete, zog sie das Kopftuch zu sich, es konnte ja sein, dass Abbas einen Gast dabeihatte.

So war es.

»Das ist Tom Stilton«, sagte Abbas, als sie den Raum betraten. »Der auf dem Kahn wohnt.«

»Willkommen!« Drishti stand vom Sofa auf. »Ihr kennt euch schon lange, wie ich verstanden habe.«

»Ja.«

»Setz dich.«

Abbas machte eine Geste zum Sofa hin, und Drishti setzte sich wieder. Sie sah, dass er angespannt war, seine Augen wichen ihrem Blick aus. Stilton ließ sich in einem der Sessel nieder.

»Hast du einen Bruder, der Adam Berrada heißt?«, fragte Abbas, der immer noch mitten im Raum stand.

Drishti zuckte leicht zusammen, die Frage überraschte sie offensichtlich.

»Ja«, antwortete sie zögernd. »Warum fragst du?«

»Ich wusste nicht, dass ich einen Onkel habe.«

»Adam ist aus meinem Leben verschwunden, lange bevor du geboren wurdest.«

»Aber du hast ihn nie erwähnt.«

»Nein. Er war kein sehr angenehmer Mensch, ist schon als Teenager in kriminelle Machenschaften hineingezogen worden, und wir haben jeglichen Kontakt abgebrochen. Niemand wollte etwas mit ihm zu tun haben. Aber warum fragst du nach ihm? Woher weißt du seinen Namen?«

»Er hat offenbar in Stockholm gewohnt«, sagte Abbas.

»Adam?«

Drishti sah außerordentlich erstaunt aus.

»Das kann nicht stimmen«, fuhr sie fort. »Oder das weiß ich ja nicht, ich habe nichts mehr von ihm gehört, seit er Marseille verlassen hat. Doch, einmal, da hat er angerufen ... aber du meinst, er soll hier wohnen?«

»Ja«, sagte Abbas.

»Wie seltsam. Wie ist er in Stockholm gelandet? Hast du Kontakt mit ihm gehabt?«

»Nein, er ist tot.«

Drishti schlug sich die Hände vor den Mund. Stilton beobachtete sie. Sie spielte nicht.

»Tot?«, flüsterte sie.

»Ja.«

»Wann ist er gestorben?«

»Erst kürzlich«, antwortete Abbas.

»Hier in Stockholm?«

»Ja.«

Drishti wickelte eine Hand in ihren Hijab, die andere zitterte auf ihrem Knie.

»Er wurde ermordet«, warf Stilton ein, der Abbas entlasten wollte.

Drishti ließ das Kopftuch los und blickte Stilton verständnislos an.

»Ermordet?«

»Ja, das glauben wir.«

»Und von wem? Wer hat ihn ermordet?«

»Er ist von einem Dach gefallen«, erklärte Stilton. »Wir wissen nicht, ob er gestoßen oder gezwungen wurde zu springen. Ein paar Tage später wurde seine Leiche aus der Leichenhalle gestohlen und dann zerstückelt in einem Kofferraum gefunden.«

Stilton sagte es, wie es war. Die Wahrheit. Sie würde Abbas' Mutter ohnehin früher oder später erreichen. Drishti war schwer schockiert. Abbas blickte zu Boden, er ertrug es nicht, ihre Reaktion zu sehen. Stilton schaute sie weiter an und sah, wie die Tränen kamen, still an ihren Wangen herunterliefen, sie machte keine Anstalten, sie wegzuwischen. Nach ein paar Minuten stand Stilton auf und setzte sich neben sie aufs Sofa.

»Weißt du, was Adam so gemacht hat?«, fragte er vorsichtig.

Drishti wischte sich mit dem Kopftuch übers Gesicht und sah Stilton mit flehenden Augen an.

»Aber ich hatte ja gar keinen Kontakt zu ihm.«

»Er hat einmal angerufen, sagtest du.«

»Ja, aber das ist eine Weile her, er ...«

Drishti lehnte sich auf dem Sofa zurück. Sie ließ ihren Kopf nach hinten sinken, als suchte sie in ihrem Inneren, versuchte, sich an das Gespräch mit ihrem Bruder zu erinnern. Stilton und Abbas warteten ab. Als sie den Kopf wieder hob, hatte sie sich ein wenig gesammelt und blickte Stilton in die Augen.

»Vielleicht war er es, der Adam ermordet hat«, sagte sie zögernd.

»Wer?«

»Adam hat angerufen, weil er große Angst hatte und verzweifelt war und niemanden hatte, mit dem er reden konnte, er hat behauptet, sein Leben würde von einem Mann bedroht, mit dem er Geschäfte machte und der gefährlich war.«

»Hat er gesagt, wer?«

»Es war ein Russe, ich glaube, er sagte Grisja. Er hatte große Angst vor ihm.«

Stilton reagierte. Grisja? Grigorij? Der Mann von dem Etui? War es ein und dieselbe Person?

»Was waren das für Geschäfte?«, fragte Abbas.

»Das hat er nicht gesagt.«

»Hat er gesagt, wo dieser Russe wohnt?«

»Adam war in Antibes, als er anrief, aber ich weiß nicht … und jetzt ist er ermordet worden …«

Drishti verbarg das Gesicht in ihrem Hijab, Abbas hörte, wie sie weinte. Stilton spürte, dass es Zeit war zu gehen. Auf dem Weg hinaus dachte er über Antibes und die Triade Noire nach. Ein Zufall?

*

Olivia war gerade dabei, einen Teil von Lukas' Habseligkeiten aus einem Schrank auszusortieren, als Mette anrief.

»Tom und ich sind auf dem Weg zu dir, er hat mit Abbas und seiner Mutter gesprochen.«

Zehn Minuten später klingelten sie an der Tür und setzten sich mit Olivia ins Wohnzimmer. Die Neugier kroch ihr aus allen Poren.

»Wie hat er reagiert?«, wollte sie wissen. »Und seine Mutter?«

Nachdem ihre Ermittlungen zu diesem Zeitpunkt schon zu

einer geworden waren, erzählte ihr Stilton von seinem Treffen mit Abbas im Vasaparken und mit seiner Mutter in der Wohnung in der Dalagatan. Als er Grisja erwähnte, reagierte Mette sofort.

»Das Etui!«, sagte sie. »Grisja ist ein Spitzname für Grigorij.«

»Woher weißt du das?«, fragte Olivia.

»Weil ich über die Jahre schon tausendmal mit Russen zusammengearbeitet habe. Drishti muss von Grigorij gesprochen haben. Besser gesagt er, Adam, in seinem Gespräch mit ihr.«

»Und er hatte offenbar Todesangst vor ihm«, sagte Stilton.

»Also hat dieser Grigorij aller Wahrscheinlichkeit nach auch etwas mit Sexhandel zu tun«, meinte Olivia. »Vielleicht ist etwas schiefgegangen, und er wollte Adam loswerden.«

»Und die Tätowierung?«, fragte Mette.

»Vielleicht wurde sie entfernt, um Spuren zu verwischen, die zur Triade Noire führen? Grigorij ist vielleicht selbst einer der Anführer der Organisation? Wusste sie, wo er ist?«

»Du sagtest etwas von Antibes?« Mette wandte sich an Stilton.

»Adam war dort, als er mit Drishti telefoniert hat, mehr weiß ich nicht. Aber das lässt sich ja mit Triade Noire in Verbindung bringen, mit etwas gutem Willen.«

»Dieser Grigorij könnte also in Antibes gesessen und einen Mord an Adam hier in Stockholm in Auftrag gegeben haben, ausgeführt von zwei Auftragskillern.«

»Die inzwischen mausetot sind.« Stilton rieb seine Hände gegeneinander.

»Oder er war selbst einer der Mörder«, gab Mette zu bedenken. »Sie wurden ja bisher nicht identifiziert.«

Sie hatte eine Gabe, die Dinge immer noch ein bisschen komplizierter zu machen.

*

Grigorij und die drei schwarz gekleideten Männer, alle mit Sonnenbrillen, zogen auf dem Weg zum Restaurant Mamo in der Altstadt von Antibes viele Blicke auf sich. Das Gefolge signalisierte, dass hier eine wichtige Person kam. Die Leute drehten sich um, sahen ihnen nach und dachten: Wer war das? Ein bekannter Filmstar? Oder vielleicht ein hochrangiger Politiker?

Noch wenige Wochen zuvor hatte Grigorij derartige Situationen genossen, sie hatten ihm das Gefühl gegeben, der mächtige Mann zu sein, für den er sich hielt. Jetzt fühlte es sich an wie ein Spießrutenlauf. Natürlich verließ er sich noch immer auf sein durchtrainiertes Sicherheitspersonal. Die schwarz Gekleideten hatte er unter den Besten der Welt ausgewählt, sie beherrschten ihren Job, aber der Feind hatte Methoden, die schwer vorherzusagen waren. Davon zeugten alle Morde an seinen Freunden.

Eigentlich wollte er gar nicht an Land gehen, aber ein Treffen finanzieller Art zwang ihn dazu. Er hatte Informationen bekommen, dass die Behörden in Frankreich damit begonnen hatten, die Eigentumsverhältnisse des Konglomerats, das Besitzer der *Night Eye* war, erneut unter die Lupe zu nehmen, und das verhieß nichts Gutes. Schlimmstenfalls konnte es zur Konfiskation führen. Glücklicherweise war er ihnen dank seiner Kontakte einen Schritt voraus. Aber die Situation gefiel ihm nicht. Immer wieder Lecks abdichten zu müssen, immer der Gejagte zu sein.

Und dann dachte er an das verschwundene Ei. Es musste zurück an seinen Platz, so war es nun einmal. Bis dahin würde der Fluch auf ihm liegen, davon war er überzeugt. Sasja, Sasja, dachte er, du weißt nicht, was du angerichtet hast.

Als die Gesellschaft in die Rue des Cordiers einbog, klingelte Grigorijs Handy. Er hielt inne, blickte sich um und zog es aus seiner Tasche. Die schwarz Gekleideten stellten sich wie eine Mauer um ihn, suchten die Straße mit routinierten Blicken ab und signalisierten diskret, dass alles ruhig war.

Die Stimme am Telefon gab ihm leider alles andere als ein ruhiges Gefühl. Sie berichtete, dass einer von Adams Männern in Stockholm von der Polizei gefasst worden war. Niemand, den er persönlich kannte, ein kleines Licht im großen Zusammenhang, aber trotzdem. Was wusste dieser Jacek über die Verbindungen zu ihm? Ein weiteres Leck, das abgedichtet werden musste.

Allmählich wurden es zu viele.

Das Restaurant Mamo war voll besetzt. Grigorij und sein Gefolge wurden vom Oberkellner in eine abgelegene Nische geführt, in der bereits drei gut gekleidete Herren saßen, die jeweils ein Getränk vor sich stehen hatten. Sie erhoben sich rasch, als Grigorij sich näherte, und grüßten ihn alle mit festem Handschlag. Die drei schwarz Gekleideten ließen sich an einem Nebentisch nieder, um den vollen Überblick über den Raum zu behalten. Stellenweise war es laut, aber es gab keine Anzeichen dafür, dass irgendetwas Verdächtiges vorging.

Alles schien unter Kontrolle zu sein.

Die Frau und der Mann, beide um die vierzig, saßen neben einer größeren, ziemlich geräuschvollen Gruppe im Restaurant. Am Stuhl der Frau hing eine Tüte, die darauf schließen ließ, dass sie im Shop des Picasso-Museums gewesen waren. Der Mann hatte seine Sonnenbrille neben seinen Teller auf den Tisch gelegt. Beide trugen einen Ehering. Sie nippten an ihren Gläsern Cava und blätterten die Speisekarte durch. Ein ganz normales Paar, das keine Aufmerksamkeit erregte, nicht einmal für ein geschultes Auge.

»Volle Bewachung«, sagte die Frau leise. Sie legte ihre Hand auf die des Mannes und lächelte ihn an.

»Ja. Er ist vorsichtiger geworden«, antwortete der Mann und blickte die Frau liebevoll an.

»Die Mail hat ihre Spuren hinterlassen.«

»Offensichtlich.«

»Wissen wir, wer die Leute sind, mit denen er sich trifft?«

»Nein, aber die Schlinge zieht sich zu. Er würde das Boot nie verlassen, wenn er nicht unter Druck stünde.«

Sie frühstückten draußen an Deck, saßen an einem Klapptisch in der Morgensonne und genossen ihre Situation. Gerade hatten sie sich geliebt, den zweiten Morgen hintereinander, so intensiv wie seit Langem nicht mehr. Keiner von ihnen hatte die Ursache ihrer Krise thematisiert, wie eine stillschweigende Übereinkunft, dass sie vorbei war. Stilton hatte beschlossen, nicht anzusprechen, was er von Mette wusste, dass Luna mit ihr über ihre Probleme geredet hatte. Es störte ihn, aber er musste die Sache auf sich beruhen lassen. Er wollte ihre neu gewonnene Verbundenheit nicht aufs Spiel setzen. Sie war ohnehin schon zerbrechlich genug.

»Wie war es denn so, bei Benseman zu wohnen?«, fragte Luna und lächelte.

»Furchtbar, wie in einer Hamsterhöhle. Aber er hat ein gutes Herz und einen ausgestopften Iltis.«

»Immerhin.« Luna lachte. »Und die gestohlene Leiche? Wie läuft es damit?«

Stilton gab Luna eine kurze Zusammenfassung der Entwicklungen. Er wollte, dass sie up to date war. Oft war sie seine beste Sparringspartnerin, wenn er in irgendwelchen Gedankengängen festhing. Er hatte die Diskussionen mit ihr vermisst.

»Und was wollt ihr jetzt machen?«, erkundigte sie sich, als Stilton fertig war.

»Ich weiß es nicht genau, es gibt ja mehrere Komponenten. Einerseits ein ermordeter und zerstückelter Mann, andererseits ein Frauenhandelnetzwerk, das sich bis nach Südeuropa verzweigt.«

»Aber das hängt ja offenbar zusammen.«

»Absolut. Wir müssen nur unsere Aktionen koordinieren. Vieles deutet auf diesen Typen in Antibes hin, oder wo auch immer er sich momentan aufhält. Dass er in die Sache verwickelt ist. Aber dann müssen wir vielleicht die französische Polizei miteinbeziehen.«

»Und das wollt ihr nicht?«

Stilton lag eine Antwort auf der Zunge, die es aber nicht nach draußen schaffte. Er entdeckte nämlich einen Mann unten am Kai, einen Mann, den er kannte. Er stand an die Mauer gegenüber der Stahltreppe gelehnt und blickte zum Kahn hinauf.

»Was zum Teufel?«, sagte Stilton, leicht verwundert.

»Was ist?«

»Bo Fast?«

Stilton deutete auf den Mann, während er aufstand und zur Treppe ging. Luna hatte keine Ahnung, wer Bo Fast war, aber angesichts des heruntergekommenen Aussehens und der schäbigen Kleidung des Mannes ahnte sie, dass er ein Überbleibsel aus Toms Zeit als Obdachloser war.

Das stimmte.

Bo Fast war einer aus dem Kreis um die Zeitung *Situation Stockholm*, einer der Verkäufer, den Stilton mehr oder weniger flüchtig gekannt hatte. Jetzt hatte er ihn seit über acht Jahren nicht mehr gesehen.

»Hallo, Bo! Wie geht es dir?«

Stilton streckte die Hand aus, und Bo begrüßte ihn mit einem Lächeln, das davon zeugte, dass er noch immer ein hartes Leben lebte: Einige gelbliche Zähne umrahmten ein paar dunkle Lücken.

»Gut«, sagte Bo. »Ich hab neulich Benseman getroffen. Wir haben über früher geredet, und über alle, die jetzt tot sind, du gehörst ja nicht dazu, und da hat er erzählt, dass du auf irgend 'nem verdammten Kahn hier an der Brücke wohnst.«

»Stimmt. Willst du an Bord kommen und einen Kaffee trinken?«

»Nein, ich hab keine Zeit, gerade viel Kram am Laufen, ich wollte nur eine Sache erzählen.«

»Okay?«

»Du weißt schon, ich war unten bei der Stadtmission an der St. Pauls und wollte 'n bisschen nach Klamotten kramen, und da hing so 'n Zettel mit Leuten, die verschwunden sind, mit denen sie in Kontakt kommen wollen. Da standen auch Namen, die hab ich vergessen, aber ich hab beide wiedererkannt, es waren eine Frau und ein kleiner Junge.«

Stilton war wie elektrisiert.

»Woher kennst du sie?«

»Du weißt schon, dieses Drecksloch von Unterschlupf draußen auf Värmdö, du warst ein paarmal dabei, als wir da geschlafen haben, so eine scheiß Kaverne, erinnerst du dich?«

»Ja.«

Eine der Erinnerungen, die Stilton am liebsten vergessen hätte. Aber es waren eben andere Zeiten damals.

»Ich war neulich dort«, sagte Bo, »als es so geschüttet hat, und da waren sie da. Verdammt still, ich glaub, es waren Ausländer, jedenfalls sprechen sie kein Schwedisch. Flisan hat behauptet, sie wären aus der Ukraine, aber du weißt schon, die labert ja manchmal viel, wenn der Tag lang ist. Als ich dann diesen Zettel gesehen hab, musste ich an dich denken, du weißt schon, man will ja nicht in irgendeinen Scheiß mit der Bullerei reingezogen werden, aber du hast ja bei denen …«

Stilton hatte sein Handy in der Hand, noch bevor Bo den Satz beendet hatte.

*

Flisan aß mit einer Plastikgabel etwas aus einer Aluschale. Köttbullar und kalten Kartoffelbrei. Sie hatte sich eine dicke, löchrige Decke um den Oberkörper gewickelt, es war kalt in der Kaverne.

»Bald werden wir uns den Arsch abfrieren«, sagte sie, »und wie sollen wir dann scheißen?«

Sie lachte laut, und zwei dünne obdachlose Männer ein paar Meter weiter fielen in ihr Gelächter ein. Galgenhumor hielt sie bei Laune. Momentan waren sie zu fünft hier, Flisan, die beiden Männer und die verschwundenen Flüchtlinge.

Alina saß mit Oleksij neben sich auf ihrer Matratze. Flisan hatte irgendwo einen Stapel weißes A4-Papier und ein paar Stifte aufgetrieben und Oleksij zum Zeichnen animiert. Sie lobte ihn für jeden Strich.

»Du, Alina«, fragte Flisan quer durch den dunklen Raum. »Hast du Hunger?«

Alina schüttelte den Kopf. Sie war nicht hungrig. Sie hatte ihren Magen maximal geschrumpft, ein paar Scheiben Brot am Morgen und irgendeine dünne Suppe später am Tag, das reichte. Das meiste Essen, das Flisan organisierte, ging an Oleksij.

Gestern war eine andere obdachlose Frau hier aufgetaucht und hatte sich zu ihnen gesetzt. Stolz hatte sie Flisan gezeigt, dass sie an ein Handy mit Prepaid-Karte gekommen war. Sie hatte nicht gesagt, wo. Alina wagte nicht zu fragen, ob sie es sich ausleihen durfte. Sie wollte ihren Mann in der Ukraine anrufen, aber sie befürchtete, dass das ein halbes Vermögen kostete. Also schwieg sie.

Flisan legte die Plastikgabel weg und blickte die beiden Männer an.

»Wollen wir Schlitzohr spielen?«, schlug sie vor.

»Was ist das?«

»Das lustigste Spiel der Welt! Wer verliert, muss …«

Flisan verstummte und folgte den Blicken der Männer. Sie hatten sich erhoben und starrten zum Eingang der Kaverne hinüber. Dort standen zwei Personen, die definitiv nicht ihren Kreisen angehörten. Die eine war groß, kahl geschoren und braun gebrannt, die andere war Olivia Rönning. Bei den beiden Männern setzte sofort der Fluchtreflex ein. Einer von ihnen riss einen Rucksack an sich und drückte sich gegen die Felswand. Der andere verschwand nach hinten in die Dunkelheit.

»Hallo, Alina«, sagte Olivia und ging hinein. Stilton folgte ihr.

Alina schlang die Arme um Oleksij und krümmte sich zusammen.

»Das ist Tom Stilton, wir sind Kollegen.«

»Bullen«, schnaubte Flisan. »Glaubst du, wir sind blind?«

»Hi, Flisan«, sagte Stilton. »Erkennst du mich nicht?«

Flisan richtete sich auf und betrachtete Stilton. Langsam fügten sich einige Splitter zu einem Bild zusammen, zu einer Erinnerung an eine heruntergekommene Gestalt, deren Züge denen des Mannes vor ihr ähnelten.

»Bist du das, Jelle?«

»*Yes.*« Stilton lächelte.

Ein Teil der Leute, die er damals kannte, hatten ihn Jelle genannt. Flisan war eine von ihnen.

»Das gibt's doch nicht!« Flisan streckte die Hand aus, um ihn zu begrüßen.

Und zum zweiten Mal innerhalb weniger Stunden schüttelte Stilton die Hand der Vergangenheit.

Olivia war vor Alina und Oleksij in die Hocke gegangen, während sich die beiden Männer aus der Kaverne schlichen.

»Wie geht es euch?«, fragte sie.

Alina antwortete nicht, und Olivia sah, wie ängstlich sie wirkte. Warum?

»Habt ihr die ganze Zeit hier gewohnt?«

Alina nickte.

»Wir haben Jacek festgenommen. Er sitzt im Gefängnis.«

Olivia wusste nicht, ob Jacek derjenige war, vor dem Alina sich so fürchtete, aber sie sah, dass sie sich ein wenig aufrichtete.

»Er ist im Gefängnis?«, erwiderte sie leise.

»Ja. Er wird dir nie wieder etwas antun.«

Auf ihrem Handy suchte Olivia ein Foto von Adam Berrada heraus, ein Bild von Clearway, aus der Zeit, als er noch am Leben war.

»Und das ist Adam Berrada, erkennst du ihn wieder?«

»Ja.«

Alina biss sich auf die Lippe.

»War er derjenige, der in Polen mit im Wohnmobil war?«

Alina nickte.

»Er ist tot«, sagte Olivia.

Alina ließ Oleksij los, die Muskeln in ihrem Gesicht entspannten sich. Olivia registrierte es, Alina wurde lockerer.

Flisan trat zu ihnen.

»Oleksij, wollen wir nach der Katze schauen? Fonzi?«

Alina übersetzte, und Oleksij stand auf. Flisan nahm ihn bei der Hand und ging davon. Sie nahm an, dadurch würde das Gespräch mit Alina leichter.

Stilton zog einen leeren Bierkasten heran und setzte sich neben Olivia. Er ließ sie das Gespräch führen, sie kannte Alina.

»Kannst du mir erzählen, warum ihr von Mette und Mårten weggegangen seid?«, fragte Olivia, so sanft sie konnte.

Alina blickte zu Oleksij hinüber, man konnte ihn in der Dunkelheit erahnen, die Katze auf dem Schoß.

»Oleksij«, begann Alina. »Er hat sie erkannt.«

»Wen?«

»Die Frau, die dort war.«

»Bei Mette und Mårten?«

»Ja.«

Olivia wusste von dem Mittagessen und erklärte es Stilton auf Schwedisch. »Damals waren Abbas und seine Mutter zu Besuch«, sagte sie.

»Die Frau, von der sie spricht, ist also Abbas' Mutter?«

»Offenbar.«

Olivia wandte sich wieder an Alina.

»Woher hat Oleksij sie wiedererkannt?«

»Sie war die Frau in Polen am Auto. Sasja.«

Olivia verstand nicht oder wollte nicht verstehen.

»Was? Die Frau, die in dem schwarzen Auto kam und das Mädchen mitgenommen hat?«

»Ja.«

»Ist er sicher?«

»Ja.«

»Es war dieselbe Frau?«

»Oleksij hat es gesagt. Da haben wir große Angst bekommen. Wir dachten, sie ist wahrscheinlich befreundet mit Jacek und diesem anderen, wir haben uns dort nicht mehr sicher gefühlt.«

»Das verstehe ich«, antwortete Olivia, die sich noch immer keinen rechten Reim darauf machen konnte.

Sie blickte Stilton an, der völlig ausdruckslos aussah.

»Wir reden später darüber«, sagte er.

Olivia nickte und wandte sich wieder an Alina.

»Danke, dass du das erzählt hast. Ich verstehe, warum ihr so gehandelt habt.«

Alina nickte, sie vertraute Olivia. Olivia war nicht diejenige, die sie erschreckt hatte. Olivia war diejenige, die sie aus dem Wohnmobil gerettet und sich in der Frauenberatungsstelle um sie gekümmert hatte.

»Aber ihr könnt nicht hierbleiben«, fuhr Olivia fort. »Ich möchte euch gerne zurück zu Mette und Mårten bringen. Sie hatten keine Ahnung von der Sache mit Sasja, und wir auch nicht.«

»Aber wenn sie zurückkommt?«, fragte Alina.

»Sie wird niemals dorthin zurückkommen«, erwiderte Olivia, ohne eine sichere Basis für dieses Versprechen zu haben. »Wir werden uns um sie kümmern.«

*

Drishtis Koffer war fast fertig gepackt, als Abbas nach Hause kam. Er hatte gerade seine übliche Joggingrunde absolviert, zum Hagaparken hinauf und zurück, um den Hals trug er ein Handtuch, um den Schweiß aufzufangen.

»Du packst?«, fragte er.

»Ja. Mein Arzt hat heute Morgen angerufen.«

Drishti strich sich mit der Hand über ihren glatten Schädel.

»Er will sofort mit der Krebsbehandlung weitermachen«, fuhr sie fort.

»Ach so? Wann reist du ab?«

»Ich fliege heute Abend. Ich wäre gern länger geblieben, wir hatten es so schön, du und ich.«

Drishti ließ sich neben dem Koffer aufs Bett sinken und nahm Abbas' Hände in ihre.

»Alles ist gerade so erschütternd«, sagte sie. »Mit dem Tod meines Bruders und dem Krebs und allem. Aber ich komme wieder, wenn du willst.«

»Natürlich will ich das.«

»Kannst du mich zum Flughafen fahren?«

»Ja.«

Drishti küsste Abbas' Hände und ließ sie los. Er ging aus dem Zimmer und setzte sich aufs Sofa. Langsam wischte er sein Gesicht mit dem Handtuch ab. Er hatte heute Nacht sehr schlecht geschlafen. Die ganze Geschichte mit dem unbekannten Onkel und der Reaktion seiner Mutter hatte in seinem Kopf rotiert. Es waren mehrere merkwürdige Zufälle, die schwer zu glauben waren. Sogar für ihn. Er war zwar Croupier und wusste, dass vieles vom Zufall gesteuert wurde, aber das hier war kein Roulette. Hatte sie wirklich keine Ahnung, dass ihr Bruder in Stockholm wohnte? War es ein Zufall, dass sie fast zum selben Zeitpunkt hier ankam, als er ermordet und zerstückelt wurde? Und jetzt wollte sie abreisen, völlig unerwartet? Die Krebsbehandlung, natürlich, aber es schien ihm noch ein weiterer seltsamer Zufall zu sein.

Er spürte, dass er seine Gedanken mit Tom teilen musste.

*

Auf dem Display stand *Abbas*, und Stilton drückte das Gespräch weg. Er fühlte sich noch nicht bereit, mit Abbas zu reden. Olivia hatte gerade am Gartentor der Olsäters angehalten, wo Mette und Mården sie bereits erwarteten. Alina und Oleksij kletterten vom Rücksitz, und Mården versuchte, den Jungen zu umarmen. Das war übereilt. Oleksij wich zurück, und Mården verstand.

»Willkommen zurück«, sagte Mette zu Alina.

Sie versuchte es nicht mit einer Umarmung, dafür war sie zu klug. Olivia hatte angerufen, erzählt, was passiert war, und gefragt, ob es in Ordnung wäre, dass Alina und Oleksij zurückkamen. Natürlich war es das.

Alle sechs gingen durchs Gartentor hinein und zum Gästehaus hinüber. Mette lief neben Alina her.

»Olivia hat angerufen und erzählt, warum ihr verschwunden seid. Ich bitte um Entschuldigung für das, was passiert ist, wenn wir gewusst hätten, wer diese Frau ist, hätten wir sie niemals hierher eingeladen.«

Alina nickte. Sie glaubte Mette.

»Habt ihr Hunger?«, fragte Mette.

»Ja.«

»Gut. Mården hat einen Eintopf gemacht, wollt ihr mit uns in der Küche essen?«

»Im Haus dort ist es gut.«

Alina deutete auf das Gästehaus.

»Dann bitte ich Mården, euch das Essen dorthin zu bringen.«

Sie wandte sich um und sah, dass Mården Oleksij mit zum Hühnergehege gelockt hatte. Mården hatte am stärksten reagiert, als Olivia angerufen hatte. Mette war erleichtert gewesen, sehr erleichtert, aber Mården war beinahe beschwingt. Er würde mehr Zeit mit dem kleinen Jungen verbringen und dort weitermachen können, wo er aufgehört hatte. Kinder waren wirklich seine Herzensangelegenheit.

Drei Personen saßen um den Küchentisch. Drei, die über die Jahre eng zusammengearbeitet und viele Probleme gelöst hatten. Der Vierte im Bunde, Abbas, war nicht dabei. Er war Teil des Problems.

»Kaffee?«, fragte Mette.

Sowohl Stilton als auch Olivia schüttelten den Kopf. Kaffee würde zu lange dauern.

»Der Junge behauptet also, dass Abbas' Mutter Drishti dieselbe Frau ist, die er in Polen beim Wohnmobil gesehen hat«, begann Olivia. »Sasja.«

»Und das ist entweder wahr, oder er hat sich geirrt«, sagte Mette. »Wenn er sich geirrt hat, was sehr gut sein kann – er stand draußen im Garten, und sie saß hier drinnen mit einem Hijab über dem Kopf – es ist möglich, dass sie der anderen Frau nur ähnlich sieht ... Also, wenn er sich geirrt hat, dann können wir alles auf sich beruhen lassen. Und dafür sorgen, dass Drishti nicht noch mal herkommt.«

Stilton blickte aus dem Küchenfenster. In der Ferne sah er Mårten im Hühnergehege. Er saß in der Hocke und hielt eine Hand vor Oleksij hoch. Stilton schätzte, dass er ihm ein frisch gelegtes Ei zeigte, aber er konnte es nicht erkennen.

»Und was, wenn er sich nicht geirrt hat?«, wollte Olivia wissen. »Das ist wohl die dringlichste Frage.«

»Wenn er sich nicht geirrt hat, dann haben wir ein Problem«, antwortete Mette.

»Ja, gelinde gesagt«, erwiderte Stilton. »In diesem Fall ist Abbas' Mutter in den internationalen Sexhandel und Menschenschmuggel verwickelt, genau wie ihr toter Bruder.«

»In der Triade Noire«, fügte Olivia hinzu.

»Sie könnte ja sogar eine aus der Triade sein«, mutmaßte Mette. »Und so eine Tätowierung haben wie Adam Berrada.«

»Wovon wir keine Ahnung haben«, sagte Stilton. »Also, wie gehen wir damit um?«

»Können wir diesen Jacek unter Druck setzen?«, fragte Mette. »Ihm ein Foto von Drishti zeigen?«

»Vielleicht«, meinte Olivia. »Aber er behauptet, dass er die Frau nicht gesehen hat, die beim Wohnmobil war. Und Alina hat sie auch nicht gesehen, weder in Polen noch hier.«

Alle drei verstummten und blickten auf den Tisch hinunter. Und dachten nach. Es war ein delikates Problem.

»Können wir Drishti mit diesen Informationen konfrontieren?«, schlug Mette schließlich vor.

»Der Aussage des Jungen?«, fragte Olivia.

»Ja?«

»Und wenn sie sagt, dass er sie verwechseln muss?«

»Dann haben wir nichts«, antwortete Stilton.

Wieder wurde es bedrückend still um den Tisch. Bis Mette von Neuem die Initiative ergriff.

»Es gibt einen weiteren Aspekt bei der ganzen Sache«, sagte sie zögernd. »Wenn Drishti die ist, die Oleksij meint, dass sie ist, und wenn sie wirklich in Sexhandel involviert ist, dann hat sie vermutlich auch in Bezug auf ihr Verhältnis zu ihrem Bruder gelogen. Eventuell war sie selbst an seiner Ermordung beteiligt.«

Ein unangenehmer Gedanke für alle in der Küche. Es ging um die Mutter eines ihrer engsten Freunde. Was Olivia dazu veranlasste, die unvermeidbare Frage zu stellen: »Wie bringen wir das Abbas bei?«

*

Abbas kam gerade mit einer Tüte in der Hand aus einem Delikatessenladen, als Stilton anrief.

»Hallo, Tom! Ich hab versucht, dich anzurufen.«
»Ich hab's gesehen. Wo bist du?«
»Beim Einkaufen.«
»Mit deiner Mutter?«
»Nein? Sie ist zu Hause und packt.«
»Will sie abreisen?«
»Sie fliegt heute Abend nach Frankreich, sie muss mit ihrer Krebstherapie weitermachen. Ich fahre sie nachher nach Arlanda.«

Das erwischte Stilton ziemlich kalt. Drishti auf dem Weg außer Landes? Das würde alles beträchtlich erschweren. Vielleicht sogar ihre Chance, die Wahrheit herauszufinden, völlig zerstören. Abbas hörte, wie er am anderen Ende der Leitung tief einatmete.

»Hallo, Tom ... bist du noch da?«

Und so musste Stilton seinem besten Freund abermals eine Handgranate entgegenschleudern. Daraufhin war wiederum Abbas eine Weile sprachlos. Er stellte die Tüte auf dem Gehweg ab und blickte zum Odenplan hinüber, seine Pupillen bewegten sich nicht, in seiner Brust wurde es schwarz.

»Abbas?«, sagte Stilton schließlich.

»Und all das baut auf der Aussage des Jungen auf?«, fragte Abbas langsam.

»Ja, aber es verstärkt einige Seltsamkeiten.«

»Wie zum Beispiel?«

»Das weißt du, wir haben darüber gesprochen, der Zeitfaktor, ihr Auftauchen fast zeitgleich mit dem Mord, ihr Unwissen über ihren Bruder, und jetzt verschwindet sie plötzlich außer Landes?«

Abbas sah auf den Gehweg hinunter. Er wusste, dass Tom

recht hatte. Er hatte sich heute Nacht mit denselben Seltsamkeiten herumgeschlagen.

»Was soll ich also deiner Meinung nach machen?«, wollte er wissen.

»Dafür sorgen, dass sie nicht abfährt, bevor wir mit ihr gesprochen haben.«

»Okay.«

Abbas beendete das Gespräch, steckte das Handy ein und nahm die Tüte wieder in die Hand. Er hatte ein bisschen leckeres Fingerfood gekauft, guten Käse, grüne und schwarze Oliven, ein kleines Glas Cornichons und frisches Brot, um seiner Mutter ein schönes Abschiedsessen zu kredenzen, bevor sie abreiste. Jetzt sollte er sie daran hindern.

Er merkte, dass seine Hand zitterte, als er den Schlüssel ins Schloss steckte. Den ganzen Heimweg hatte er mit seinem Atem gekämpft, versucht, seinen Körper unter Kontrolle zu halten, war schnell gegangen, hatte überlegt, was er sagen sollte, damit sie ihren Flug verschob. Er trat in den Flur und stellte die Tüte ab.

»Drishti«, rief er.

Nicht »Mama«.

Sie antwortete nicht. Er ging ins Gästezimmer. Es war leer. Der Koffer war fort. Er rannte wieder in den Flur. Ihre Jacke war auch nicht da. Blitzschnell zog er sein Handy heraus und rief Stilton an.

Drishtis Verschwinden wurde der Auftakt zu fieberhaften Aktivitäten, bei denen Mette Olsäter federführend war. Sie kontaktierte sofort Olivias und Lisas Kollegen Bosse Thyrén von der NOA. Er bekam den Auftrag, seine Leute daranzusetzen, die heutigen Flüge nach Frankreich zu überprüfen. Sie sollten nach einer Buchung für Drishti el Fassi suchen. Falls sie auf einer Passagierliste stand und am Flughafen auftauchte, würde man sie sofort in Gewahrsam nehmen. Wenn es keine entsprechende Buchung gab, würde man alle anderen Flüge checken, die an diesem Abend gingen.

Das dauerte eine Weile, aber mit den heutigen digitalen Systemen war es in weniger als einer Stunde erledigt.

»Sie steht in keinem Buchungssystem irgendeines internationalen Fluges für heute«, sagte Bosse, als er Mette zurückrief. »Zumindest nicht unter diesem Namen.«

»Okay, bleib bitte kurz dran.«

Mette erklärte Stilton und Olivia die Lage. Letztere saß noch immer am Küchentisch, Ersterer lief im Afrikazimmer auf und ab. Alle drei kamen zu dem Ergebnis, dass Drishti Abbas direkt ins Gesicht gelogen hatte. Sie würde heute Abend keinen Flug nehmen.

»Zug?« Stilton kam wieder in die Küche.

»Bosse, kannst du auch die Züge überprüfen, wir haben doch sicher Personal am Hauptbahnhof?«, sagte Mette ins Telefon.

»Ja.«

»Wenn sie dort ein Ticket gekauft hat, müsste das herauszufinden sein.«

»Ich kümmere mich drum.«

»Auto?«, warf Olivia in den Raum. »Mietauto?«

Mette drückte ihr Handy wieder ans Ohr.

»Könnt ihr auch alle Mietwagenfirmen checken? Falls sie ein Auto gemietet hat, muss das im Lauf des Tages passiert sein.«

»Ich melde mich!«, antwortete Bosse.

Mette legte das Handy weg.

»Also, ich will jetzt auf jeden Fall einen Kaffee.«

»Für mich einen Espresso, bitte«, sagte Olivia.

Stilton schüttelte den Kopf.

»Ich kann ihn für dich mit kaltem Wasser machen«, schlug Mette vor.

Stilton hatte sich Olivia gegenübergesetzt. Beide dachten dasselbe.

»Oleksij hatte recht«, sagte Olivia. »Sie ist Sasja.«

»Alles deutet darauf hin. Warum sollte sie sonst lügen und verschwinden?«

»Was ich nicht kapiere: Warum ist sie überhaupt hier? Warum kommt sie her und will bei Abbas wohnen? Einem Sohn, den sie nicht mehr gesehen hat, seit er ein Kind war?«

»Vielleicht wollte sie bei ihrem Bruder wohnen, hat ihn aber nicht erreicht?«, meinte Stilton.

»Weil er tot war?«

»Wissen wir, wann sie bei Abbas aufgetaucht ist?«, fragte Mette von der Kaffeemaschine her.

»Am Tag, nachdem Berradas Leiche auf der Götgatan gefunden wurde«, antwortete Olivia. »Wenn ich es richtig verstanden habe.«

»Was zweierlei bedeuten kann«, sagte Stilton. »Entweder hat sie ihren Bruder nicht erreicht, oder sie hat ihn ermordet.«

»Oder den Mord in Auftrag gegeben«, ergänzte Mette.

»Und die Männer im Auto?«, fragte Olivia.

»Die haben die Leiche vielleicht nur zerstückelt? Wir wissen ja nicht, ob sie in Berradas Wohnung waren, wir haben noch keine Ergebnisse von der DNA auf dem Schraubenzieher. Vielleicht stammt sie von Drishti?«

Mette brachte gerade den Kaffee, als eine Nachricht auf ihrem Handy erschien.

»Bosse?«, wollte Olivia wissen.

»Nein.« Mette las die Nachricht. »Abbas. Er kommt her.«
»Gut«, sagte Stilton.
Er wollte Abbas hier haben, aus mehreren Gründen. Ihm war klar, was Abbas gerade durchmachte, daher wollte er in seiner Nähe sein. Außerdem war Abbas unersetzlich, falls die Lage sich zuspitzen sollte.

Der Hühnerbesuch war beendet, und Mårten befand sich auf dem Weg zum Gästehaus, einen großen Zeichenblock und eine Dose mit Farbstiften in der Hand. Oleksij und Alina saßen an dem klapprigen Gartentisch. Mårten legte Oleksij den Block hin und schüttete ein paar Farbstifte daneben aus. Oleksij nickte und nahm einen der Stifte, einen roten. Er schaute den leeren Block an, als würde er überlegen, was er zeichnen sollte. Mårten setzte sich neben Alina.

»Ich finde, du solltest deinen Mann noch einmal anrufen«, sagte er.

»Du meintest doch, das wäre nicht so gut?«

»Ich habe meine Meinung geändert.«

Mårten holte sein Handy heraus und reichte es Alina.

»Ich glaube, er möchte wissen, dass es euch gut geht«, fuhr er fort. »Das kann da drüben sehr viel bedeuten.«

Alina nahm das Handy, sah Oleksij an, der gerade ein rotes Rechteck auf das Papier gezeichnet hatte, und stand auf. Sie ging ein paar Meter weiter und stellte sich unter einen Apfelbaum. Mårten drückte die Daumen, dass sie Kontakt zu ihrem Mann bekam. Wie, war ihm nicht ganz klar, sie rannten bei den Kampfeinsätzen doch wohl kaum mit Handys herum? Aber vielleicht kämpfte ihr Mann gerade nicht. Er beugte sich vor und betrachtete Oleksijs Zeichnung. Neben dem Rechteck war jetzt eine Reihe kleinerer Vierecke. Er versuchte, die Zeichnung zu deuten, aber ohne Erfolg. Im Hintergrund hörte er Alinas gedämpfte Stimme. Obwohl er kein bisschen Ukrainisch konnte, begriff er, dass sie ihn erreicht hatte, und atmete auf. Er schaute Oleksij an, deutete auf die Zeichnung und hob den Daumen.

»Oleksij.«

Der Junge wandte sich um. Alina war zu ihm getreten und hielt ihm das Handy hin. Sie wollte, dass der Sohn mit seinem Vater sprach. So interpretierte es zumindest Mårten. Oleksij drückte sich das Handy ans Ohr und ließ ein paar kurze Worte vernehmen, dann stiegen ihm die Tränen in die Augen. Bevor sie an seinen Wangen hinunterlaufen konnten, verzog sich sein Mund zu einem strahlenden Lächeln. Er sagte noch ein paar weitere Worte und streckte Alina das Handy wieder hin. Sie beendete das Gespräch und gab Mårten das Telefon zurück.

»Danke«, sagte sie.

»Hat es geklappt?«

»Ja.«

Alina beugte sich vor und umarmte Mårten fest. Er war ein wenig überrumpelt, umarmte sie aber zurück. Beide setzten sich wieder, und Mårten deutete auf das Bild.

»Was zeichnet er da?«

»Ich glaube, es ist seine Schule, in Butscha, sie wurde zerbombt.«

Die Kaffeetassen waren schon leer, als Bosse zurückrief. Er klang aufgeregt.

»Wir haben einen Treffer beim Mietauto! Sie hat heute um 13:55 Uhr auf ihren Namen einen Seat Leon bei Avis am Klarabergsviadukt gemietet! Ich hab das Kennzeichen.«

»Super, Bosse!«, sagte Mette. »Dann fahnden wir jetzt im ganzen Land nach ihr und …«

»Ich glaube, das ist nicht nötig.«

»Warum nicht?«

»Das Auto soll in Nynäshamn zurückgebracht werden.«

Stilton und Olivia hatten das Gespräch mitgehört, Bosses Stimme war laut genug. Sobald Olivia das Wort Nynäshamn hörte, sagte sie: »Gdańsk. Sie will nach Polen!«

»Bosse, hast du gehört, was Olivia gesagt hat?«

»Japp. Ich checke sofort die Abfahrtszeiten der Fähre. Melde mich.«

Mette drückte das Handy an ihre Brust, sie spürte, dass ihr Herz beunruhigend stark schlug. Sie hatte ein paarmal ernsthafte Probleme damit gehabt, das durfte nicht noch einmal passieren. Vor allem um Mårtens willen. Sie blickte aus dem Fenster. Das Hühnergehege war leer. Er ist wahrscheinlich mit Oleksij zum Gästehaus gegangen, dachte sie.

»Wollen wir los?« Stilton erhob sich.

»Wohin denn?«, fragte Mette.

»Nynäshamn, was glaubst du denn? Ich rufe Abbas an, wir können ihn unterwegs einsammeln. Olivia?«

Olivia stand rasch auf.

»Ich will Lisa dabeihaben«, sagte sie.

»Aber wir wissen ja noch gar nicht, ob eine Fähre geht?«, gab Mette zu bedenken.

»Was sollte sie sonst in Nynäshamn? Urlaub machen? Wir fahren sofort runter.«

»Jetzt ruft Bosse wieder an.« Mette hob ab. »Ja?«

»Um 18:00 Uhr geht eine Polferries-Fähre nach Gdańsk.«

»Danke! Kannst du versuchen, die Passagierliste zu kriegen? Wenn sie mit dem Boot fährt, müsste sie ja ein Ticket gebucht haben.«

»Ich ruf dich wieder an.«

Stilton blickte auf die Uhr. Es war zehn vor fünf.

»Es dauert ungefähr fünfzig Minuten bis Nynäshamn, wenn kein Stau ist.«

»Um diese Zeit ist garantiert Stau. Außerdem müssen wir Abbas und Lisa abholen.«

»Wenn wir es nicht schaffen, müssen wir den Hafenkapitän anrufen und ihn bitten, die Abfahrt hinauszuzögern. Kommst du mit?«

Die Frage war an Mette gerichtet. Hier hätte sie eine fatale Entscheidung treffen können, eine Entscheidung, die in einem Herzinfarkt hätte enden können. Aber das tat sie nicht.

»Ich bleibe hier und koordiniere«, sagte sie und drückte sich eine Hand auf die Brust.

»Okay!« Stilton eilte in den Flur, Olivia kam hinter ihm her.

Mårten saß noch mit Oleksij vor dem Gästehaus, mit Block und Stiften beschäftigt. Er versuchte, ein Huhn zu zeichnen, mit miserablem Ergebnis. Oleksij lachte und nahm ihm den Stift aus der Hand. Im selben Moment rannten Stilton und Olivia zum Gartentor. Mårten sah, wie sie in Olivias schwarzen Dienstwagen sprangen und mit quietschenden Reifen davonfuhren. Er stand auf und gab Oleksij mit einer Geste zu verstehen, dass er gleich wiederkommen würde.

»Was ist passiert?«

Mit dieser Frage trat Mårten in die Küche. Er sah eine blasse Mette vornübergebeugt am Küchentisch sitzen und erschrak zu Tode.

»Mette!«

»Ja.«

Mette richtete sich auf und atmete tief ein.

»Ist es das Herz?«, fragte Mårten und zog einen Stuhl neben seine Frau.

Er hatte sie gewarnt, schon kurz nachdem sie die Silberwölfe zum ersten Mal erwähnte. Es spielte keine Rolle, wie wenig dramatisch der Fall war, an dem sie arbeiten sollte, er wusste, dass sie zu hundert Prozent darin aufgehen würde, zu hundertzehn eigentlich, und dann noch der Schock mit den verschwundenen Flüchtlingen. War es wieder zu viel geworden?

»Schatz, es ist alles gut«, sagte Mette. »Ich hab ein paar Doppelschläge gespürt, aber jetzt hat es sich wieder gelegt, keine Sorge.«

»Sicher?«

Mette umarmte Mårten fest. Sie wollte, dass er ihretwegen beruhigt war, denn in den nächsten Minuten würde er eventuell selbst Herzrasen bekommen. Wenn sie ihm von Abbas' Mutter erzählte.

*

Sie lasen Abbas und Lisa am Gullmarsplan auf, stellten ein Blaulicht aufs Dach und fuhren in Richtung Nynäsvägen weiter.

Olivia saß am Steuer, Stilton auf dem Beifahrersitz. Er hatte die Avis-Autovermietung in Nynäshamn angerufen, um zu fragen, ob Drishti das Auto abgegeben hatte, war aber nur bis zu einem Anrufbeantworter vorgedrungen.

Es gab Stau, natürlich, vor allem an der südlichen Ausfahrt stockte der Verkehr. Olivia nutzte die Busspur, so weit es ging, und fuhr so schnell sie sich traute.

Als sie am Globen vorbei waren, begann es in Strömen zu regnen.

Auf dem Rücksitz starrte Lisa auf ihr Handy und versuchte

zu googeln. Ihr wurde langsam ein wenig schlecht, Autofahren und Lesen waren keine gute Kombination für sie.

»Die Fähre heißt *Baltivia*«, sagte sie, »ich hab sie hier gefunden. Auf der Website von Polferries kann man das Schiff virtuell anschauen.«

»Wie sieht es aus?«, wollte Stilton wissen.

»Es ist eines ihrer kleineren Schiffe, für 250 Passagiere, es gibt wohl vier Decks, auf denen die Passagiere sich bewegen können, das Fahrzeugdeck dürfte geschlossen sein … vermutlich öffnen Restaurant und Café nicht vor der Abfahrt, der Laden vielleicht auch nicht, ich glaube, wir sollten uns auf Deck sechs bis neun konzentrieren, dort sind vor allem Kabinen und Sitzplätze.«

»Wir müssen die Besatzung bitten, uns zu helfen«, meinte Olivia.

»Und wie soll das gehen?«, fragte Stilton. »Sie wissen doch gar nicht, wie Drishti aussieht.«

Plötzlich wurde Lisa und Olivia klar, dass auch keine von ihnen beiden wusste, wie Drishti aussah.

»Sie sieht so aus.« Abbas hielt Lisa sein Handy hin. »Ich hab ein paar Fotos von ihr gemacht, als wir neulich spazieren waren. Sie ist ziemlich klein und schmal, mit sehr aufrechter Haltung.«

Das Handy wanderte von Lisa zu Stilton, der es kurz Olivia zeigte.

»Ihr seid euch ähnlich«, sagte sie.

In dieser Situation ein eher zweifelhafter Kommentar.

»Kannst du diese Nahaufnahme an Olivia und mich schicken?«, bat Lisa.

»Okay.«

»Also«, sagte Stilton. »Wollen wir uns eine Taktik überlegen? Eigentlich dürfte sie keine Ahnung haben, dass wir an

Bord kommen, also hat sie auch keinen Grund, sich zu verstecken. Nehmen wir jeder ein Deck?«

Sie teilten die Decks unter sich auf und kamen überein, Drishti erst einmal ins Visier zu nehmen, ohne einzugreifen.

»Glaubst du, sie könnte bewaffnet sein?«, fragte Lisa.

»Inzwischen kann ich mir bei ihr alles vorstellen«, antwortete Abbas.

Alle schwiegen, nach einer Weile wandte sich Stilton zum Rücksitz um, zu Abbas.

»Wie geht es dir?«

»Das können wir später besprechen.«

Stilton sah ihn an. Sein Gesicht war ausdruckslos, wie aus Bronze gegossen. Ich muss mich nach dieser Sache um ihn kümmern, dachte Stilton. Er muss sich schrecklich ausgenutzt fühlen. Von seiner eigenen Mutter. Vielleicht war es dumm, ihn zu bitten, dass er mitkommt? Er ist vermutlich extrem wütend. Gleichzeitig wusste er, dass Abbas seine Impulse außerordentlich gut kontrollieren konnte. Er ließ sich nie von seinen Emotionen beeinflussen, wenn es hart auf hart kam. Das folgte dann später. Außerdem war es vermutlich ein Vorteil, ihn dabeizuhaben, wenn sie sich Drishti näherten. Im schlimmsten Fall war sie bewaffnet, und Abbas hatte seine versteckten Messer.

Davon ging Stilton jedenfalls aus.

Der Stau begann sich aufzulösen, sobald sie an Jordbro und Västerhaninge vorbei waren, aber sie waren in Zeitnot. Als es schon fast Viertel vor sechs war, mussten alle vier einsehen, dass sie es nicht bis Nynäshamn schaffen würden, bevor die Fähre ablegte. Stilton rief Mette an und bat sie, mit dem Hafenkapitän zu sprechen, er war der Meinung, dass sie die formellen Dinge am besten regeln konnte.

»Ruf auch die Polizei von Haninge an und bitte sie, dafür zu sorgen, dass niemand die Fähre verlässt, bevor wir da sind!«

Zehn Minuten später rief Mette zurück.

»Er hält die Fähre dreißig Minuten auf, keine Sekunde länger. Das hat mit anderen Routen zu tun. Schafft ihr das?«

»Wir versuchen es.«

»Und du, Bosse hat sich gerade gemeldet, sie hat ein Ticket auf der *Baltivia* gebucht, Abfahrt 18:00 Uhr.«

»Dann wissen wir das jetzt.«

Stilton ließ sein Handy sinken und blickte Olivia an.

»Hast du's gehört?«

Olivia nickte und drückte noch ein bisschen mehr aufs Gaspedal, sie fuhr mit 160 auf der Überholspur. Die Scheibenwischer liefen auf Hochtouren.

Sie schafften es.

Nicht zur normalen Abfahrtszeit, aber innerhalb der Frist, die ihnen der Hafenkapitän eingeräumt hatte. Sie fuhren auf den Kai hinaus bis zur Fähre. Alle vier sprangen aus dem Auto und wurden von einem beißenden Wind und drei örtlichen Polizisten empfangen, die bestätigten, dass niemand aus der Fähre ausgestiegen war.

Geduckt rannten sie an Bord.

Die Besatzung war über ihre Ankunft informiert und dazu angehalten worden zu helfen. Zehn Personen standen bereit, als sie zur Rezeption kamen. Stilton trat zu einem uniformierten Mann, der wie ein Offizier aussah.

»Niemand verlässt die Fähre, solange wir an Bord sind«, sagte er.

Er musste es auf Englisch wiederholen, bis sie sich einig waren.

»Das Handy«, sagte er zu Abbas.

Abbas streckte ihm sein Handy mit der Nahaufnahme von Drishtis Gesicht hin.

Stilton ließ es unter der Besatzung herumgehen und erklärte, dass die Frau einen glatt rasierten Kopf hatte und eventuell einen Hijab trug. Er bekam das Handy zurück, die Besatzung verteilte sich auf dem Schiff. Olivia ging zum Offizier.

»Wie viele Passagiere sind an Bord?«, fragte sie.

»Die Fähre ist halb voll, 103 Personen.«

Und so begann die Suche auf den vier Decks.

Sie hatten die Erlaubnis bekommen, sämtliche Kabinen zu durchsuchen, was mithilfe der Besatzung ziemlich schnell ging. Und ergebnislos war. Keine Drishti. Die offenen Decks nahmen mehr Zeit in Anspruch.

Olivia hatte Deck 8 zugeteilt bekommen. Außer zwei Kabinen gab es dort einige Sitzplätze mit Tisch und eine große, offene Fläche mit Sesseln. Die meisten Passagiere befanden sich hier, um die achtzig Personen. Sie kam vom Achterdeck und blickte sich um. Sie wusste, dass sie sich frei bewegen konnte, Drishti hatte keine Ahnung, wer sie war, trotzdem ging sie langsam zwischen den Stuhlreihen nach vorn. Als sie sich der offenen Fläche näherte, hielt sie inne. Schräg vor ihr saß eine Frau mit dem Rücken zu ihr, ihr Kopf war mit einem schwarzen Hijab bedeckt. Olivia trat wieder ein paar Schritte zurück und holte ihr Handy heraus. Noch einmal sah sie sich das Foto an, das Abbas geschickt hatte, zur Sicherheit. Soll ich die anderen anrufen?, dachte sie. Oder gehe ich einfach vorbei und drehe mich ein Stück weiter vorn um wie irgendein Passagier?

Sie steckte das Handy wieder weg und lief nach vorn, an der Stuhlreihe mit der verschleierten Frau vorbei und weiter zu der offenen Fläche. Nach ein paar Metern hielt sie inne. Sie wandte sich um, nicht zu schnell, und musterte die Stühle vor sich – der Platz, auf dem die Frau gesessen hatte, war leer. Sie war aufgestanden und ging gerade in Richtung Flur. Olivia betrachtete ihren Rücken und folgte ihr. Ein Stück hinter den Stuhlreihen blieb die Frau plötzlich stehen und drehte sich um. Sie sah Olivia an.

»Wissen Sie, wo hier eine Toilette ist?«, fragte sie.

Es war nicht Drishti.

Als die Frist bis zur Abfahrt sich dem Ende näherte, suchte Stilton den Offizier wieder auf und erklärte die Situation. Er würzte seine Ausführungen mit unspezifischen Informationen über einen zerstückelten Mann und bewegte den Offizier dazu, den Kapitän des Schiffes auf der Brücke anzurufen. Als die Verbindung hergestellt war, gab er das Handy an Stilton weiter. Kurz, knapp und in einwandfreiem Englisch erklärte Stilton, dass sie noch eine Weile brauchten. Er beschrieb auch den Grund dafür. Diesmal brachte er noch Sexhandel und Übergriffe auf ukrainische Frauen mit ins Spiel.

Der Kapitän gab ihm noch eine weitere halbe Stunde. Eine Minute später war seine Stimme aus dem Lautsprechersystem zu hören. Er erklärte, dass das technische Problem in dreißig Minuten gelöst sein würde.

Die halbe Stunde reichte aus, um den Rest des Schiffes zu durchsuchen, inklusive Fahrzeugdeck. Als das geschafft war, sammelten sich alle vier wieder an der Rezeption.

»Sie ist nicht an Bord«, sagte Olivia.

»Oder wir finden sie nicht«, erwiderte Stilton. »Sie könnte sich in einer Abstellkammer oder einem Rettungsboot oder wo zum Teufel auch immer versteckt haben.«

Sie verließen die Fähre. Der Wind zerrte an ihren Kleidern, als sie zum Auto gingen. Im Hintergrund legte das Schiff ab.

Bevor die Enttäuschung sie zu sehr in Besitz nehmen konnte, sagte Stilton: »Wir probieren es noch mal bei der Mietwagenfirma.«

Sie setzten sich ins Auto, googelten die Adresse von Avis in Nynäshamn und fuhren hin. Diesmal war Personal vor Ort.

»Ein Seat Leon?«

»Ja.«

»So einen haben wir heute nicht reingekriegt.«

Sie saßen stumm im Auto, als sie wieder auf den Nynäsvägen einbogen. Stilton hatte Mette angerufen und erklärt, was passiert war. Drishti war nicht an Bord der Fähre. Sie war überhaupt nicht in Nynäshamn gewesen. Darüber hinaus hatten sie Bosse gebeten, den Mietwagen landesweit zur Fahndung auszuschreiben und die Grenzpolizei zu alarmieren.

»Sie hat vermutlich auf dem Weg hierher ihren Plan geändert«, meinte Lisa.

»Ja.«

Viel mehr wurde in der Stunde nicht gesagt, in der Olivia nach Stockholm zurückfuhr und jeden bei seiner Wohnung absetzte. Stilton fragte Abbas, ob er mit zu ihm kommen sollte.

»Nein, danke, wir können morgen reden.«

Alle, die in Nynäshamn gewesen waren, lagen bereits in ihren Betten, als Bosse Thyrén sich meldete, um halb eins in der Nacht, und zu einem sofortigen Zoom-Meeting einlud.

Stilton war schon eingeschlafen, in Lunas Armen. Er hatte einen Whisky getrunken, erzählt, was vorgefallen war, und war in die Koje gesunken.

Mette war ins Töpferzimmer hinuntergegangen und hatte ihren Frust an einem Tonklumpen ausgelassen. Das half normalerweise, nach einer Weile. Irgendwann hatte Mårten in seinem gestreiften Flanellpyjama in der Tür gestanden und mit einem Finger auf die Uhr geklopft. Da schaltete sie die Töpferscheibe aus und erhob sich mit klebrigen Fingern vom Stuhl.

Lisa war sofort ins Bett gegangen. Eigentlich hatte sie noch mit Oskar facetimen wollen, sich jedoch letztlich dagegen entschieden. Vielleicht brachte er gerade seine Tochter Emma ins Bett und war nicht so empfänglich für ihre Klagen.

Olivia dagegen hatte Ove Gardman angerufen und ununterbrochen über alles außer Nynäshamn gesprochen. Sie saß immer noch da und telefonierte mit ihm, als Bosse sich meldete.

Der am meisten Betroffene, Abbas el Fassi, hatte sein Backgammonspiel genommen und sich aufs Sofa gesetzt, ein Teelicht angezündet und über eine Stunde die Spielsteine angestarrt, ohne sie zu berühren. Dann war er auf dem Sofa eingeschlafen.

Bosse Thyrén war definitiv nicht eingeschlafen. Er saß in seinem Büro im Polizeigebäude und arbeitete an einem Bandenmord, als der Anruf von einem Streifenwagen kam. Direkt nach dem Telefongespräch berief er das Zoom-Meeting ein.

»Jetzt sind alle drin«, sagte er.

Stilton blickte auf den Bildschirm vor sich. Er saß in Unterhosen und T-Shirt im Salon und hatte die Tür zur Kapitänskajüte geschlossen. Das Bild vor ihm war in sechs Felder aufgeteilt, mit sechs Gesichtern in mehr oder weniger wachem Zustand.

»Habt ihr Drishti gefunden?«, fragte er.

»Nein«, antwortete Bosse. »Aber wir haben vor einer halben Stunde den Mietwagen entdeckt. Er stand hinter dem Hauptbahnhof, zwei Häuserblocks von der Autovermietung am Klarabergsviadukt entfernt. Um 14:30 Uhr hat er dort einen Strafzettel bekommen.«

Fünf offene Münder zeigten sich auf dem Bildschirm. Einer davon, Olivias, schloss sich wieder und sagte dann: »Sie hat also das Auto gemietet, ist zwei Straßen weiter gefahren und hat es dort abgestellt?«

»Offenbar.«

Die Besitzer der übrigen vier offenen Münder versuchten, die Information zu verarbeiten.

Stilton gelang es als Erstem.

»Sie hat uns verarscht«, sagte er langsam.

»Wie meinst du das?«, wollte Mette wissen.

»Sie war uns die ganze Zeit einen Schritt voraus. Sie hat gewusst, dass wir alle Flüge checken würden, sobald Abbas ihr Verschwinden bemerkt hätte, sie wusste, dass wir mit Mietautos weitermachen würden, sie wusste, dass Olivia sofort reagieren würde, wenn sie Nynäshamn hört, und an Gdańsk und Polen denken würde, sie hat ein Ticket gebucht und einen fetten Köder ausgelegt, und wir haben angebissen.«

Das war eine Hypothese, aber zum jetzigen Zeitpunkt eine äußerst logische und äußerst unangenehme. Sie waren im großen Stil an der Nase herumgeführt worden.

Es entstand eine lange Pause.

»Also, wo könnte sie jetzt sein?«, fragte Lisa schließlich.

»Vermutlich ist sie ganz gemütlich zum Hauptbahnhof spaziert, hat sich in einen Zug gesetzt und ist inzwischen auf hal-

bem Weg nach Kontinentaleuropa«, sagte Stilton. »Wir müssen die Überwachungsfilme einfordern.«
»Oder sie ist noch in der Stadt«, meinte Mette.
Da wurde Abbas' Feld plötzlich schwarz.
»Wo ist Abbas hin?«, wollte Olivia wissen.
»Er hat sich wohl ausgeloggt«, antwortete Bosse.
Stilton eilte in die Kapitänskajüte und zerrte sein Handy aus der Hosentasche. Abbas hob nicht ab.
»Was ist los?«, fragte Luna schlaftrunken.
»Keine verdammte Ahnung, ich muss schnell zu Abbas. Wo sind die Autoschlüssel?«
»Sie liegen in der Schale.«
Stilton zog sich die Hose an und riss eine Jacke vom Haken.

Er fuhr schnell, es war fast leer auf den Straßen, er wusste, dass er einen Whisky intus hatte, und war froh, dass es nur einer war. Warum ist er einfach vom Bildschirm verschwunden?, dachte Stilton. Warum geht er nicht ran? Stilton rief noch einmal an. Keine Antwort. Er bog auf die Dalagatan ein und parkte kurz vor Abbas' Haustür. Hoffe, sie haben den Code nicht geändert, dachte er. Das hatten sie nicht. Er trat ins Treppenhaus und drückte auf den Lichtschalter. Nichts passierte. Es blieb stockdunkel. Er holte sein Handy heraus und schaltete die Taschenlampe ein. Vorsichtig ging er die Treppe hinauf, er leuchtete vor sich nach oben, es herrschte absolute Stille, nur seine eigenen leichten Schritte waren zu hören. Als er bei Abbas' Tür ankam, schaltete er die Handylampe aus und horchte. In der Wohnung war es still. Er streckte die Hand aus und klingelte. Nichts passierte. Er drückte ein Ohr gegen die Tür, doch er hörte nichts. War er nicht zu Hause? Er klingelte noch einmal, etwas länger. Da vernahm er ein Geräusch, direkt hinter der Tür.

»Abbas«, sagte er leise.

Es vergingen ein paar Sekunden, bevor er eine Stimme von innen wahrnahm.

»Tom?«

Es war Abbas.

»Ja. Kannst du aufmachen?«

Er hörte, wie das Schloss entriegelt wurde. Die Tür öffnete sich ein Stück und blieb so stehen. Er schob sie auf und trat ein. Im Flur sah er Abbas' Rücken auf dem Weg ins Wohnzimmer, auf Höhe seines Oberschenkels glänzte ein Messer in seiner Hand. Stilton schloss die Tür und ging ihm nach. Abbas hatte sich aufs Sofa gesetzt und das lange, schmale Messer auf den Tisch gelegt. Stilton ließ sich auf einen der Sessel fallen. Sie sahen einander an.

»Du bist einfach verschwunden«, sagte Stilton.

»Ich hab mich ausgeloggt.«

»Warum?«

Abbas beugte sich vor und zündete neben dem Backgammonspiel ein neues Teelicht an.

»Es wurde ein bisschen zu viel«, antwortete er.

»Ihr Täuschungsmanöver?«

Abbas nickte und nahm zwei kleine weiße Würfel, schüttelte sie in einem ledernen Becher und ließ sie auf das Spielfeld gleiten. Eine Drei und eine Vier.

»Aber sie hat alle verarscht, nicht nur dich«, sagte Stilton.

»Das ist es ja gerade.«

Abbas verschob seinen ersten weißen Spielstein, und Stilton nahm den Lederbecher.

»Sie ist meine Mutter, nicht eure«, fuhr Abbas fort. »Ihr seid meine engen Freunde, und sie hat alle zusammen hinters Licht geführt.«

»Da kannst du ja wohl kaum etwas dafür?«

Stilton bekam zwei Vieren und bewegte seine schwarzen Spielsteine.

»Nein«, sagte Abbas, »ich finde es nur peinlich. Das ist doch wohl nicht so schwer zu verstehen?«

Vielleicht nicht, dachte Stilton. Aber sollte er nicht eher wütend als peinlich berührt sein? Ich wäre es auf jeden Fall.

Sie spielten weiter, schweigend. Nach einer Weile lag Abbas weit vorne und hatte schon fast alle Steine im Ziel, als Stilton aufgab.

»Du gewinnst«, sagte er.

»Das tue ich meistens.«

Was der Wahrheit entsprach. Er war der bessere Spieler. Abbas legte die Spielsteine zurück in ihre Fächer und klappte das Spiel zu.

»Sie hat mir die ganze Zeit nur etwas vorgemacht, von Anfang an.« Er lehnte sich im Sofa zurück. »Sie hat mir über mich etwas vorgelogen, über meine Kindheit, vielleicht auch über ihren Krebs, über den Grund, warum sie hier aufgetaucht ist, hat mir vorgelogen, dass sie sich mit mir versöhnen wollte … ›Lass mich dich einfach nur ein wenig kennenlernen, das ist alles, was ich begehre …‹«

Der Unterton, der in Abbas' Stimme mitschwang, war deutlich: Bitterkeit.

»Hat sie das gesagt?«

»Ja. Und das Schlimmste ist, dass ich ihr geglaubt habe.«

Abbas befeuchtete seine Finger, streckte die Hand aus und löschte das Teelicht. Der gelbliche Schein der Straßenlaternen fiel durch das Fenster hinter dem Sofa.

»Wir werden sie finden«, sagte Stilton, um irgendetwas zu sagen.

»Und was hilft das?«

Ja, was hilft das?, dachte Stilton. Abbas hilft es nicht, der Verrat an ihm lässt sich kaum wiedergutmachen. Aber ihre Verwickelung in den internationalen Frauenhandel kann vielleicht nachgewiesen werden und ihr mehrere Jahre Gefängnis einbringen. Das hilft zumindest der Gerechtigkeit.

*

Mette lag mit offenen Augen im Bett. Mårten hatte ihr heiße Milch mit Honig gemacht, damit sie ein wenig herunterkam, das hatte geholfen. Vor allem ihm, er lag neben ihr und schlief mit offenem Mund. Zum Glück spürte sie ihr Herz nicht, es schlug, wie es sollte, trotz der vorherigen Aufregung. Drishtis ausgeklügelter Plan hatte sie alle wie Amateure dastehen lassen, und das störte sie extrem. Wäre das vor fünfzehn Jahren auch passiert?, überlegte sie. Wäre ich damals in dieselbe Falle getappt? Tom? Olivia? Hätten wir uns damals auch so täuschen lassen? Sie dachte nicht daran, dass Olivia vor fünfzehn Jahren noch nicht einmal Polizistin gewesen war und Tom gerade obdachlos. Es ging ihr mehr um ihre eigene Stagnation. Ihren Mangel an Schärfe. Ich bin zu alt geworden, dachte sie, ich sollte meine Zeit lieber damit verbringen, in Schmetterlingshäusern herumzulaufen oder ein paar Eier einzusammeln. Ich bin keine gute Polizistin mehr.

Sie gab sich noch eine Weile ihrem Selbstmitleid hin, bevor sie in einen unruhigen Halbschlaf fiel. Das Letzte, was durch ihr Gehirn huschte, waren zwei Worte. Zwei Namen.

Grisja und Grigorij.

Der Vormittag war bedeckt, drinnen wie draußen. Draußen schoben sich graue, diffuse Wolken über den Himmel und entließen strömenden Regen, drinnen im Besprechungsraum saßen zwei lustlose ehemalige Polizisten an einem Tisch und tranken schwarzen Kaffee. Beide gähnten. Ganz anders die dritte Person im Raum: Sie strahlte eine nervöse Energie aus.

»Wir haben noch jede Menge Probleme zu lösen!«, sagte Olivia. Sie hatte Mette und Stilton gebeten zu kommen, denn sie mussten mit den Ermittlungen weitermachen, und sie hatte nicht vor, sich von der verschwundenen Drishti bremsen zu lassen.

»Wir haben noch kein Motiv für den Mord und die Zerstückelung der Leiche von Adam Berrada«, fuhr sie fort. »Für die Zerstückelung vielleicht, falls es darum ging, die Tätowierung zu beseitigen, aber nicht für den Mord selbst. Wir sind nicht weitergekommen mit Jaceks Informationen über die Triade Noire. Wir wissen nicht, wer da sonst noch drinsteckt und wie groß die Organisation ist.«

»Na, das ist ja wohl eher euer Gebiet als unseres«, versuchte Mette einzuwenden.

Olivia ignorierte den Kommentar.

»Wir wissen auch nicht, warum Drishti im Wald in Polen ein ukrainisches Mädchen namens Ivanna mitgenommen hat oder wohin sie das Mädchen gebracht hat«, beharrte sie. »Oder warum sie sich da Sasja genannt hat.«

»Vermutlich sollte Ivanna irgendwo in Europa für Sex verkauft werden.«

»Kann sein. Vor allem aber wissen wir nicht, wo Drishti selbst sich befindet.«

»Also, wo sollen wir anfangen?«, fragte Mette.

»Bei der einzigen Spur, die wir im Moment haben«, sagte Olivia.

»Du denkst an diesen verdammten Russen«, brummte Stilton. Nach der Nacht bei Abbas war er verkatert und insgesamt angesäuert.

»Genau«, sagte Olivia. »Grigorij ist mit dem ermordeten Adam verbunden, und zwar sowohl über das Zigarettenetui als auch über das, was Drishti angeblich von Adam erfahren hat. Der hat ja schließlich behauptet, sie hätten gemeinsame Geschäfte betrieben, und Grigorij oder Grisja, wie er ihn nannte, habe sein Leben bedroht.«

»Drishti kann aber auch gut gelogen haben, das scheint ja ihre Kernkompetenz zu sein.«

»Natürlich«, sagte Olivia, »aber wir sollten es zumindest checken.«

»Hat sie nicht was von Antibes gesagt?«, sagte Mette zu Stilton.

»Doch.«

»Ich rufe noch mal JB an.«

Mette nahm ihr Handy und ging ein Stück zur Seite, während Stilton sich vors Whiteboard stellte. Zwei neue Namen waren dazugekommen: DRISHTI EL FASSI und SASJA.

»Diese Triade Noire«, sagte er und nickte zum Board, »damit seid ihr also überhaupt nicht weitergekommen?«

»Bisher nicht«, erwiderte Olivia. »Europol hatte davon bislang noch nichts gehört. Im Moment gehen sie das ganze

EncroChat-Material erneut durch, ob da irgendetwas erwähnt wird.«

»Ich glaube, Drishti weiß eine Menge über Triade Noire.«

»Ja, vermutlich. Vielleicht sollten wir noch mal eine Runde mit Jacek drehen und herausfinden, ob er wusste, dass Adam eine Schwester hat. Vielleicht hat er sie ja mal getroffen? Ohne zu wissen, dass sie es war, die damals in Polen beim Wohnmobil auftauchte.«

»Und was soll uns das bringen?«

»Vielleicht weiß er, ob Drishti zur Triade Noire gehört?«

Im Hintergrund war Mettes entschlossene Stimme zu hören: »Jetzt suchen wir einen Russen namens Grigorij, der sich möglicherweise in Antibes aufhält. Kannst du mal nachprüfen, ob es jemanden mit dem Vornamen gibt, der in irgendeinem Zusammenhang da unten eine Rolle gespielt hat? Danke.«

Mette ließ das Handy sinken und kam zurück zum Tisch.

»Habt ihr eigentlich gut geschlafen heute Nacht?«, erkundigte sie sich.

»Ich habe wie ein Stein geschlafen«, antwortete Olivia.

»Und du?«, wandte sich Mette an Stilton.

»Ich habe mich um Abbas gekümmert.«

»Warum ist er denn aus der Besprechung verschwunden?«, fragte Olivia und setzte sich.

»Es ging ihm nicht gut.«

Mehr wollte er nicht erklären, das sollte zwischen ihm und Abbas bleiben.

»Außerdem hatte ich Zahnschmerzen«, erklärte Stilton weiter.

Mette und Olivia sahen sich an. Der Mann konnte manchmal schon ganz schön anstrengend sein.

»Wie steht es denn mit den Flüchtlingen?«, fragte Olivia.

»Gut, glaube ich«, erwiderte Mette. »Alina wirkt jetzt sehr viel ruhiger. Gestern hat sie mit ihrem Mann gesprochen.«

»Im Moment scheint es für sie im Krieg ja etwas besser zu laufen.«

»Bis Putin Atomwaffen einsetzt«, entgegnete Stilton.

Ein Anruf von Jean-Baptiste Fabre erstickte eine Diskussion über die katastrophalen Folgen eines Atomwaffenangriffs im Keim. Mette nahm das Gespräch an und stellte ihr Telefon auf Lautsprecher.

»Hallo, Mette! Wir haben den Namen eines Russen, der vor Antibes eine riesige Luxusjacht liegen hat, die *Night Eye*. Er heißt Wladowskij, Vorname Grigorij. Als Frankreich Sanktionen gegen Oligarchen beschlossen hat, war er mit auf der Liste, ist dann aber irgendwie rausgefallen. Das Schiff ist nicht auf ihn registriert.«

»Und was macht er sonst so?«, fragte Stilton.

»Höchst unklar. Im Bericht steht was von Investitionen. Wonach sucht ihr denn?«

»Adam Berrada hatte Kontakt mit einem Grigorij in Antibes. Wie eng der war, wissen wir nicht, eventuell haben sie gemeinsam Geschäfte gemacht.«

»Sexhandel? Das war es doch, was Berrada so betrieben hat?«

»Ja, schon, aber wir wissen nicht, ob Grigorij da mitgemacht hat«, meinte Mette.

»Sollen wir ihn uns mal näher ansehen?«

»Im Moment nicht, wir melden uns wieder.«

Mette beendete das Gespräch, und Olivia ging zu der großen weißen Tafel und schrieb WLADOWSKIJ? hinter den Namen GRIGORIJ. Dazu noch NIGHT EYE und ANTIBES.

Dann legte sie den Stift beiseite und drehte sich zu den beiden um. »Vielleicht versteckt Drishti sich dort?«, meinte sie.

»Auf der Luxusjacht?«, fragte Mette.

»Vielleicht?«

Stilton nahm Mettes Handy.

»Was hast du vor?«

»Noch mal JB anrufen und ihn bitten, eine Kontaktadresse zu diesem Wladowskij hervorzuzaubern, wenn er das kann.«

»Was willst du denn damit?«, fragte Olivia.

Stilton antwortete nicht. Wenn er gesagt hätte, dass er sich überlegte, runter nach Antibes zu reisen, und das möglicherweise sogar mit Abbas, dann hätten beide Damen im Raum protestiert.

Vor allem Mette.

Die hatte, was seine Auslandsaktionen anging, schließlich nicht nur gute Erfahrungen.

*

Olivia und Lisa nahmen den Kollegen Lasse Tingvall mit ins Gefängnis zu Jacek. Sie wollten ihm nur ein paar schnelle Fragen stellen und fanden es unnötig, dafür extra einen Verhörraum zu buchen. Lasse öffnete die Zellentür, und Olivia und Lisa gingen hinein.

Jacek lag halb auf der Pritsche, seine Hände zitterten ein wenig, als würde er frieren. Er sah zur Tür.

Er sieht fertig aus, dachte Olivia.

»Hallo, Jacek«, begann sie. »Wir haben ein paar kurze Fragen an Sie. Wenn Sie uns helfen können, dann wird sich das auch auf Ihre eigene Situation auswirken.«

Was genau sie damit meinte, war unklar, vor allem für Lisa

und Lasse. Olivia nahm ein Blatt Papier aus einem Plastikordner und sah, wie Jacek ein wenig zurückwich. Er stand immer noch unter dem Eindruck des letzten Verhörs. Das ist gut, dachte Olivia und hielt ihm das Papier hin.

»Wissen Sie, wer das hier ist?«, fragte sie.

»Nein.«

»Das ist Adam Berradas Schwester. Sie hat das ukrainische Mädchen im Wald in Polen mitgenommen.«

»Ich habe sie nicht gesehen, das hab ich doch schon gesagt.«

»Sie sind dieser Frau also nie begegnet?«, fragte Lisa.

»Nein.«

»Aber Sie wissen, dass Adam eine Schwester hatte?«

Jacek nickte.

»Gehört sie auch zur Triade Noire?«

»Fragen Sie sie doch selbst.«

Womit wir wieder an diesem Punkt gelandet wären, dachte Olivia. Nun hatte sie aber keine Fotos von einer zerstückelten Drishti, die sie zeigen konnte, also wechselte sie die Richtung.

»Haben Sie jemals den Namen Grigorij Wladowskij gehört?«, fragte sie.

»Wer ist das?«

»Ein Freund von Adam.«

Jacek schüttelte den Kopf.

»Dann vielleicht Grisja?«

Sowohl Lisa als auch Olivia und möglicherweise sogar Lasse an der Tür konnten die kurze Reaktion bei Jacek bemerken: ein minimales Rucken mit dem Kopf, das aber doch bedeutsam genug war. Den Namen Grisja kannte er.

»Sie wissen, wer Grisja ist, nicht wahr?«, fragte Lisa.

»Ein Russe.«

»Hält er sich in Antibes auf?«

»Das weiß ich nicht«, sagte Jacek. Olivia setzte sich auf das äußere Ende der Pritsche. Jacek zog sofort die Beine an.

»Es ist so, Jacek«, sagte sie. »Wir wissen, dass Adam Geschäfte mit Grisja gemacht hat, und wir gehen davon aus, dass es um Prostitution ging.«

Eine Behauptung, für die sie keinen Beweis hatte, aber das wusste Jacek ja nicht.

»Nun würden wir uns gerne ein bisschen mit Grisja darüber unterhalten«, fuhr sie fort. »Ist Adam nach Antibes gefahren?«

»Manchmal.«

»Hat er dort Personen aus der Triade Noire getroffen?«

»Weiß ich nicht.«

Olivia schaute Jacek an, stand auf und schob das Bild von Drishti in den Plastikordner. Sie ging auf die Zellentür zu, die Lasse ihr aufhielt. Lisa stand noch an der Wand und blickte Jacek an.

»Sie haben nicht auf die Frage geantwortet, ob Adams Schwester ebenfalls Mitglied der Triade Noire ist«, sagte sie. »Es wäre gut, wenn Sie das jetzt tun würden.«

Jacek zog eine graue Decke zu sich heran und schob die Füße darunter.

»Sie hat so ein Tattoo«, sagte Jacek, ohne Lisa anzusehen.

»Seine Schwester?«

»Ja.«

»Einen Kreis mit einem Dreieck darin?«

»Ja.«

»Woher wissen Sie das? Sie sind ihr doch nie begegnet.«

Jacek drehte sich zur Wand und zog die Decke über den Kopf.

Lisa und Olivia sahen zu, wie Lasse die Zellentür von außen abschloss.

Dann sagte Lisa: »Jetzt wissen wir das auch.«

»Was wir schon viel früher hätten wissen können, wenn Abbas mal seine Mutter in der Dusche bespitzelt hätte.«

Beide grinsten.

»Wenn Jacek nicht lügt«, gab Lasse zu bedenken.

Nach einer unruhigen Nacht war Grigorij halb nackt auf einem Liegestuhl auf dem Achterdeck eingeschlafen. Ein schrecklicher Albtraum hatte ihn geplagt und verfolgte ihn immer noch. Er war neun Jahre alt und kniete am Bett seiner sterbenden Großmutter. Unter Aufbietung ihrer letzten Kräfte streckte die Großmutter ein glitzerndes Ei zu ihm hin und sagte, er müsse es mit seinem Leben schützen. Er nickte und sah, wie die alte Frau einen letzten, rasselnden Atemzug tat und starb. Als er aufstand, stolperte er, das Ei fiel ihm aus den Händen und zersprang auf dem Steinfußboden in tausend Stücke.

Schweißgebadet war er aufgewacht.

Jetzt saß er im Eden-Roc, einem exklusiven Restaurant draußen auf Cap d'Antibes, nur einen Spaziergang von den Residenzen der Milliardäre auf den Hügeln entfernt. Er hatte einen abgeschiedenen Tisch am Fenster mit Aussicht auf die Bucht reserviert, einen seiner zwei Stammplätze in Antibes. Der andere war im Mamo. Zwei schwarz gekleidete Männer seiner Leibwache saßen neben ihm, jeder auf einer Seite. Anatolij rechts und Boris links. Bewaffnete Russen, handverlesen aus dem privaten Kader unverbrüchlich loyaler Männer, die ihn immer umgaben. Sie hatten alle Salade aux anchois und Mineralwasser bestellt. Ein leichtes Mittagessen.

Auf dem weißen Tischtuch lagen ein paar eingeschaltete iPads.

»Bin Rashid Al Aktoum landet morgen um 14:15 Uhr in

Nizza«, sagte Grigorij. »Privatflugzeug. Er hat seinen Cousin dabei. Sie erwarten, dass man sie mit einer Limousine abholt.«

»Kein Problem.«

Boris machte eine Notiz auf einem der iPads.

»Drei der Gäste sind Kunstliebhaber und werden im Laufe des Tages die Fondation Maeght oberhalb von Saint-Paul de Vence besuchen«, fuhr Grigorij fort. »Die kommen dann alleine hierher in die Stadt, und ihr holt sie um vier Uhr im Hafen ab.«

Grigorij lud sich etwas Salat auf die Gabel und schaute übers Meer. Weiter draußen konnte er die *Night Eye* sehen. Er verspürte immer noch ein Kribbeln in der Brust, wenn er die Jacht sah. Der Preis? Unfassbar. Aber er hatte damit einige andere Oligarchen übertroffen. Leider nicht Abramowitsch, dessen Jacht war acht Meter länger, damit musste er sich abfinden.

Boris räusperte sich, um Grigorij wieder an die Agenda des Tages zu erinnern.

»Alles Personal an Bord hat am Abend frei und wird sich an Land in Antibes befinden«, sagte er. »Ihr müsst darauf achten, dass niemand dableibt.«

Jetzt war Anatolij an der Reihe, auf seinem iPad zu tippen.

»Und Boris und ich kümmern uns wie immer um das laufende Geschäft«, sagte er.

Grigorij führte den Salat zum Mund. Er mochte das Salz der Sardellen.

»Gibt es noch irgendetwas zu klären?«, fragte er.

»Die Leute, die schon hier sind, das sind ein Engländer und zwei Brasilianer, richtig?«, sagte Boris.

»Ja. Ich werde Kontakt mit ihnen aufnehmen, wenn es so weit ist. Möglicherweise kommen sie schon um vier Uhr mit rüber. Sie sind ein wenig exzentrisch, vielleicht fahren sie auch auf eigene Faust. Einer von ihnen ist mit Modellflugzeugen steinreich geworden.«

Eine bunte Ansammlung von Gästen, insgesamt acht Personen. Ein paar von ihnen waren enge Freunde von Jeffrey Epstein gewesen. Männer ohne Grenzen mit grenzenlosen Vermögen. Grigorij hatte sich selbst nie dazugezählt. Er war ein einsamer Wolf, mit allen Vor- und Nachteilen, die das hatte. Es gefiel ihm zu arbeiten, ohne gesehen zu werden, Kapital und Wissen zuzuschießen, wo nötig. Vor vielen Jahren hatte er zusammen mit seiner Frau und ihrem Bruder ein Geschäft gestartet, das sehr lukrativ geworden war.

Er betrachtete seine festen, ebenmäßigen Nägel. Eine Zeitlang hatte er sie durchsichtig lackiert, doch damit hatte er aufgehört, als Julie geboren wurde.

»Garçon!«

Grigorij winkte einen strammen Kellner herbei.

»Einen Whisky bitte.«

Der Kellner verbeugte sich und machte kehrt. Ein paar Meter entfernt lief er fast in zwei Männer hinein, die auf dem Weg zu Grigorijs Tisch waren. Zwei Schweden, einer von ihnen mit einer dünnen Lederaktentasche in der Hand. Tom Stilton. Er steuerte geradewegs auf den Fenstertisch zu. Die beiden schwarz gekleideten Männer erhoben sich blitzschnell, drehten ihre iPads herum und stellten sich vor Grigorij. Stilton beugte sich zur Seite.

»Grigorij Wladowskij?«, fragte er.

Abbas und er hatten von Fabre ein paar wenige Informationen über den Russen erhalten, darunter ein Instagram-Foto und einige Lieblingsrestaurants in Antibes. Eines davon war das Mamo, da war er nicht. Das Eden-Roc war ein anderes.

»Wer fragt?«, erkundigte sich Grigorij und betrachtete Stilton.

»Tom Stilton aus Schweden. Das hier ist ein Kollege. Wir arbeiten mit der französischen Polizei zusammen und bräuchten ein paar ergänzende Informationen für eine Ermittlung, an der wir gerade arbeiten.«

Grigorij betrachtete die beiden Männer. Der eine trug eine abgewetzte braune Lederjacke, der andere einen sehr gut sitzenden grauen Anzug mit einem edlen grünen Schlips dazu.

»Und was hat das mit mir zu tun?«, fragte er.

»Ihr Name ist bei der Ermittlung aufgetaucht. Können wir uns setzen?«

Grigorij sah Boris und Anatolij an, die einige schnelle Sätze auf Russisch austauschten. Dann wies Grigorij sie an, sich wieder zu setzen, und blickte Stilton an.

»Bitte schön, nehmen Sie Platz«, sagte er mit einem Lächeln. »Möchten Sie etwas bestellen?«

»Nein, vielen Dank«, sagte Stilton und setzte sich Grigorij gegenüber.

Abbas ließ sich am Nebentisch nieder und drehte den Stuhl zur Gruppe hin.

»Kennen Sie einen Mann namens Adam Berrada?«, fragte Stilton Grigorij.

»Nein.«

»Er sieht so aus.«

Stilton öffnete die Aktentasche und zog ein Foto von Berrada heraus, das ihn in einem Park in Marseille zeigte. Grigorij sah sich das Bild an und schüttelte den Kopf.

»Dieses Bild ist aufgenommen worden, als er noch lebte«, fuhr Stilton fort.

»Heute sieht er so aus.«

Stilton zeigte das Bild von Berrada aus dem Obduktionsraum. Er verzichtete darauf, auch das von der zerstückelten Leiche rauszuziehen.

»Ein toter Mann«, kommentierte Grigorij.

»Ja. Ermordet. Und in diesem Mord an ihm ermitteln wir.« Der Kellner kam mit einem Whisky und stellte ihn vor Grigorij ab. Der war dankbar dafür.

»Merci«, sagte er und schaute Stilton an. »Aber warum sollte ich ihn kennen?«

»Deswegen.« Stilton holte eine Plastiktüte mit einem glänzenden Zigarettenetui aus der Tasche. Vorsichtig nahm er es heraus und klappte es auf. Grigorij nahm einen Schluck Whisky.

»Ein Zigarettenetui, das Berrada gehörte«, erklärte Stilton. »Mit einer Widmung darin. Die ist kaum lesbar, aber unsere Techniker haben herausgekriegt, was da steht. Es ist Russisch.«

»Und was steht da?«

»*Für meinen Freund Adam von deinem Freund Grigorij.*«

»Und das soll ich sein?«, erwiderte Grigorij lächelnd. »Wissen Sie, wie viele tausend Russen Grigorij heißen?«

Jetzt grinsten auch Boris und Anatolij. Abbas hingegen verzog keine Miene.

»Dann hat er das also nicht von Ihnen bekommen?«, fragte Stilton und klappte das Etui wieder zu.

»Nein. Ist das alles?«

»Nicht ganz. Da wir schon mal hier sind, können Sie uns vielleicht mit einer Tätowierung helfen, die uns erstaunt, und zwar mit der hier.«

Stilton holte ein Bild von dem Tattoo auf Berradas Schulter heraus. Grigorij warf einen Blick darauf und zuckte mit den Achseln.

»Wir fragen danach, weil man das Tattoo, als Berradas Leiche zerstückelt wurde, herausgeschnitten hat«, erklärte Stilton und schob das Bild wieder in die Tasche. »Aber Ihnen ist das nicht bekannt?«

»Nein.«

»Es ist ein Symbol für die Triade Noire, eine internationale Organisation, die sich unter anderem dem Trafficking verschrieben hat.«

Grigorij studierte eingehend Stiltons Gesicht, die beiden sahen einander lange in die Augen.

»Was wollen Sie damit andeuten?«, fragte Grigorij beherrscht.

»Nichts. Ich frage einfach nur, das ist mein Job.«

»Dann können Sie Ihren Job hiermit als beendet betrachten.«

»Sie wirken verärgert?«

Boris stand rasch auf. Stilton war dabei, dasselbe zu tun, als Abbas ihn mit einer Armbewegung aufhielt, sodass er wieder auf den Stuhl sank. Grigorij bemerkte das und wandte sich Abbas zu.

»Ja?«

»Drishti el Fassi«, sagte Abbas mit seiner leisen, ruhigen Stimme. »Manchmal nennt sie sich Sasja.«

Mehr sagte er nicht.

Die Wirkung war deutlich. Boris ließ sich wieder nieder, Grigorij hob das Glas und nahm einen Schluck, um ein paar zusätzliche Momente zu gewinnen. Als er es wieder hinstellte, war er maximal fokussiert. Auf Abbas.

»Können Sie das näher erklären?«, fragte er abwartend.

»Drishti ist die Schwester des ermordeten Mannes. Meine Mutter.«

Boris und Anatolij fiel es schwer, ihre Reaktionen zu verbergen. Sie versuchten, den Blick zu senken, um ihren Gesichtsausdruck nicht zeigen zu müssen. Auch Grigorij brauchte einige Augenblicke, um zu begreifen, was Abbas da eben gesagt hatte. Sasjas Sohn? Er wusste, dass sie einen Sohn aus der Zeit in Marseille hatte. War er der Mann, der ihm gegenübersaß? War er ein schwedischer Polizist? Und dann kam der nächste Gedanke: Versteckt sie sich vielleicht bei ihm?

»Worauf wollen Sie hinaus?«, sagte er schließlich.

»Meine Mutter ist verschwunden. Wir fragen uns, ob sie sich möglicherweise an Bord der *Night Eye* befindet, Ihrer Luxusjacht, die da draußen liegt. In dem Fall müssten wir auch mit ihr sprechen.«

»Und warum sollte sie sich dort befinden?«

»Weil sie ein Verhältnis mit einem russischen Oligarchen hat.«

Jetzt musste Stilton kämpfen, um seine Reaktion zu verbergen. Was behauptete Abbas denn da? Ein Verhältnis mit einem Oligarchen?

»Und das soll ich sein?«, fragte Grigorij.

»Das weiß ich nicht«, erwiderte Abbas. »Wäre möglich.«

Grigorij beugte sich zu Abbas und senkte die Stimme.

»Ihre Mutter befindet sich nicht auf dem Schiff«, sagte er.

»Und woher wissen wir das?«

Grigorij schob seinen Stuhl zurück. Er fühlte sich unangenehm unter Druck gesetzt. Diese beiden Männer saßen auf Informationen, die in mehrfacher Hinsicht gefährlich waren. Waren sie wirklich von der schwedischen Polizei, oder hatten sie eine ganz andere Agenda? Ließ sich die Situation irgendwie nutzen? Immerhin saß Sasjas Sohn hier vor ihm. Wenn es denn so war.

Er nahm einen weiteren Schluck und sprach kurz auf Russisch mit Boris und Anatolij. Sie waren sich schnell einig. Grigorij wandte sich wieder Abbas zu.

»Sie sind an Bord willkommen«, sagte er. »Für den Fall, dass Sie mir nicht glauben.«

»Das tun wir nicht«, erwiderte Stilton.

Die fünf Männer verließen das Restaurant und gingen über den Strand zu einem kleineren Schlauchboot, das am Gästesteg vertäut war. Keiner von ihnen schaute zurück, nach oben zu dem Parkplatz oberhalb des Eden-Roc. Deshalb sahen sie auch das Paar nicht, das zusammengesunken in einem grauen Citroën saß. Die Frau hatte ein Fernglas vor den Augen.

*

Ivanna war allein in dem kleinen Raum. Sie stand hinten am Aquarium und rieb mit einem feuchten Lappen über die große Glaswand. Jeder Millimeter der Scheibe musste glänzend sauber sein, so lautete die Anordnung. Sie brauchte die Leiter, um ganz nach oben zu kommen. Als sie dort stand und ihr Blick auf den Schwarm rotbrauner Bäuche fiel, der nur ein paar Zentimeter entfernt auf der anderen Seite des Glases vorbeihuschte, hätte sie fast das Gleichgewicht verloren. Es schauderte sie. Sie kletterte wieder hinunter, wrang das Tuch in einem Eimer aus und lehnte sich an die Leiter.

Erst sagt er, ich bin besonders, dachte sie, und dann, dass ich ein erbärmlicher Habenichts bin. Und alles nur, weil ich mit seiner Tochter gesprochen habe. Sie wischte sich die Hände an der Schürze ab. Am Morgen hatte sie schon erwogen, das Schiff zu verlassen. Zu bitten, dass man sie an Land bringen würde. Daran kann mich ja wohl niemand hindern, oder? Aber was mache ich dann?

Wieder musste sie an Alina und Oleksij denken. Sie hatte keine Ahnung, wie es den beiden ergangen war. Waren sie bis nach Schweden gekommen? Hatte man ihnen da geholfen? Sie hoffte es.

Morgen verlasse ich das Schiff, dachte sie. Ich will nicht mehr hier sein. Erneut begann sie mit dem Tuch zu wischen, jetzt schneller. Sowie sie damit fertig war, musste sie noch das ganze Deck im großen Salon putzen, das würde länger dauern.

*

Sie gingen am Heck an Bord. Stilton und Abbas hatten während der Bootsfahrt kurz miteinander gesprochen – auf Schwedisch, in der Hoffnung, dass keiner von den drei anderen sie verstehen würde. Als sie sich der riesenhaften Jacht näherten, wurde ihnen klar, dass es ziemlich sinnlos sein würde, dort nach Drishti zu suchen. Wenn sie sich an Bord befand, dann hatte Grigorij ihr sicherlich eine SMS geschickt und sie gewarnt. Es würde ihnen niemals gelingen, sie zu finden, sollte sie sich hier versteckt haben.

Dennoch hatten beide das Gefühl, dass die Jacht einen Besuch wert wäre.

Möglicherweise hatte der Besitzer etwas mit der Triade Noire zu tun.

»Hier entlang, bitte.«

Grigorij ging, gefolgt von Stilton und Abbas, über das breite Achterdeck. Boris und Anatolij hatten Gesellschaft von vier weiteren schwarz gekleideten Männern bekommen. Von einem Deck weiter oben dröhnte laute Musik. Grigorij blieb stehen und zog sein Handy heraus. Nach einem kurzen Gespräch auf Russisch wurde die Musik runtergefahren.

»Das ist meine Tochter, die eine kleine Party veranstaltet«, sagte er. »Lassen Sie uns in den Salon hinuntergehen.«

Er führte Stilton und Abbas in einen der extravaganten Salons an Bord. Im hinteren Teil des Raumes wischte Ivanna gerade mit einem Mopp den Boden.

»Ivanna!«

Das Mädchen sah auf und erkannte an Grigorijs verärgerter Geste, dass sie verschwinden sollte. Schnell verließ sie den Salon mit einem Eimer in der Hand. Stilton sah ihr nach. Abbas war ein paar Schritte hinter ihm und betrachtete den gesamten Raum in einer langsamen Drehung.

»Viel Platz«, sagte er zu Grigorij.

»Ja. Soll ich Sie herumführen, damit Sie sicher sein können, dass Ihre Mutter nicht an Bord ist?«

»Das ist nicht nötig. Ich weiß, dass sie nicht hier ist.«

Grigorij betrachtete Abbas.

»Warum wollten Sie dann hierherkommen?«, fragte er.

»Um Sie ein bisschen besser kennenzulernen«, erwiderte Stilton.

Grigorij warf den mit ausdruckslosen Mienen an der Reling stehenden Leibwächtern einen Blick zu.

»Dann weiß ich, was ich Ihnen zeigen werde«, sagte er.

Grigorij ging voran, als sie den Salon verließen und das Mitteldeck ansteuerten.

»Papa!«

Julie kam in einer hellroten Lederjacke und mit flatterndem braunem Haar entlang der Reling angelaufen. Grigorij blieb stehen. Nach einem kurzen Wortwechsel zog er eine Kreditkarte aus der Tasche und reichte sie der Tochter. Sie gab ihm einen Kuss auf die Wange und nickte, Stilton und Abbas sahen zu.

»Hübsche Jacke«, sagte Abbas. »Gucci?«

»Ja, wieso?«

Julie hielt einen Moment inne und sah Abbas an. Er lächelte.

»Tschüss!«, rief Julie dann und lief davon.

Grigorij wandte sich den Besuchern zu.

»Dahinten«, sagte er.

Stilton und Abbas sahen, wohin er zeigte. Auf dem ganzen Deck breitete sich ein glänzender Glasfußboden aus, durch den von unten ein bläuliches Licht schimmerte. Grigorij näherte sich ihm und machte ein paar Schritte auf das Glas hinaus. Mit einer Geste bedeutete er Stilton und Abbas, dass sie nachkommen sollten. Sie blieben am Rand stehen und schauten über die Fläche.

»Es hält«, sagte Grigorij mit einem Lächeln. Er ging bis zur Mitte und drehte sich dann um. Die schwarz gekleideten Leibwächter reihten sich schweigend zu beiden Seiten des Glases auf. Stilton und Abbas sahen einander an, dann betraten sie vorsichtig den Glasboden.

»Sie wollen mich kennenlernen?«, sagte Grigorij zu Abbas.

»Ja.«

»Schauen Sie hinunter.«

Stilton und Abbas blickten zu dem blauen Licht nach unten.

»Wir stehen auf dem Dach eines Aquariums, das mehrere Hundert Kubikmeter fasst«, erklärte Grigorij. »Darin gibt es einen Schwarm von 600 Piranhas. Wollen Sie etwas näher hinsehen?«

Er zog ein kleines weißes Kästchen aus der Tasche und

drückte darauf. Langsam glitt eine etwa zwei Quadratmeter große Scheibe beiseite. Das Wasser schwappte über die Ränder. Stilton und Abbas wichen blitzschnell einen Schritt zurück.

»Jetzt nicht stolpern«, meinte Grigorij. »Wenn sie hungrig sind, dann reißen die Fische einen Menschen innerhalb von sechs oder sieben Minuten auseinander.«

Abbas schaute in die makabre blaue Öffnung hinunter, während Stilton die zwei Reihen Männer entlang der Kante beobachtete. Keiner von ihnen rührte sich.

»Wir füttern sie immer von hier oben«, fuhr Grigorij fort. »Meistens Kadaver.«

Plötzlich stieg ein Rauschen von dem Schwarm dort unten auf.

»Hören Sie?«, fragte Grigorij. »Sie sind jetzt unruhig. Wir haben sie eine Weile nicht gefüttert.«

Abbas und Stilton wechselten einen Blick. Hier standen sie: vielleicht einen halben Meter von der Kante des Beckens mit einem Schwarm ausgehungerter Piranhas entfernt und umringt von schweigenden, schwarz gekleideten Männern.

»Der Vorteil an einer Jacht dieser Größe, die so weit draußen liegt, ist, dass niemand sehen oder hören kann, was an Bord geschieht«, erklärte Grigorij.

Eine merkwürdige Information.

Stilton schaute in die blaue Öffnung. Er war sich unsicher, was ihr nächster Schritt sein sollte. Natürlich hatte Abbas seine versteckten Messer, aber rund um die Glasfläche standen fünfzehn Männer, die sicherlich ganz andere Waffen besaßen. Und selbst war er nicht weit davon entfernt, zu Hackfleisch zu werden.

»Sehr schön«, sagte Abbas und lächelte. »Geben Sie mir Bescheid, falls Sie das Schiff mal verkaufen wollen.«

Er ging in die Hocke und streckte eine Hand ins Wasser. Grigorij beobachtete den gut gekleideten Mann, dessen grüner Schlips jetzt beinahe die Wasseroberfläche berührte.

»Was tun Sie da?«, fragte er.

»Ich checke die Temperatur.«

Abbas zog die Hand heraus und sah Grigorij an. Der Wind vom Meer raschelte in den Wimpeln, ansonsten war es mucksmäuschenstill.

»Nun, jetzt haben wir Sie ein wenig besser kennengelernt«, fuhr Abbas fort und trocknete sich die Hand am Jackett ab.

»Wenn ich meine Mutter finde, werde ich ihr von den Piranhas erzählen. Sie würde dieses Aquarium lieben.«

»Da bin ich mir ganz sicher«, sagte Grigorij. »Wann hatten Sie denn das letzte Mal Kontakt zu ihr?«

Das war eine für Abbas und Stilton in vielerlei Hinsicht seltsame Frage. Grigorij hingegen verfolgte damit ein höchst logisches Ziel.

»Vor 35 Jahren«, erwiderte Abbas und ging Richtung achtern.

Stilton folgte ihm.

*

Sie wurden von einem Leibwächter, der die ganze Zeit kein Wort sprach, in den Hafen von Antibes zurückgebracht. Er fuhr so schnell, dass die Passagiere die ganze Fahrt über nassgespritzt wurden. Zwar mit lauwarmem Wasser, aber dennoch. Stilton saß wie auf Kohlen. Er wollte vom Boot runter und Mette anrufen.

»Piranhas«, sagte Abbas, als sie auf den Pier stiegen. »Ist das nicht ziemlich primitiv?«

Stilton antwortete nicht. Sobald er einen Fuß auf festem Boden hatte, zog er das Handy heraus.

»Hallo, Mette! Ivanna, das Mädchen aus dem Wald in Polen, wie sah die aus?«

»Das weiß ich nicht. Ich kann Alina fragen. Geht es euch gut da unten?«

»Geht so. Wir waren auf Grigorijs Boot. Er mag Piranhas.«

»Wer tut das nicht? Ich melde mich. Du, übrigens, JB hat eben angerufen. Die glauben, sie haben die Wohnung von Berrada in Marseille gefunden!«

»Großartig. Das Netz zieht sich zusammen.«

Stilton und Abbas gingen vom Hafen durch das Tor in der langen, niedrigen Stadtmauer. Stilton war noch nie in Antibes gewesen. Er war kein Kulturflaneur.

»Aber ich nehme mal an, dass du hier schon unterwegs warst, oder?«

»Ja«, erwiderte Abbas. »Vor tausend Jahren.«

An seine Zeit als Verkäufer von gefälschter Markenware wollte er nicht unbedingt erinnert werden. Also deutete er auf einen großen Kiesplatz, der von schönen Platanen eingerahmt war.

»Sollen wir ein bisschen Boule spielen?«, fragte er.

»Da bin ich eine echte Niete.«

»Genau deswegen.«

Sie wollten sich gerade ein paar Kugeln von einem älteren Ehepaar ausleihen, als Mette zurückrief und Alinas Beschreibung von Ivanna weitergab.

Als sie fertig war, sagte Stilton ruhig: »Das Mädchen ist auf Grigorijs Boot. Wir haben sie da vorhin gesehen.«

Er hörte, wie Mette ein paarmal tief Luft holte. Hoffentlich hat sie ihre Herzklappen im Griff, dachte er.

»Dann hat Drishti sie also dorthin gefahren«, stellte Mette fest.

Sie atmete und klang jetzt wieder normal, was Stilton beruhigte.

»Offensichtlich«, sagte er.

»Wir können also eine Verbindung zwischen Drishti und dem Schiff herstellen?«

»Ja.«

»Aber ihr wisst nicht, ob sie an Bord ist, oder?«

»Nein, wir hatten keine Möglichkeit, das zu prüfen.«

Es wurde still in der Leitung zwischen Schweden und Frankreich. Stilton schielte zu Abbas, der immer noch mit dem älteren Paar am Kiesplatz diskutierte. Offensichtlich waren sie nicht geneigt, ihre Kugeln an völlig fremde Menschen zu verleihen. Was Stilton zupasskam.

»Wie hat er auf Triade Noire reagiert?«, meldete sich Mette wieder. »Also, Grigorij?«

»Mit einem Achselzucken.«

»Was macht ihr denn jetzt?«

»Wir bleiben hier. Ruf an, sowie JB sich meldet.«

Sie durften sich keine Kugeln von dem älteren Paar borgen. Die beiden hatten Abbas ein Stück halb trockenes Baguette angeboten und erklärt, Kugeln seien eben Kugeln, und die würde man nicht an Fremde verleihen. Brot könne man teilen, aber Kugeln? Nein.

Also gesellte er sich wieder zu Stilton, und sie gingen weiter in Richtung Stadtzentrum.

»Glaubst du, dass sie auf dem Schiff ist?«, fragte Abbas.

Inzwischen war ihm die Verbindung zwischen Drishti und Ivanna und der Jacht klar geworden.

»Möglich«, erwiderte Stilton. »Vielleicht geht sie heute Abend eine Runde mit den Piranhas schwimmen.«

»Das will ich wirklich hoffen.«

Die Dämmerung war in eine diskrete Dunkelheit übergegangen. Stilton hatte im Internet ein B&B gebucht, das sich gut anhörte: Rue Sade. Sie schlenderten zwischen gut besuchten Lokalen und Marktständen hindurch, die alles von hässlichem Keramikkram bis hin zu kitschigen Ölgemälden von terrakottafarbenen Häusern und weinenden Hunden feilboten.

»Ein Bier?«, fragte Stilton.

»Einen Martini.«

Höchst einig in dieser Sache hielten sie auf dem Weg zu ihrer Unterkunft nach einer Tränke Ausschau.

»Da«, sagte Abbas und zeigte auf ein größeres Lokal, dessen Tische über einen hübschen kleinen Platz verstreut waren. »Das ist doch nicht weit von unserem Zimmer.«

»Okay.«

Das Lokal war ziemlich voll, viele Jugendliche saßen draußen, und von drinnen aus der Bar tönte laute Musik. Das war nicht gerade ideal für die beiden Schweden, aber sie wollten ja auch nur schnell etwas trinken und vielleicht einen Moment lokaler Atmosphäre zur Entspannung genießen.

Sie schauten sich nach einem freien Tisch um, doch es gab keinen. Als sie schon wieder gehen wollten, sahen sie ein Stück entfernt jemanden winken: ein junges Mädchen in roter Lederjacke.

»Ist das nicht seine Tochter?«, fragte Abbas.

»Sieht so aus.«

Es war Julie. Sie zwängte sich zwischen ein paar Tischen hindurch und kam heraus auf den Platz. Ihr glänzendes Gesicht und die auffallend strahlenden Augen zeigten, dass sie schon ein paar Sachen eingeworfen hatte.

»Hallo!«, sagte sie. »Ich habe euch heute auf dem Schiff gesehen! Ich war so neugierig, was habt ihr denn da gemacht? Arbeitet ihr in der Modebranche?«

»Wieso glaubst du das?«, fragte Abbas.

»Weil du meine Jacke erkannt hast.«

»Meine Tochter hat genau so eine, allerdings in Grün. Oder ›Pistazie‹, wie sie sagt.«

Julie lachte, und Abbas grinste, doch Stilton versuchte, das Thema zu wechseln, ehe Abbas zu sehr abdriftete.

»Wir arbeiten nicht in der Modebranche«, erklärte er und wandte sich gerade schon ab, als Abbas sagte: »Wir sind gut mit deinem Vater befreundet.«

Wie so oft lief sein Gehirn einen Tick schneller als das von Stilton, und er hatte das Potenzial der Situation erkannt. Grigorijs Tochter, high und ahnungslos.

»Voll witzig!«, sagte Julie. »Ich treffe Papas Freunde fast nie. Er macht um alles so ein Geheimnis!«

Sie warf die Haare zurück und lachte noch einmal laut. Stilton begriff Abbas' Strategie.

»Wir kennen deinen Vater schon viele Jahre, aber ich muss auch sagen, er ist schon etwas geheimnistuerisch, der gute Grigorij«, meinte er.

Stilton lächelte, und Julie nahm Abbas am Arm.

»Kommt, wir nehmen einen Drink!«

Sie drehte sich zu den Tischen direkt hinter ihnen um. Mit selbstsicherem Lächeln stützte sie sich auf einen von ihnen.

»Ihr Süßen, dürfen wir uns kurz hier hinsetzen?«

Und ob es nun die Macht der Milliardärstochter war oder einfach ihre Höflichkeit – jedenfalls wurde Platz gemacht, und das Trio ließ sich nieder. Julie winkte dem Kellner.

»Was wollt ihr haben?«, fragte sie. »Aperol?«

Aperol war so ziemlich das Letzte, was Abbas im Sinn hatte, ein Anfängerdrink für Kinder.

Stilton sagte: »Für mich bitte ein Bier.«

»Ich nehme gern einen trockenen Martini«, ergänzte Abbas.

Julie gab die Bestellung an den Kellner weiter, fügte einen Aperol für sich selbst hinzu und wischte sich mit einer Serviette über das Gesicht.

»Papas Freunde«, sagte sie mit neugierigem Blick.

»Und Feinde«, erwiderte Abbas. »Dein Vater hat schon so seine Seiten.«

»Ich weiß!«, rief Julie lachend.

Weder Stilton noch Abbas war ganz klar, was sie von dem jungen Mädchen halten sollten. War sie naiv? Oder nur betrunken? Vielleicht stoned? Oder spielte sie selbst ein Spiel?

Nachdem der Kellner die drei Gläser gebracht und jeder einen Schluck genommen hatte, sagte Abbas: »Wir sind auch enge Freunde von Sasja.«

»Das ist ja lustig! Woher kennt ihr meine Mutter?!«

Abbas brauchte den ganzen Martini, um das zu verkraften. Er leerte das Glas schnell, es dauerte aber noch eine Weile, bis der Alkohol in seinen Organismus einsickerte. Stilton konnte sich hinter ein paar großen Schlucken Bier verstecken.

»Von ihrer Arbeit mit Flüchtlingen«, sagte er. »Wir versuchen schon eine ganze Weile, sie zu erreichen. Weißt du vielleicht, wo sie gerade ist?«

»Ich glaube, sie ist in Polen und hilft Leuten, die über die Grenze wollen. Sie ist so eine Heldin!«

»In der Tat«, erwiderte Stilton.

»Und dass sie das überhaupt packt«, fügte Abbas hinzu, »mit dem Krebs und so.«

»Krebs?«

Julie verschüttete fast ihren Aperol.

»Mama hat doch keinen Krebs. Warum sagst du das?«

»Weil er immer alles durcheinanderbringt«, sagte Stilton rasch. »Gestern war er noch überzeugt, ich hätte Milzbrand, er ist in der Hinsicht wirklich hoffnungslos. Vergiss es, Julie.«

Er hob sein Bierglas und sah aus dem Augenwinkel, wie zwei schwarz gekleidete Männer sich einen Weg zu ihrem Tisch bahnten. Die kannte er vom Glasdeck der Luxusjacht.

»Julie.«

Einer der Männer machte eine sehr deutliche Geste.

»Steh auf.«

»Warum denn?«

»Wir fahren nach Nizza. Steh auf.«

»Nein!«

Stilton und Abbas bemerkten Julies trotzige Haltung und ihre zornige Miene. Sie hatte vor zu bleiben. Einer der Männer packte Julie am Arm und machte Anstalten, sie hochzuziehen.

»Jetzt hör mir mal gut zu«, sagte Stilton zu dem Mann, »sie will hier sitzen bleiben.«

Der Mann ignorierte Stilton und zerrte Julie vom Stuhl. Sie kreischte, versuchte, sich aus dem Griff zu befreien, und fing sich eine Ohrfeige ein.

Das war zu viel.

Mit Stilton ging es durch. Das war schon ein paarmal zuvor in seinem Leben passiert, wenn auch mit viel verhängnisvolleren Konsequenzen als an diesem Abend in Antibes.

Jetzt donnerte er dem Mann, der Julie geschlagen hatte, eine Faust ins Gesicht. Der stolperte und stürzte sich dann brüllend auf Stilton. Ein kurzes Handgemenge entstand, das damit endete, dass Stilton den Kopf des Mannes so heftig auf die Kante des Marmortisches knallte, dass das Blut spritzte.

Abbas genoss die Situation so lange, bis er erkannte, dass der zweite schwarz Gekleidete draußen auf dem Platz eine Pistole in der Hand hielt, die er direkt auf Stilton gerichtet hatte. Es war nicht klar, ob er sie tatsächlich abfeuern würde, doch Abbas wollte es nicht darauf ankommen lassen. Einen Moment später steckte ein schmales schwarzes Messer im Handballen des Pistolenträgers. Er schrie, und die Pistole flog auf die Gasse, wo Abbas sie schnell aufsammelte.

Inzwischen waren alle im Restaurant aufgesprungen, nur Julie kauerte mit ein paar Freunden um sich herum an einer Wand und sah, wie die schwarz gekleideten Männer in der Dunkelheit davonstürzten. Der eine mit blutendem Gesicht, der andere mit blutender Hand. Sie wollten offensichtlich keinen Kontakt mit der französischen Polizei.

Stilton ging zu Julie und hockte sich zu ihr.

»Bist du okay?«

Julie nickte.

»Möchtest du, dass wir bleiben?«, fragte er weiter.

»Nein, ich habe ja meine Freunde hier. Wir fahren jetzt zurück in die Schule. Danke, dass ihr mir geholfen habt, diese Typen sind doch total durchgeknallt.«

Stilton stand auf und sah zu Abbas, der ein Stück entfernt stand und Julie betrachtete.

Die beiden gingen schweigend nebeneinanderher, vom Platz zum Hotel. Als sie an einer Mülltonne vorbeikamen, hielt

Abbas an, wischte die Pistole ab und warf sie hinein. Stilton bog in eine schmale Gasse ein.

»Eine Minute«, sagte er, huschte in einen kleinen Laden, der noch geöffnet hatte, und kam kurz darauf mit einer Tüte in der Hand wieder heraus.

Nach einer Weile erreichten sie ihre Unterkunft. Die lag ein Stück von der Straße ab, mitten in einem schmalen langen Durchgang. Sie blieben vor der Tür stehen und schauten in beide Richtungen den Gang hinunter. Es konnten jederzeit neue schwarz gekleidete Männer auftauchen.

»Scheint ruhig«, sagte Stilton.

Sie tippten den Türcode ein, stiegen eine Treppe hoch und kamen ins Herz des kleinen Hotels: ein großer Wohnraum mit Küche, geschmackvoll eingerichtet und mit teurer Kunst an den Wänden. In einem grauen Sofa saß ein junges Paar mit einem Laptop vor sich. Abbas grüßte, und Stilton fragte: »Angeblich gibt es hier eine Dachterrasse, wissen Sie, wie man da raufkommt?«

»Über die Treppe da hinten in der Ecke«, erwiderte die Frau auf dem Sofa und wies dorthin, ohne den Bildschirm aus den Augen zu lassen.

Die Terrasse war nicht sonderlich groß, ein Tisch, vier Stühle und Aussicht über die hübschen gewellten Dächer von Antibes, fast bis zur Bucht. Und zur *Night Eye*. Sie setzten sich, und Stilton holte eine Flasche Calvados aus der Tüte. Er lehnte sich zurück und nahm zwei kleine Gläser von einem Regal. Mit sicherer Hand schenkte er beide bis knapp unter dem Rand ein, reichte eines davon Abbas und sprach aus, was in dem Lokal auf dem Platz plötzlich klar geworden war.

»Eine Halbschwester«, sagte er.
»Offenbar.«
»Und eine Mutter, die mit einem netten Fischzüchter auf der *Night Eye* zusammen ist.«
»So sieht's aus.«
Beide leerten ihre Gläser zur Hälfte. Die Hitze des Alkohols explodierte ihnen in der Kehle. Abbas schüttelte sich und schaute über die Dächer. Er suchte nach Worten, und seine Stimme in der lauen Abendbrise klang verloren und leise: »Und das mit dem Krebs war auch eine Lüge …«
»Ja, ganz offensichtlich.«
»… kahler Kopf … ich begreife irgendwie gar nichts.«
»Kann ich verstehen. Geht mir genauso.«
»Was wollte sie denn überhaupt bei mir zu Hause? War ich nur eine Figur in ihrem Spiel? Hat sie mich ausgenutzt?«
»Vielleicht.«
»Aber wozu denn? Und wie?«
Darauf hatte Stilton keine vernünftige Antwort. Er leerte sein Glas und schenkte nach. Beide schauten lange in die Nacht hinaus und hinauf zum Himmel. Schauten einer Sternschnuppe nach, bis sie über dem Meer verlosch. Aus der Entfernung wehte leise Musik herüber.

Und da hätten sie, eingehüllt in einen Kokon des leichten Rausches, wegdämmern können, doch Stiltons Handy wollte es anders. Es vibrierte eine Weile in der Tasche, verstummte und begann wieder zu vibrieren. Am Ende drang das Brummen durch Hosenbein und Haut, bis der Besitzer reagierte. Er zog das Telefon heraus und sah, dass er eine SMS bekommen hatte. Von Robert Pärlqvist von der NOA. Widerwillig klickte er sie an.

Hallo, Tom, habe von den Philippinern wegen der DNA gehört. Ruf mich so schnell wie möglich an. Robban.

Diese Information konnte er gerade jetzt gar nicht gebrauchen.

»Luna?«, fragte Abbas.

»Ja«, sagte Stilton und erhob sich. »Ich lege mich mal ab.«

»Tu das. Aber lass die Flasche hier.«

Stilton sah ihn an. Er merkte, dass Abbas noch Zeit brauchte, um die Situation in den Griff zu bekommen. Mit oder ohne die Hilfe von Calvados.

»Wir sehen uns morgen.«

Stilton verließ die Terrasse, und Abbas griff nach der Flasche. Was Alkoholkonsum anging, war er grundsätzlich sehr restriktiv, und allein sitzen und Hochprozentiges trinken, das tat er so gut wie nie.

Aber an diesem Abend musste es sein, und er saß noch mehrere Stunden bis weit in die Nacht hinein. Als der Mond seinen höchsten Stand erreicht hatte, mehr gelb als grau war, da holte er sein Handy heraus und rief Mariama in Gambia an.

»Hallo, Liebling!«, sagte sie. »Ich habe eine Überraschung für dich!«

*

Jean-Baptiste Fabre hatte sich zusammen mit vier Kollegen und einem Kriminaltechniker kurz nach Mitternacht Zugang zu Berradas Wohnung verschafft. Man hatte alles sorgfältig durchsucht. Der interessanteste Fund war ein dicker, verschlossener Metalltresor in einem Schrank gewesen. Fabre schickte nach einem Schweißer.

Mette hörte das Handy kurz nach sechs Uhr am Morgen neben dem Bett vibrieren. Sie stand leise auf, um Mårten nicht zu wecken, und schaffte es fast aus dem Schlafzimmer.

»Du passt doch auf dein Herz auf, nicht wahr?«

Mette drehte sich um und sah ihrem schlaftrunkenen Mann in die Augen.

»Weißt du doch. Schlaf noch ein bisschen, ich hole so lange ein paar Eier und mache uns dann ein gutes Rührei zum Frühstück.«

Sie ging hinaus und zog die Tür hinter sich zu. Auf der Treppe nach unten sah sie, wer da angerufen hatte: Jean-Baptiste Fabre. In der Küche rief sie zurück und holte sich mit dem Telefon am Ohr eine Flasche Rote-Bete-Saft aus dem Kühlschrank, der sollte angeblich gut für den Blutdruck sein.

»Hallo, JB. Du rufst ja ganz schön früh an.«

»Ich war noch nicht im Bett.«

Mette hörte, dass er ein wenig mitgenommen klang. Hatte er etwa die ganze Nacht Pernod gesoffen?

»Arbeit oder Vergnügen?«

»Wir sind heute Nacht in Adam Berradas Wohnung in Castellane rein. Er hatte die unter einem anderen Namen gemietet, deshalb hat es so lange gedauert, sie zu finden. Wir haben alles durchsucht und ...«

»Einen Moment.«

Mette brauchte beide Hände, um die Flasche aufzuschrauben, und außerdem wollte sie sich hinsetzen. Da JB um diese Uhrzeit anrief, konnte man davon ausgehen, dass es sich um wichtige Informationen handelte.

»Also?«, sagte sie dann. »Was habt ihr gefunden?«

»Alles Mögliche. Am interessantesten war, was in einem Tresor lag. Es hat eine Weile gebraucht, um den aufzukriegen.«

»Und was lag da?«

»Geldbündel, die wir im Moment gerade nachzuverfolgen versuchen.«

»Und was noch?«

»Ein Laptop von der schwierigen Sorte.«

»Seid ihr reingekommen?«

»Daran arbeiten wir gerade. Im Hinblick auf das, was du uns übermittelt hast, könnte er Sprengstoff enthalten.«

Sprengstoff?, dachte Mette. In was für einer Krimiwelt lebte der denn noch?

»Wie spannend«, sagte sie. »Wann glaubst du, werdet ihr ihn geknackt haben?«

»Bald, hoffe ich. Aber Mette, es ist folgendermaßen. Wenn wir da drauf Material finden, das mit Sexhandel zu tun hat, dann müssen wir es Europol übergeben. Berrada war französischer Staatsbürger, und der Laptop ist hier gefunden worden.«

»Das verstehe ich. Aber du könntest uns doch vielleicht ein paar Stunden damit geben. Wenn das Material zuerst zu denen geht, dann weiß man nie, wann und in welchem Umfang wir es bekommen. Immerhin hat ja unsere Arbeit dazu geführt, Berrada zu finden, oder?«

»Natürlich. Ich kann es zuerst ›zur Vervollständigung‹ an euch schicken.«

»Danke.«

»Wenn wir überhaupt etwas finden. Bleib in der Nähe des Telefons, ich melde mich.«

»Versprochen.«

Mette legte das Handy auf den Tisch und nahm einen ersten Schluck von dem roten Getränk, das ungefähr so schmeckte, wie sie befürchtet hatte. Aber sie hatte von der positiven Wirkung des Safts gelesen und wollte ihm eine Chance geben.

Berradas Laptop? Der konnte ihnen, und vor allem der Ermittlungsgruppe zum Sexhandel, ungeahnte Möglichkeiten eröffnen. Im besten Fall sogar Informationen über die mystische Triade Noire liefern. Oder zumindest Hinweise darauf, wo sich Berradas Schwester, Drishti el Fassi, aufhielt.

»Waren Eier da?«

Mårten kam in seinen blauen Morgenmantel gewickelt die Treppe herunter, offensichtlich mit Lust auf Rührei.

»Ich habe es noch nicht nach draußen geschafft«, erklärte Mette. »Eben erst aufgelegt.«

»Arbeit?«

»Was denkst denn du, um sechs Uhr morgens? Es war Jean-Baptiste. Wenn du Kaffee aufsetzt, gehe ich raus und schaue nach den Hühnern.«

Ein Satz, der noch vor Kurzem völlig absurd gewesen wäre, ihr jetzt aber ganz natürlich über die Lippen kam. Die Anpassungsfähigkeit der Menschen war doch phänomenal.

*

Stilton hatte die SMS von Pärlqvist nach dem Aufwachen noch einmal gelesen, hatte gestöhnt und beschlossen, nicht darauf zu antworten. Fürs Erste. Was du heute kannst besorgen, das verschiebe ruhig auf morgen.

Jetzt saß er in einem Straßencafé am Place National in der Nähe des Hotels. Auf der Straße vor ihm herrschte fröhlicher Trubel, Lastwagen lieferten Waren an ein Möbelgeschäft, ein Fischhändler stellte ein paar Kisten frischen Fisch auf Eis raus, Jugendliche mit Schulranzen auf dem Rücken radelten vorbei, und ältere Paare zuckelten über das Kopfsteinpflaster.

Lebendiges Treiben auf der Straße, dachte er, das hat man auf Rödlöga nicht so.

Gleichzeitig achtete er aufmerksam auf die Umgebung. Die Demütigung der beiden Männer aus Grigorijs Schlägertruppe am Tag zuvor konnte ihnen sehr leicht Probleme einbringen. Und es musste ihnen nicht unbedingt von Nutzen sein, dass sie für seine Tochter eingetreten waren. Sicher würde er auf irgendeine Weise Rache nehmen wollen. Das war so bei Männern, die auf Piranhas setzten.

Somit saß Stilton nicht im Halbschlaf da. Eben hatte er Abbas angerufen, der mit sehr kratziger Stimme rangegangen war: »War spät auf der Terrasse.«

»Bist du zu irgendeinem Ergebnis gekommen?«

»Wo bist du?«

»Um die Ecke in einem Café. Soll ich dir einen Kaffee bestellen?«

»Ja.«

Das hatte er getan, und nun standen zwei Tassen auf dem kleinen runden Marmortisch vor ihm. Er nahm die eine und erwog, Mette anzurufen.

Sie war schneller.

»Hallo, Tom. JB hat heute Morgen angerufen, sie haben diese Nacht Berradas Wohnung durchsucht und einen Laptop gefunden. In den versuchen sie gerade reinzukommen.«

»Gut. Da könnte so einiges drauf sein.«

»Hoffen wir mal. Wie läuft es bei euch?«

»Geht so. Abbas hat gestern eine Halbschwester bekommen.« Daraufhin musste Stilton alles erklären, was nicht ganz einfach war: von Julie und Drishti und ihrem Verhältnis zu dem Russen Grigorij.

»Wie hat er das verkraftet?«, fragte Mette.

»Ich weiß nicht. Anscheinend hat er die halbe Nacht Calvados in sich hineingeschüttet.«

Das genügte Mette als Antwort. Abbas war niemand, der ohne Grund Hochprozentiges trank.

»Da kommt er«, sagte Stilton. »Melde dich, wenn JB irgendwas gefunden hat.«

»Mach ich.«

»Und sag ihm, dass ich ihn später anrufe. Ich glaube, wir werden hier Hilfe benötigen, auf diesem Kahn laufen ziemlich viele schwarz gekleidete Männer herum.«

»Was hast du vor?«, fragte Mette.

»Meinen Morgenkaffee genießen. Bis später.«

»Tschüss.«

Stilton legte das Handy neben die Kaffeetasse und zog Abbas einen Stuhl heraus. Der Freund sah angespannt und ziemlich fertig aus.

»Zu welchem Ergebnis ich gekommen bin?«, sagte er und nahm seine Tasse.

»Ja. Oder hast du nur getrunken?«

»Ich habe getrunken und den Mond angeschaut, und als da irgendwann zwei Monde waren, habe ich Mariama angerufen.«

»Wie geht es ihr?«

Abbas stellte seine Tasse ab, legte die Hände auf die Oberschenkel und schaute über das Gewimmel auf der Straße.

»Ich bin zu dem Ergebnis gekommen, dass ich es loslassen werde«, erklärte er.

»Was loslassen?«

»Alles, was mit meiner Vergangenheit zu tun hat. Ich werde es löschen.«

»Einfach so?«

»Als Drishti erneut in mein Leben getreten ist, hat sie alles wieder aufgewühlt, was ich schon einmal begraben hatte. Jede einzelne Wunde hat sie wieder aufgerissen, und plötzlich erschien alles, was sie zerstört hatte, so viel kleiner. Ich bin darauf reingefallen. Jetzt habe ich sie ausgelöscht.«

Stilton betrachtete den kontrolliert wirkenden Mann neben sich. Er wusste, was Drishti ihm angetan hatte, und verstand seine Reaktion. Er war fertig mit ihr.

Und wenn sie doch auf dem Boot ist?, dachte Stilton. Wenn wir dort in Kontakt mit ihr kommen? Was tut er dann? Wie wird er reagieren?

»Ich werde sie töten«, sagte Abbas ruhig, als hätte er Stiltons Gedanken gelesen.

»Ich denke, das solltest du lieber nicht tun. Und sei es auch nur um deiner Halbschwester willen.«

Abbas lächelte sanft, fast nachdenklich, und strich sich über den Hals.

»Natürlich werde ich sie nicht töten«, sagte er dann. »Ich wollte mir das nur mal auf der Zunge zergehen lassen.«

Da war sich Stilton nicht so sicher.

*

Die elegante Limousine stand schon bereit, als der silbern glänzende Privatjet, eine Challenger 3500, zum Landeanflug auf den Flugplatz der Côte d'Azur in Nizza ansetzte. Boris schaute hinüber zum Flugzeug und wischte etwas unsichtbaren Staub von den weißen Kotflügeln der Limousine. Er sah auf die Uhr: Viertel nach zwei, genau wie abgesprochen.

Die Gangway wurde ausgeklappt, und zwei Männer in weißen Kanduras und Kopfbedeckung mit Agal traten ins gleißende Sonnenlicht. Beide setzten dunkle Sonnenbrillen auf und stiegen hinunter aufs Flugfeld. Boris hatte sich ein Stück vor der Gangway aufgebaut und streckte sich nun.

»Bin Rashid Al Aktoum«, sagte er. »Willkommen.«

»Danke«, erwiderte der ältere der beiden Männer.

Er wies auf die ein Stück entfernt wartende Limousine.

»Werden wir in der fahren?«, fragte er mit auffallend strengem Unterton.

»Ja«, erwiderte Boris und ignorierte den Tonfall.

Er hatte den Wagen in Nizza gemietet. Es war nicht die längste Limousine, es gab exklusivere, aber da nur zwei Passagiere das kurze Stück bis Antibes gefahren werden sollten, war er der Ansicht, dass sie ihre Funktion erfüllte. Sie war mit allem ausgerüstet, was erwartet wurde, inklusive gekühltem Champagner. Er wusste schon, dass die beiden Scheichs einer kleineren Verletzung der muslimischen Regeln nicht abgeneigt waren, wenn sich die Gelegenheit ergab.

»Hier entlang«, sagte er.

Er hielt die hintere Tür auf und ließ den älteren Mann einsteigen. Sein jüngerer Cousin wartete auf der anderen Seite des Wagens, und Boris eilte herum und öffnete ihm den Schlag. Selbst setzte er sich dann hinters Steuer und ließ sich nicht anmerken, was er dachte.

»Wie viele werden wir heute Abend sein?«, fragte Bin Rashid, als der Wagen vom Rollfeld fuhr.

»Acht«, erwiderte Boris.

»So wie letztes Mal. Ist jemand Bekanntes dabei?«

»Ron Easter, der Brite, der im Frühjahr auch dabei war.« Bin Rashid erklärte seinem Cousin, wer Easter war. Da er das auf Arabisch tat, konnte sich Boris derweil auf die Auffahrt zur Autobahn konzentrieren.

»Und wie geht es meinem Freund Grigorij?«, fragte Bin Rashid und nahm die Sonnenbrille ab.

»Es geht ihm gut. Sie werden ihn bald sehen. Im Kühler ist Champagner.«

Der Cousin öffnete die Klappe und nahm eine gut gekühlte Flasche Dom Pérignon und zwei langstielige Gläser heraus. Als Boris den Korken knallen hörte, fuhr er etwas langsamer, denn er wollte keine nassen Flecken auf dem Schoß der Gäste provozieren.

*

Anatolij hatte die Tür von innen abgeschlossen. Er stand auf einer Leiter im kleinen Salon und schraubte den Feuermelder oben an der Lüftungsklappe ab. Vorsichtig nahm er die winzige Kamera heraus und legte eine neue Lithiumbatterie ein.

Das dauerte nur wenige Augenblicke.

Er brachte den Feuermelder wieder an und kletterte von der Leiter herunter. Sicherheitshalber setzte er sich in einen der roten Sessel und sah zur Wand hinauf – es war im Grunde unmöglich, das winzige Löchlein in dem weißen Plastik zu entdecken. Keiner der Gäste würde ahnen, dass die Vorstellung im Raum gefilmt wurde.

Adam Berrada war es gewesen, der bei einem Besuch der Jacht diese Installation vorgeschlagen hatte. Die Vorführungen zu dokumentieren, war eine reine Vorsichtsmaßnahme. Material, das in schwieriger Lage zur Erpressung dienen konnte. Verhandlungsmasse, für den Fall, dass man sie mal brauchte.

Bisher war das noch nicht nötig gewesen. Grigorijs Beziehung zu seinen Gästen hatte sich völlig unproblematisch gestaltet.

Aber man wusste ja nie.

*

Die Fondation Maeght lag auf dem Hügel über dem pittoresken Städtchen Saint-Paul de Vence. Es war ein berühmtes Kunstmuseum, weit über die Grenzen Frankreichs hinaus bekannt. Das weiße, architektonisch gewagte Gebäude war von einem schönen Park mit Pinien umgeben, in dem neben einem Wandmosaik von Marc Chagall zahlreiche Skulpturen kunsthistorischer Giganten wie Joan Miró und Alberto Giacometti standen.

Derzeit fand eine große Ausstellung moderner Kunst mit dem Titel »At the heart of abstraction« statt – ein wahrer Publikumserfolg. Der Park war voller Besucher, die umherschlenderten, andere hatten sich um das mit Wasser gefüllte Bassin auf der Südseite des Museums versammelt, das mit farbenfrohen Mosaiken von Georges Braque ausgekleidet war.

»Eigentlich war Braque der erste Kubist.«

Ein Brite im hellblauen Seidenanzug vertrat diese Ansicht. Er stand zusammen mit zwei anderen Männern mittleren Alters am Rand des Bassins.

»Ich glaube nicht, dass Picasso diese Einschätzung geteilt hätte«, entgegnete einer der anderen und nahm einen Bissen von einer reifen Aprikose. »Er hielt sich sicher für einen ebenso frühen Vertreter des Kubismus, wenn nicht noch früher als Braque.«

»Der erste, beste und größte.«

Alle lachten und gingen in den Park zurück. Die drei verband ein ehrliches gemeinsames Kunstinteresse. Sie blieben bei ein paar Skulpturen stehen und begannen neuerliche Diskussionen über die Bedeutung der Künstler für die Kunstgeschichte.

»Allerdings habe ich wirklich meine Probleme mit vielem von dem, was heute so geschaffen wird«, bemerkte einer der Männer. »Bodypainting und Performance Art – das spricht mich alles nicht an.«

»Das hängt davon ab, um welche Art von Performance es sich handelt. Denn gegen das, was wir heute Abend sehen werden, hast du ja wohl nichts einzuwenden, oder?«

Das bemerkte der Brite namens Ron Easter mit einem Lächeln.

»Ich hoffe nicht«, antwortete der andere Mann und spuckte einen Aprikosenkern aus. »So wie du es beschrieben hast, werde ich wohl nicht enttäuscht werden.«

»Nein, das wirst du nicht.«

Easter sah auf seine Armbanduhr.

»Vielleicht sollten wir langsam zum Hafen runtergehen.«

Die Männer schlenderten gemächlich zum Ausgang des Parks, jedoch nicht, ohne noch kurz vor einer großartigen Schrottskulptur von Jean Tinguely innezuhalten.

»Spannende Dynamik«, bemerkte Easter.

»Ein wenig struppig, finde ich.«

*

Mette hatte sich in die Polizeizentrale begeben und Olivia und Lisa gebeten, in den Raum der Silberwölfe zu kommen. Sie wollte sie gern dabeihaben, wenn Jean-Baptiste sich meldete. Falls sich auf Berradas Laptop irgendwelche belastenden Informationen über den internationalen Sexhandel befanden, würden die beiden es besser einordnen können als sie.

Kurz bevor die zwei auftauchten, kam erneut ein Anruf von Magnus Adolfsson herein. Er saß auf einer anderen Etage der Zentrale und war, nicht ohne Mühen, wie er sagte, an die Einzelverbindungsnachweise von Adam Berradas Handy gekommen.

»Besonders interessant ist eine Reihe nicht beantworteter Anrufe von einer unterdrückten Nummer.«

»Habt ihr die Nummer herausgefunden?«

»Ja, sie ist aus Frankreich.«

»Gib sie mir durch«, sagte Mette rasch.

Sie notierte die Nummer, dankte Magnus und rief sofort Jean-Baptiste Fabre an, dem sie die Ziffernfolge diktierte.

»Kannst du die mal ganz schnell überprüfen?«, fragte sie.

»Natürlich.«

»Ich bleibe dran.«

Es dauerte nicht lange, da hatte Fabre ermittelt, wessen Anschluss das war.

»Drishti?«, fragte Mette.

»Ja.«

»Danke. Ich melde mich.«

Sofort wählte Mette wieder die Nummer von Magnus.

»Hallo, Magnus, kannst du mir mal die Einzelverbindungsnachweise mailen, ich wüsste gern, an welchen Tagen genau diese Anrufe von der französischen Nummer kamen.«

Ein paar Minuten später hatte sie die Liste. Mette schaute sie schnell durch und merkte, wie ihr Herz mit jedem neuen Datum, das sie sah, immer heftiger schlug. Als Olivia und Lisa ins Zimmer kamen, war sie bereits die ganze Liste durchgegangen.

»Hallo, Mette! Hattest du Kontakt zu Tom und Abbas?«, fragte Olivia und setzte sich neben Mette und ihren Laptop.

Mette gelang es gerade noch, die Mail von Magnus wegzuklicken.

»Heute Vormittag«, erwiderte Mette. »Sie sitzen immer noch in Antibes und warten.«

»Worauf?«

»Auf bessere Zeiten, nehme ich mal an. Sie wollen abwarten, ob es auf Berradas Computer Material gibt, das sie gegen Grigorij benutzen können.«

»Sie haben aber keine Spur von Drishti?«, fragte Lisa.

»Nein. Aber Abbas hat erfahren, dass sie eine Beziehung zu dem Russen hat oder hatte. Die beiden haben eine gemeinsame Tochter.«

Bei Lisa fiel der Groschen am schnellsten.

»Das wäre dann ja die Halbschwester von Abbas, oder?«

Mette konnte nicht antworten, denn plötzlich tauchte in ihrem Mail-Eingang ein Fähnchen auf. Neue Dokumente von Jean-Baptiste Fabre. Mehrere, und sehr umfangreich.

Alle drei drängten sich jetzt vor dem Computer. Mette öffnete das erste Dokument, und der Bildschirm war im Nu voller Spalten und Namen. Als sie das Material einmal kurz durchgeschaut hatten, sagte Lisa: »Unfassbar.«

Noch ehe Mette das nächste Dokument öffnen konnte, stand Olivia auf.

»Ich glaube, wir sollten zu Borgmark rübergehen und die ganze Gruppe zusammenrufen. Das hier wird einschlagen wie eine Bombe.«

*

Ivanna schob den Putzwagen in die Abstellkammer und ging zu ihrer Kajüte, die zusammen mit fünf anderen ganz unten im Bauch der Jacht lag. Sie hatte schon um halb sieben am Morgen begonnen, den Manöversteg zu putzen, und jetzt taten ihr die Arme und der Rücken weh. Sie hatte nun eine Stunde frei, und in der würde sie versuchen, etwas zu schlafen. Sie betrat die Kajüte und zog die Tür hinter sich zu. Dort drinnen war nicht viel Platz, lediglich eine Koje von Wand zu Wand, dazu ein an der Wand befestigter Tisch und ein schmaler Kleiderschrank.

Deshalb sah sie sofort das Kleid, das auf dem Bett ausgebreitet lag. Ein weißes, ärmelloses Seidenkleid. Lange stand sie ganz still da, mit einem Kribbeln im Bauch. Warum lag das da? Sie machte einen kleinen Schritt darauf zu und beugte sich über den Halsausschnitt. Ein Versace-Kleid? Vorsichtig berührte sie den Seidenstoff. Noch nie hatte sie so ein schönes Kleid gesehen.

»Es gehört dir.«

Ivanna fuhr herum. Grigorij stand in einem blauen Leinenanzug in der Tür.

»Das ist meine Entschuldigung für meinen Ausbruch neulich auf dem Deck«, sagte er mit einem Lächeln. »Ich hätte das niemals sagen dürfen. Du bist kein erbärmlicher Habenichts. Du bist Opfer eines schrecklichen Krieges, und ich bin dankbar dafür, dich an Bord haben und dir helfen zu können.«

Ivanna schwieg. Sie wusste nicht, was sie sagen sollte.

»Zieh es doch mal an«, sagte Grigorij. »Ich warte draußen.« Er ging hinaus und machte die Tür hinter sich zu. Ivanna schaute das Kleid an. Meins? Sie drehte sich um, verriegelte die Tür und zog sich aus. Mit beiden Händen hob sie das weiße Kleid hoch und ließ es langsam über ihren Körper gleiten. Es passte perfekt. Sie drehte sich um. Der kleine runde Spiegel über dem Wandtisch zeigte nur den oberen Teil, und da half es auch nichts, dass sie bis an die gegenüberliegende Wand zurückwich. Sie strich mit den Händen über die weiche Seide.

Ein diskretes Klopfen an der Tür rief sie in die Gegenwart zurück. Sie schloss auf.

»Bitte sehr«, sagte sie.

Grigorij öffnete und hielt inne. Mehrere Augenblicke stand er schweigend da und betrachtete das Mädchen in dem weißen Kleid.

»Du bist hinreißend schön, Ivanna.«

»Danke.«

Ivanna sah zu Boden. Sie merkte, dass sie rot wurde. Die Situation war ihr unangenehm.

»Darf ich dich um einen kleinen Dienst bitten?«, fragte Grigorij.

Er stand noch in der Tür und strich sich über den Bart. Ivanna sah ihn an. Würde es jetzt passieren? Würde er jetzt Dinge von ihr verlangen, vor denen sie eine Todesangst hatte? Für eine Millisekunde schossen Bilder von dem grauen Wohnmobil durch ihren Kopf.

»Was für einen Dienst?«, fragte sie leise.

»Wir werden heute Abend ein paar wichtige Gäste haben, und ich brauche Hilfe beim Ausschenken des Champagners.«

Die Verkrampfung in Ivannas Brust löste sich ein wenig, ihre Stimme war wieder fester.

»Kann das nicht die Besatzung übernehmen?«, fragte sie.

»Nein, leider nicht. Die haben heute ihren freien Abend und fahren nach Antibes. Deshalb benötige ich deine Hilfe.«

»Aber ich habe noch nie etwas ausgeschenkt, ich ...«

»Das ist ganz einfach«, unterbrach Grigorij sie. »Wir werden auf dem Mitteldeck ein Austernbuffet haben, und du musst nur mit einem Tablett mit Champagner herumgehen und nachfüllen, wenn du ein leeres Glas siehst. Das wirst du ohne Probleme hinbekommen. Ich bin selbst auch die ganze Zeit dabei. Was ist dein Lieblingsgericht?«

Ivanna war von der Frage überrumpelt.

»Wonach hast du dich seit deiner Flucht am meisten gesehnt?«, hakte Grigorij nach.

Ivanna verstand nicht, warum er das wissen wollte, doch sie antwortete.

»Hamburger.«

Grigorij lachte.

»Hamburger?«

»Ja.«

»Dann sollst du heute Abend einen Hamburger bekommen. Ich werde dafür sorgen, dass der Koch dir einen macht, bevor er ans Festland fährt. Komm um sieben Uhr in die Kapitänskajüte, dann können wir noch essen, ehe die Gäste da sind. Du weißt doch, wo meine Kabine ist?«

Ivanna nickte.

»Ich habe da geputzt.«

»Heute Abend bist du nicht die Putzfrau, sondern mein Gast. Und zieh gerne das Kleid an.«

Grigorij lächelte und verließ die Kajüte. Ivanna sank auf

die Koje und faltete die Hände über dem feinen Kleid. Sie war aufgewühlt. Wollte er einfach nur nett sein, oder war da noch etwas anderes?

Sie fühlte sich so schrecklich allein.

*

Fast alle hatten einen Notizblock in der Hand. Borgmark hatte dafür gesorgt, dass noch ein paar weitere Stühle in den Raum gestellt worden waren. Auch Erik Morling und Magnus waren gekommen – das Gerücht von einem Durchbruch in der Ermittlung hatte sich verbreitet. Die Spannung war deutlich spürbar. Lasse und Göran hatten Mettes Laptop mit einem großen Monitor verbunden. Das Deckenlicht war ausgeschaltet.

»Das hier ist der Inhalt des ersten Dokuments«, sagte Olivia.

Mette hatte vorgeschlagen, dass Olivia und Lisa die Sitzung leiten sollten. Sie selbst würde lediglich als Bindeglied zu den Männern in Antibes fungieren. Alle Blicke waren auf den großen Bildschirm an der Wand gerichtet.

»Was ihr hier seht, ist eine detaillierte Beschreibung, wie das internationale Sexhandelsnetzwerk Triade Noire aufgebaut ist«, erklärte Olivia. »Logistik. Infrastruktur. Kontaktpersonen in ganz Europa. Zuhälter und Mitarbeiter. Die Anzahl Prostituierter, die mit der Organisation verbunden sind. Namen und Adressen. Gemietete Wohnungen. Eine Karte ist auch dabei.«

Olivia klickte eine Europakarte an, die zeigte, wo das Netzwerk operierte und wie die Verbindungen zwischen den verschiedenen Orten verliefen.

»Das ist ja unfassbar«, sagte Borgmark erstaunt. »Europol wird ausflippen, wenn die das kriegen.«

»Warte, bis du das nächste Dokument siehst«, sagte Lisa und klickte es an.

Hier war eine Reihe dicht beschriebener Seiten zu sehen, alle mit einem kleinen Emblem in der rechten oberen Ecke: ein Kreis mit einem schwarzen Dreieck.

»Was ist das?«, fragte Lasse.

»Wir haben es nur kurz überflogen, aber soweit wir verstanden haben, handelt es sich um das rechtliche Konstrukt der Führungsebene von Triade Noire. Wer für welche Teile des Unternehmens verantwortlich ist. Daraus geht hervor, dass der Russe Grigorij Wladowskij eine Art *sleeping partner* ist, vermutlich hat er hauptsächlich den Aufbau des Netzwerks finanziert. Aktiv in der Leitung sind Drishti el Fassi und ihr Bruder Adam Berrada.«

»Die gestohlene Leiche?«, fragte Erik Morling.

Alle schauten den Mann mit der Fliege an, und eigentlich wusste keiner, warum er da war.

»Ja«, sagte Olivia, »wie wir schon sehr früh vermutet haben.«

Na ja, wir, dachte Mette.

»Wir müssen das gesamte Material ausdrucken und durchforsten«, sagte Borgmark. »Kannst du das übernehmen, Mette?«

»Natürlich. Wollt ihr das ... oh, Entschuldigung, hier habe ich Jean-Baptiste Fabre auf dem Schirm.«

»Das ist unser Kontakt in Marseille«, erklärte Olivia, hauptsächlich für Morling.

Jean-Baptiste tauchte auf Mettes Bildschirm auf.

»Seid ihr es durchgegangen?«, fragte er.

»Einmal ganz schnell«, sagte Mette, »es ist ziemlich sensationell. Und viel Stoff.«

»Ja.«

»Hallo, Jean-Baptiste. Hier Borgmark. Das ist fantastisches Material, das ihr da aufgetrieben habt. Wie willst du jetzt weitermachen?«

»Europol hat es auch gerade bekommen«, erwiderte Jean-Baptiste. »Wahrscheinlich werden die so schnell wie möglich einen Großeinsatz in ganz Europa koordinieren.«

»Darf ich etwas sagen!«

Morling hatte sich nach vorn an den Tisch geschoben.

»Hallo, mein Name ist Erik Morling, ich bin der Leiter der ...«

»Komm zur Sache«, unterbrach Mette ihn barsch.

Morling verzog den Mund und fuhr fort: »Ich will nur sichergehen, dass Europol über die Bedeutung unseres operativen Einsatzes bei dieser Ermittlung informiert wird.«

Es wurde sehr still im Raum, und einige Anwesende wanden sich peinlich berührt auf ihren Sitzen.

»Dafür werde ich natürlich sorgen«, sagte Jean-Baptiste. »Molund, nicht wahr?«

»Morling, mit einem ›r‹ in der Mitte.«

Mette schob Morling vom Schirm weg und machte eine entschuldigende Geste zu Fabre.

»Hast du etwas von Tom und Abbas gehört?«, fragte sie.

»Sie haben versucht, mich zu erreichen, und ich werde mich bei ihnen melden, sowie wir hier fertig sind. Wir warten noch auf das letzte Dokument.«

»Fehlt denn noch eins?«, fragte Olivia.

»Ja, unsere Computerexperten sind immer noch damit beschäftigt, es aufzukriegen.«

*

Die Hitze ließ gegen Nachmittag ein wenig nach, dünne Schleier schoben sich vor die Sonne, und ein kräftiger, warmer Wind wehte vom Meer herein. Das Wasser in der Hafenlagune lag jedoch ganz glatt da.

Der Hafen war durch einen langen Pier und diverse Gästestege geschützt, wo die Luxusjachten wie schwimmende Reichtümer dicht an dicht lagen, die eine protziger als die andere. Dennoch hätte keine davon auch nur als Rettungsboot für das schwarze Schiff draußen auf Reede, die *Night Eye*, dienen können.

Stilton stand mit der Jacke in der Hand und schaute auf alles hinab, das innerhalb der Kaimauern herumschwamm. Nicht einmal bei vorgehaltener Pistole wäre er in dieses Wasser gestiegen.

»Na, hast du Lust?«, fragte Abbas und nickte zu der Brühe hinunter.

»Wohl kaum. Eis?«

Abbas leckte an einer Kugel der Sorte Vanille, die in eine große Waffel gedrückt war. Ein Impulskauf, wahrscheinlich zur Verbesserung der Laune.

»Das ist gut«, beteuerte er. »Sollen wir Fabre noch mal anrufen?«

»Er wird sich schon melden, wenn er Zeit hat.«

Stilton ging zu dem großen, von Platanen umstandenen Kiesplatz. Er wollte in den Schatten. Eine neue SMS von Pärlqvist, diesmal noch drängender, bereitete ihm Stress. Er erwog zu antworten und zu erklären, dass er sich im Ausland befand und andere Sorgen hatte. Aber das würde offenbaren, dass er erreichbar war, und das wollte er nicht sein. Er ließ sich auf einer Holzbank unter einer Platane nieder und wartete auf Abbas.

Der stand, immer noch einigermaßen verkatert, am Kai und dachte an Julie, seine plötzlich aufgetauchte Halbschwester. Und an Grigorij. Ehe sie zu der Jacht hinausgefahren waren, hatte er Grigorij gesagt, dass er Drishtis Sohn war. Also hatte Grigorij gewusst, dass sie Halbgeschwister waren, als Julie und Abbas sich auf dem Schiff begegneten. Eine Tatsache, die er natürlich hatte verbergen müssen, um seine Beziehung zu Drishti nicht zu offenbaren. Alles sehr kompliziert, dachte Abbas und leckte an seinem Eis.

Und Julie?

Hätte er am Abend zuvor nicht doch bei ihr auf dem Platz bleiben sollen? Aber was hätte er tun sollen? Erzählen, dass er ihr Halbbruder war? Das war wohl keine Information, die ihr in dem Moment weitergeholfen hätte. Er hatte gesehen, dass Tom mit ihr gesprochen hatte und dass ihre Schulkameraden bei ihr waren. Wie es dann weitergegangen war, ging ihn eigentlich nichts an.

Blutsbande hin oder her.

Dennoch berührte es ihn auf seltsame Weise, dass es sie gab und dass sie seine Halbschwester war. Süß, fröhlich und vermutlich völlig unwissend über die Geschäfte ihrer Eltern. Sollte er derjenige sein, der ihr die Wahrheit überbrachte? Hoffentlich nicht.

Er verließ den Kai und ging zu den Platanen. Stilton saß noch auf der Bank und schaute zur Mauer. Ein Stückchen entfernt hielt ein schwarzes Taxi, drei Personen stiegen aus, einer davon in einem hellblauen Anzug. Sie gingen zum Hafen hinunter. Das hätte Stilton nicht weiter interessiert, wären da nicht die Männer gewesen, die sie in Empfang nahmen. Zwei schwarz gekleidete Typen, einer davon war der Russe Boris. Er führte die drei zu einem schwarzen Schlauchboot und half ihnen hinein. Stilton sah dem Boot nach, als es den Hafen verließ und direkt auf die *Night Eye* zufuhr.

Da vibrierte sein Handy wieder.

Wenn das Pärlqvist ist, schmeiße ich das Telefon in die Soße am Kai, dachte er und zog es heraus. Es war Mette. Er drückte das Telefon ans Ohr und sah, wie es unten aus Abbas' Waffel zu tropfen begann. Das wird auf dem Hemd landen, dachte er.

»Hallo, Mette, hat JB sich gemeldet?«

Und dann saß er da und hörte zu. Abbas betrachtete seine konzentrierte Miene, den angespannten Mund. Am Ende unterbrach Stilton Mettes Ausführungen: »Ich verstehe, Mette, das ist eine große Sache. Sollen wir gleich zur Tat schreiten?«

»Nein, wartet ab. Den ersten Schritt macht Europol.«

»Und was, wenn er den Anker lichtet und verschwindet?«

»Da könnt ihr nichts machen. Ihr befindet euch auf französischem Territorium. Ich versuch mal, mal, JB zu erreichen.«

»Okay.«

Stilton ließ das Handy sinken und wandte sich zu Abbas. Der war gerade dabei, Eisflecken von seinem hellrosafarbenen Hemd zu wischen.

»Der Russe hat was mit der Triade Noire zu tun«, erklärte Stilton.

»Das erstaunt uns jetzt nicht.«

»Nein.«

Die schmerzhaftere Information, dass auch Abbas' Mutter tief in der Sache drinsteckte, hielt Stilton zurück.

»Und was hat Mette gesagt? Fahren wir raus und holen ihn uns?«

»Nein. Nicht allein. Wir brauchen dazu die Erlaubnis von JB. Wir sollen hier warten.«

Abbas ließ sich ein Stück von Stilton entfernt auf der Bank nieder. Warten gehörte gerade nicht zu seinen Stärken, er fühlte immer noch den Calvados im Leib und brauchte jetzt Auslauf. Physischen Auslauf.

Beide schauten über den Hafen, über das Wasser und bis hin zu dem schwarz schimmernden Monster, das dort draußen lag.

Die Kapitänskajüte auf der *Night Eye* war keine gewöhnliche Kajüte, sondern erinnerte mehr an den Lesesaal eines luxuriösen englischen Herrenclubs. Die Wände aus dunklem Mahagoni, weiche Auslegeware, diskrete kleine Lampen mit gedämpftem, gelblichem Licht. Das breite Doppelbett war zwischen gut gefüllten Bücherregalen eingepasst. Um einen ovalen Tisch aus dunklem Jacaranda standen vier tiefe Ledersessel. In der einen Ecke rotierte ein schwarzer Globus mit Silberspritzern darauf, aus dessen Innerem leise Musik strömte. An den Wänden hingen zwei Bilder, ein Ganzkörperporträt in Öl von Julie neben einem großen Schlachtengemälde von Konstantin Filippow.

»Möchtest du etwas Weißwein?«, fragte Grigorij.

»Nein, danke.«

Ivanna saß in ihrem schönen weißen Kleid an dem ovalen Tisch. So wie Grigorij es gewünscht hatte. Sie hielt einen dicken Hamburger in der Hand und versuchte, möglichst nicht auf das Kleid zu kleckern. Grigorij schenkte sich selbst ein Glas Wein ein und erhob das Glas zu Ivanna.

»Prost«, sagte er und nahm einen Schluck.

Ivanna nickte mit dem Mund voll Hamburger. Grigorij stellte das Glas ab und holte eine kleine blaue Schachtel aus der Tasche seines Jacketts. Mit dem Zeigefinger schob er die Schachtel langsam über den Tisch zu Ivanna.

»Ein kleines Geschenk für dich«, sagte er.

»Warum?«

»Weil du, wie du weißt, besonders bist. Und weil ich um Entschuldigung dafür bitten will, dass Russland dein Heimatland überfallen hat. Das ist unverzeihlich. Ich möchte dir zeigen, dass nicht alle Russen böse sind.«

Ivanna legte den Hamburger hin und wischte sich die Finger an einer Serviette ab. Vorsichtig nahm sie die Schachtel und öffnete sie. Auf einem Wattebett lag eine dünne Fußkette aus Silber.

»Probiere sie an.«

Ivanna sah den muskulösen Mann vor sich an, seinen dicken Bart, den scharfen dunklen Blick, die Wangenknochen, die behaarten Hände mit kurzen, kräftigen Fingern. Vorsichtig nahm sie die Fußkette heraus, beugte sich hinunter und legte sie um den Knöchel. Grigorij beugte sich ein wenig vor und schaute auf das Kettchen.

»Sie steht dir«, sagte er.

»Danke.«

»War der Hamburger gut?«

»Ja.«

Die leise Musik aus dem Globus breitete sich im Raum aus. Grigorij lehnte sich im Sessel zurück und betrachtete Ivanna. Sein Blick verursachte ihr Unbehagen, und sie blickte zu Boden.

»Bist du nervös?«, fragte Grigorij. »Wegen des Servierens?«

»Ein bisschen.«

»Es wird gut gehen. Das sind alles sehr freundliche Menschen, höflich, distinguiert. Sie kommen aus allen möglichen Ländern der Welt.«

»Und sie werden sich alle die Fische ansehen?«

»Ja.«

»Soll ich das hier tragen?«

Ivanna zeigte auf das Kleid.

»Gern«, erwiderte Grigorij. »Ich glaube, das würde den Gästen gefallen. Vielleicht wird der eine oder andere sogar ein Selfie mit dir zusammen machen wollen.«

»Soll ich das dann tun?«

Ivanna dachte an Grigorijs Ausbruch, als sie mit Julie gesprochen hatte.

»Wenn du möchtest, dann ist das kein Problem. Wenn du es nicht möchtest, kannst du es einfach ablehnen. Willst du nicht doch ein wenig Wein?«

»Nein.«

Ivanna schluckte den letzten Bissen des Hamburgers herunter. Das war das Beste, was sie seit Kriegsbeginn gegessen hatte.

*

Die Stimmung im Besprechungsraum war angespannt. Einige gingen zwischen den Tischen auf und ab, alle warteten auf das letzte verschlüsselte Dokument von Fabre. Mette hatte Magnus gebeten, Morling mitzunehmen, was dieser nur mit einem gewissen Unmut tat. Lasse und Göran hatten alle mit Kaffee und trockenen Zimtschnecken versorgt. In einer Ecke stand ein Drucker und spuckte ununterbrochen Material von den ersten Dokumenten aus. Unglaublich viel Material.

»Jetzt ist es da!«

Mette beugte sich über den Laptop, verband ihn mit dem Wandbildschirm und klickte das eingegangene Dokument an.

Es öffnete sich.

Wie sich herausstellte, bestand das verschlüsselte Dokument aus einem Film, der ungefähr zwanzig Minuten lang war und von oben auf ein Zimmer oder einen Salon herunter aufgenommen war. Im Vordergrund konnte man die Rücken einiger Männer sehen, die nebeneinandersaßen, dahinter war ein großes Aquarium zu erkennen.

Alle im Besprechungszimmer stellten sich im Halbkreis vor den Bildschirm und verfolgten, was da abgespielt wurde.

Es war schockierend.

Nachdem der Film sieben Minuten gelaufen war, ging Lasse beiseite und übergab sich direkt in einen Papierkorb. Ein paar Minuten später stoppte Mette den Film. Mehr mussten sie nicht sehen. Im Raum herrschte totales Schweigen.

Schließlich flüsterte Borgmark: »Waren das Piranhas?«

»So sah es aus«, meinte Göran und wischte sich die Augen ab.

Mette merkte, wie ihr Schweißtropfen über die Wangen liefen. Sie stand auf und ging hinaus. Olivia und Lisa folgten ihr und machten die Tür hinter sich zu. Dann standen sie im Flur und sahen einander an. Keine fand Worte für das, was sie eben auf dem Bildschirm gesehen hatten, es war unbeschreiblich. Olivia versuchte, ihre Gedanken zu sammeln und den Schock zu überwinden.

»Ivanna«, sagte sie schließlich.

»Sie ist jetzt auf dem Schiff«, ergänzte Lisa.

»Ist sie deshalb dorthin gebracht worden?«

Sie sahen sich wieder an. Sollte Ivanna das nächste Opfer sein?

»Ich rufe Tom an«, sagte Mette.

Sie holte ihr Handy heraus, holte tief Luft, wischte sich mit der einen Hand übers Gesicht und drückte Stiltons Nummer.

Er nahm das Gespräch unter einer Straßenlaterne in der Nähe des Kais an. Der Hafen war inzwischen in Dunkelheit gehüllt, und sie waren auf dem Weg zu der Passage in der Stadtmauer.

»Ja?«, sagte er. »Ist etwas passiert?«

Mette beschrieb, was sie in dem Film von Berradas Computer gesehen hatten, und sie tat das so eindringlich, dass sogar der abgehärtete Stilton fassungslos war. Innerlich zumindest. Sein Gesicht verzerrte sich zu einer Grimasse, und er konnte nicht anders, als die Lippen zusammenzupressen. Abbas trat neben Stilton in das Licht der Laterne, er war total angespannt, hatte das meiste des Gesprächs mitgehört. Von dem Aquarium und den schlimmen Ahnungen, was Ivanna betraf.

»Ich habe JB alarmiert«, sagte Mette. »Sie sind mit Helikopter und einer Einsatztruppe unterwegs.«

»Wie lange werden sie brauchen?«

»Das weiß ich nicht. Bleibt vor Ort, dann …«

»Bis später.«

Stilton drückte das Gespräch weg und schaute übers Meer zur *Night Eye*.

»Vor ein paar Stunden haben sie hier drei Männer abgeholt«, sagte er.

»Riskieren wir es zu warten?«

Abbas ließ den Blick über den Hafen gleiten. An einem der Gästeanleger lag neben einer großen Jacht ein kleineres Schlauchboot. Sie liefen los.

*

Dunkelheit hatte sich über die große Bucht gesenkt, und eine laue Brise wehte vom Horizont herein. Es war ein warmer, angenehmer Abend an der französischen Riviera.

An Bord der Luxusjacht von Grigorij Wladowskij stiegen die Erwartungen der Gäste auf dem Mitteldeck. Sie hatten sich an dem langen Eisbett versammelt, das mit geöffneten und vorgeschnittenen Austern bestreut war. Es gab Pumpernickel und dünne Zitronenscheiben, dazu ein paar Flaschen Tabasco für die, die es wünschten. Alle waren ins Gespräch vertieft, teilweise in unterschiedlichen Sprachen. Vom Rand des Glasdecks näherte sich Ivanna in ihrem weißen Kleid. Sie hielt mit beiden Händen ein rundes Silbertablett, auf dem die neun langstieligen Gläser leicht aneinanderklirrten. Sie hatte furchtbare Angst auszurutschen und balancierte mit vorsichtigen Schritten zu dem Austernbuffet. Das blaue Licht vom Aquarium unter ihr ließ sie wie eine Märchenfee aussehen.

»Das hier ist Ivanna!«

Grigorij machte eine ausladende Geste, und die Gäste drehten sich um.

»Sie ist schön«, flüsterte Easter Grigorij zu.

»Ja, sehr. Champagner!«

Ivanna hielt das Tablett hin, und die Gäste kamen einer nach dem anderen und nahmen ein Glas. Auch Grigorij. Er sah sich um.

»Auf das Leben!«, sagte er und erhob sein Glas.

»Auf das Leben!«, echote es unisono von den Gästen.

Ivanna nickte kurz und wollte sich entfernen.

»Ivanna!«

Es war der ältere Scheich, der sie rief. Ivanna blieb stehen und sah, wie der Mann ein Handy herausholte. Er ging ein paar Schritte auf Ivanna zu und gab das Handy seinem Cousin. Sie wechselten einige Worte auf Arabisch, deren Inhalt offenkundig war: Der Cousin sollte den Scheich mit dem Mädchen im weißen Kleid fotografieren. Ivanna sah zu Grigorij, der lächelte und eine entschuldigende Geste mit den Händen machte. Ohne sich zu rühren, ließ sie zu, wie der Scheich sich neben sie stellte. Hoffentlich würde er nicht den Arm um sie legen. Das tat er nicht. Er sah mit todernster Miene in die Kamera.

»Meine Herren!«, rief Grigorij. »Beeilen wir uns doch ein wenig mit den Austern!«

Anatolij hatte den Auftrag bekommen, sich um die Beleuchtung im Salon zu kümmern. Und um den Eimer. Er hatte das Licht heruntergedimmt und sich ganz hinten hingesetzt. Der blaue Schein des Aquariums reichte bis zu den Sesseln. Im Raum war es still, als der erste Gast eintrat, ein dunkelhäutiger Mann aus Brasilien. Er blieb kurz stehen, um seine Augen an das gedämpfte Licht zu gewöhnen, dann setzte er sich auf einen Sessel mitten in der Reihe. Nun kam ein Gast nach dem anderen, ein paar noch mit den Champagnergläsern in der Hand. Niemand sprach, vielmehr teilte man sich mit freundlichen Gesten gegenseitig die Sitzplätze zu. Anatolij stand auf, schloss die Tür zum Salon und sah zum Feuermelder hoch.

Die Vorstellung würde bald beginnen.

*

Stilton war es gewohnt, Schlauchboot zu fahren, auf Rödlöga war es das einzig verfügbare Fahrzeug. Dieses Boot war ein kleineres Modell, hatte aber hinten einen starken Außenborder. Abbas saß da in der Gummiplicht und hielt sich fest, während sie über die schwarze Wasseroberfläche flogen. Weil es dunkel war, konnte Stilton den Wellen nicht ausweichen, also fuhr er mit Vollgas über die Kämme, und immer wieder ergoss sich ein Schwall Wasser über Abbas.

Sie hatten keine Ahnung, was auf sie zukam. Wie viele Personen an Bord waren, wie viele von den schwarz gekleideten Männern, oder ob Drishti auch da war.

Aber sie wussten, dass Ivanna sich auf dem Schiff befand.

Als sie sich der *Night Eye* näherten, machte Stilton den Motor aus, sodass sie leise auf die Jacht zuglitten. Ihre Ankunft sollte nicht bemerkt werden. Abbas deutete zum Deck, und sie stellten fest, dass auf der Landeplattform hinten kein Helikopter stand. Da würden die Leute von JB landen können, wenn sie dann kamen. Stilton ließ das Boot zur Schiffsleiter in achtern treiben, über die sie auch tags zuvor an Bord gegangen waren.

Heute hatten sie ein ganz anderes Anliegen.

*

Im Salon herrschte erwartungsvolle Stille. Diejenigen Gäste, die schon die Vorstellung im Frühjahr gesehen hatten, wussten, was sie erwartete, die anderen saßen angespannt und konzentriert da. Alle Blicke waren auf den großen Schwarm gerichtet, der durch das Aquarium vor ihnen huschte. Einer der Gäste drehte sich zu Anatolij um, der hinten an der Wand saß.

»Kann man, wenn es losgeht, zum Aquarium vorgehen?«, fragte er.

Anatolij wusste, dass der Mann zum ersten Mal hier war, sonst hätte er diese Frage nicht gestellt.

»Ich würde es nicht empfehlen«, antwortete er.

Der Brasilianer, der neben dem Mann saß, beugte sich

zu ihm und flüsterte: »Ich auch nicht. Ich war im Frühjahr dabei, das hier ist der perfekte Abstand. So wie im Ballett, man möchte nicht zu nah bei der Bühne sitzen, sonst verpasst man die Schönheit der Choreografie.«

*

Stilton und Abbas standen unter Stress, waren nassgeschwitzt und desorientiert. Ihr Ziel waren das Aquarium und der Salon, von dem Mette erzählt hatte. Als sie das erste Mal an Bord gewesen waren, hatten sie auf dem Dach des Aquariums gestanden, wussten aber nicht mehr, wie sie dorthin gekommen waren. Grigorij war verschiedene Leitern hinunter und dann durch einen großen Salon vorangegangen, ehe sie auf das Glasdach hinaustraten.

»Es muss weiter unten noch ein Deck geben«, flüsterte Stilton.

Sie schoben sich in der Hocke an der glatten Reling entlang und begriffen erst jetzt, wie groß das Schiff eigentlich war und wie viele Decks es hatte. In fast völliger Dunkelheit tasteten sie sich vor, es schien, als seien sämtliche Lampen auf dem Schiff ausgeschaltet. Nichts leuchtete, weder vorne noch in achtern. Außerdem waren keine Menschen zu sehen, auch niemand von der Besatzung. Und keine Leibwächter.

»Wo zum Teufel sind die alle?«, flüsterte Stilton.

»Vielleicht in dem besagten Salon.«

»Dann müssen wir uns beeilen.«

»Sollen wir die Handy-Taschenlampen einschalten?«

»Nein.«

Das Risiko wollte Stilton nicht eingehen. Hier konnten überall schwarz gekleidete Männer stehen, ohne dass sie erkennbar waren. Abbas tastete sich weiter, und Stilton rutschte hinterher. Plötzlich schlug er mit dem Knie an einen hervorstehenden Metallgegenstand. Er sank aufs Deck und biss die Zähne zusammen, um nicht laut zu brüllen. Abbas blieb stehen und drehte sich um. Stilton winkte ihm weiterzugehen und versuchte aufzustehen, doch da vibrierte sein Handy. Er beugte sich hinunter und zog es heraus: Fabre.

»Hallo«, flüsterte Stilton. »Wo seid ihr?«

»Wir sind jetzt draußen über der Bucht und sehen das Schiff, da ist ja fast kein Licht. Seid ihr noch im Hafen?«

»Nein, wir sind an Bord. Beeilt euch.«

Stilton schob das Handy wieder in die Tasche, rappelte sich hoch und folgte Abbas in die Dunkelheit.

Grigorij ließ eine Auster in den Mund gleiten und schluckte sie mit Wohlbehagen. Er stand zusammen mit Ivanna und Boris am Eisbuffet. Ivanna hielt immer noch das silberne Tablett in der Hand.

»Das hast du ausgezeichnet gemacht, Ivanna!«, lobte Grigorij.

»Danke.«

»War es dir unangenehm, dass der Scheich ein Selfie machen wollte?«, fragte Boris.

»Ein bisschen.«

Boris lachte und schob sich eine Zitronenspalte in den Mund. Er trug eine schwarze Jacke und eine graue Strickmütze. Bald würde der Arbeitstag für ihn beendet sein.

»Magst du Austern?«, fragte er Ivanna.

»Ich habe noch nie welche gegessen.«

»Dann musst du probieren!«, sagte Grigorij. »Diese hier sind ausgesucht gut. Tausendmal besser als Hamburger!«

Er nahm sich eine neue Auster und zeigte auf das Glasdeck.

»Heute Abend werde ich dir dahinten etwas sehr Schönes zeigen«, sagte er und schlürfte die zitternde gelbe Muschel in sich hinein. »Etwas, das du nie vergessen wirst.«

Boris betrachtete seinen Chef.

Stilton und Abbas waren zwei Leitern hinabgeschlichen, ohne einen einzigen Menschen zu sehen, und befanden sich jetzt auf dem Weg eine dritte hinunter.

»Wie viele verdammte Decks gibt es hier denn?«, flüsterte Stilton.

»Zu viele.«

Sie gelangten auf ein weiteres Deck und schauten sich um. Nichts als Dunkelheit. Stilton blickte zum Himmel hinauf und erkannte einen schwachen Lichtschein weiter hinten über der Bucht. Fabres Helikopter. Sollten sie hierbleiben und auf die Franzosen warten?

»Schau mal«, flüsterte Abbas.

Jetzt sah Stilton ebenfalls den schwachen blauen Schein weiter vorn.

»Das Aquarium«, sagte er. »Das Glasdeck.«

Beide bewegten sich auf den Lichtschein zu. Abbas schnell, Stilton hinkte ein wenig.

Grigorij nahm sein weißes Kästchen aus der Tasche. Zusammen mit Ivanna und Boris stand er ein paar Meter von der Öffnung des Aquariums entfernt.

»Schau jetzt hin«, sagte er und drückte auf einen Knopf.

Der Glasdeckel glitt langsam zur Seite, bis das Wasser offen dalag.

»Jetzt kannst du die Fische von hier aus beobachten, Ivanna, das ist ein völlig anderes Erlebnis. Komm!«

Er machte einen Schritt zur Öffnung. Ivanna blieb, wo sie war. Sie fand es unangenehm und hatte Angst.

»Du musst schon näher kommen, um es richtig zu sehen«, forderte Grigorij sie auf.

»Ich will nicht.«

»Komm, mir zuliebe«, sagte Grigorij lächelnd.

Ivanna rührte sich nicht.

Grigorij trat zu ihr und ergriff ihren linken Arm. Ivanna hielt dagegen, doch er war so viel stärker. Zentimeter für Zentimeter wurde sie an den blau schimmernden Rand des Glases gezogen, bis das Wasser schon auf ihre weißen Schuhe spritzte.

»Siehst du?«, fragte Grigorij. »Siehst du den Schwarm da unten? Ist das nicht schön?«

Ivanna nickte, ohne nach unten zu sehen, und zitterte am ganzen Leib vor Angst.

»Du bist etwas ganz Besonderes, erinnerst du dich, dass ich das gesagt habe?«, flüsterte Grigorij.

Ivanna nickte wieder mit abgewandtem Gesicht.

»Weißt du, warum?«

Ivanna schüttelte den Kopf. Grigorij sah, wie ihr die Tränen über die Wangen liefen. Vorsichtig wischte er sie mit dem Handrücken ab, legte einen Arm um ihre Achseln und küsste sie leicht auf die Schulter.

»Weil du niemanden auf der ganzen Welt hast. Leb wohl, Ivanna, ich hoffe, dass du …«

In diesem Augenblick schob Stilton das große Austernbuffet mit voller Wucht übers Deck, sodass Muscheln und Eisstücke über den Glasboden sausten. Boris reagierte am schnellsten. Er zog eine Pistole aus der Jacke und konnte sie noch auf Stilton richten, ehe ein schmales, schwarzes Messer direkt in sein rechtes Auge drang. Grigorij ließ Ivanna los und beugte sich blitzschnell nach der Pistole von Boris, doch im selben Moment stürzte Stilton nach vorn. Er riss Ivanna vom Loch weg und rutschte mit ihr übers Glasdach. Grigorij warf sich zu ihnen herum, hatte aber das Pech, auf einer schleimigen Auster auszurutschen und das Gleichgewicht zu verlieren. Er fiel in die falsche Richtung. Mit einem animalischen Brüllen stürzte er rücklings ins Aquarium.

Der Schuss, den er noch auf Stilton abfeuerte, traf die Glaswand des Aquariums, die in den Salon hinein wies.

Die Gäste, acht erregte Männer in ihren Sesseln, hatten keine Zeit zu begreifen, was hier geschah. Sie sahen den Besitzer der Luxusjacht, Grigorij Wladowskij, ins Aquarium sinken, wo er von ausgehungerten Piranhas attackiert wurde und das Wasser um sein Gesicht binnen Sekunden rot schäumte. Aber vor allem sahen sie den Riss, den das Einschussloch im Glas verursachte und der sich schnell über das ganze Glas verästelte, bis die Scheibe zerbarst. Sekunden später schossen mehrere Hundert Kubikmeter Wasser in den Salon.

Zusammen mit 600 Piranhas und Grigorij Wladowskij.

Niemand in all den Straßencafés im Hafen hatte eine Ahnung davon, was sich auf der *Night Eye* abspielte. Einige von Grigorijs Leibwächtern stutzten, als sie den Helikopter sahen, der mit eingeschalteten Scheinwerfern über dem Achterdeck der Jacht stand. Sie versuchten, Kontakt zu Boris und Anatolij aufzunehmen, jedoch ohne Erfolg. Als mehrere Polizeiboote begannen, um das Schiff zu kreisen, eilten einige Besatzungsleute zu ihren Schlauchbooten und verließen den Hafen in schneller Fahrt.

Drinnen im Platanenpark standen ein Mann und eine Frau und schauten übers Meer. Die Frau hatte einen Feldstecher vor den Augen.

»Was passiert denn da?«, fragte der Mann nervös.

»Ich weiß nicht«, erwiderte die Frau. »Es hat jedenfalls nichts mit uns zu tun.«

Der Mann holte ein Handy heraus und tippte eine Geheimnummer.

Oberhalb des Parks ging ein anderes Paar durch die Öffnung in der Stadtmauer, immer noch schockiert von dem, was an Bord passiert war. Ein Polizeiboot hatte sie eben am Kai abgesetzt: Stilton wollte Ivanna so schnell wie möglich aus dem Chaos auf der Luxusjacht bringen.

»Frierst du?«

»Nein.«

Ivanna zitterte aus anderen Gründen. Trotzdem zog Stilton seine Lederjacke aus und legte sie ihr in einer beschützenden Geste um die Schultern. Er lenkte die Schritte zum Place Nationale hinauf, dem einzigen Platz, den er in Antibes kannte. Dort würden sie auf Abbas und Fabre warten.

»Was möchtest du?«

»Eine Cola«, sagte Ivanna.

Stilton winkte eine Bedienung herbei und bestellte eine Cola und ein Bier. Sie setzten sich allein um einen runden Marmortisch: ein älterer, braun gebrannter Mann mit rasiertem Schädel und eine hübsche junge Frau im langen weißen Kleid mit einer Lederjacke um die Schultern. Eine Frau, die Stiltons Blick nun einfing und sagte: »Er wollte mich ins Wasser stoßen, nicht wahr?«

»Ja.«

»Warum?«

Stilton senkte den Blick. Auf dem Weg vom Hafen hinauf zur Stadt hatte er erzählt, was er über Grigorij und seine Partnerin Sasja wusste. Den schwierigen Teil, die Absicht hinter dem Aquarium und den Piranhas, hatte er vermieden. Dass es Männer gab, die dasitzen und zusehen würden, wie Ivanna von den Fischen in Stücke gerissen wurde. Das, was Mette hatte ansehen müssen, als es mit einer anderen jungen Frau geschehen war. Er beschloss, dass diese Information zu schockierend und brutal war. Hoffentlich würde sie niemals die Wahrheit erfahren.

Also sagte er: »Das weiß ich nicht, Ivanna, er war ein verrückter Mann mit einem kranken Kopf.«

Stilton war dankbar, dass die Bedienung das Bestellte brachte. Es belastete ihn ungemein, Ivanna anlügen zu müssen. Also führte er das Bierglas zum Mund und wechselte dann das Thema.

»Wir haben die Männer aus dem Wohnmobil in Polen festgenommen«, sagte er. »Oder zumindest den einen von beiden, Jacek, der andere ist tot.«

Ivanna sah Stilton an. Sie wusste nur, dass er ein schwedischer Polizist war. Wie konnte er von Polen wissen?

»Weißt du, was mit Alina und ihrem kleinen Sohn passiert ist?«, fragte sie.

»Sie sind in Schweden, und gute Menschen kümmern sich um sie.«

Ivanna nahm einen Schluck von ihrer Cola. Das alles war sehr verwirrend. Sie streckte die Hände aus und zog die Lederjacke dichter um sich. Stilton beobachtete sie.

»Du bist jetzt in Sicherheit«, sagte er.

»Und Grigorij? Was, wenn er …«

»Er ist mausetot«, sagte Stilton bestimmt.

Eine Feststellung, die von zwei Männern bestätigt werden konnte, die jetzt zu ihnen an den Tisch kamen. Abbas und Fabre, Letzterer immer noch in Einsatzmontur.

»Er ist ertrunken«, sagte Abbas auf Englisch zu Ivanna.

Auf Schwedisch sagte er zu Stilton: »Über die Details können wir später reden.«

Der nickte und sah zu Fabre hoch.

»Seid ihr da draußen fertig?«

»Noch lange nicht, aber ich werde nicht mehr gebraucht. Ich nehme jetzt das Mädchen mit.«

Fabre stellte sich zu Ivanna und erklärte sanft und freundlich, wer er war und dass er sie an einen Ort bringen würde, wo man sich um sie kümmerte. Ivanna stand auf, nahm Stiltons Jacke ab und reichte sie ihm. Auch er erhob sich und umarmte sie lange. Fabre ging zu einem Polizeiauto, öffnete eine Tür und hielt sie Ivanna auf. Sie machte einen Schritt zu dem Auto, blieb dann aber stehen. Stilton sah, wie sie sich hinunterbeugte und etwas von ihrem Knöchel nahm. Dann ging sie zu einem Gully im Rinnstein. Ohne eine Miene zu verziehen, warf sie eine silbern glitzernde Fußkette in die Kanalisation.

Das Polizeiauto rollte davon, und Stilton wandte sich zu Abbas.

»Jetzt die Details.«

»Ziemlich übel«, sagte Abbas. »Als das Aquarium explodiert ist, waren einige Personen in dem Salon, ich glaube neun, und die hatten keine Chance. Sie sind erschlagen worden oder ertrunken oder von den Piranhas in Stücke gerissen worden. Inklusive Grigorij. Ich habe es gesehen, als seine Leiche aufs Deck getragen wurde, und die war ziemlich mitgenommen.«

»Makaber ... aber der Vorteil ist ja wohl, dass man Putin die Schuld geben wird. ›Ein weiterer Oligarch stirbt unter seltsamen Umständen‹.«

Abbas nickte und trank den Rest von Ivannas Cola. Langsam holte er sein Handy raus und klickte ein Bild an.

»Das hier habe ich gemacht, als sie die Leiche umgedreht haben«, sagte Abbas. »Die von Grigorij.«

Stilton beugte sich vor und betrachtete das Foto.

»Wo saß das?«, fragte er.

»Auf der Schulter. Wo auch das von Adam saß.«

»Dann haben wir uns doch nicht getäuscht, was ihn betraf.«

Abbas nickte.

»Und was Drishti anging, haben wir uns auch nicht getäuscht«, sagte er.

»Wieso?«

»Sie war nicht an Bord.«

Die Fenster des herrschaftlichen Raumes waren von schweren grünen Vorhängen bedeckt – der Direktor mochte die Sonne nicht. Er saß hinter seinem mit Leder verkleideten Schreibtisch und ordnete im Schein einer Tiffanylampe vergilbte Dokumente. Eine sehr angenehme Arbeit, wie er selbst befand. Er hieß Andrej Sokolow und war Leiter eines der schönsten Museen von Sankt Petersburg, des Fabergé-Museums mit mehr als viertausend kostbaren Kunstwerken. Zentrales Kleinod – oder besser: Die zentralen Kleinodien waren eine Gruppe kaiserlicher Ostereier, neun an der Zahl, die für die beiden letzten Zaren gefertigt worden waren. Eine der bedeutendsten Sammlungen der Welt.

Dessen war sich Sokolow sehr bewusst.

Er streckte den Rücken und strich sich das schwarze Haar aus der Stirn. Aufgrund von Putins Spezialoperation in der Ukraine waren die letzten Monate für das Museum sehr schwierig gewesen. Die Zahl ausländischer Touristen war entschieden zurückgegangen. Da das Museum unter privater Regie stand, konnte er nicht mit staatlichen Zuschüssen in größerem Umfang rechnen, er musste sich auf Eintrittsgelder und den Gewinn aus dem Museumsshop verlassen. Der in diesen Tagen nur sehr mager war.

Er seufzte und beugte sich erneut über die Dokumente. Was sie jetzt dringend gebrauchen könnten, war ein neues Werk, eine neue Attraktion mit medialer Aufmerksamkeit, um das Museum wieder in den Fokus zu rücken. Da klopfte es an der Tür. Einer seiner Angestellten öffnete sie einen Spalt weit und schaute ins Halbdunkel am Schreibtisch.

»Ja?«, fragte Sokolow.

»Hier ist eine Frau, die Sie sprechen möchte.«

»In welcher Sache?«

»Das möchte sie nicht preisgeben.«

»Wie heißt sie?«

»Drishti el Fassi, eine Französin.«

Sokolow überlegte schnell. Eine gewöhnliche Touristin würde kaum den Museumsleiter aufsuchen. War es eine Journalistin? Ausländische Medien vielleicht?

»Schick sie herein«, sagte er.

Die Tür ging weit auf, und Drishti el Fassi trat ein. Sie trug ein dunkelrotes Kleid und einen grauen Schleier über dem Kopf. In der Hand hielt sie eine Ledertasche. Sokolow betrachtete sie und streckte die Hand zum Stuhl auf der anderen Seite des Schreibtisches aus.

»Danke«, sagte Drishti und ließ sich nieder.

»Kommen Sie von den Medien?«, fragte Sokolow.

»Nein«, erwiderte Drishti, »ich komme wegen dem hier.«

Sie öffnete ihre Tasche, holte ein Foto heraus und reichte es Sokolow. Er beugte sich vor und nahm das Bild entgegen.

»Erkennen Sie das?«, fuhr Drishti fort.

Sokolow hielt die Fotografie unter die Tischlampe und studierte das Bild eine längere Zeit schweigend, während seine Augenbrauen ein paarmal hoch und runter wanderten.

»Ja«, sagte er schließlich. »Sehr gut sogar. Dies ist ein berühmtes Fabergé-Ei, das Auge der Nacht, das seit der Zeit der Zaren verschwunden ist.«

Sokolow ließ das Foto ein wenig sinken und sah Drishti an.

»Darf ich fragen, woher dieses Bild stammt?«

»Aus meiner Kamera.«

»Jetzt verstehe ich Sie nicht recht …«

»Das Ei ist in meinem Besitz.«

Diese Antwort war für Sokolow völlig unbegreiflich. In ihrem Besitz? Saß die hier und log ihn an? Er schaute wieder auf das Foto. Es war das Ei. Es war das Auge der Nacht. Er gab sich Mühe, nicht verwirrt zu klingen, als er schließlich fragte: »Sie besitzen das Auge der Nacht?«

»Ja.«

Der arme Direktor suchte nach passenden englischen Worten.

»Wie ist es denn in Ihren Besitz gelangt?«, brachte er heraus.

»Ich habe es von meinem Mann, kurz bevor er starb, als Geschenk bekommen.«

»Aha. Und wer war Ihr Mann?«

»Grigorij Wladowskij.«

Sokolow reagierte erkennbar, sodass Drishti sehen konnte: Der Name Wladowskij war ihm mehr als bekannt. Das erstaunte sie kaum. Auch in Russland war – aus unterschiedlichen Gründen – viel über Grigorij geschrieben worden.

»Und woher hatte er das Ei?«, fragte Sokolow.

»Wie er mir selbst sagte, hat es sich seit der Zeit des Zaren in seiner Familie befunden. Mehr weiß ich nicht.«

Sokolow sah wieder die Fotografie an und strich wie eine Art Würdigung mit dem Finger darüber.

»Sehr seltsam«, sagte er.

»Ja.«

Drishti lehnte sich vor, nahm das Foto und schob es mit einer leichten Bewegung zurück in die Tasche. Sokolow sah zu, wie es verschwand.

»Darf ich bitte noch einmal fragen«, begann er, »an was Sie gedacht hatten …«

»Ich habe soeben beschlossen, das Ei Ihrem Museum möglicherweise zu schenken.«

Unter Sokolows hohem Haaransatz quollen kleine, glänzende Schweißperlen hervor. Tausend Gedanken schossen ihm durch den Kopf. Das hier konnte genau die Attraktion sein, die er brauchte. Das mythenumwobene Auge der Nacht. In seinem Museum. Das wäre eine Weltsensation!

»Unter zwei Bedingungen«, sagte Drishti.

Sokolow riss sich aus seinen Gedanken und betrachtete die rätselhafte Frau, die ihm gegenübersaß.

»Und die wären?«, fragte er.

»Zunächst einmal, dass ich die russische Staatsbürgerschaft bekomme, um das Vermögen meines Mannes hier besser verwalten zu können.«

»Das sollte kein Problem sein. Und die zweite Bedingung?«

»Einen permanenten Wohnsitz in Sankt Petersburg für mich und meine Tochter.«

Drishti sah Sokolow in die Augen und ahnte einen leicht verzweifelten Mann. Das, was sie begehrte, lag vermutlich außerhalb seines Machtbereichs. Damit hatte sie gerechnet.

Also sagte sie: »Ich kann das Auge der Nacht natürlich auch über gewinnbringendere Kanäle veräußern, aber ich würde es gern hier sehen, in russischem Besitz.«

Sokolow beugte sich in den gelben Schein der Lampe hinunter und sah zu Drishti auf.

»Dafür sind wir sehr dankbar«, antwortete er heiser. »Lassen Sie mich nur ein paar Anrufe tätigen.«

»Selbstverständlich.«

Die Sonnenstrahlen spiegelten sich auf dem Wasser der Fontanka, sprangen von dort hoch zur Fassade des berühmten Fabergé-Museums und einer kleinen Frau in dunkelrotem Kleid und aufrechter Haltung, die vor dem Eingang stand, direkt in die Augen. Sie trat ein paar Schritte zur Seite, um einer Gruppe japanischer Touristen Platz zu machen, und zog ein Zigarettenetui heraus, das in der Sonne glänzte. Sie öffnete es und betrachtete die eingravierte Widmung:

Meiner geliebten Sasja von Grigorij.

Drishti gönnte sich ein Lächeln, fischte eine Gauloise aus dem Etui und sah zum Himmel. Die Sonne scheint auch hier, dachte sie und setzte sich eine dunkle Sonnenbrille auf. Mit der anderen Hand winkte sie einem Taxi und stieg hinten ein.

Sie sah das Auto nicht, das hinter dem Taxi herfuhr, und auch nicht die Personen, die darin saßen, ein Mann und eine Frau in gut gebügelten hellblauen Hemden.

Stilton fuhr mit dem Zug von Frankreich nach Hause, nicht weil er besonders umweltbewusst war, sondern weil er Zeit brauchte, um über ein paar Dinge nachzudenken. Natürlich über das, was in Antibes passiert war, vor allem aber über die Zukunft. Das Gespräch, das er mit Robert Pärlqvist führen musste, und die Konsequenzen daraus, die im schlimmsten Fall schicksalhaft sein würden.

Er spazierte mit seiner grünen Tasche in der Hand vom Hauptbahnhof nach Långholmen. Das Wetter war kühler als in Antibes, aber das machte ihm nichts aus. Er blickte auf den Weg vor sich und ging den Söder Mälarstrand entlang, an den Schiffen vorbei, die dort lagen, und hin zur Pålsundsbron. Auf der Mitte der Brücke blieb er stehen und lehnte sich ans Geländer. Hier hatten Luna und er sich getroffen, als er dachte, alles wäre vorbei. Er erinnerte sich Wort für Wort an das, was sie gesagt hatte: »Ich will, dass wir die ganze Sache überwinden.«

Stilton ließ die Tasche auf die Brücke fallen und schaute über das blau-schwarze Wasser. Es sah kalt aus. Hinten lag der schwarze Kahn am Kai. Er holte das Handy heraus und rief Pärlqvist an.

Der war sofort dran: »Hallo, Tom! Wie gut, dass du anrufst, ich habe versucht, dich zu erreichen.«

»Ich weiß. Ich war in Frankreich.«

»Aha. Arbeit oder Ferien?«

»Beides. Was wolltest du?«

»Die Philippiner haben sich gemeldet wegen dieser DNA, die sie auf dem Splint an der Brücke gefunden haben, erinnerst du dich? Ich habe dir davon erzählt.«

»Ja.«

»Die war offensichtlich stark kontaminiert und unbrauchbar.«

»Schade.«

»Ja. Sie haben die Ermittlung also jetzt zu den Akten gelegt. Ich dachte, das würdest du wissen wollen.«

»Na dann. Bis bald.«

Stilton drückte das Gespräch weg. Er war jetzt nicht zu irgendwelchem Small Talk imstande. Die Ermittlung war zu den Akten gelegt, das genügte. Er nahm die Tasche auf und schaute wieder zum Kahn hinüber. Ein leises schabendes Geräusch verriet, dass jemand draußen auf dem Deck mit einer Schleifmaschine arbeitete.

Dann werde ich ihr wohl mal damit helfen, dachte Stilton und ging weiter über die Brücke.

*

Olivia fuhr mit dem Wischlappen über das Whiteboard im Ermittlungsraum. Weg mit der Triade Noire, weg mit Adam Berrada, weg mit Grigorij Wladowskij. Weg mit all den schrecklichen Widerlichkeiten, die sie begangen hatten. Ihre Existenz sollte aus dem Bewusstsein gelöscht werden, und zwar gründlich.

»Das fühlt sich gut an, oder?«

Lisa war gerade mit zwei Kaffeetassen ins Zimmer gekommen. Sie reichte die eine Olivia.

»Ja, wirklich.«

»Nur eine ist davongekommen.«

»Drishti.«

Olivia hielt die Kaffeetasse fest im Blick und ließ sich vorsichtig auf einen Stuhl sinken.

»Worüber denkst du nach?«, fragte Lisa.

»Über Abbas' Halbschwester Julie. Wissen wir, wo sie sich aufhält? Drishti müsste doch eigentlich Kontakt zu ihr haben.«

»Sie ist aus ihrer Schule in Nizza verschwunden.«

»Woher weißt du das?«

»Ich habe vorhin mit Mette gesprochen. Sie war schon weg, als die französische Polizei nach ihr suchte. Wahrscheinlich ist sie ins Ausland gereist.«

»Und wohin?«

»Keine Ahnung.«

Olivia wandte sich wieder zur Tafel und wischte die letzten Sachen weg. Lisa setzte sich und sah ihr zu.

»Was machst du denn am Wochenende?«, fragte sie.

»Ove und ich wollen an die Westküste fahren. Und du?«

»Oskar kommt rauf. Das wird herrlich. Wir haben uns einen Monat nicht gesehen.«

»Ihr macht tapfer weiter mit eurer Fernbeziehung.«

»Ja, aber es zehrt schon an einem, so viel getrennt zu sein. Wir müssen im Grunde jedes Mal, wenn wir uns sehen, wieder von vorne anfangen.«

»Jetzt sag nicht, dass ihr dabei seid, euch zu trennen?«

»Nein, aber ich überlege umzuziehen.«

Olivia verschluckte sich fast am Kaffee.

»Nein!«, rief sie. »Das darfst du nicht! Oder, ich meine, na, du weißt schon ... verdammt!«

Olivia wischte ein paar Tropfen Kaffee weg, die aus ihrer Tasse geschwappt waren. Lisa lächelte.

»Das ist keine leichte Entscheidung«, erklärte sie, »aber in Kristianstad ist eine Stelle frei, und ich denke darüber nach, mich darauf zu bewerben.«

»Okay … dann muss ich wohl sagen, dass ich mich für dich freue, und das tu ich natürlich auch. Aber es wird hier grauenhaft langweilig werden ohne dich.«

»Ich weiß«, sagte Lisa mit einem Grinsen. »Aber du wirst es schaffen. Ich komme zurück, wenn du die Chefin in diesem Laden hier bist.«

»Soll heißen: niemals.«

»Soll heißen, wenn Oskars Tochter erwachsen ist und wir beide zusammen hierherziehen können.«

»Wie alt ist sie denn?«

»Acht.«

»Du rechnest also damit, dass ich so in zehn Jahren Chefin bin?«

»Eiskalt«, erwiderte Lisa.

*

Alina schaute aus dem Küchenfenster. Hinten im Hühnerstall war Oleksij damit beschäftigt, die Hühner zu füttern. Er nahm Futter aus einer großen Papiertüte, und Mårten hockte daneben und filmte ihn mit dem Handy. Alina musste mehrmals schlucken, so sehr berührte sie die Szene.

»Möchtest du etwas Omelette?«, fragte Mette.

Sie saß mit Abbas neben sich am Küchentisch.

»Nein, danke, alles ist gut«, erwiderte Alina lächelnd. Sie ging und setzte sich an den Tisch. Abbas war vor einer Stunde gekommen und hatte ausgewählte Teile von dem erzählt, was sich in Antibes abgespielt hatte. Das Wesentlichste und Bewegendste für Alina war die Information über Ivanna gewesen. Dass sie lebte und wohlbehalten war.

»Und wo ist sie jetzt?«, fragte sie.

»Wahrscheinlich kümmern sich die Sozialbehörden dort unten um sie«, sagte Abbas.

»Kannst du nicht JB anrufen und fragen, wie es ihr geht?«, fragte Mette.

»Na klar.«

Abbas holte sein Handy raus und rief Fabre an.

»Hallo, JB!«, sagte er. »Weißt du, wo Ivanna im Moment ist?«

»Hier neben mir. Wir sitzen auf dem Flugplatz in Nizza, sie wird nach Schweden fliegen. Offensichtlich hat sie eine Cousine in Westschweden, in Borås.«

»Okay, du, ich habe hier eine Freundin von ihr, die gerne mit ihr sprechen würde. Kannst du mich auf Facetime anrufen?«

»Einen Moment.«

Fabre rief an, und Abbas reichte Alina das Handy. Als sie Ivanna auf dem Bildschirm sah, musste sie weinen, und auch in Nizza flossen die Tränen. Alina stand auf und begann ein Gespräch auf Ukrainisch. Abbas und Mette sahen sie im Afrikazimmer verschwinden.

»Die haben sich wahrscheinlich eine Menge zu erzählen«, meinte Mette.

»Ja.«

»Hast du übrigens heute Morgen den Artikel in *Dagens* gelesen? Über das Ei?«

»Über welches Ei?«

Mette zog die Tageszeitung heran und schob sie dann zu Abbas hinüber. Er schaute auf die aufgeschlagene Seite. Die

Schlagzeile lautete: »Verschwundenes Fabergé-Ei taucht unter rätselhaften Umständen wieder auf!« Der Artikel berichtete von einer französischen Frau, Ehefrau eines kürzlich verstorbenen russischen Geschäftsmannes in Antibes, die plötzlich in Sankt Petersburg aufgetaucht war und das sagenumwobene Ei in ihrem Besitz gehabt hatte.

Abbas las langsam und sorgfältig, manche Passagen des Textes sogar zweimal. Als er fertig war, sagte er langsam: »Sie ist also in Russland?«

»Offensichtlich, und vermutlich wird sie dort auch bleiben.«

»Warum das?«

»Um außer Reichweite für Europol zu sein«, sagte Mette.

Abbas stand auf, ging zur Arbeitsfläche der Küche, stand ein paar Momente still, dann drehte er sich um.

»Da steht, dass sie das Ei von ihrem Mann bekommen hat, kurz bevor er starb«, sagte er. »Das ist eine Lüge. Sie war nicht auf dem Schiff, als Grigorij starb. Sie war laut ihrer Tochter nicht einmal in Antibes.«

Mette rührte mit einem dünnen Silberlöffel in ihrem Kaffee und dachte darüber nach, was er gesagt hatte. Sie senkte den Blick.

»Was, wenn es so ist ...«, sagte sie zögernd. »Sie könnte doch mit ihrem Mann gestritten haben und dann mit dem Fabergé-Ei vom Schiff abgehauen sein. Vermutlich ist das Ding ein Vermögen wert.«

Abbas schwang sich auf die Arbeitsfläche.

»Und warum ist sie dann ausgerechnet zu mir gekommen?«, entgegnete er.

»Wahrscheinlich war das eine reine Notlösung. Eigentlich wollte sie wohl ihren Bruder Adam aufsuchen.«

»Warum glaubst du das?«

Mette stand auf, ging zu einer schmalen Kommode an der Wand und nahm einen dünnen Plastikordner aus einer Schublade.

»Was ist das denn?«, fragte Abbas.

»Die Einzelverbindungsnachweise von Adam Berradas Handy.«

Mette legte die Mappe neben die Tageszeitung und sah Abbas an. Er rutschte von der Arbeitsfläche und setzte sich wieder an den Tisch. Vorsichtig zog er ein paar Papiere heraus und begann die Liste zu überfliegen.

»Wie du siehst, gibt es eine ganze Reihe eingehender Anrufe, die nicht angenommen wurden«, fuhr Mette fort. »Der Anrufer konnte nicht nachverfolgt werden, aber es war eine französische Nummer.«

»Die von Drishti?«

»Ja. Und sieh dir das Datum an, an dem sie angerufen hat.«

Abbas stellte fest, dass die ersten Anrufe bei Adam am Tag nach dessen Tod hereinkamen, gefolgt von vielen weiteren in der Zeit danach, oft mehrmals täglich. Er schüttelte den Kopf.

»Sie hat ihn also immer wieder angerufen, während sie bei mir wohnte?«, sagte er.

»Ja, weil sie nicht wusste, dass er tot war. Die Anrufe hörten an dem Tag auf, als sie es von euch erfahren hat.«

Langsam schob Abbas die Papiere zurück in den Plastikordner.

»Ich habe also nur als Zwangsversteck gedient«, sagte er bedächtig.

»Offensichtlich. Sowohl für sie als auch für dieses Ei.«

Abbas nickte, und sein Blick wanderte in die Ferne. Ein Ei? Sollte alles von Anfang an um ein Ei gegangen sein?

»Was denkst du?«, fragte Mette.

»Wenn das stimmt, was du da vermutest, dann hätte sie ja die ganze Zeit dieses Ei bei mir zu Hause gehabt.«

»Ja. Ich nehme mal an, dass es nicht so groß ist. Und du hast ja wohl kaum in ihren Sachen gewühlt.«

»Nein, vielleicht hätte ich das tun sollen.«

Abbas dachte immer noch über das Ei nach, als Alina in die Küche zurückkam.

»Danke«, sagte sie und reichte ihm das Handy. Ihre Augen waren rot vom Weinen. »Es war sehr schön, mit Ivanna sprechen zu können.«

Alina setzte sich hin und sah Mette an.

»Wie weit ist es nach Borås?«, fragte sie.

»Vier oder fünf Stunden mit dem Auto. Wir können mal einen Ausflug dorthin machen, wenn du möchtest.«

»Das wäre fantastisch.«

Alle drei hörten die Eingangstür zuschlagen und drehten sich zur Diele.

Oleksij kam, gefolgt von Mårten, mit einem Korb in der Hand in die Küche.

»Eier«, sagte Oleksij auf Schwedisch und stellte den Korb mit einer stolzen Geste auf den Tisch.

Vier Eier lagen darin. Er hob eines nach dem anderen hoch und zählte laut, immer noch auf Schwedisch: »Eins ... zwei ... drei.« Oleksij hielt inne und sah Mårten an.

»Vier«, soufflierte der.

»Vier«, echote Oleksij und legte das letzte Ei auf den Tisch.

Mette brachte Abbas in die Diele hinaus. Sie spürte, wie schlecht es ihm ging, wie Drishtis Verrat sich in sein Herz gefressen hatte, also zog sie ihn an sich und flüsterte: »Lass dich davon nicht runterziehen, du bist größer als deine Mutter, in jeder Hinsicht.«

Abbas machte sich aus der Umarmung frei.

»Alles okay«, erwiderte er. »Ich reise am Wochenende nach Gambia.«

»Wie schön! Wie geht es Mariama?«

»Gut. Sie ist schwanger. Grüß Mårten.«

Abbas huschte aus der Tür, ohne sich umzudrehen, und Mette stand mit offenem Mund da. Abbas würde ein Kind haben? Kurz darauf begann sie, ohne zu wissen, warum, laut zu lachen.

Wahrscheinlich war sie einfach glücklich. Überrumpelt und glücklich.

Sie waren am Nachmittag nach Nordkoster gekommen. Er hatte angefangen, das Haus zu heizen, während sie einen Spaziergang machte. Er wusste, wohin. Jetzt stand er hinter den Klippen und betrachtete sie, wie sie ein Stück weiter oben am Strand saß, dann ging er mit einer Decke in der Hand zu ihr. Sie bemerkte ihn erst, als er sich neben sie sinken ließ. Sie drehte sich ein wenig herum und fing seinen Blick ein. Einst der Junge, der den Mord an ihrer Mutter an ebendiesem Strand gesehen hatte. Jetzt der Mann, der vorsichtig eine Decke um ihre Schultern legte und sie an dem Ort in den Arm nahm, an dem sie einst geboren wurde, herausgeschnitten aus dem Bauch ihrer Mutter.

Seltsam, wie alles in Kreisen geht, dachte Olivia und lehnte sich an Ove Gardmans Schulter.

Als die Springflut begann, gingen sie.

Ganz herzlichen Dank an …

unseren Designer Jörgen Einéus für seine wunderschönen Umschläge zu allen unseren acht Bänden in der Serie!

unsere Agentin Lena Stjärnström und all ihre talentierten Mitarbeiter bei der Grand Agency.

unseren Lektor bei Norstedts, den allzeit zuverlässigen, professionellen Peter Karlsson.

unsere außerordentlich sorgfältige und kreative Redakteurin Heléne Jensen.

Die schwedische Originalausgabe erschien 2023 unter dem Titel
»Nattens öga« bei Norstedts, Stockholm.

Der Verlag behält sich die Verwertung der urheberrechtlich
geschützten Inhalte dieses Werkes für Zwecke des Text- und
Data-Minings nach § 44 b UrhG ausdrücklich vor.
Jegliche unbefugte Nutzung ist hiermit ausgeschlossen.

Penguin Random House Verlagsgruppe FSC® N001967

2. Auflage
Copyright © 2023 by Cilla & Rolf Börjlind
Copyright der deutschsprachigen Ausgabe 2024 by btb Verlag
in der Penguin Random House Verlagsgruppe GmbH,
Neumarkter Straße 28, 81673 München
Published by Agreement with Grand Agency
Umschlaggestaltung: semper smile, München
Umschlagmotiv: © Getty Images/Johner Images;
©shutterstock/Nerjon Photo, andrejs polivanovs
Satz: Uhl + Massopust, Aalen
Druck und Einband: GGP Media GmbH, Pößneck
Printed in Germany
ISBN 978-3-442-76238-5

www.btb-verlag.de
www.facebook.com/penguinbuecher